葉榮鐘選集

晚年書信卷

葉榮鐘 著
徐秀慧 葉芸芸 主編

葉榮鐘晚年書信的價值

呂正惠（福建師範大學閩台區域研究中心，台灣人間出版社發行人）

呈現在讀者面前的這本書，其實是兩本書的合輯，第一本是《葉榮鐘晚年書信選》，近三百頁，第二本是《葉榮鐘：回憶與評論》，兩百頁，包括了三位子女（長子葉光南、次子葉蔚南、次女葉芸芸）對葉榮鐘的回憶，以及三位後輩學者（大陸學者王中忱、張重崗，以及台灣學者徐秀慧——葉蔚南的妻子）對葉榮鐘的評論。兩者表面上關係不大，其實是密不可分的，在這篇簡短的序言中，我將說明為什麼要把這兩部分編在一起，同時也要提醒讀者注意，如果要深入了解書信選，就一定要配合著後面的回憶和評論來一起閱讀。

為了讓大家理解葉榮鐘這位極其獨特的台灣文化人，我想請讀者原諒，我要先從自己談起。一九九〇年代初期，台灣開始瀰漫著蔑視中國、不想承認自己是中國人的氣氛，我非常氣憤、難過，同時感到非常孤獨，因為和我交往的文化人，好像只有我坦然承認自己本來就是中國人。在我當時所讀的台灣作家中，我逐漸對葉榮鐘感到親近。首先，日據時代葉榮鐘始終存在著濃厚的祖國情懷，光復後他對接收台灣的國民黨政權非常憤怒，充滿了絕望，但他並沒有像他的一些同輩人一樣，逐漸忘卻或拋棄對祖國的感情。相反的，他把更強烈的祖國之情寄託在共產黨所建立的新中國上，直到辭世之前一直如此。葉芸芸在〈一九七四年的夏天〉[1]一文中談到，葉榮鐘在那個夏天和女兒一家一起生活了一個多月，多半時候坐在房子的陽台上，面對著大海，讀著在台灣不能閱讀的禁書。其中大部分是有關中國共產黨領導的革命與建國的論述。從這一段動人的描述，可以看出葉榮鐘一直心繫著新中國，想了解新中國的發展。

而我，當絕大部分的台灣人棄絕這個祖國的時候，我反而更加懷想我從書本上所認識到的這一文化上的故國，從一九九〇年代開始，一有機會我就到大陸去，並且儘可能去不同的地方，以便了解祖國河山的各個角落。我有時候會想起葉榮鐘，一方面我覺得我比他幸運，他只能接觸「祖國河山的一角」（這是他所寫的一篇充滿感情的文章）[2]，而我幾乎走遍了祖國的每一個省分，但有一點我們是相同的，祖國和我們生命的信念已經無法分割，沒有這個祖國，不知道活下去還有什麼意義，這時我特別懷念葉榮鐘，我以為我了解他。二〇一五年我在重慶大學客座，仔細閱讀葉芸芸所編選的《葉榮鐘選集．文學卷》時，這種情緒特別強烈。我建議葉芸芸加入一些更具祖國情懷的文章和舊詩，並且為這本書寫了一篇長序。為了不讓台灣讀者

1　葉芸芸，〈一九七四年的夏天〉，參見本書第三五二－三六五頁。

2　葉榮鐘，〈祖國河山的一角：東北安東縣的印象〉，收於葉芸芸、呂正惠、黃琪椿編選，《葉榮鐘選集．文學卷》（台北：人間出版社，二〇一五），第一七五－一七九頁。

產生抗拒之心，題目定為〈歷盡滄桑一文人〉，強調的是葉榮鐘一生在日本人和國民黨統治下那種徬徨無依的心情。當我把這篇文章收入我在大陸出版的《寫在人間》時（三聯書店，二〇二〇），我就改題為〈一生心繫祖國的葉榮鐘〉，表明雖然他浮沈一生，但始終沒有忘記祖國。寫這篇文章時，我情緒特別飽滿，幾乎在幾天之內一氣呵成，自己覺得相當滿意，因為文章充分表達了我對葉榮鐘這位前輩的崇仰之情。

我在閱讀本書的後半部「回憶與評論」時，很高興的發現，每一篇文章都表達了同樣的感受。張重崗在〈葉榮鐘的戰後思考〉中說，「台灣民族運動在戰後的落幕，是台灣社會進程中的一個轉折。在這一轉折中，發生變化的不只是民族運動的式微，還有台灣士人的命運。由於二二八事件，台灣士人遭遇到了前所未有的壓制，林獻堂避居日本，陳炘下落不明，莊垂勝被免職，葉榮鐘也從此落寞後半生。不過，正是在落寞中，葉榮鐘的另外一種品質凸顯了出來，那就是知識分子的憂患意識。可以說，這一思想性的核心價值，支撐了葉榮鐘的戰後思考。」[3]這一段文字，恰如其分地表達了葉榮鐘作為一個台灣知識分子，在經歷了歷史的滄桑之後，為什麼要堅持他的歷史書寫，那是他必須承擔起來的責任。葉蔚南所寫的那一篇，其題目〈葉榮鐘的史傳書寫和祖國情懷〉[4]很精確地點出了葉榮鐘一生寫作的兩大焦點。所以要寫歷史和人

3　張重崗，〈葉榮鐘的戰後思考〉，參見本書第三八八－四一五頁。
4　葉蔚南，〈葉榮鐘的史傳書寫和祖國情懷〉，參加本書第三一九－三四〇頁。

物，因為不論是在日本的殖民統治下，還是在國民黨的戒嚴體制下，他都無法舒心適意。他被壓迫得喘不過氣來，只能藉由歷史書寫來「抒憤懣」，而這一「憤懣」所以能得到平衡，是因為他心中一直存在著美好的「祖國」的形象，這個形象足以安撫他嚴重受傷的心靈。後半部的所有文章，對此都有深切的體會，這就足以看出，他的歷史書寫多麼真誠而動人。

了解了葉榮鐘一生的遭遇與心境，我們才能更適切地指出葉榮鐘晚年書信的價值。葉榮鐘寫給長子光南的信件，大都不長，但仍然可以看出兩個重點。首先是，他們夫妻對遠在異國的兒子、媳婦及孫子們的關切之情，幾乎每一封信都要談到家中狀況，其中一信讓我特別感動：

你媽身體最近甚好，唯你們遲一點來信，她就會有些坐臥不安的樣子。這幾天沒有接到你們信，她每早三番五次去看郵箱。事實郵件配送一天只有兩次，掛號及限時信另送。她一切希望都寄託在你們身上，只有接到你們來信時最為開心，希望你們有空時多多來信。[5]

那時台灣大學生出國留學非常普遍，而且常常一去不回，我以前很難體會這種心情，現在因為年齡已大，常常有朋友跟我說，「兒子跟你們住在一起真好，像我們夫妻，每天兩人相對，兒

5　一九六八年四月二十六日葉榮鐘致長子葉光南信，見本書第六十七頁。

女遠在天邊，實在有一點孤單。」因為有這樣的經驗，我才能感受到這封信所表達的心情。有幾十年時間，台灣的許多父母和他們的子女，都這樣遠隔重洋，連通信、通電話都非常困難（當時），說起來這也是一種獨特的歷史經驗吧。

台灣年輕人紛紛出國（主要到美國），除了是一時潮流之外，還有另外一個重要原因：國民黨的戒嚴體制對台灣的思想統制太嚴密，讓渴求新知的年輕人只好遠走他鄉，追求自由的天地。葉榮鐘通信的主要對象，他的平生至交莊垂勝的長子林莊生（從母姓），對此曾慨乎言之：

> 記得有一個禮拜天晚上，在收音機上聽到警備總部發言人發表雷震被逮捕的消息。我整夜未眠，明明是陷害，卻說法律之前人人平等，不但聽的人沒有人相信，連說的人也非常心虛。對這種「欲加之罪何患無辭」的不公、不義的行為，在戒嚴令下，什麼人都沒有辦法。我當時的心情如果用李白的詩句來表達，是「停杯投箸不能食，拔劍四顧心茫然」（按，這是鮑照的詩，作者誤記為李白）：如果用台灣新聞界在高雄事件後之新造語，是「暴力邊緣」。
>
> 我決心，我必須離開台灣。[6]

6　林莊生，《懷樹又懷人：我的父親莊垂勝、他的朋友及那個時代》（台北：自立報系，一九九二），第九二頁。

林莊生從小受父親、葉榮鐘及父親其他友人影響，對國民黨的專制深惡痛絕，大學畢業、工作一段時間以後，**為了逃避台灣的窒悶氣氛，決心出國。當時許許多多台灣年輕人就此走出台灣，欣然接受美國文化，這對後來他們的政治認同產生極其重要的影響**（葉芸芸在〈一九七四年的夏天〉一文中說，葉榮鐘把他的兒女「放生」，讓他們到自由的國度去生活），下文談到葉榮鐘和林莊生的通信時，會進一步討論。

葉榮鐘晚年通信第二個重點是，葉榮鐘在每一封信中都要跟他的兒子談到他的寫作狀況，寫了哪些文章，文章發表後、書出版後朋友的反應，談得最多的是《日據下台灣政治社會運動史》一書的寫作進展，以及出版時與朋友的爭執。從這些通信中可以了解到，寫作是葉榮鐘退休生活的唯一重心，是他精神寄託之所在。關於這一點，還可參考林莊生《懷樹又懷人：我的父親莊垂勝、他的朋友及那個時代》（後簡稱《懷樹又懷人》）的第十三章〈葉榮鐘先生〉。

林莊生到美國九個月之後，跟葉榮鐘寫了一封長信，敘說他對美國社會的觀察，他說：

> 在這裡，賺錢享樂的欲望、愛情的欲望、生存的欲望幾乎被完全肯定，毫無制約，我想這便是美國民主主義的前提。人們為了賺錢而學習，因此無需父母督促；為了賺錢而工作，因此無需政府制定工商業振興政策……這種人性的態度解放人的本性，不受束縛的美國社會，這個社會推翻了我們的先哲及希臘智者（菁英）們的預言，未墮落成混亂與禽獸的社

會，反倒擁有強大的發展力，一直保持著完美的和諧。我想這種人性的態度，就是造成這種結果的有力原因之一吧。當然，如若過度放縱這種人性，必然會伴隨著許多缺點。其中一點就是，從未受過克己禁慾訓練的美國人，抵抗（resistance）的能力甚為弱小，在精神層面上也遠比我們來得脆弱。美國士兵容易被洗腦就是一個很好的例子，事實上他們無法理解我們的「知其不可為而為之」或「浩然之氣」之類的人生態度。可是，美國人雖有這般脆弱的一面，他們坦率接受現實的態度和不斷改善自己的努力卻完全值得敬服。[7]

林莊生在台灣時，深受父親、徐復觀、葉榮鐘儒家思想的影響，又經歷了國民黨壓制人性發展的刻板教育，所以他對美國放縱人性發展的自由主義的態度印象極其深刻。他雖然警覺到，這樣的社會很難做到克己復禮，但他卻又認為美國人容易承認錯誤，會不斷的改善自己。應該說，林莊生非常聰明，好學深思，善於觀察、比較。我們不能說他講得完全不對，我們只能說，他過於一廂情願的只往美國的好處看，完全忽略了這種人性觀如果往另外一個極端發展，可以變成如何的自私自利而又自以為是，如現在的美國總統川普（Donald Trump）一樣。林莊生到達美國時，美國正處於顛峰狀態，美國的富裕讓他非常震驚，所以他不知不覺地就受到

7　一九六二年六月二十四日林莊生致葉榮鐘信，原文為日文。參見本書第一八〇－一八二頁。

美國文化深刻的影響。別人未必能夠看到林莊生所體會到的美國人性的弱點，當然就更加崇拜美國了。我們對這一點必須有深刻的認識，才能了解這一整批留學生為什麼那麼容易產生台獨思想。他們所謂的台獨，其實就是唾棄以國民黨為代表的所謂中國文化，全心全意地轉向美國文化。

林莊生非常尊敬父親、葉榮鐘那一代的台灣人，他們在日據時代受到日本人歧視，因此懷抱著強烈的中國民族感情，他認為這是可以理解的，應該同情。他在《懷樹又懷人》一書中，深情地描述了父親和他的朋友們。一直到高中他受的是日本教育，重新學習中文，讓他吃盡苦頭。在寫這本書時，他的中文已經非常好了，我認為完全不輸葉榮鐘。雖然他有強烈的台灣意識（所以他非常支持葉榮鐘的台灣歷史書寫），但他已放棄了父親和葉榮鐘非常執著的中國感情，傾向於「台灣前途由台灣人民決定」這樣的主張。我相信，隨著他和葉榮鐘長期的書信往來，葉榮鐘應該已經逐漸體會到，他一直關懷著的故人之子，已經和他及其平生至交莊垂勝漸行漸遠了。根本的原因就在於，比起「克己復禮」的中國文化，他更願意接受美國那種以放縱欲望為基礎的自由主義，因為它對個人不會有強大的壓力。我讀過整本的《懷樹又懷人》，很喜歡這本書的文筆，但對於林莊生最後的思想傾向，卻感到無比的遺憾。

葉榮鐘和林莊生最大的不同是，他前半輩子經歷日本的殖民統治，這對他的民族尊嚴造成極大的挫傷，他從來沒有忘記自己是傳承儒家文化的中國人。作為台灣人，他對台灣人所承受的歷史命運難以忘懷，這是他的歷史書寫的原點。但他的中國情懷和台灣意識是融合為一的，這中間沒有割裂的可能，他很清楚的知道，台灣的命運是和中國近百年的被侵略史密不可分的。他極其痛恨國民黨的專制統治，但他充滿信心地嚮往著共產黨所建立的新中國，他所表達的、對於新中國的樂觀態度，反過來說明他對中國的未來懷抱著堅定的信念。葉榮鐘這種頑強的民族自信心和中國信念，王中忱教授在〈葉榮鐘與矢內原忠雄〉一文中有著深刻的分析。[8]矢內原是個人道主義的基督教信徒，對於台灣人在日本的殖民體制卜所遭受的不公平待遇非常同情。葉榮鐘後來成為矢內原的學生，透過他認識了台灣經濟在日本殖民體制下所遭受的剝削。矢內原一直希望葉榮鐘成為基督徒，但葉榮鐘終於沒有如他所願。王中忱的文章讓我們了解到，關鍵在於，再怎麼說，矢內原還是殖民者的一方，而他是被殖民者，他不願意接受殖民者極力想散播的思想，即使他的用意是良善的。這個地方最能看出葉榮鐘的頑強，這種態度即便是非常認同於葉榮鐘的台灣意識的林莊生，也不可能體會，因為葉榮鐘始終認為自己是中國人，而林莊生因為痛恨國民黨，最終喪失了這個最重要的立足點。他忘記了，台灣是中國由於戰敗不得不割讓給日本的一塊土地，中國人必然要收復。

也由於葉榮鐘始終是儒家的信徒，他觀察美國的方式當然就會有自己獨特的觀點。他知道

8　王中忱，〈葉榮鐘與矢內原忠雄〉，參見本書第三七一－三八七頁。

美國的富裕，也了解美國非常重視個人自由，但從儒家的觀點來看，葉榮鐘即使在美國只待了很短的一段時間，他仍然看出了美國社會的一些弱點，所以他才會在《美國見聞錄》（一九七七）談到〈美國的浪費〉、〈美國的種族問題〉和〈美國的老人問題〉，徐秀慧在她的論文〈主體思考與「士大夫傳統」〉中對此有非常詳盡的分析[9]，請讀者務必參考，這樣就很容易分辨葉榮鐘和林莊生思想上的差距。林莊生雖然受到父親、徐復觀和葉榮鐘的影響，很佩服他們的人格，但中國儒家思想的特質不夠根深蒂固，所以他會被美國的外表成就所迷惑，而忘了父親和父執輩的身教與言教。

葉榮鐘病逝於一九七八年十一月，那時候美國的台獨氣候才剛冒出頭不久，勢力還不是很大，可能林莊生「台灣前途應由台灣人民決定」的想法也只是初步浮現。一九七四年六月葉榮鐘在林莊生家逗留三天，兩人無所不談，其中當然會涉及台灣前途問題，葉榮鐘對林莊生的思想傾向應該有所體察。為此，他特別給林莊生寫了兩封長信（一九七四年七月十七日與八月十二日）[10]，清楚表明他的立場，台灣應該回歸中國。

我在〈一生心繫祖國的葉榮鐘〉一文中，曾經這樣說：

9　徐秀慧，〈主體思考與「士大夫傳統」〉，參見本書第四一六－四八一頁。

10　兩封信分別為一九七四年七月十七日葉榮鐘致林莊生信，原文為中文，以及一九七四年八月十二日葉榮鐘致林莊生信，原文為日文。請參見本書第一五三－一五五、一五六－一五九頁。

一九七四年他對中國前景所做的充滿信心的預言，可以說是一種心理的宣洩——他受日本殖民統治下所感受到的、做為一個中國人的屈辱感，在他給林莊生的信中得到了宣洩。他很清楚，過去一百多年台灣人所經歷的坎坷歷史，其實是近代中國人所經歷的全部痛苦的一個組成部分，這個組成部分將因全中國的解放與復興而得到紓解。他的預言雖然有一些認知上的基礎，其實更多的是一種夢想，如果他能活到現在，他一定能體會到他的夢想已經得到實踐了，他一定會感到很幸福。[11]

我在文中還引述了這兩封信中的一段文字：

愚對於社會主義以至共產主義向無研究可謂一無所知，但對貧富之懸隔與夫特權階級作威作福之可恨則慮之再三。因知此一問題若不能解決，則世界永遠不得和平，社會永遠不得安寧可斷言也。是故此一問題亦即解決台灣問題之前提，無論採用何種方法，此一前提若不能解決，則台灣問題之議論衹是空論而已……台灣人包括本人在內有種種不可救藥之弱點，無恥、自私、卑怯、嫉妬、軟弱等等，此種缺點與中國大陸解放前民眾所有之缺點完

11 呂正惠，〈一生心繫祖國的葉榮鐘〉，收於呂正惠，《寫在人間》（北京：三聯書店，二〇一〇），第三一六頁。

全相同，除經一番血之洗禮而外在任何自由主義的政治暨社會體制都無法改變。尤有進者台灣人之劣根性更因日本五十年之奴化教育與國民黨二十八年之壓制奴役民族性之墮落達於極點，以尋常之手段無法救藥。無論共管與獨立皆可信其無補於事，然則台灣之將來除向中共認同以外似已無路可走……。[12]

葉榮鐘寫這段話時，大陸還處於文化大革命（一九六六－一九七六）期間，他對文化大革命有相當的好感，這是無可否認的時代印記。但這些話仍然反映了他非常嚮往社會公正，如果不能實現正義性的社會改革，那麼任何政治體制都不能一勞永逸地解決人類社會的問題。因此我們可以說，民族文化感雖然能夠給與他感情的歸宿，但如果能夠進一步實現社會正義，那就更是他所衷心期盼的了。而且我們可以說，葉榮鐘對於社會正義的看法，未必全部來源於近代的社會主義思想，事實上也有傳統儒家的根源。熟悉儒家經典的人都會知道，這也和《禮記．禮運》開頭談大同世界那一大段的思想若合符契，葉榮鐘所以深深信仰儒家思想，因為這種思想本身就含有對社會公義的追求。就像習近平在期望中國的偉大復興之後，還提出人類命運共同體的看法，這種提法應該和儒家的大同思想也是有關係的，未必全部來自於馬克思的社會主義

12　一九七四年七月十七日葉榮鐘致林莊生信，原文中文，引自呂正惠，〈一生心繫祖國的葉榮鐘〉，第三一三頁。另參閱本書第一五三－一五四頁。

思想。

有了這種了解以後，我們再來看林莊生所推崇的那種西方的民主運作方式。他談到加拿大的自由黨，為了緩和魁北克的獨立運動，採取了一連串的政治改革：

把體制中的英國成份儘量沖淡，強調加拿大的主體性，例如修改國旗、國歌。最重要的是採用雙語政策，認定英語、法語均為同一地位的國語。不但政府的一切公文、公告，均用英法兩語，政府各級的主管或重要成員，非有雙語能力者不能充任。因為聯邦政府採用雙語政策，對其他少數民族，如中國、印度、意大利、東歐來的移民也不得不有適當的考慮與安排。多元文化的概念，雖然是適應這種環境而產生，但不可否認的，自由黨本身的自由主義思想，實為其胚胎。[13]

多元文化的自由主義思想，和人類的各種欲望都可以自由的發揮，這兩點可以說是林莊生最為肯定西方文化的兩大支柱。可是當我們看到美、加，還有其他西方國家面對新冠疫情的反應，就不能不感到困惑。疫情在武漢剛爆發時，西方國家，特別是美國，極力誇大病毒來自於中國

13 林莊生，《懷樹又懷人：我的父親莊垂勝、他的朋友及那個時代》，第三〇四頁。

的傳言，想以此切斷中國與西方的連繫，企圖用這種方式來贏得對中國的貿易戰。而當中國疫情控制得很好，反而西方應對無力時，他們又反過來甩鍋給中國，認為中國隱瞞疫情，最後為禍於全世界。因為新冠疫情，其實主要還是因為中國的經濟發展對西方越來越充滿了威脅，西方興起一輪難以言喻的反華情緒，讓西方世界的華裔感受到極大的恐慌。加拿大為此還成為五眼聯盟中最鮮明的反華國家，完全配合美國的要求，扣押了華為的孟晚舟。這一切的行為，幾乎和林莊生所推崇的西方的自由與民主背道而馳，純粹淪為強權之間的鬥爭。如果林莊生現在還在世，不知道他會有什麼感想。

其實，這就如葉榮鐘在前文所說，如果不解決貧富之懸殊，與特權階級之作威作福（西方大資產階級也可視為一大特權階級），世界永遠不得和平。西方，特別是美國，以及極力配合美國的加拿大的一切作為，說到底也不過是人類欲望與權力之爭而已，這些，哪裡跟他們所說的自由與民主有原則上的關係呢？如果有的話，那也不過表示，西方的自由，一方面指人的欲望可以自由的發揮，但另外一方面也可以說，當一種族群（如西方白種人）所追求的欲望，與另一族群（如中國人）產生衝突時，雙方的「自由競爭」就會演化成口水戰、輿論戰、貿易戰，甚至連世界公共衛生問題都可以成為族群爭霸戰的藉口。這才是「自由競爭」的真意，很可惜林莊生在世時沒有看到這麼赤裸裸的一幕。

林莊生是從最好的意義上，認識到西方民主和自由的價值，而我們中國人，一百多年來也是這樣認識的。相反的，葉榮鐘作為一個傳統中國文化的士人，遵循儒家的傳統，在他意識到中國復興有望時，提出了另外一種文明發展觀。隨著近二十年中國政治、經濟能力的逐步增強，隨著習近平的三步論述(每個人都有追求美好生活的願望、實現中華民族的再次騰飛、人類命運共同體)的發表，我們當更能了解葉榮鐘歷盡滄桑的思索過程。這本書所呈現的葉榮鐘和林莊生思想的交流，雖然並沒有完全展開，卻是我們今天正在面對的最重要問題的思想資源。

補記：

本書沒有將葉榮鐘與林莊生的通信按時間排列，而是把兩個人的信件分開處理，我覺得有點可惜。一九七〇年四月十六日，葉榮鐘寫信給林莊生，跟他說，《日據時期台灣社會運動史》自本月一日在《自立晚報》開始連載。葉榮鐘在當天將十五份剪報寄給林莊生。林莊生於四月二十三日回信，說「前天收到了您的來信和剪報，興奮之餘，我反覆讀了好幾遍」。林莊生的信很長，逐一提出了他的意見。五月一日，葉榮鐘回信說，「四月二十三日的信以感謝的心情拜讀了，非常受到鼓勵，三年的勞苦以貴函一封就充分被補償的感覺。所指點的地方一一都正確，印單行本時一定訂正。」(原信日文)把這幾封信連在一起讀，就能看出林莊生對葉榮鐘這本書的重視，也可看出，林莊生的回信對葉榮鐘產生很大的鼓舞作用。林莊生把葉榮鐘每一次寄的剪報，都分給一些朋友閱讀。一九七一年二月十三日他寫信給葉榮鐘，說「如今二百九十九回連載已經全部回到我手上，於是我昨天花了一整天的時間，從頭到尾通讀了一遍。這次的印象確實比分開閱讀時更為深刻，對論旨的要點也更為理解。」接著就寫了非常長的總評。林莊生期待著葉榮鐘的剪報，葉榮鐘等待著林莊生的評論，兩人的書信來往，對他們來說，是極其難得的心靈交流，也是他們共同關心台灣歷史命運的一份令人難忘的記錄。兩人雖然有輩分之差，但「義兼師友」，彼此都真誠而坦直；雖然意見時有參差，但無傷於他們深厚的情誼。如果把這些信按年月編排，我相信閱讀起來的感覺會完全不一樣。通過這些書信來往，我們也可以體會到，葉榮鐘晚年的歷史書寫，林莊生的貢獻不可小覷。而且，林莊生自己所寫的《懷樹又懷人》也可視為葉榮鐘台灣歷史書寫的一份續篇，雖然其中的某些想法葉榮鐘未必同意。

二〇二〇年十月二十七日

目錄

致林莊生書信選（一九六二－一九七六）

友人來信

林莊生致葉榮鐘書信選(一九六一—一九七六)

凡例

一、原信為日文的部分，均譯成中文。
二、原信中出現的英文或日文夾雜之處，皆翻譯為中文；簡體字直接改為繁體字。
三、原信中出現的人物和事件，盡可能以注釋說明，統一附在同頁。
四、原信中出現的書名都加上書名號，如《半路出家集》；文章則加上文章號，如〈貓〉。
五、原信中涉及他人隱私之處，刪去。
六、原信中疑似筆誤之處，在原文後加上標示〔〕更正。
七、原信有直排也有橫排，配合直排版面，原信中數字改為國字，編排上除書信格式按現有習慣排版外，盡可能保留原文格式。

葉榮鐘晚年書信選

致兒女書信選（一九六三－一九七六）

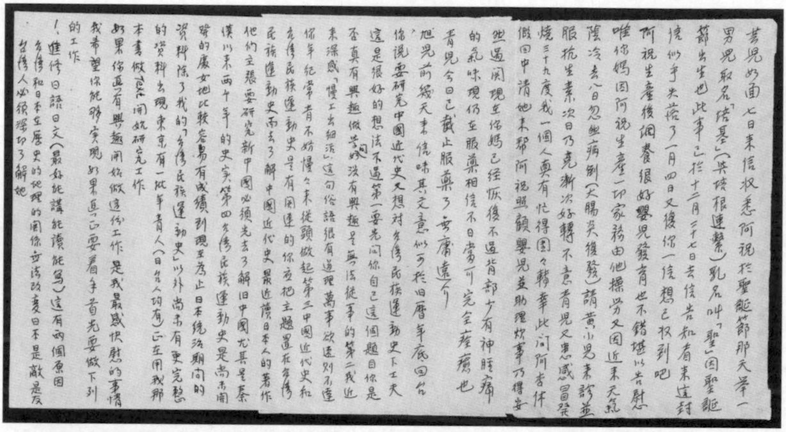
芸兒如面 七日來信收悉 阿視於聖誕節那天舉一男兒 取名「培基」（與培根連繫）乳名叫「聖」因聖誕節出生也 此事已於十二月二十七日去信告知 看來這封信似乎失落了 一月四日又接你一信 想已收到吧 阿視生產後調養很好 嬰兒發育也不錯 堪以告慰 唯你媽因阿視生產一切家務由他操勞 又因近來天氣陰冷 去八日忽然病倒（大腸炎復發）請黃小兒來診並服抗生素 次日乃見漸次好轉 不意青兒又患感冒發燒三十九度 我一個人真有忙得團々轉 幸此間阿杏休假回中 請她來幫阿視照顧嬰兒並助理炊事 乃得安然過關 現在你媽已經恢復 不過背部少有神經痛的氣味 現仍在服藥 相信不日當可完全痊癒也 青兒今日已截止服藥了 要庸遠介

旭兒前幾天來信 味其文意 似可於舊曆年底回台

你說要研究中國近代史 又想對台灣民族運動史下工夫 這是很好的想法 不過第一要先問你自己這個題目你是否真有興趣 做學問如沒有興趣是無法徒事的 第二我近來深感「慢工出細活」這句俗語很有道理 萬事欲速則不達 你年紀常青 不妨慢々來 從頭做起 第三中國近代史和台灣民族運動史是有關連的 你應把主題置在台灣民族運動史而去了解中國近代史 最近讀日本人的著作 他們主張要研究新中國必須先去了解舊中國 尤其是秦漢以來兩千年的史實 第四台灣民族運動史是尚未開發的處女地 比較容易有成績 到現在為止 日本統治期間的資料除了我的「台灣民族運動史」以外 尚未有更完整的資料出現 東京有一批年青人（日台人均有）正在用我那本書做底開始研究工作

如果你真有興趣開始做這份工作 是我最感快慰的事情 我希望你能夠實現 如果真正要着手 首先要做下列的工作

1、進修日語日文（最好能講 能讀 能寫）這有兩個原因 台灣和日本在歷史的地理的關係並沒改變 日本不是敵是友 台灣人必須深切了解她

2、台灣民族運動史 台灣本身幾乎沒有資料 必須借用日本人的資料

其次對中國歷史 尤其是史漢（史記漢書）瀏覽一遍 資治通覽亦要看々 然後進入中國近代史

林獻堂先生紀念集 我手頭只剩一部（八十餘部全被人要去一空）不能給你 記得你兄處應該有一部 不然二林生亦有 可向他們借用 楊肇嘉回憶錄只是自己吹牛 全無參考價值 不看也吧

過勞是生病之源 必須量力而行 不可無理 你媽就是好榜樣 文興也須注意健康 弟一切托印托

阿力耐得北國之嚴冬否 甚念 話猶未了 改日再談

父字
一月十四日
1975

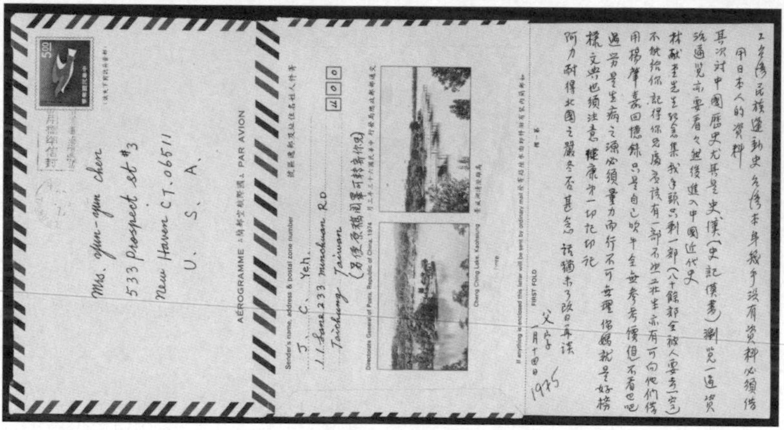

一九七五年一月五日葉榮鐘致葉芸芸書信，信中對於葉芸芸打算研究中國近代史，並想對台灣民族運動史下功夫一事，提供建議。

上：葉榮鐘〈自題半壁書齋〉手稿

下：葉榮鐘與其所養的蘭花合影，攝於一九六〇年代。

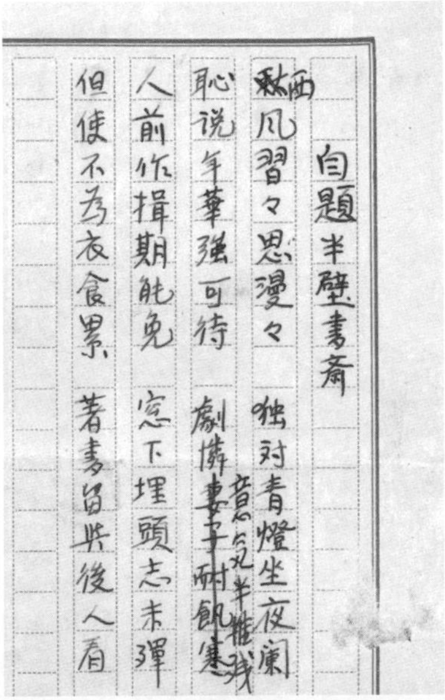

自題半壁書齋

秋西風習々思漫々　独对青燈坐夜阑

聆说年華强可待　劇憐妻子耐飢寒

人前作揖期能免　窗下埋頭志未彈

但使不為衣食累　著書留與後人看

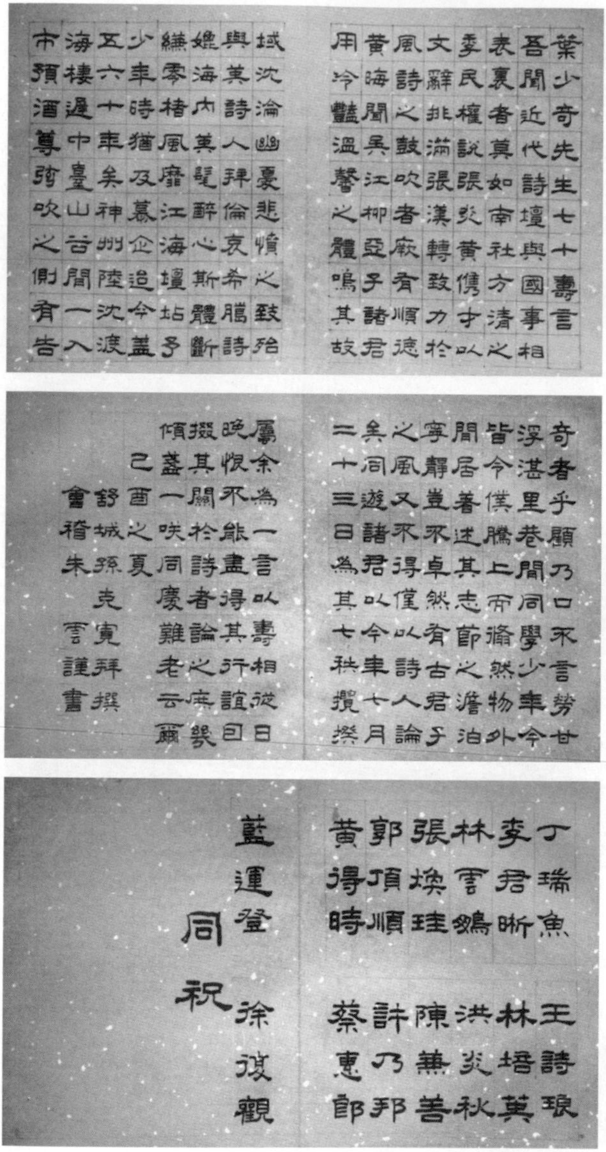

一九六九年葉榮鐘七十大壽，由孫克寬撰寫，朱雲手書，徐復觀等人同賀之〈葉少奇先生七十壽言〉墨跡。

一九七六年四月二十六日，葉榮鐘夫婦「四十五週年結婚紀念」合影。

1

一九六三年十一月八日

貫兒[1]：

十月二十八日、十一月二日發家信均收悉，旅次安好甚慰。工作繁重想你不久必可克服，助教亦要上堂講義使我感覺意外。兒能自覺不安，這是謙遜的念頭，做學問最怕驕傲，兒能謙遜最使我高興。這是做人的起碼條件，有才又必須有德，謙遜是八德之門，貫能循此路進發，一生必不致走錯了路。

家中大小均安。你姊歸寧，翠玲已成我家的中心人物。你媽痛愛孫女真是無微不至，因翠玲活潑可愛，一家笑口常開，至堪告慰。

洋子[2]每星期日都來跟你媽學料理，所以每星期日都有「打牙祭」，惜兒不能同享。洋子聰明伶俐，性格又甚良善和藹可親，舉家對她都懷好感。

我現在除每期為《彰銀資料》寫隨筆外，還自撰寫回憶錄，近日寫完一篇抗戰中的生活記

1 葉榮鐘的長子葉光南的小名。
2 葉榮鐘的長媳林妙芬的別名。

錄題為〈半壁書齋由來記〉[3]前曾與徐教授[4]談起，他說可寄《民主評論》[5]發表。現在尚未淨書，不日抄好，當寄給徐教授鑑定是否可以發表。因為內容牽涉個人之文字較多，在個人的專集自無問題，刊登公開的雜誌似不合適。

來信關於印度人的看法甚對，帝國主義的殖民政策固可痛恨，但自己若不能克制自己，不思振作，雖沒他人壓迫，你自相欺騙、自相凌辱、以至自相殘殺，還不是一樣嗎？

我常有一個疑問至今猶不能解決：被人管而能守法與自由而犯法是那〔哪〕一種好？

父字

3 〈半壁書齋由來記〉後來成為〈一段暴風雨時期的生活記錄〉的第一段。〈一段暴風雨時期的生活記錄〉發表在香港《民主評論》（一九六四）。後收入葉榮鐘，《葉榮鐘全集．台灣人物群像》（台中：晨星出版社，二〇〇〇），第四〇五－四二五頁。

4 即徐復觀（一九〇四－一九八二），湖北浠水縣人，原名秉常，字佛觀。留學日本陸軍士官學校，抗日戰爭期間為蔣介石幕僚，一九四三年曾以少將軍銜聯絡員駐延安半年。一九四九年在香港創辦《民主評論》，同年渡台，轉向學術研究，先後任教於台中農學院、東海大學、香港新亞學院，為新儒學的代表人物。重要著作有《中國藝術精神》、《中國思想史論集》、《兩漢思想史》。

5 一九四九年六月，徐復觀等人在香港創刊《民主評論》，被視為新儒家立場的刊物。

2 一九六四年七月十四日

貫兒如晤：

七月七日來函已收到。神經痛已痊癒甚慰。

莊生[1]日昨來信勸我用錄音保存我的講演：關於台灣政治解放運動的經過，云分十次錄音，每次一小時半，共要十五小時，寫一本《台灣民族運動史》我本有此計劃，唯資料尚未集齊故未動手。而且在這以前擬先寫完一本《台灣先賢印象記》，把過去民族運動之重要角色描寫一下。現在已寫就六、七人，再加六、七人便可成書。這書出後應趕寫我的自傳，現已寫成三分之一。這兩書完成後才可著手寫民族運動史。[2]莊生提議的錄音，若不是先把運動史的資料

---

1 林莊生（一九三〇－二〇一五），為日據時代台灣文化界聞人莊垂勝之長子，從母姓。一九五二年畢業於省立台中農學院（現中興大學），後進入彰化銀行服務。一九六一年赴美取得威斯康辛大學農藝博士學位後移居加拿大，活躍於當地僑胞界。一九九二年林莊生在台灣出版《懷樹又懷人：我的父親莊垂勝、他的朋友及那個時代》，記述父親的過往以及自己與父輩師友之間的往來的過程。此後，陸續在《台灣風物》、《文學台灣》、《台灣文學評論》等雜誌上發表文章。

2 葉榮鐘先後擬有三份寫作名單：

(1)《台灣民族運動先烈傳》（印象記）所列名單除林獻堂、蔡惠如、林幼春、蔣渭水四位成稿，賴和未完稿外，其他九位：林茂生、陳炘、洪元煌、陳新彬、蔡式穀、李瑞雲、王敏川、蔡年亨、林篤勳等均未動筆。

集妥，也無法染指也。家中大小均安，可免遠介。

父字

(2)《洛江先賢傳》列有辜顯榮、施家本、施純厚、莊依若、鄭汝南、洪月樵、鄭鴻猷、施少雨等鹿港先賢。成稿僅辜顯榮與施家本兩篇。

(3)《台灣人物群像》包括梁任公與台灣、林獻堂、蔡惠如、林幼春、蔣渭水、蔡式穀、施家本、莊遂性、羅萬俥、高天成、辜顯榮、矢內原忠雄等十二位。其中僅蔡式穀未成稿。

3 一九六四年八月四日

貫兒如晤：

七月三十日夜家書今早接到。余因出席煉鐵股東臨時會赴北，昨晚由北歸宅。台灣現在因游資泛濫股票大漲而特漲，因此暴發戶增加不少。黃××（常在郭小兒科出入）之子因經營證券行，現在單煉鐵股一項就賺了千萬以上，其他還不知賺多少。其父之身世是兒所知，一向是向你姨丈揩油過日子。現在他的財產已是十個郭小兒科也望塵莫及的了。煉鐵我一向是名列董監事之一，但這次漲價連一文都賺不到，只好自認福薄，夫亦何言。

最近寫好一篇〈光復前後〉的文章，約有兩萬字。因時間經過未久，

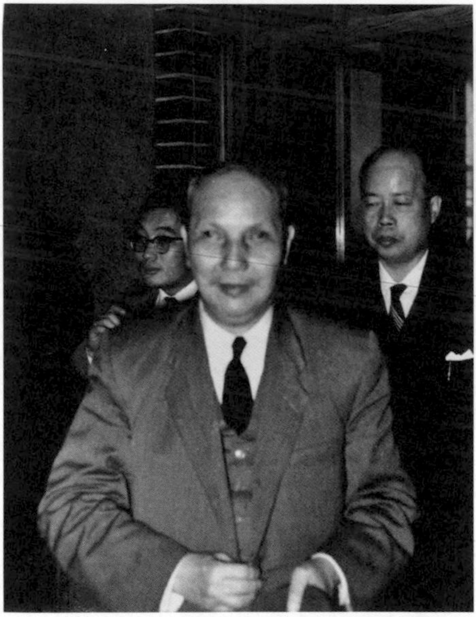

一九五九年一月二十六日，丘念台代表葉榮鐘出席葉蓁蓁與張東亮婚禮。

牽涉甚多，且有頗為刺激的描寫，故未敢遽為發表，恐犯忌諱。擬先拿給丘念台先生[1]過目然後發表。

余在錢財方面一籌莫展，但文字方面卻頗有收穫。只好用「失之東隅，收之桑榆」自慰。熊掌與魚倘不可兼得，則余選擇文字亦未必是錯誤吧。

美國為新興國家，歷史短暫，莫怪其一木一石皆成古蹟，而燕石自珍。此層與日本正相同，日本立國較美國為古，可是國度渺小，歷史根基淺薄。他們的古蹟，用我們的眼光看來等於是兒戲。但是我們雖然豐富，但因子孫不爭氣，自己糟蹋之不足，還讓別人搬運一空。人家短少，但認真保存可能日富一日，我們豐富，但因不自珍惜可能日少一日。如此一消一長，將來相差就不可想像了。

日來暑氣蒸人，千萬善自珍衛。

父字

1 丘念台（一八九四－一九六七），初名伯琮、國琮，入中學時更名琮，台灣省台灣縣捒東上堡大埔厝莊（今台中市潭子區）人。其父為台灣先賢丘逢甲，台灣民主國失敗後，丘逢甲離台遷居廣東鎮平，榜其居曰「念台山館」，以示不忘光復台灣。丘念台的事蹟以及與葉榮鐘的交往，另可參閱葉榮鐘，〈我所知道的丘念台先生〉，《葉榮鐘全集．台灣人物群像》，第三二五－三三二頁。

4

一九六四年八月三十一日

貫兒如晤：

八月二十四日連發兩信均已收到。

余之自傳前已寫好一部分（自出生至十八、九歲），前年寫（一九三六－一九四一）五年間台人最受壓迫的期間，以〈一段暴風雨時期的生活記錄〉之標題發表在《民主評論》（曾寄給兒及莊生）。[1]最近又續寫〈光復前後〉（一九四一－一九四六）約兩萬五千字，現寄給丘念台先生鑑定是否可以發表。[2]這十年間的事是我自傳中的第二高峰，將來自可收入自傳之中。今後得暇當續寫（一九二〇）十八歲以後至一九三五年之十五年間（這應是自傳之第一高峰），及一九四一（一九四六）年至現在之記錄。余一生學無事長，事乏效績，全局盡輸追悔莫及。今後唯有努力寫作，將個人的經歷記錄下來以備將來作為歷史之側面資料。倘有成就，亦可稍為補過也。

1 自傳的第一部分（自出生至十八、九歲）後以〈我的青少年生活〉為題，發表在《文季》（一九八三年），後收入《葉榮鐘全集．台灣人物群像》，第三五九－四〇四頁。

2 此文發表在香港《民主評論》（一九六四年十二月），題目為〈台灣省光復前後的回憶〉。後收入《葉榮鐘全集．台灣人物群像》，第四二七－四六〇頁。

近日寫好〈悼高天成博士〉一文，已交《台灣文藝》[3]發表，預定十月初發刊，屆時當寄兒一讀。

昨夜敬生[4]兄弟來宅，余曾鼓勵他們訓練寫作，因為文章係發表工具，古人説「工欲善其事，必先利其器」。無論將來是否以學問立身，作為一個知識分子，這一份工具一定非俱備不可。吾兒現在學課繁重，當然無法兼顧，但仍望你予以關心。

台灣人因過去五十年間的歷史關係，一般人對於國文的力量較差，致受輕視而吃大虧。但我有自信，台人之才能絕不弱於任何民族，若能努力從事定有可觀。余現在不以老朽自棄，而孳孳以寫作為念者，第一是欲留一點記錄性文字以供將來修史者之參考；另一點是不願被人歧視台人為不學無術之土包子。

現在記憶力太差，讀書所得甚微，但仍努力閱讀，因為我確信「知識是力量」；而且學海無涯，活一天學一天是知識分子分內之事，甚願吾兒亦能以此意自勉也。

父字

3 《台灣文藝》是吳濁流在一九六四年四月所創辦的刊物。

4 林敬生，鹿港人莊垂勝之子，排行第二。

5

一九六四年九月二十五日

貫兒收知：

來信收悉。學分本學期可以修了，下學期做論文便可取得碩士學位，至感欣慰。

前曾提過余所寫〈光復前後〉一文曾寄丘念台老過目，丘老為做堪誤表、寫讀後感，隆情可感。週前帶交徐教授校閱，昨日送來，備及稱讚，並命直寄香港《民主評論》發表。該文共分十五段，約二萬餘言。內中對民意代表加以不客氣批評，這也可以說是余對目前台灣的惡勢力發出宣戰佈告。文字經丘老審慎推敲，刺激性文字盡量避用；[1]唯徐教授則有拿柴添火的氣味。但我盡量避免授人把柄，不過處在這樣複雜奇怪的社會，常有出人意料之事發生，故亦難保絕對不會發生麻煩也。

隨筆集出版事，書局疊來催促稿件。已經炎秋伯[2]閱過，隨時可以交出付排，唯文字全數

1 光復初期曾擔任國民黨台灣省黨部主任委員的丘念台先生，主動為〈光復前後〉一文撰寫讀後感，頗有為葉榮鐘護航之意。讀後感詳述十一則感想，最後重申葉榮鐘撰寫此文對國家民族是絕對善意的，顯得極為顧慮當局的猜疑誤解。請參閱葉榮鐘，〈我所知道的丘念台先生〉，《葉榮鐘全集．台灣人物群像》，第三一五－三三二頁。

2 洪炎秋（一八九九－一九八〇），鹿港人，清末秀才洪棄生之子。一九二三年洪炎秋考進北京大學預科，是魯迅、周作人、許壽裳的學生。一九四六年返台，歷任台中師範學校校長、台大中文系教授、國語日報社長發行人。一

只得七萬多字，印一本單行本至少亦須十萬字，是故尚須再添寫幾篇以便湊數。為銀行編六十年史，自月初開始寫稿，已寫好上篇兩章，進行尚屬順利。預定來月中把上篇弄好，以便續寫下篇。

中秋以後天氣轉涼，日來西風蕭瑟漸有秋意矣。

父字

九六九年十二月，在台北市選區當選增補立法委員。著有《閑人閒話》、《廢人廢話》等多種著作。

6 一九六四年十月三日

貫兒如晤：

九月十五日寄去照片，二十五日寄去信函想均已收到。

隨筆集原稿經炎秋伯校閱後已於週前交中央書局付排，現給命名為《半路出家集》。現在只得七萬多字，擬增寫至十萬字。自序昨日寫妥交芸兒[1]淨書。

最近為編《彰銀六十年史》[2]、寫隨筆、寫先賢傳記等每日頗為忙碌，但生活極感充實，至感愉快。緣此身體亦甚頑健，你母身體調子[3]極好，諸事順利毋庸遠介。

父字

---

1 指葉榮鐘次女葉芸芸。

2 《彰銀六十年史》原書名《彰化商業銀行六十年》，一九六八年初版發行。書中由葉榮鐘執筆，有關近代台灣金融發展及戰後初期台灣經濟之前八章，計二十萬餘字，承彰化銀行同意授權收入全集，更名為《葉榮鐘・近代台灣金融經濟發展史》（台中：晨星出版社，二〇〇二）。後由葉芸芸、徐振國節選收錄於《葉榮鐘選集・政經卷》（台北：人間出版社，二〇一五）。

3 調子，日文漢字用法，指健康狀況。

7

一九六四年十二月一日

貫兒如面：

十一月二十三日家信收悉，知你旅次安好甚慰。

關於先賢傳記，余早有意出一本《人物群像》，現已寫竣者已有十多人，打算陸續再寫四、五個人便可成書。《台灣文藝》已出至第五號。第四、第五兩冊是否接到可來信通知。五篇之中以〈記辜耀翁〉一篇最為精彩，兒以為然否。

隨筆集現已排竣八成，年底出書大概趕得及。最後校正稿，日前已拿來一半，打算今明日中把它校好送還。

莊生來信謂〈林幼春先生之印象〉他期待能夠詳細一點，能夠更「詩的」一點，因為他認我為「詩人」，所以用詩人之筆寫詩人的印象應該與眾不同。但事實關於「詩人的林幼春」，余知道的太少，現在與他同輩的人尤已凋零殆盡，老實〔說〕無法搜集材料，不得不因陋就簡草率成篇，但莊生的意見我認為是對的。

父字

8

一九六五年三月十五日

貫兒如面：

三月三號及八號家書均已收到，兒對《半路出家集》的批評均中肯綮，尤其說余處處想咬人一語，真能道出余之心病。這種傾向與其說受魯迅影響，無寧說是在日據時期在日本帝國主義淫威下養成出來較近實情。當時余所作舊詩幾乎全是這種味道，特別是〈索居漫興〉前後二十首尤為顯著。[1]兒平時對文學並無十分興趣，但是看文章的眼光卻甚犀利，可見人之聰明才智是有觸類旁通的作用的；見識高明的人雖平時未經措意，但也無礙其構成正確的見解。余將來信與你二舅[2]一讀，他亦極為佩服兒之意見。

1 一九三五年底，葉榮鐘進入日據下台灣人唯一的喉舌《台灣新民報》任職，七七蘆溝橋事變之後，中國大陸全面抗戰，未久台灣亦進入戰時體制，日本總督府及軍方對言論的控制日漸嚴苛。一九三九年《台灣新民報》刊登葉榮鐘詩作〈索居漫興〉十首，大受歡迎，和詩的人很多，主筆林呈祿不久即接到日本總督府警務局的警告，說葉氏的詩對時局全無認識，殊屬不該，以後應加注意。〈索居漫興〉後收入葉榮鐘，《葉榮鐘全集．少奇吟草》（台中：晨星，二〇〇〇），第一三八－一三九、一四二－一四三頁。請參閱葉榮鐘，〈一段暴風雨時期的生活記錄〉，《葉榮鐘全集．台灣人物群像》，第四〇五－四〇六頁。

2 指葉榮鐘的內弟施維堯（一九一一－二〇〇五）。相關資料可參閱林莊生，〈台灣的文化人：施維堯先生〉，《一個海外台灣人的心思》（台北：望春風文化，一九九九），第六二－七二頁。

余之右眼已恢復如常，你母感冒亦已痊癒，希免遠介。昨日參加行內高爾夫比賽，你母及芸兒偕往豐原「老公坪高爾夫球場」觀戰，並作半日之清遊，風和日麗甚為快適。余已兩年餘不彈此調，技術退步九洞打七十二桿，當然是殿軍。但「敗亦可喜」醉翁之意不在酒也。

父字

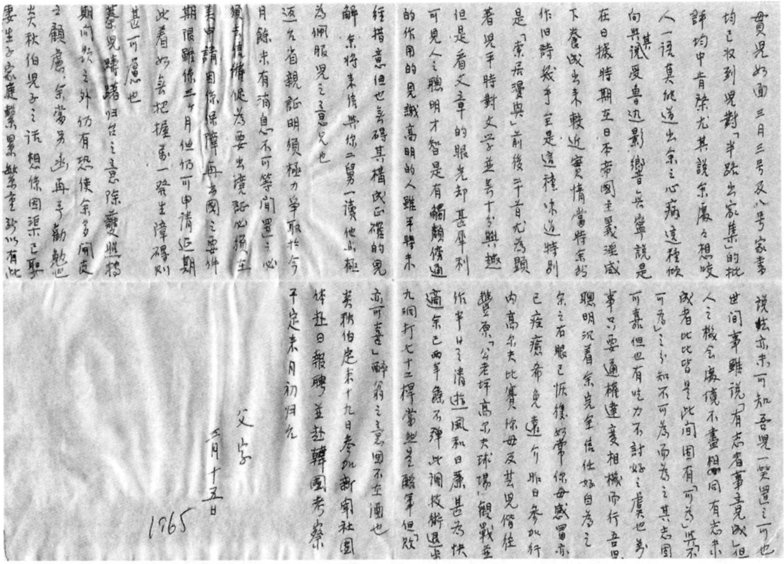
貴兒如面：三月三号及八号家書均已收到，兒對「半路出家集」的批評均中肯，余尤其說余處處想咬人一語，真能道出余之心病，這種傾向其說受魯迅影響無寧說是在日據時期受日本帝國主義淫威下養成出來較近實情，當時余故作舊詩發牢騷是這種訴述，特別是「素居還與」前後二十首尤為顯著。兒平時對文學並非十分興趣但是看文章的眼光卻甚犀利，可見人之聰明才智是有觸類旁通的作用的。見識高明的人雖未經指意但也無礙其構成正確的見解。余將來倩與你二舅一讀他亦極為佩服兒之意見也。返台省親證明須極力爭取，於今月餘未有消息，不可等閒置之，必須央請催促為要，出境證必須在其中請，因係保障再出國之要件，期限雖係三個月但仍可申請延期，此看如無把握萬一發生障礙則甚可慮也。蓁兒躊躇歸台之意除[illegible]期間數之外仍有恐使余多開支之顧慮，余當另函再予勸勉。英秋伯兒子之話想係因渠已娶妻生子家庭繫累較重致以有此

讀之亦未可知，吾兒一笑置之可也。世間事雖說「有志者事竟成」但人之機會處境不盡相同，有志未成者比比皆是，此間固有「可為」與「不可為」之分，知不可為而為之，其志固可嘉，但也有吃力不討好之虞也。為事只要通權達變相機而行，吾兒聰明，況着余完全信任，好自為之。余之右眼已恢復如常，你母感冒亦已痊癒，希免遠介。昨日參加行內高爾夫比賽，你母及芸兒偕往豐原「公老坪高爾夫球場」觀戰並作半日之清遊，風和日麗甚為快適。余已兩年餘不彈此調，技術退步九洞打七十二桿，當然是殿軍但「敗亦可喜」醉翁之意固不在酒也。英秋伯定本十九日參加新聞社團體赴日報聘並赴韓國考察，平定本月初歸台。

父字

三月十五日

1965

一九六五年三月十五日葉榮鐘致葉光南書信，信中提及自己的文章處處想咬人，乃受魯迅以及日本帝國主義淫威影響。

9 一九六五年三月二十七日

貫兒如面：

十五日寄去一信想已收到。昨日在北會台新旅行社蔡經理詢問出境證問題，據云仍須在美申請以免麻煩。若在台申請則須經由教育部，而且有兵役關係手續之麻煩，與重新辦理出國一樣，希勿大意。

《半路出家集》出版以來反應甚好，現在正由書局籌備再版。各報社慕名徵稿；已為《徵信新聞》[1]副刊寫了三篇文章，均已見報。第一篇〈台灣地名〉，第二篇〈台北藝妲〉，第三篇〈養女問題〉昨日刊出，反應甚好。尤其是第二篇內容充實文字雋永大博好評。青年們對於過去的情形隔閡，現在對這方面的知識欲求甚熾熱。這種情形和日本發生同樣的傾向，可以說是一種巧合。日本戰後因為教員組織所謂「日教組」[2]由共產黨領導，對歷史教材大加歪曲，致戰後青年對戰前歷史一無所知。現在發生反動（彈）歷史知識的要求甚為強烈，蔚成一種風氣，最

1 一九五〇年，余紀忠創辦《徵信新聞》，主要內容為物價指數。一九六〇年一月一日，《徵信新聞》改名為《徵信新聞報》，成為綜合性報紙。一九六八年九月一日，《徵信新聞報》更名為《中國時報》。

2 日本教職員組合，成立於一九四七年六月八日，長期扮演「激進改革」及「左派」的角色。

近出版凡歷史書一賣就是幾百萬冊。

家中大小均安，希免遠介。

父字

10

一九六六年二月二十八日

貫兒、洋子收閱：

今日接到你倆二十二日發家信，知你們旅次安好，期中考成績優異，甚慰。唯照片略瘦，你媽頗以為念耳。

二十一、二十二日余與你媽均曾去信想已接到。日來天氣陰晴不定，乍暖乍寒，一下子由二十六度降至十三度；又兼淒風冷雨，稍不小心便要感冒。你媽就是被害者的一人，起先喉痛後來咳嗽，但不嚴重；昨日還能偕旭兒[1]及余同往鹿港吃海鮮（同行有徐復觀教授夫

1 葉榮鐘次子葉蔚南小名。

一九六五年夏，「中台雅集」出遊合影，後排左起葉榮鐘、梁容若，前排右起徐復觀夫婦、林培英、藍運登、陳兼善夫婦、梁容若夫人。

婦等共十人）。[2]想係吃感冒藥太多，今天身體略感疲倦，休息一、兩天便可痊癒如常，毋庸遠介。

旭兒自入學寮今已兩週，似漸習慣也漸好轉。日前考英文竟獲滿分，希整能持之有恆則當有改善之一日也，學期考結束後，可來信予以鼓勵為要。

三、四天前晚上下雨，燈下無聊懷念你們因成七絕一首，錄此以博一笑：

雨夜懷貫兒

淒風冷雨釀春寒，燈下攤書到夜闌。
忽憶佳兒天際外，錦衣何日慰衰殘。[3]

一月來連續寫了三、四篇雜文分寄《民主評論》、《中華雜誌》（胡秋原主持）。最後一篇寫

2 在省籍隔閡、政治恐怖的六〇年代，葉榮鐘和徐復觀組織了一個聚會，成員包括東海大學幾位大陸籍教授（孫克寬、陳兼善、梁容若、彭醇士等）和圍繞著中央書局的幾位台中本地文化人士，每月輪流作東或聚餐或出遊，吟詩論書評家國大事，孫克寬教授稱之為「中台雅集」。徐復觀先生曾表示他不僅在台中住了二十年，也在這裡交上幾個永遠難以忘懷的朋友。相關資料可參閱葉芸芸，〈文化的風景〉，《餘生猶懷一寸心》（台北：印刻出版社，二〇〇六），第二一〇－二一四頁。下文書信中出現的「徐先生」指的都是徐復觀。

3 此詩後修改更題〈懷貫兒〉，收入葉榮鐘，《葉榮鐘全集・少奇吟草》，第二三五頁。

日本的讀書風氣與出版情形的文章，徐教授認為極有分量，代為寄給商務印書館的《出版月刊》，並獲該館主編來信答應刊出，可望三月中先後刊出。屆時當為寄去。

父字

11

一九六六年四月二十二日

貫兒、洋子收閱：

十五日發家書收到了，你倆生活順利，健康有加，甚慰。家計又能收支平衡，更加可喜。此信接到時可能專題演講已結束，遙祝你的成功。

余近來讀書頗多，大部頭的是衛爾士的《世界文化史》[1]（日文翻〔譯〕本）。因為做筆記，所以進度甚緩，自本年一月開始至今只讀完六百餘頁，此外翻讀周作人的隨筆集八、九冊，其他日文書十餘冊，頗有所得，甚為滿意。其他作詩十餘首，寫文章兩萬多字。世事混亂，心情沉悶，除用閉門讀書外，無法排遣。這是過去讀書人處亂世的老路子，不意余行年六十七始摸到這一條生活的隘路，雖覺為時過晚，但也無可奈何。

《彰銀六十年史》打算在一、兩個月中弄好，秋天可以整理原稿再出一本隨筆集。

昨日得小詩兩首，自覺頗有意思，錄在這裡給你看，雖然你對詩並無興趣，但或許可味得余近來之心境：

1　H.G. Wells著、北川三郎譯，《ウエルズ世界文化史大系》（東京：世界文化史刊行會，一九四三）。查閱新竹清華大學圖書館網站「葉榮鐘特藏」。

寂寞

寂寞驅人作小詩，自得怡悅轉生悲。
故交零落風流歇，俊語憑誰共解頤。
老去原知不合時，也思改口念西皮。
只緣薑性終難煆，下策無妨學聾痴。[2]

家中大小均安，無庸遠介。

父字

2 此詩修訂後收入葉榮鐘，《葉榮鐘全集．少奇吟草》，第二三六頁。

12 一九六六年六月十五日

貫兒收知：

八日來信收悉，期考成績保持優異，專題演講又博好評，至感快慰。你們旅次平安，學業進步，是余與你媽所最關心的問題。今能如此順利，你媽之歡喜不難想像矣。

〈台灣警察〉[1]一文係於脫稿後寄與徐教授過目，而他竟指定寄與《中華雜誌》。因徐氏與胡秋原交情頗厚，一半為他拉稿，一半為我的文章找出路，好意難卻，貿然寄出。後來見該雜誌載有中傷「文星集團」一文，覺得全出惡意之栽誣，有失言論人之風度。《文星》[2]一向亂咬人固然可惡，但卻不至於如是之甚。胡秋原這個人我僅知其為一名立法委員，平生做人如何毫無所知。但自見該文以後，已再不敢領教矣。

養潛阿舅已於去十二日出殯（火葬），郭小兒科聞卜定七月六日出殯。一是貧無立錐之地，

1 〈台灣警察〉文題為〈日據時代台灣的日本警察〉，後收入葉榮鐘，《葉榮鐘全集．半壁書齋隨筆（下）》第三輯「小屋大車集」（台中：晨星出版社，二〇〇〇），第一五九－一六五頁。

2 《文星》雜誌是由台北文星書店在一九五七年所創辦，在一九六〇年代曾對台灣青年的自由主義思想產生深遠影響。

一是千萬富翁，同是一死，但是誰是幸福實難遽斷。

父字

13

一九六六年六月二十三日

貫兒、洋子雙閱：

十七日發家書收悉，暑假獎學金已有著落甚慰。家中諸人均好，唯你外婆顛連床枕已將兩月至今猶未復原。初是因感冒而患氣管炎，治療已漸痊復，奈她個性倔強，趁你媽外出之際叫女傭替她洗頭髮，因此重感冒而引起肋膜炎。兩週來由黃小兒科主治打針，服藥已漸痊復。但係慢性病要再經過一段時間耐心治療才能復原。

我現在趕寫《彰銀六十年史》，專心致志不敢外騖，所以近來小詩不作，散文不寫。現在已屆完成階段，年底以前希望能夠問世。

今天是端午節，家中縛粽子拜祖先。這次因你外婆臥病不能動手，你媽與阿嬌（女傭）共同合作味道不遜你外婆的製品。唯你倆遠居國外未能分享為憾。

蓁兒[1]久無信息，由阿媛姨來信得知她們一家安好，現正忙建築新屋，可能在今年中實現云。

父字

1 指葉榮鐘長女葉蓁蓁（一九三二－一九六七）。參閱葉榮鐘，〈蓁兒最後的信〉，《葉榮鐘全集．半壁書齋隨筆（下）》，第二五三－二七三頁。

14 一九六六年七月二十五日

貫兒、洋子：

你們的信已先後接到了。你外婆的生命現在只能用時間計算，這封信接到時她可能已不在人間了。她的一生實在可憐，但是她的心情你們也能夠了解而寄與〔予〕同情，這一點還算是幸運的，大多數的老一輩的人，尤其是處在大家庭裡的女性，十九是含冤含恨而死的。

她發病在你二舅家，在那裡住兩週間，才由你媽接到吾家。一週前由我家搬入中山附設醫院。前後三個月間，在我家兩個多月，使你媽能夠稍盡一點孝心，也是有意義的。現在你媽與芸兒每天仍輪流去醫院看護，但自昨日來她已不省人事了。

我已決定本月底退休，不過因為《六十年史》尚未完成或須再幫忙一段時間，亦未可知。

退休示內子

廿載吹竽濫下僚，容華意氣此中銷。
安排老境無多巧，最上功夫耐寂寥。[1]

1 收入葉榮鐘，《葉榮鐘全集．少奇吟草》，第二三七頁。

家中諸人幸均平安，可免遠介。你媽傷心自不待言，身體尚健略堪告慰耳。

父字

15

一九六七年五月十一日

貫兒、洋子雙閱：

你們寄來母親節賀片已接到，你媽甚為高興，家裡大小均安可免介。唯你媽常患大腸炎，這是她平時便祕的病根，除注意飲食別無特效藥可望斷根。我也時患神經痛，右手不能載重，痛雖不厲害，但因係右手，舉筆書寫全靠這一手，如果嚴重真是費事。現在銀行醫務室打針治療已漸痊復，可免介意。這是年齡必然的現象，著急亦無奈它何也。

隨筆集第二輯《小屋大車集》，你處可能尚未接到，初版二千冊因為銀行方面支持，大部已兑出。

最近肇嘉伯[1]出版《楊肇嘉回憶錄》，因內中對其養父批評太過火，又因吹牛吹得太離譜，

1 指楊肇嘉（一八九二—一九七六），台中縣清水人，是日據時代台灣自治運動史上重要人物。一九二五年，被推選為台灣議會設置請願代表，與林獻堂等人赴東京請願，從此積極投入台灣人政治運動。一九三〇年返台，擔任「台灣地方自治聯盟」常務理事，一九三五年赴日反對有損台灣農民利益的〈米穀統製法案〉。一九四五年日本戰敗後，被推舉為「台灣旅滬同鄉會」理事長，任「台灣重建協會」分會理事長，向接收的國民政府交涉台灣人的權益和回台遣送問題。二二八事件爆發後，赴南京提出和平解決之建議，並返台調查，但被隔離監視，旋坐原機返

致受各方面反感。尤其是對養父問題，其弟天賦招待記者大加攻訐，引起軒然大波。這是一個好名之累的實例。

因其回憶錄風波的影響，受蔡培火[2]、吳三連[3]兩先輩的慫恿寫《台灣民族運動史》[4]。現正著手籌備，初步預定明年出書。

現在房子前後庭自遷入以來經你媽及余經之營之，現在已整頓就緒，花木欣欣向榮，頗有可觀。可能是此地空氣清新，洋蘭移植以後，今春花季次第開花；最盛時六、七盆一齊怒放，

南京。一九五〇年出任台灣省政府民政廳長，負責辦理戰後首屆地方自治選舉。一九六二年應聘為總統府國策顧問。著有《楊肇嘉回憶錄》（台北：三民書局，一九六七）。另請參閱葉榮鐘，〈急公好義的楊肇嘉先生〉，《葉榮鐘全集．台灣人物群像》，第二六五—二七七頁。

2 蔡培火（一八八九—一九八三），雲林北港人，號峰山，台灣政治人物。日據時期曾與林獻堂、葉榮鐘等人共同參與「台灣同化會」、「台灣文化協會」，發行言論刊物《台灣青年》，推動「台灣議會設置請願運動」、「台灣民眾黨」，同時，為了消彌日本對台灣人教育的不平等，創辦私立台中中學（今台中一中）。戰後加入國民黨，任政務委員，中華紅十字會副會長。

3 吳三連（一八九九—一九八八），台南學甲人，台灣政治人物、報人，東京商科大學（今一橋大學）畢業。日據時代曾當過《每日新聞》記者，參與《台灣新民報》。光復後創辦台南紡織及《自立晚報》，曾任國大代表、首位無黨籍台北市長、台灣省議會議員。

4 《台灣民族運動史》原名《日據下台灣政治社會運動史》，一九七一年由自立晚報以《台灣民族運動史》之名出版。後恢復原書名，收入《葉榮鐘全集》（台北：晨星出版社，二〇〇〇）。下文《抗日台灣民族運動史》、《台灣近代民族運動史》、《日據時期台灣政治社會運動史》均指此書。

有一盆共開五朵者。玫瑰亦甚發展，連其後補植，現在共有十一株之多。

父字

16 一九六七年六月七日

貫兒收閱：

六月二日發家書昨日收到。期考成績優異，全部課程修完，研究工作告一段落，無任歡慰。你媽亦甚高興，她大腸炎癒後，又患腎盂炎（這也是舊病復發）。炎症本身並不嚴重，但因顛連床枕之後，體力衰退，兼之服用抗生素甚多，體力營養均受影響。現在元氣已漸恢復，不過仍須細心調養，這一點我會盡力照顧。可免遠介。

家中今日起開始縛粽子，今年二舅處因帶孝，俗例不能縛粽，親戚需要贈送。今日先縛庚〔粳〕粽明日才縛肉粽。但無法使你們得賞故鄉滋味，乃是一項憾事。

你的碩士論文已在專門雜誌發表，十一月又要在學會發表論文，這是意味你的學問已有成就。學海無涯，雖不能以此自足，但是對你自己的鼓勵一定不少，希望你能由此一發堅定信心，勇往直前。

我決意寫《台灣民族運動史》早在十餘年前就已下決心的，不過若沒有這次蔡培火、吳三連兩先輩的慫恿與鼓勵，或者須緩幾年才能夠開始。現在已開始編年表（大事記）。年表完成後，根據年表來做全史的目次，再根據目次的項目寫本史，歷史學上這叫做「專史」。現在資料雖未十分充足，但門路已有把握。

我的神經痛現在已漸恢復，右腕尚覺稍有痠痛，但天氣回復，可能漸次痊復。神經痛最怕是冷濕，前些時連日淋雨，整整下了兩週以上，連人都要發霉，遑論其他。所以神經痛會作怪，無寧是當然的。

家中因芸歸來你媽得到幫手，而且人多氣壯，今後一切會好轉無疑。可免遠介。

父字

17　一九六八年二月二十七日

貫兒如晤：

二十三日家書接悉。結婚證書、戶口抄本暨年底所寄包裹均已接到，甚慰。

你媽感冒已完全好了，因為感冒服用抗生素頗多，致胃腸受影響，昨晚忽然胃部脹痛，經服胃散今日已經平安無事。可免介意。因為病後諸多不如意，心情不大愉快，所以你們要她動筆寫信，必須再等幾天。

我的〈抗日台灣民族運動史〉年表[1]五萬多字已寫好，現在已入本文第一章〈台灣民族運動的濫觴〉。三個小題已寫了兩個二萬多字，尚有一個關於梁啟超來台的問題，資料大體已齊備，這兩天正在構想中。

今夜冷雨下得特別大，冷氣侵人就此擱筆了。

父字

1　《日據下台灣政治社會運動史》完稿成書出版後，葉榮鐘再費三年時間，將此年表擴大為包括台灣、大陸、日本、國際等四個部分的記事。時間由台灣割日的一八九五年編列到台灣光復的一九四五年，但生前未能出版。後以《日據下台灣大事年表》（台中：晨星出版社，二〇〇〇）書名收入《葉榮鐘全集》。

18

一九六八年三月二十二日

貫兒如晤：

十四日信已於日昨收到。你媽感冒已經完全痊癒，操作如常，可免遠介。

莊生日前由加拿大寄來一封長信，問起《抗日台灣民族運動史》的問題。第一章現在已脫稿，前天寄給蔡培火及吳三連先生他們校閱。不日可動筆寫第二章〈六三法案撤銷運動〉。莊生在前另寄一篇〈父親的墓園〉的文章給炎秋伯代為發表，炎秋伯寄給《中央日報》被退回，他把那原稿轉交給我處理。日前拿去大度山和徐教授商量，徐教授把它略加修改後，叫我寄給吳三連氏，請他在《自立晚報》[1]登刊。我已照辦，但不知是否能夠刊出。

莊生文章相當有深度，若能夠常寫，可能會有成就。

家中大小均安，毋庸遠介。

父字

1 一九四七年創辦，是台灣第一份晚報。《自立晚報》在吳三連主持的戒嚴時代，曾以「無黨無派　獨立經營」的理念博得讀者的信任。

19 一九六八年四月十三日

貫兒、洋子收閱：

九日發家書今朝接到。

貫兒神經痛可能是工作多忙過勞所致，平時欠運動也有關係。最好自己控制工作分量，不要過勞，一方面多多運動為要。

你媽近來身體甚好，眠食俱安，因服用生棋[1]的結果，多年的便祕已完全解消。這是一件最堪告慰的事情。

法文的進修成績如何？應考已有把握否？甚念。

我的著作《抗日台灣民族運動史》正在順利進行中，昨晚寫好第二章〈六三法撤廢運動〉，全文一萬五千字，打算下週提交蔡培火先生校閱。

台中自兩天前開始縣市長及省議員的選舉，運動宣傳車大聲叫喊，真是討厭。假民主真運動，勞民傷財莫此為甚。

1　生棋，指中藥材黃耆。

報載美國各地黑人暴動已漸安定，今後是否可以黑白相安無事？

莊生來信說他要到美國出差一星期，是否會去找悅生[2]？如有機會可與他常接觸，建立深厚友情是望。

父字

2 莊悅生為莊垂勝之女，排行第四。

20

一九六八年四月二十六日

貫兒：

四月二十二日信收到。你的法文進修順利，論文實驗有把握，甚慰。

你媽身體最近甚好，唯你們遲一點來信，她就會有些坐臥不安的樣子。這幾天沒有接到你們信，她每早三番五次去看郵箱。事實郵件配送一天只有兩次，掛號及限時信另送。她一切希望都寄託在你們身上，只有接到你們來信時最為開心，希望你們有空時多多來信。

兩年前東京岩波書店出版《矢內原忠雄先生全集》，我寫了一篇〈矢內原先生與台灣〉[1]的追憶文刊在全集附錄，今早接到岩波書店寄來校正小樣（初校版），並附一信說我的文章要收入《矢內原忠雄：信仰．學問．生涯》（假題）的單行本。我的日文居然能被「天下的岩波」收入單行本也算是一種榮譽，因為岩波出版的書籍水準甚高，日本的學者莫不以自己的著作由岩波出版為榮。

1　矢內原忠雄（一八九三–一九六一），日本知名經濟學者，兼研究殖民政策，重要著作有批判殖民台灣之專制的《日本帝國主義下之台灣》，戰後曾任東京大學校長。而葉榮鐘以日文撰寫、後被收入岩波叢書的〈矢內原先生與台灣〉一文，與收入《葉榮鐘全集．台灣人物群像》的〈矢內原先生與我〉（中文）內容略有差異。

嬰兒的命名，想了很久還未有一個絕對滿意的，只好把至今所想出來的比較可用的開列如別紙，由你們自選一個充用吧。

父字

21

一九六九年九月二十一日

貫兒、洋子雙閱：

九月十五日發家書已於前天收到，你們一家大小平安甚慰。芸兒昨午歸來，家中多一個人覺得多熱鬧。她學校因增建校舍，延至三十日註冊，可以在家多住幾天。旭兒亦將於來二十六日（舊曆八月十五日）回家過節。

我在執筆中的《台灣近代民族運動史》預定十章已寫完七章，第八章已寫三分之一。日前略加統計，即成的七章約三十五萬字，連同〈年表〉合計有四十萬字，全部完成可能超過五十萬字。預定在年底脱稿，明年一月起先在《自立晚報》刊登，然後出版。《自立晚報》係由吳三連先生主持的台灣唯一的民間報紙，銷路似頗不惡。

培根現在呀呀學語，一定很逗人喜歡。他已習慣新環境的風土甚慰。此地天氣尚甚燠熱，但早晚已略有秋意。你媽左肩胛神經痛，自週前服藥已漸輕快。

父字

22

一九七〇年一月一日

貫兒收閱：

二十二日信收悉。你們一家平安甚慰。洋子寄來聖誕卡亦已收到。莊生、悦生夫婦一行到你們家去玩，甚善。

炎秋伯竟然以第二高票當選立法委員，以無錢為本錢，竟然能夠拿到八萬多票，有些近於奇蹟。正如《自立晚報》所說：「無錢能夠當選只有洪炎秋一人能夠做得到」。別人要效顰，恐怕就不可能了。炎秋伯最近出版《教育老兵談教育》、《忙人閑話》兩書；他均有送我，當由另便寄去。肇嘉伯回憶錄，聽說立生[1]已為莊生寄去，你可向莊生借來一閱。他一味吹牛，知道實情的人，看來只有齒冷，所以不看亦無所謂。

我的《台灣近代民族運動史》只剩一章，大概一月中當可脱稿。然後從頭修改一遍，定稿後擬在《自立晚報》連載，然後付印。完成當在年底，但《自立晚報》刊出後，當即逐日剪下寄去。

1　莊垂勝之子，排行第五。

二十二日用航空便[2]寄去烏魚子兩腹，未審已收到否？念念。前後由船便寄去包裹三件，來信全未提起似乎均尚未接到，甚為懸念，如收到可速來信通知。

你媽兩週前曾一度再發大腸炎，現在已完全痊癒，無庸遠介。芸旭因新年放假三天連星期日共四天，芸兒昨日提前歸來，旭兒今午歸來，家裡為之熱鬧起來。

父字

2 便，日文漢字用法，指郵件。

23

一九七〇年三月十三日

貫兒收閱：

二月二十三日信早已收到，近因趕寫原稿兼有雜事牽累，分不出時間給你復〔覆〕以致拖延至今，深以為憾。我所寫的《台灣近代民族運動史》經於去十一日晚脫稿，三年來辛苦告一段落堪以告慰。但今後還要從頭推敲，整理工作仍屬繁重，所以現在還談不到輕鬆。預定本月二十日起由《自立晚報》連載，刊出以後當即逐日剪貼寄去。

日昨在報端見到美國因改變政策，收散在全世界各地之軍事基地四百多處，整理人員文武合計十萬餘人，失業者比率由百分之三跳到百分之四以上，因恐會影響你的就職問題，所以日來頗以此事為念也。

你媽身體近來甚健康，因服用東亮[1]寄來的藥，左腕神經痛已完全痊癒，感冒雖牽纏了個

1 張東亮為葉蓁蓁的先生。張東亮的父親是葉榮鐘稱為「畏友」的張梗，見本書第一三〇頁。台南人張梗，一九三五年英年早逝，逝世時未滿四十歲。張梗是日據下台灣新文學運動的先鋒，一九二四年在《台灣民報》發表兩篇重要論文〈討論舊小說的改革〉、〈屈原〉。可參閱林莊生，〈張梗的照片及其他〉，初刊於《台灣文學評論》第六卷四期，二〇〇六年十月。收入《站在台灣文學的邊緣》（新北市：真理大學台灣文學資料館，二〇〇九），第一六八－一七二頁。

把月，但此間並無痛楚每日眠食如常，現在亦已痊癒，無庸遠介。倒是我本身因近日（自前月底以來）陰雨連綿冷濕異常，兩天前腰部神經痛復發，但不嚴重而且也漸次好轉，無須介意。

你的花粉病是否已痊復？洋子及培根平安否？甚念。

父字

24

一九七〇年三月二十八日

貫兒如晤：

三月十九日家書已於三天前接到，你們平安、論文發表已受業界注意，深以為慰。

我所寫的《台灣近代民族運動史》，詢蔡培火氏的意見，用蔡培火、林柏壽[1]、陳逢源[2]、吳三連及我五人共同編輯之形式在《自立晚報》載，題名亦依他們的主張改為《日據時期台灣政治社會運動史》。

家中諸人均好，你媽近來健康好調[3]堪以告慰，希免遠介。

論文發表經過希來信告知。

父字

1 林柏壽（一八九五—一九八六），字季丞，台灣板橋人，生於福建廈門鼓浪嶼，祖籍福建省漳州府龍溪縣白石堡吉上社，板橋林本源家族重要成員，光復後任台灣銀行監察人，第一商業銀行、國賓大飯店與台灣電力公司董事，台灣水泥公司董事長、台灣電視公司董事長、中國國際商業銀行董事長等。

2 陳逢源（一八九三—一九八二），台南人。曾任日據下民族運動唯一喉舌《台灣民報》的經濟部長，因治警事件入獄三個月。光復後任華南銀行常務董事。

3 好調，日文漢字用法，指情況良好。

25

一九七〇年五月二日

貫兒如面：

四月二十八日家書接到。論文發表反應良好至感快慰，就職事亦有著落真使我們高興，不過華盛頓為美國首府，物價定比南方各州為高，且大都會開銷定多不虞之費，此層你必須顧到方免遭遇困難也。

上：一九五二年五月二十五日，葉榮鐘（右一）代表彰銀同仁赴日本探望林獻堂（右三），合影於大仁溫泉別莊。

下：一九七六年，葉榮鐘重訪霧峰萊園。

莊生日昨來信，對我的《台灣民族運動史》大加稱讚，說對我的歷史的著作表最高的敬意，使我大受鼓勵與安慰。莊生素來對於文史方面頗有與趣，且有見識，所以他的批評並非泛泛的應酬話可比。

東亮日昨有信，家中平安，不過他本人因事務多忙，同時也因工作順利地位安固，現在經濟情形似頗不惡，良堪告慰。

我因編過〈林獻堂先生年譜〉[1]、《彰銀六十年史》及《台灣民族運動史》，對於歷史得到一點經驗因而發生興趣，打算今後對這方面多下一些工夫。

父字

---

1 林獻堂（一八八一－一九五六），台中霧峰林家頂厝族長。日據下非武裝抗日民族運動的重要領導人。請參閱葉榮鐘，〈台灣民族運動的領導者〉，《葉榮鐘全集．台灣人物群像》，第二三－三一頁。一九五六年林獻堂在東京辭世，葉榮鐘主編完成《林獻堂榮哀錄》（一九五七年）。一九六〇年繼之主編完成包括追思錄、遺著以及年譜三集的《林獻堂先生紀念集》。〈林獻堂年譜〉後來收入《葉榮鐘全集．台灣人物群像》，第七三－一八〇頁。

26 一九七〇年十月二十八日

貫兒如面：

十月十八日發家書收悉。

關於出書問題現在尚未決定，因為蔡培火與吳三連兩氏主張依照連載《自立晚報》形式用五人共撰出版，我不答應。理由是這本書是我一人編著的事實，台灣人大概都知道。若用五人共撰之形式他們反有欺世盜名之嫌，難免有盛名之累。第二著者應對其著書負責，明明是我一人編著而用共撰形式，將來對後代無法交代。第三我一生沒有財產留給子孫，這一本聊當我給我子孫的遺產。現在是雙方僵持的狀態，但是原稿可能年底刊完，屆時當有一番解決所以出書必須是過年以後之事，不過我現在正忙著準備出版工作，並不因為他們的主張而廢弛時間也。

父字

27

一九七〇年十一月十八日

貫兒如面：

十一月八日發家書於兩三天前收到。你們一家旅次平安甚慰，培根一天天長大智識日增至為高興，你的工作順利進展，洋子身體健康，殊堪快慰。

十一月九日寄去包裹第二件，內裝米粉、木刻花瓶（金魚）、馬群一組（七疋〔匹〕）、給培根的聖誕禮物一件及其他。最近報導生力麵一類的乾麵食物均有滲入防腐劑，醫生警告不可多食，前次包裹裝寄數量不多不大礙事，不過你們知道有這樣說法予以注意就好了。

出書事現尚未確定，去十一日《自立晚報》為吳三連祝壽，寄來旅費一千元請我去做陪賓。該社副社長、總編輯、總經理、總主筆（鍾鼎文[1]，很有名的新詩人）慇情招待客氣萬分，對我提起出書的問題，我叫他們做試案以便商量，總經理當面答應，但至今猶未有消息。

培火與三連的意見是因為刊載報紙用五個人合撰形式，出書時用我個人編著，則五人共撰顯然有盜名之嫌，所以頗為躊躇耳；這一點是使他們傷腦筋的問題，所以說他們無恥未免太酷了。

父字

1　鍾鼎文（一九一四－二〇一二），安徽省舒城縣人，光復後來台，與覃子豪及紀弦並稱為台灣現代詩「三老」。

28

一九七一年一月十五日

貫兒、洋子如晤：

十二月二十七日及一月三日、十日信先後收悉。你們一家平安，洋子一切情形良好，甚慰。「醫生」與「無常識」在台灣早已成為「同義語」，××之幼稚可笑，但亦不足怪也。你應付的態度甚好，這種大頭病患者，最好是用半開玩笑的態度對付為妙。

關於出書問題，前幾天培火來信說《自立晚報》出四萬餘的價錢要收買版權，被我拒絕。前天又來信說要我去台北大家當面商量解決，因為皆係先輩不便拒絕，所以答應他來週二上北和他們見面。現在全書已刊載完結，昨天寄去剪貼是最後的一次，一共有四十五萬字以上，但是出書時必須加以一番整理與刪正，因被報社編輯人員胡亂刪削加油加醋，與本來面目大不相同。

近日天氣變得溫暖如春，但早晚仍甚涼冷。

你媽健康甚好，操作甚勇〔踴〕躍，殊堪告慰。

費用如有不足，可來信通知。

父字

一九七一年二月二日

貫兒如面：

一月二十四日信收悉。木刻花瓶被凍裂甚可惜，不過那種木彫也不能算得什麼藝術品，縱使完好送人也不一定合適，還是留著給培根當玩具好了。

現住地方寒冷如此不知你們是否能夠應付？深以為念。今年此地氣候有點反常，舊曆年底忽冷忽熱，開春以後自正月初二起一連五、六天淒風冷雨奇寒徹骨，年紀大了確實吃不消，尤其是你媽平時怕冷尤為吃力，還好身體健康不致傷風感冒，差堪告慰。

出書事因有種種顧慮不便破裂，第一是多年同志不忍到這麼大的年紀弄到不歡而散。第二是台灣最慘就是不能團結，現在為此鬧翻恐要被人笑話。第三林柏壽是好人，他參加是出自善意的，一旦破裂深恐使他蒙受池魚之殃，是故自己委屈息事寧人為得策也。[1]

父字

1 葉榮鐘費三年時間所撰寫成書的《日據下台灣政治社會運動史》，一九七〇年先以五人（蔡培火、吳三連、陳逢源、林柏壽、葉榮鐘）聯名在《自立晚報》連載，其後在一九七一年出版單行本，書名更為《台灣民族運動史》，著作者依然掛名五人。關於其中複雜曲折之經過，請參閱林莊生著《懷樹又懷人：我的父親莊垂勝、他的朋友及那個時代》一書第十三章〈葉榮鐘先生〉及第十四章〈蔡培火先生〉。

30 一九七一年三月二十五日

貫兒、洋子雙閱：

接十五日及洋子十七日發信。

我現在計劃用日文寫一本《日本統治下之台灣》，前在《自立晚報》發表的《日據時期台灣政治社會運動史》係站在台灣人的立場，寫台灣反抗日本爭取民權的事實。現在計劃中的書擬換一個角度，寫日本的支配者如何虐待台人，搾取台人的膏血的事實。不過日文自光復後除通信以外幾乎沒有機會執筆，是否應付得來？不無疑問，但凡事必須嘗試，「與其坐而想，不如起而行」所以決心試試看。

父字

31 一九七一年十一月十二日

貫兒如面：

信及照片均已接到。見你們一家團圓健康有加，深為欣慰。近來屢見知友間病的病死的死，愈覺健康是人生最大幸福，尤其是在美國那樣生活程度較高的地方，生病不但精神肉體苦痛，即經濟上的負擔也是重大的問題，希望以「健康第一」作為生活的指標善加珍衛為要。家裡平安毋庸遠介，唯多一個嬰兒家裡多鬧熱也多忙碌，尤其是你媽真有勞於奔命之感。

《台灣民族運動史》已經印就，另便（水路）寄去八冊，內中贈送莊生、大本[1]、林震淥，孟博士、文典[2]各一冊。接到時請代分別轉送，孟博士一冊可合寄林震淥君代送，他們都住紐約且時常往來也。林震淥及莊生住址另錄卡片夾在書中。

因此書著作權問題我與蔡培火發生紛糾，我已決心與他絕交矣。[3]老而不死是為賊，此人

1 黃大本與莊悅生為夫婦。

2 陳文典是葉芸芸的夫婿。

3 直到二〇〇〇年，《日據下台灣政治社會運動史》才終於依據葉榮鐘的手稿還原重新出版，收入《葉榮鐘全集》。葉芸芸的〈編後記〉交代這本著作從成書、初版以來之滄桑，並附一九七一年葉榮鐘致蔡培火之絕交書。同時收錄有尹章義教授對照此著作三個版本（手稿、《自立晚報》連載、《自立晚報》單行本）的研究論文〈捨我其誰的史家和客

盜名欺世，真是要不得。

父字

觀環境的互動：《手稿本日據下台灣政治社會運動史》和報刊本、單行本《台灣民族運動史》的比較研究〉。

32

一九七三年九月一日

貫兒如面：

八月十九日信已接到多日。

你媽週前去看一位對心臟病比較有經驗的醫生，姓陳，原中山醫學院附設醫院內科主任。診察以外並做心電圖，他說脈膊甚為順調，心電圖表示亦甚正常，心臟並無毛病。身體感覺不舒服可能是病後疲勞的一時的現狀，不必介意。緣此增加你媽的自信，同時也因服用高麗參的結果現在已恢復健康，不過還不敢用力，因為若拿較重的物件胸部就感覺壓迫，所以盡量不使她抱阿力也。你媽回復健康我大有心頭一塊石頭落地的感覺。

幸你們一家平安，聊可安慰。

近來日本一部分學人開始研究台灣的工作，台灣問題似乎有成為熱門的學問之勢。我因編著《台灣民族運動史》的關係逐〔遂〕成為彼等研究之對象，今年來日本之年青〔輕〕學人（大都是研究生）常來登門求教，甚至要求我做年譜、寫自傳，真使人頭痛。一面留學歐洲（德、法）的省籍學生亦頗有選定台灣日據時期之民族運動做論文之主題者，他們利用暑假回台搜集資料，亦常有人來請教。我寫那本《民族運動史》的努力，似乎不致落空，殊堪告慰。

父字

33

一九七四年十月二日

貫兒如面：

九月二十六日信收悉，抵東京後一切安好，無庸遠介。因戴國煇[1]及池田敏雄[2]兩君之關係，與此地年青〔輕〕之台灣研究者（大學教授及東京大學博士學位研究生）開了兩次座談會（第一次十餘人，第二次七人），又連日受台僑知人多次餐敘交換意見，頗有所得。

我與你媽決定來十月十二日搭國泰〔班〕機於下午五時餘起飛，預定同晚八時可抵松山機場也。

父字

1 戴國煇（一九三一－二〇〇一）為研究台灣近代歷史的學者，一九七〇年代開研究霧社事件、二二八事件風氣之先，也是最早提出「台灣主體性」一詞之學者。著作眾多，後收進《戴國煇全集》（台北：遠流，二〇一一）。

2 池田敏雄（一九一六－一九八一），日本島根縣人，日據時代台灣民俗的研究者。池田在一九二三年隨父親到台灣，一九四一年任職於總督府官房文書課囑託（幕僚），同時參與《民俗台灣》的編輯與創作工作。戰後，王育德在一九七五年二月二八日發起「台灣人原日本兵補償問題思考會」，池田擔任成立時的幹事成員。

34　一九七四年十月三十一日

貫兒如晤：

去二十日接到你的信，因忙於發信向東京朋友道謝以及整理荒蕪半年的庭園，以致未能立即作覆，有勞盼望。

我們身體一向很好，你媽歸來以後整理家中雜務甚為忙碌，但健康甚有進步，做事又頗有幹勁，堪以告慰。

《遊美見聞錄》[1]兩三天前才開始寫作，因久未執筆覺得生疏異常，希望不日會上軌道，在美作詩數十首擬全部收入以增加效果。

父字

1 《遊美見聞錄》後以《美國見聞錄》為名，由中央書局於一九七七年出版。後收入《葉榮鐘全集．半壁書齋隨筆（上）》（台北：晨星出版社，二〇〇〇）。下文《美加見聞錄》亦指此書。

35

一九七五年一月十四日

芸兒如面：

七日來信收悉。阿祝於聖誕節那天舉一男兒取名〈培基〉（與培根連繫），乳名叫「聖」，因聖誕節出生也。此事已於十二月二十七日去信告知，看來這封信似乎失落了。一月四日又覆你一信，想已收到吧？

你說要研究中國近代史，又想對台灣民族運動史下工夫，這是很好的想法。不過第一要先問你自己，這個題目你是否眞正有興趣？做學問如沒興趣是無法從事的。第二我近來深感「慢工出細活」這句俗語很有道理，萬事欲速則不達，你年紀尚青〔輕〕，不妨慢慢來從頭做起。第三中國近代史和台灣民族運動史是有關連的，你應把主題置在台灣民族運動史而去了解中國近代史；最近讀日本人的著作，他們主張要研究新中國必須先去了解舊中國，尤其是秦漢以來兩千年的史實。第四台灣民族運動史是尚未開發的處女地，比較容易有成績；到現在為止，日本統治期間的資料除了我的《台灣民族運動史》以外，尚未有更完整的資料出現，東京有一批年青〔輕〕人（日台人均有）正在用我那本書做text，開始研究工作。

1. 進修日語日文（最好能講能讀能寫）。這有兩個原因，台灣和日本在歷史的地理的關係無法改變，日本人是敵是友，台灣人必須深切了解她。

2. 台灣民族運動史台灣本身幾乎沒有資料，必須借用日本人的資料。其次，對中國歷史尤其是史、漢（《史記》《漢書》）瀏覽一番，《資治通鑑》亦要看看，然後進入中國近代史。

《林獻堂先生紀念集》我手頭只剩一部（八十餘部全被人要去一空）不能給你，記得你兄處應該有一部，不然莊生亦有，可向他們借用。《楊肇嘉回憶錄》只是自己吹牛，全無參考價值，不看也罷。

過勞是生病之源，必須量力而行不可無理，你媽就是好榜樣。文典也須注意健康第一，切記切記。

阿力耐得北國之嚴冬否？甚念。話猶未了，改日再談。

父字

36 一九七五年一月十六日

貫兒如晤：

十日寄你一函想已收到？旭兒今日回家，他已於十日由金門歸台，今日始得工夫回家一趟，下午六時又要回白河營地。聽說舊曆過年可能放假三、五天，那麼就可以回家過年也。

昨日寄芸兒一函，夾去〈蔡惠如先生的素描〉[1]一文，這是莊生所要的東西由《台灣文藝》社要來，已囑芸兒閱畢即轉寄給你，如接到即可轉寄莊生也。

《美加見聞錄》已寫到渥太華三天的遊程，大概超過三萬字，預定寫五萬字，今後尚須快馬加鞭也。炎秋伯去香港時碰到台中《民聲日報》[2]的副總編輯，炎秋伯對他說我有見聞錄之作，他就希望要刊載，因為他是鹿港人炎秋伯竟然答應了他，看在炎秋伯的面子上，這一份原

1 蔡惠如（一八八一—一九二九），台灣台中人，日本統治台灣時期著名反日愛國詩人。台灣新文化運動和民族運動的優秀領導人，與林獻堂、林幼春被合稱為「兼具舊學素養、又具現代思想」的三人。詩詞都為舊體，卻能表達愛國民主的新思想、新感情。作品輯為《鐵生詩抄》。代表作〈獄中詞〉三首原載一九二五年《台灣民報》第三卷第十七號，詞中描寫了台中清水父老青年不顧殖民統治淫威，伴送蔡赴獄的動人場景，和同案志士間在獄中互憐互勵的戰友感情，表現了作者「松筠堅節操，鐵石鑄心腸」的崇高民族精神。

2 《民聲日報》，又稱《台灣民聲日報》，一九四六年一月一日創刊於台中，一九八〇年停刊。

稿只好讓《民聲日報》去刊了。

現在華府應是嚴冬酷寒的時〔候〕，想你們大家都平安，培根、美林亦一定安好吧？

父字

37

一九七五年二月五日

貫兒如面：

一月二十一日信已於前月底收到，那時恰逢旭兒放榮譽假五天回家團聚，又逢嬰兒彌月之慶，二十六日在大飯店請了一席酒以資慶祝，旭兒曾復〔覆〕你一信，想已接到。

寄來航空包裹已經接到，免介。此地連日刊載美國經濟不況，失業問題嚴重，不知你們是否受影響？不免為之介懷也。

我撰寫《美加見聞錄》已得三萬多字。內容分兩部分，一部分是遊記，另一部分是專題。遊記部分尚未發表，專題部分已在《彰銀資料》發表。〈美國的交通〉一文，茲將該文由另便寄去，希望為我校閱一下，如有不妥處或寫得太離譜的地方並為修改，以免將來發單行本時鬧笑話也。

又我們去加拿大由滿地可[1]再入美國，曾在那裡辦理延長駐留期限兩個月，該處地名及州名？又那天晚上曾在去波士頓途中一宿，那處地名亦希來信告知。

父字

1 今譯為蒙特婁（Montreal）。

38

一九七五年三月七日

貫兒收知：

二月十三日暨二月二十三日及原稿均已先後收到。因雜務繁多，又兼趕寫原稿，以致未能早日去信有勞盼望了。〈美國的交通〉一文當依照你的意見修改，《美加見聞錄》分兩部分，一是遊記，二是專題。遊記按照遊程寫印象，並附記遊詩。專題除見聞印象外，有議論有回憶，略近隨筆體裁。除〈美國的交通〉外，已寫成〈美國人的法律與自由〉、〈美國人的納稅人觀念〉、〈美國是兒童的天國〉等四題，現在擬定要寫的題目還有〈美國人的浪費〉。遊記部分，現在寫至加拿大已有兩萬多字，至完結可能要再寫兩萬字，預定全部寫六萬字，可以出一本袖珍本也。

你們大家可好？培根、美林想必安好如常，培根學校是僅在上午上課？抑或上下午均有課？如上下午均有課午餐是自帶或由學校給食？希順便通知我。

父字

39 一九七五年三月十五日[1]

芸兒如面：

三月三日信收悉，阿力健康有加心身俱泰，令人高興。文典學課繁重忙碌可知，希望他能隨時珍衛，勿急功勿過勞為要。

家裡大小安好，旭兒亦得時常回家，嬰兒發育甚好，對大人之表情亦漸有反應，你媽弄孫之樂可知也。

莊生要旭兒採訪陳夏雨[2]談話，他由清泉崗歸來，已徵得他之同意。他們部隊之一部份來清泉崗受訓兩周〔週〕，今日完訓回白河營地，因成績名列第一，最近可能有三天榮譽假，特地放假歸來時，當能帶他去訪夏雨也。

所要《大學雜誌》及《台灣文藝》季刊家裡均有贈閱本，近日中擬為你先寄去數冊，因航空變郵資太貴，只好由水運寄發，反正雜誌無須爭在一朝一夕也。

1 原信無標點符號，標點符號為編者所加。

2 有關陳夏雨的相關資料，可參閱林莊生，〈我所知道的陳夏雨先生及其藝術〉，《文學台灣》十五號，一九九五年。後收入《一個海外台灣人的心思》，第一九一－三四頁。

台灣文獻委員會發行之《台灣文獻》每號均有贈送，但屬專門性讀來無味不寄也罷。近日擬寄去左列書籍：

一、《中國近百年政治史》 李劍農著（商務）

二、《中國近代史》 陳恭祿著（商務）

三、《中國史學名著》 錢穆（三民）

我最近擬寫一篇〈美國人之浪費〉因缺乏實例可資引用，不知你能夠幫忙否，最好是日常生活之材料。

你媽為裝義齒，預定舊正上元後上北，因雜務牽纏遷延未能成行，日來又因天氣惡劣春雨連綿、冷氣侵人，待轉晴後當可偕她同去也。

父字

一九七五年三月十五日

40

一九七五年三月十八日

貫兒如晤：

三月十一日信收悉。你們全家平安深以為慰，家裡大小均安，培基發育好，日漸懂事，也日漸可愛，你媽弄孫之樂可知也。

另便寄去刊載《彰銀資料》的文章一篇，希校閱，如有不妥處並加更正寄還為要。

現擬一題〈美國人的浪費〉正在搜集資料，不知你處有否可供應用之資料，最好是日常生活之實例，如有可用者希錄寄。

父字

41 一九七五年七月二日

貫兒如晤：

六月二十日信收到。當天是你倆結婚十週年紀念日，歲月的催遷真是快得很，曾幾何時你們家庭也已經有十年的歷史了，祝你們圓滿多幸。

關於〈美國人的浪費〉一文，你所提的意見甚好，待出版時當予增補以豐富其內容。現在學校都已放暑假，美國當然也是一樣，培根、美林兄妹想必天天去游泳池戲水也。

你大姨終因心臟衰弱不治，去二十九日下午七時餘去世。我與你媽前天（三十日）上北弔問，但他們昨日（七月一日）才發喪，我們昨晚歸中。

我最近擬寫一篇有關〈美國的民主政治與總統制〉的文章，手頭雖有日本人所寫的資料，但仍希望你提供意見及資料。

父字

42 一九七五年八月三日

文典、芸兒雙閱：

七月二十六日信昨天接到。你媽真有心頭一塊石頭落地的感覺，其欣慰高興之情可想。因你們一個多月沒有來信，她每日思念不置，不知是否出了什麼事或者阿力又患什麼病痛。前天晚上竟因胡思亂想搞得一夜不能成眠，恰巧貫兒也很久沒有消息，一發使她意氣消沉。昨天早上同時接到你們及貫兒的信，她可能會有天上掉下月亮的感受啊。

文典說阿力身體非常結實，加上獎學金三年不用愁，這樣好消息真使我們太高興了。

大姨葬式你媽本擬與我同去參加，奈因你媽有感冒氣味[1]，又兼天氣酷熱，台北尤為厲害。為安全計臨時決定退票，當天我被推為親戚代表讀祭文，並用你和貫兒名義送花籃一對略盡心意。團體公祭有十多起，會葬者頗多，可謂生榮死哀。

我寫《美加見聞錄》已告完成，共有六萬字左右。已決定在《自立晚報》發表，現在正在整理中。又因有兩三處來拉稿，所以近來寫作頗覺多忙，但因年齡關係效率低落，一天要趕一千字就覺相當吃力。

1 氣味，日文漢字用法，指有某種傾向。

今天強烈颱風妮娜過境，風力之強為近年所罕見，可能有相當之損害，家裡抽水機自動控制被搞壞，庭樹被吹倒一片凌亂。

父字

43

一九七六年一月十六日

貫兒收知：

許久未接來信，你們全家大小可好？為念。寄去《台灣政論》第五期及剪報一疊想已接到。莊生已將〈莊遂性〉一文之影印本寄來，日昨又接到他的來信，囑代購凍頂茶葉兩斤。已如囑寄去《台灣政論》第五期，〈蔣渭水〉一文是我之舊作，你若看完可轉寄莊生一讀，該誌因第五期〈兩種心向〉一文，以違反《出版法》之理由被處分停刊一年。[1]因係根據《出版法》處罰較為寬大，若用什麼「勘亂時期」的法規處分，則發行人就有殺頭之虞矣。但是問題似乎並未結局，因為立法院的國民黨籍委員三十五人簽署向政府提出質詢，要追究負責人的刑責，此事將來如何演變令人擔心。

父字

1 《台灣政論》創刊於一九七五年八月，發行人黃信介，社長康寧祥，總編輯張俊宏，因刊登邱垂亮的〈兩種心向：和傅聰、柳教授一夕談〉，被以「煽動叛亂」罪名勒令停刊一年，一年後再被撤銷登記。從創刊到停刊，只出版了五期，壽命雖短，卻是一鳴驚人。

44 一九七六年二月二十六日

文典賢婿如面：

二月十五日來信收悉。讀到阿力講話「老氣橫秋」一節，為之破顏一笑。小孩子講大人話是聰明的證據，也是早熟的徵兆。天才和早熟是必然的結果，但是早熟大都會流於心浮氣躁，好高騖遠不能成大器，我就是最好的榜樣，這一點必須加以注意而予善導為要。不過阿力的個性沉著有耐性，而且境遇比我的幼年時優越，可能不致踏我的覆轍也。

你說我寫信有思想，這和我的自覺正相反。我近來深嚐有江淹才盡的氣味，不但寫信乾燥無味，文章的格調也是一落千丈。這是有內在和外來的原因使然的，因為年老精力減退才華枯竭，一〔方〕面言論沒有自由，舉起筆來必須觀前顧後不能暢所欲言，自然而然就寫不出好文章來。在日據時期，雖然言論也受規制，但當時還年青〔輕〕所以尚能彎彎曲曲以盡自己的意思，現在已沒有這種耐性，自然就寫不出好文章，思之黯然自傷。

博士資格考順利通過，真是天大的好音無任快慰。芸芸前次來信曾提你們或可回東海一年，未知其後有進展否？如果能夠如願那就再好沒有了。

《美國見聞錄》準備出單行本。但因分量不夠，現正等候資料（由日本寄來），準備寫一篇介紹紐約圖書館的文章，湊成七萬字的文庫本。

目前正在撰寫《台灣民族運動史年表》[1]，此書在我們遊美之前已完成百分之九十，希望能在今年出版。在台灣如同在井底之蛙，既盲且聾，無法吸收新知識，國際政治的動向無法知道姑且勿論，就是學術界的行情也一無所知。因此甚少刺激，缺乏靈感，就是隨筆也無從下筆也。

榮鐘筆

1 後改題為《日據下台灣大事年表》收入《葉榮鐘全集》。

45 一九七六年七月十五日

芸兒收閱：

七月八日信此刻收到，你們一家平安健康有加，客人散去生活恢復正常，至感快慰。我們平安過日無庸遠介，你媽健康可以說是小康狀態，有時胃腸發生小毛病，但無大礙，不必介意。

最近我寫了兩篇文章，〈釋台中文化城〉約六千字，應《台灣風物》季刊[1]而作的。另一篇追思楊肇嘉先生的約有八千多字，係刊載《楊肇嘉先生榮哀錄》之

1 創刊於一九五一年十二月，至今未曾間斷，是戰後民間最悠久的刊物，以台灣史研究與文獻資料著稱。

一九七六年楊肇嘉告別式合影，右起：葉榮鐘、洪炎秋、張耀錡。

用；蓋我受吳金川[2]之託正為他編輯榮哀錄也，這是義不容辭的事。

你們若有工夫可代查一查哈大圖書館的收藏量，耶魯大學的收藏量及其圖書館的體制，若不太毛〔麻〕煩亦請查一查為幸。

父字

2 吳金川（一九〇五－一九九七），台南人，東京商科大學碩士。妻為楊肇嘉女兒楊湘玲。歷任彰化銀行總經理及董事長。

46 一九七六年八月十三日

貫兒收悉：

八月三日、八月六日信昨今先後收到。

前寫《美國見聞錄》因分量不夠不能出書，現在正趕寫增加部分。日前翻譯一篇有關〈紐約公共圖書館〉的文章，刊在《自立晚報》。目前正在寫一篇美國的種族問題，不日中可能脫稿，希望能在今年底出單行本。

前週東京大學的日本近代史研究所一位研究員（台籍）來訪，借覽林獻堂先生的日記，據前天來信告為，該會主持人已同意在日本出版該日記，屆時要聘我為顧問去東京走一趟，如果能夠實現，我和你媽或可順便再渡美看看你們，待時機成熟當再詳細告訴你們。[1]

父字

1　按葉榮鐘日記關於此事有如下記載：

一九七六年七月十七日：四時日本近代史料研究員劉明修持林瑞池氏介紹信來訪，商借灌公日記作影印。

一九七六年七月十九日：十時劉明修如約來拿日記，我要他寫一張覺書（保證書）絕對不能出版或轉讓他人。

一九七六年七月二十一日：下午劉明修來訪還灌公日記十冊，他已全部復〔複〕印完畢即回東京也。

一九七六年八月十日：接林瑞池、劉明修信。劉信（八月五日）告林獻堂日記決定要在日本出版請我逐漸準備。

一九七八年葉榮鐘辭世，夫人施纖纖將他長年保存的林獻堂日記與劉明修的保證書一併交給林獻堂的長孫林博正。

47

一九七六年九月二十八日

文典、芸兒收閱：

文典八月二十五日信、芸兒九月十日信均先後收悉。最近我的寫作似居高潮期，一連寫了六、七篇文字約四萬多字，[1]因為阿聖打擾未能專心效率甚低，一日只能寫數百字至千餘字而已，但能夠維持不輟已經不錯。因此你們的信未能早日作復〔覆〕，有勞盼望，憾甚。

文典信中慫恿去美小住，我本有此意。因不久前一個在東京大學修博士的台籍年輕人（劉明修），經東京朋友[2]介紹來向我找資料。將林獻堂日記全部（十七冊）影印帶回，因他是「日本近代史資料委員會」的研究員說要將日記在日出版，擬聘我為顧問去日本監修，約九月中來台簽約，但九月只剩兩、三天至今尚無消息，說不定是存意騙我的。因有此關係，故當時有意由東京再去美國的計劃，並曾告知貫兒，現在此事應予打消，待明年再做計較。

父字

1 查這段時間完成的文稿有〈釋台中文化城〉、〈急公好義的楊肇嘉先生〉、〈紐約的公共圖書館〉、〈美國的種族問題〉、〈美國人的宗教觀念〉、〈美國的連鎖商店與平等化生活〉、〈東埔溫泉重遊記〉。

2 東京朋友指林獻堂晚年客居東京時代祕書林瑞池。

48

一九七六年十一月六日

芸兒如面：

今午接到二日來信，知你們歸台事已有初步決定，甚感高興。前幾天接到阿力生日所攝照片，阿力滿面高興樣子，令人快慰。

我去日本事已告吹，台灣的日本留學生真是壞蛋，我又一次受騙。年青（輕）人不守信用，不顧道義，令人寒心。

我與你媽十月二十七日和世尊表叔一行同去東埔溫泉，他們一行住兩天，我們住四天。回家後，用給你們通信的體裁寫遊記，現在只寫了千餘字，因明日我單獨要去台北一趟所以擱下來，看樣子非到來週不能完稿。[1]

你媽身體在東埔那幾天調子甚好，食慾旺盛便通順利，可能是早晚兩次散步（每次一小時）大有效果，再則在萬山中空氣清新景色宜人，使她精神愉快所致。

家裡一切安好，你媽雖有小病，幸無大礙，可免遠介。

父字

1 〈東埔溫泉重遊記〉發表於《彰銀資料》，後收入《葉榮鐘全集．半壁書齋隨筆（下）》第四輯「雜文」第二三七－二四三頁。

致林莊生書信選（一九六二－一九七六）

原文日文部分由林彩美譯

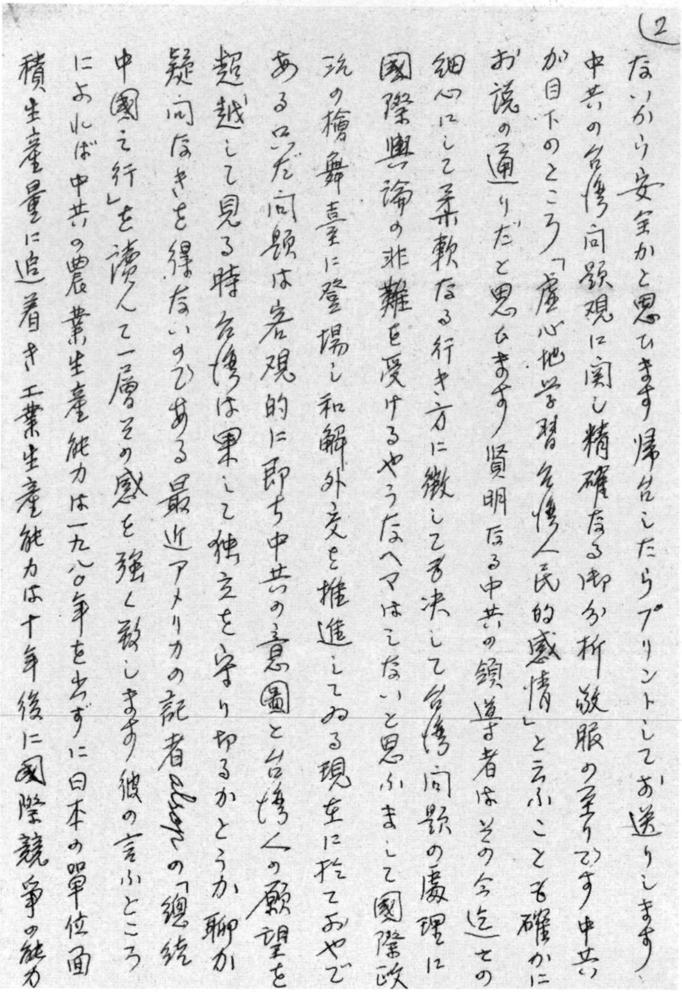

(2)

ないから安全かと思ひます帰台したらプリントしてお送りします、
中共の台湾問題観に関し精確なる御分析敬服の至りです中共
が目下のところ「虚心地学習台湾人民的感情」と云ふことも確かに
お説の通りだと思ひます賢明なる中共の領導者はその今迄七の
細心にして柔軟なる行き方に徹しても決して台湾問題の處理に
國際輿論の非難を受けるやうなヘマはしないと思ふまして國際政
治の檜舞臺に登場し和解外交を推進してゐる現在に於ておやで
ある只だ問題は客観的に即ち中共の意圖と台湾人の願望を
超越して見る時台湾は果して独立を守り切るかどうか聊か
疑問なきを得ないのである最近アメリカの記者alsopの「總統
中國之行」を讀んで一層その感を強く致します彼の言ふところ
によれば中共の農業生產能力は一九八〇年を出ずに日本の單位面
積生產量に追着き工業生產能力は十年後に國際競爭の能力

一九七四年八月十二日葉榮鐘致林莊生書信片段，討論中共處理台灣問題的態度。

1

一九六二年十月三十日

（原文：中文）

正生[1]、莊生、悅生賢侄如晤：

貴家遽遭大故，賢昆仲屬在人子，哀痛之情，不難想像。唯令先尊寄望於賢昆仲者甚大，報恩報德不在區區，夙知賢侄最能認識故人之偉大人格，與天高海潤之襟懷，尚希節哀順變。毋過傷神。令尊病中思念賢昆仲至為殷切，但終不同意令賢昆仲歸來奉侍者，其用意何在，誠能珍重身體，精進學業，則所以安慰在天之靈者無過於此矣。

令尊病中對病狀之嚴重，口雖不言，而心中明白，嘗堅握余手曰：「盡人事以待天命。」雖自知病終不起，但對醫生之治療，具有信心，無論打針服藥，均能從容接受，至最後五分間，並未放棄求生之希望，此層他確盡其鬬病之能事矣。令堂及敬生、立生之侍病，廢寢忘餐，精疲力竭，亦確已盡其看護之能事矣。醫院方面，因高院長對其部屬諭曰：「莊先生係台灣之胡適之先生，諸君務必盡心醫治。」因此特別關照，故上下親切周到，得未曾有。無論治療用藥，務期最善，故醫院亦確盡其醫療之能事矣。

高院長在台大醫院太平間之告別式致弔詞謂：「莊先生之病，係超越現代科學之能力。」

1　林正生為林莊生弟，莊垂勝三子。

此言頗具分量，其反面即表明台大醫院確已盡最高、最善之治療工作，但終無法救藥，可見令尊之死，除謂天命外，無話可說。高院長又曰：「我真佩服莊先生之人格與修養，大凡重病患者，住院較久而略無起色，則十九必定怨天尤人，對於醫生與護士煩言嘖嘖，甚而至於大發脾氣，但莊先生始終如一，謙遜和靄。信任院方處置，若非人格偉大，修養湛深之人，絕難如此。」余信賢昆仲聞高院長之言，當可引以為慰也。

關於山地果園之處理問題，敬生曾一度與令堂引起爭論，為維護家業，俾無負令尊半生心血，此乃出自父子至情，同時在經濟上打算亦不失為長策，但是一旦加以具體的檢討，則又問題叢生，難於抉擇。

第一、管理問題，若一任傭人管理，是等於無人管理，近來治安大不如前，盜伐竹木、果樹，又在其次，萬一發生霸耕，得寸進尺，久而久之，變成既成事實，便難處理矣。都市之所謂違章建築，越取締越多，其原因在此。違建用政府之力量取締，尚且如此，何況山間僻處，世間耳目所不及，以現在人心險惡，霸耕之發生，恐非杞憂也。

第二、如何安置令堂，賢昆仲以現狀論，可能無法親自管理，然則令堂亦必不能安然置之不顧，縱不能在萬斗六長住，亦必來來去去，此層徒令見景傷情，適足以增其悲感，實無益於事，賢昆仲亦畢不忍令堂僕僕風塵，勞於奔命也。

第三、令尊為山林傾注半生心血，病中亦時時念及，但此究係身外之物，與賢昆仲之教育問題相比，自是不可同日而語者。以令尊立場設想，關於經濟上之打算，必以賢昆仲之學費為絕對優先，固無疑問，換言之，萬一經濟上發生問題時，令尊定必寧願割棄山林，而不願賢昆仲學業半途而廢也。今據敬生言，為解決債務，賢昆仲可將剩餘資金匯來濟用，此議聞令尊生前已不表同意，何況區區八百弗（美元），究屬無濟於事，為期賢昆仲在美生活安全，學業順利，乃令尊操持家計之大原則。今債務縱能解決，而使賢昆仲之生活遭受萬一之脅威，使令尊有知，亦必不以為然，況債務又未能解決乎。

第四、今後開支，銀行利息每月二仟、萬斗六傭人工資一千六百、合令堂生活費，總數約在六千之譜，以債養債，終非妥善辦法，果物收成，今後是否即可順利，乃屬未知之數，而逐月開支則不可獲或緩者，山林棄之可惜，留之計將安出，熊掌與魚，難於兼得，亟待賢昆仲聰明之抉擇。即問

近佳

葉榮鐘　頓首

十月三十日

2

一九六二年十一月二十七日

（原文：中文）

莊生賢侄如晤：

來信收悉，寄予令堂信令早亦呈令堂轉示，甚慰。賢侄見識高明，處事幹練，不愧為令尊肖子，地下有知，定必為之破顏一笑也。關於山林出售事，令堂詢賢昆仲之意，現在已打消原意，實際上出售亦非容易。

令堂今後生活，論情論理，均與敬生同住為宜，唯令堂謂須敬生夫婦願意，並須誠心誠意勸駕，方肯答應。此事日昨上北，曾與敬生私下商量，極力勸其隱忍一年，明秋立生退役，當可請令堂與立生在台中同住，敬生已表示接受。過去敬生夫婦雖曾向令堂表示：願意請她到台北同住，而未蒙令堂首肯。現在令堂對敬生之氣惱，經賢侄等來信敦勸，及諸友好之勸說，似已大為緩和。敬生若能極力表示誠意，或可順利實現，今後賢侄來信，應加反覆敦勸，並囑正生、悦生協力勸駕為要。

山林管理與負債償還，敬生已有周詳計畫，並似頗有把握。唯令堂似對敬生不甚信任，愚勸敬生捨名取實，表面上仍尊重令堂意見，實際上由他負責處理。要之，事事請示，然後執行，勿自作自專，以碍令堂之權威就是，此層並經敬生接受。賢侄擬撥滙之款，曾與敬生談妥，先還書局三萬五仟，再由敬生墊付，不足額還銀行二萬，本日並與營業部賴經理商量，本來負債共為十七萬，內中七萬為信用放款，利子日步五分二厘，餘十萬為抵押放款，日步四分五厘。若能先還兩萬，其餘十五萬全部改為抵押放款，利子一律改成四分四厘。此事賴經理已願同意幫忙，聘三兄自無問題，如得業務處同意，便可照辦，賴經理並囑向業務處幫他疏通，當於近日中進行。

滙款事敬生有把握，可依照敬生之意見辦理，今早並與令堂談及，經得其了解。令堂今早囑愚寫信時必須轉告賢侄，謂與敬生同住，她無異議，為必須敬生夫婦表示誠意敦請，始肯就道。故望賢侄寄信與敬生時，好言勸敬生夫婦就範為要。愚日前會敬生時，已約定這次歸中（明日為尊翁滿七，敬生夫婦今晚必由台北歸來）時，極力勸令堂同道上北，想敬生必能如約勸駕。

令堂在中時，每晚必請其來宅吃飯並入浴，尚蒙令堂賞臉，欣然光臨，至感快慰。她若不到台北，恐久住必感乏味，進而引發脾氣，此為愚夫婦最為關心事也。耑此並問

近佳

正生來信收到，不另作覆，賢侄與他通信時，請代為道好。

榮鐘手書

十一月二十七日

3

一九六四年十月三十一日

（原文：中文）

莊生賢侄如晤：

接來書，久未作覆，蓋因所提各點，所謂茲事體大，雖知其善，惜有善善而不能行之毛病，以致因循迄今，無法交代。所幸最近對於日據時期之解放運動漸有人注意，《林獻堂先生紀念集》亦頗有反響，尤其是在美國及日本聞已有相當學人從事研究，在本省關於台灣議會請願運動[1]，亦有專著行將完成，誠可喜之現狀也。愚本身之計畫，擬先將當時活躍過之故人以我個人接觸之印象寫下，打算在明春出一本《先賢群像》，然後把我的自傳弄好（現在已完成一半），這兩本書可作將來寫《解放運動史》之補充資料。賢侄所提錄音，我亦覺有必要，但似須待這兩部書完成後纔能夠著手。

關於賢侄結婚問題，你自己一向不動聲息，無法猜知真意，前曾與令堂及敬生談起，唯不知賢侄做何打算，未便提出具體問題，希望你能告訴我，你對此問題的想法。

1　一九一五年余清芳西來庵武裝起義失敗，抗日民族運動轉入爭取民權的政治社會運動。一九二一年由東京新民會發起，林獻堂領銜東京台灣留學生，向日本帝國議會提出設置台灣議會的第一次請願，前後歷時十三年，至一九三四年一共提出十五次請願。

最近承中央書局的慫恿，擬將寫給《彰銀資料》及《民主評論》刊過的雜文合輯出一本雜文集，定名為《半路出家集》，年底或可出版。

炎秋叔《廢人廢話》已經出版，立生說已給你寄去一冊，所以不另寄。

前月寄去《台灣文藝》四冊，未審已接到否，看完可轉寄阿貫一讀。

悅生紅鸞星動，大事將定，殊屬可喜，願天下有情人都成眷屬。

令堂、立生、敬生一家均好，敝宅託庇均安，芸芸考入中國文化學院（張其昀主持，校址設在草山）新聞系，已於日前負笈入學矣。耑此並問

近佳

榮鐘書

十月三十一日

4

一九六五年十二月二十三日

（原文：日文）[1]

莊生賢侄：

謝謝聖誕卡片。常收到你的來信，但一直沒有回信，很抱歉。預定中的《先賢群像》還沒有出書，沒有到達預定之人數實為主要原因。還有，目前《彰銀六十年史》還沒有付梓，抽不出時間也是原因之一。你對甘迺迪的《當仁不讓》的意見很有意思。雖然不能說是因受了影響而筆端澀滯，但深深感到需要更慎重；不能像以前那樣只把自己的印象寫出來就可以的態度。林幼春先生那一篇讓你失望是難怪。

日本統制下的台灣解放運動，從結果看來，沒有一件是成功。但對當時的民眾，尤其是知識階級喚起當仁不讓之精神，確實起了作用。如果人類的文化不以現實之成敗做準則，而以提昇的精神水準來衡量，那麼，當時的運動是有一定的歷史地位。孔子、基督、釋迦之努力，以今日之狀況看來顯然是失敗，但是，歷史不能無視這些先賢的精神。我對記錄當時爭取自由之過程，感到一種使命感，而願意從這個觀點去寫台灣之民族運動史。

1　林莊生譯，本文轉引自林莊生：《懷樹又懷人：我的父親莊垂勝、他的朋友及那個時代》第十三章〈葉榮鐘先生〉，第二二五－二五八頁。

光南現正在喬治亞州認真學習，成績似乎不錯，只是思想方面還須調教。如有機會能夠受到你的薰陶，就太好了。媳婦將在近日赴美團聚。

令高堂與立生都身體無恙，敝宅大小皆平安，請放心。

今日就此擱筆。不久會再寫信。

祝

聖誕快樂

葉榮鐘　頓首

十二月二十三日

5

一九六八年三月十八日

（原文：日文）

莊生君：

三月九日的信，我以不勝懷念之情拜讀了。你的信總是充滿智性的氣息，有很多受啟發之處，讓我一遍又一遍，以愉快的心情重複地讀。湯恩比[1]也來台一日，但有如過門不入，未留隻言半語。他在日本的言行，透過《朝日新聞》我用心地讀過。他講了很多新奇的話，特別是對今後有關世界情勢的預言，特別有趣。

你所推薦的書籍，我準備盡速訂購。台灣對書籍的檢閱非常嚴格，無關痛癢的內容有時也會卡關，所以很麻煩。

你信中提到的東亮，讓我順便照會。上次敬生到東京出差時見到東亮與逸雄君（滿盈伯的第三子）。敬生在寫給我的明信片中，說有「一見如故」之感，並說先代之交誼，實不平凡的感想。此短信讓我非常感動，往事歷歷在眼前。逸雄君的為人我並不熟悉，但東亮是人格學識兼優的好人物。希望你們親近交往。友人對人生之重要，我以自身體驗銘志肺腑。此心境希望你

1 湯恩比（Arnold Joseph Toynbee，一八八九－一九七五），英國歷史學家。他曾預言過：「十九世紀是屬於英國人的世紀，二十世紀是屬於美國人的世紀，二十一世紀是屬於中國人的世紀。」

能感受。

令高堂的狀況，自貫兒的來信，知道詳情。我認為能在美國接受手術，應是無上的幸運。如果在台灣發病，不一定能得到那麼「當機立斷」妥善的處理。

阿悅那裡我寫了兩封問候信，但阿悅自己生了女兒應是忙不過來而沒有得到回信。

〈父親的墓園〉一文寫得很好。我深深地感到令先尊有你這樣的兒子，他的一生沒有虛度。在黃泉的故人應含笑滿足吧。日前去台北時從炎秋叔手裡接回原稿。據炎秋叔說，投到《中央日報》的稿子遭退回。我想大概炎秋叔沒有跟《中央日報》說：林莊生是在美國取得博士學位，現在服務於加拿大農務部。台灣的報紙、雜誌社是徹底被山頭（地盤）主義控制，因此非相當的名人，圈外的原稿很難被刊登。就是有好的文章，沒有頭銜的林莊生不被接受勿寧是當然的，特別如《中央日報》這種官僚臭濃的報紙。我準備近日與徐復觀教授相會，經他的手將你的稿子投到適當的地方刊登（此想法已得到炎秋叔同意）。

我自上月終於從悲傷[2]走出，眼下全神貫注於著作。第一章的字數約四萬字，已寫好的〈年表〉六萬字，合起來約十萬字。全書的字數預定在五十萬到六十萬字。所以僅寫好其五分到六分之一而已。

2 指葉榮鐘長女葉蓁蓁在一九六七年十月十三日病逝東京。

家族一同過得平安無事，請釋念。

葉榮鐘　頓首

三月十八日於燈下

（附）

抗日台灣民族運動史

第一章　民族運動的濫觴時代

一、梁任公與台灣民族運動

1. 林獻堂與梁任公訂交之機緣

2. 任公遊台始末

3. 林獻堂個人所受的影響

4. 一般智識分子所受的影響

二、台灣同化會

1. 林獻堂與板垣的接觸

6

一九六八年四月十四日

（原文：日文）

莊生君：

三月二十六日及四月二日貴函均收悉。推遲回信真過意不去。古人作「不善詣人貪客至，慣遲作答愛書來」[1]的小詩以自嘲。近來我的心情有些相似。每接觸貴函總有受啟發之處，所以由衷期待接到貴函。然而輪到我該寫信的時候，卻慵懶提不起筆，這或許是老化的現象吧。內人讀了三月二十六日的貴函讚歎說：「莊生如果從一開始就讀文史或哲學，一定成為傑出的學者。」她的意思是現在是傑出的學者，如專修文史方面，那成就會更大吧。

寄報紙的郵費是立生出的，我並沒有破費。因為當晚看了報紙以後，全包裝好，趕到立生家想讓立生夫婦看後寄出，但他們不在家，我就趕回中央書局（台中）。請店員去多買幾份，此間與立生夫婦取得聯絡，約在書局碰面然後一起回家。分別時，立生的太太機靈地把那袋子拿去。郵費大概漲了十位數，本來一塊多美金就夠了。我把那報紙也寄給貫兒。昨日接到的信寫：「莊生兄的文章『真誠動人』」的讀後感。

我想你應該也注意到，徐復觀教授在二、三處做了修改。徐先生在交還原稿時附了書禮茲

1 清朝吳梅村詩，原詩為「不好詣人貪客過，慣遲作答愛書來」。

將之一起寄上。

我叩問書局經理耀錡君的讀後感，他說：「前半有深度也有重量，後半重量稍嫌不足，有未能取得全體均衡之感。」聽了之後，我似乎也有這種感覺，事實如此也無可奈何。今後有空還請繼續寫，如可接受，在《自立晚報》刊登應沒問題。

詹森[2]的退場，你說是因為他領悟到自己的極限，我自己的確也有那種自覺，這是無可奈何的事。清朝的袁子材說：「人老了就不應該作詩。」我覺得這是確切恰當的話。杜甫與陸放翁好像晚年的詩作拙劣的較多。我年輕時不夠努力，如今感嘆無學已來不及，彷彿才發覺年輕的可愛。像是老頭的牢騷，就止於此。

去美國出差時，也去了亞特蘭大喔！令堂像是很精神，真是好極了。我方也託福平安無事過日子。進行中的著作昨日已完成第二章〈六三法撤廢運動〉約一萬五千字。

今天就此擱筆

祝健康！再見！

四月十四日

葉榮鐘於燈下

2 林登．貝恩斯．詹森（Lyndon Baines Johnson，一九〇八－一九七三），一九六一年至一九六三年於約翰．甘迺迪任下為第三十七任美國副總統，一九六三年至一九六九年擔任第三十六任美國總統。

（附）

徐復觀教授信函

少奇吾兄：

莊生的文章寫得很好，他有思想，並且有藝術上的修養。我稍稍為他調整了幾字，請您斟酌。敬頌

大安

弟復觀上

五十七年三月二十日

請安　吳三連先生。

7 一九六八年四月二十七日

（原文：日文）

莊生君：

十九日發出的信今朝收到了。以統計吃飯，文史生活，真是太好了，請努力使之實現。我年輕時被生活所迫。既不能設計生活，也不能抱有理想，因職業所需，遂趨向雜學，但也只能淺而廣。因此屆此年紀，沒能掌握一門學問，就這樣做到底別無他法。最近為了專心著作無暇閱讀，過去有時月讀六、七冊，可悲的是記憶力低下之故，讀了也沒有多少作用，雖然如此還是盡力在讀。

近日又透過台北的文林堂，自東京訂了二十數種書籍。我以雜學亦學的抗拒情緒，想貪婪地讀完。遺憾的是台灣沒有引起食慾的新出版物。現在出版界大致只出版三種書籍。一、短篇小說。二、掌故（以中國大陸的為主）。三、雜文、隨筆，學術性的東西幾乎找不到。有的話也盡是所謂吹噓、宣傳令人反胃的東西。

立生的無反應未必是他的怠慢。有一本想讓你看的書，是台北人（張水滄的侄兒）張明澄以日文寫在日本出版的《誤譯，愚譯》的日文書。主要是對岩波書店發行，東大助教授前野直彬注解的唐詩選為目標，揭露其誤譯與愚譯的書，內容相當扎實。況且作者僅三十四歲，即可把日文操作自如是很罕見的。聽説目前在台北翻印海賊版，等入手將盡速寄送。

《傳記文學》已請書局自台北寄過來，戴天仇的《日本論》，我在日本留學時期，在神田（書店街）的夜店到處都是，不知為何沒想要買，推舉板垣[1]的一條則務必採納。

〈矢內原先生與台灣〉一文是二、三年前，矢內原師逝世之後，受遺孀之請而寫，約一萬字，在《矢內原忠雄全集》[2]自岩波書店出版時編輯部將之縮減為七千餘字收入全集。岩波準備出版《矢內原忠雄：信仰・学問・生涯》（書名未定）單行本，擬將拙文納入[3]，因此日前寄來校樣，今早將之寄回。等贈送本入手我會寄一本送你。

對書名的貴見我極有同感。但依目下政治「行情」，我認為那樣比較適當。日後如有最適當的書名再改也行。

〈父親的墓園〉一文的稿費《自立晚報》已寄來。拿到立生家開封一看，僅是一百零八元，台灣的稿費大概只是「象徵性」的。當然你不會對之有所期待。你可想像台灣賺稿費是如何艱難。

今晚就此擱筆。

1　板垣退助（一八三七–一九一九），日本明治維新的名臣，創立日本第一個政黨自由黨。

2　〈矢內原先生與台灣〉一文可見於《矢內原忠雄全集》第二十六卷所附的月報（東京：岩波書店，一九六五）。

3　指的是南原繁編，《矢內原忠雄：信仰・学問・生涯》（東京：岩波書店，一九六八）。

葉榮鐘書
四月二十七日

8

一九六八年十二月七日

（原文：日文）

莊生君：

很抱歉這封回信拖了很久。五月七日的貴函推遲到好像六月末或七月初才收到。而七月中旬內人罹流行感冒即所謂香港風邪約一個月，無暇提筆，之後又被雜事纏住，不得已久久無音信。

丁瑞魚君[1]是一個開業醫生，但與尋常的開業醫生完全大異其趣。我生涯有三位年幼的畏友，丁君正是其一，其他兩人是張梗（張東亮之父）與連震東。[2]丁君與張君兩者都是迷路而進入台灣醫專之故，一生在不得志中終了或將終了之人。如果當時的台灣除了醫專之外，有文史方面的上級學校，而且他們有以自己的意志自由選擇學校的話，二人都必定成為優秀的學者，我經常感到可惜。不只是頭腦，品德也屬於最好的。令尊也非常賞識他。

上次在府上拜聽了你的錄音帶，李白的「吾愛孟夫子」，我想把我的感想說出供你參考。

1　丁瑞魚（一九〇一－一九七三），台灣鹿港人，泉州晉江陳埭回族後裔。丁瑞魚畢業於日本醫學專門學校本科，抗日意識強烈，畢業後至集美中學附設醫院任院長、馬來西亞任礦醫，二二八事件時曾無端被囚。

2　連震東（一九〇四－一九八六），字定一，台灣台南人，為政治人物。其父為《台灣通史》連橫，其子連戰曾任中國國民黨主席，被視為「半山」派的代表人物，曾任內政部長、總統府國策顧問、首任台北縣縣長等職。

一九三一年後，攝於台中。前排左起：莊垂勝、張梗、張煥珪。後排左起：葉榮鐘、張聘三。

此詩本來是仄起的五言律詩，亦即第一句應是仄仄平平仄，而李白將之詠成吾愛孟夫子（平仄仄平平），這叫做拗體被認可，但從音韻上說，當然是不合規則。因此第二句應該是平平仄仄平，但他故意詠成風流天下聞（平平平仄平），連續用了三個平字，不管是五言或七言連續三個平音，在音韻上絕對不好。這是要拯救第一句的不合規則與缺陷，而故意安排。因為第一句不合規則，為了保持聲調的調和，「夫」這個平字要承擔非常重大的角色。因此要朗誦第一句時，必須明確地把「夫」的平音吟出。不然恐怕就會亂了全體的調子。從錄音機傳出的你的朗誦聲「夫」的平音稍嫌弱，會聽成仄，是否是錄音機之故？

這一年我幾乎未作詩。年紀大了靈感枯竭，寫不出詩才是真相。好像是王漁洋說過「年老莫吟詩」，是以勸誡老人不量力來思考，實是很有意思的言詞。

今天就寫到此。改天再通信。

葉榮鐘書

十二月七日

9 一九六九年十月二十五日

（原文：日文）

莊生君：

感謝來信。許久未接來鴻，以欣喜之情拜讀了。我雖疏於問候，但從令高堂處時常聽到你的消息。

在社會上，學問上益益發展模樣真是慶幸。託福我們都平安過活。只是因年事大內人時而受神經痛之累，我也有時患鼻風邪但都不至變成大事請釋念。

二年來執筆中的《台灣近代民族運動史》託福已寫好十分之九，加上年表我想會超過五十萬字，目前寫好的大約是四十五萬字。題名未定，但要與領台初期散發的武力抗日運動有所區別，所以如前記加了「近代」二字不知貴見如何？

我有今年末將之完成的心意，然後剛過新年早早就在《自立晚報》（吳三連氏經營的晚報，是台灣唯一的民間報）連載的用意。

矢內原先生的書《矢內原忠雄：信仰．学問．生涯》書名很長，已從岩波書店出版，定價日幣一千元。內容是集合諸家對矢內原先生的追憶與追思，台灣有蔡培火、陳茂源[1]、張漢

1 陳茂源（一九〇三－？），桃園大溪人。一九二八年東京帝大法學部畢業，通過日本高等文官考試，在東京、松本

裕[2]與我的文章收載在書中。

今天就此簡單奉覆。　匆匆

葉榮鐘書

十月二十五日

等地擔任司法官。戰後返台任台灣大學法學院教授。陳茂源是繼葉榮鐘之後，矢內原忠雄在家中為之講授聖經的第二個台灣學生。譯有矢內原忠雄《日本帝國主義下的台灣》。

2　張漢裕（一九一三—一九九八），台中東勢人，經濟學家、翻譯家，矢內原忠雄學生，蔡培火的女婿。一九四七年取得東京大學經濟學博士。後為台灣大學經濟學系教授。著書有：《西洋經濟發展史》、《經濟發展與農村經濟》等，譯書有：矢內原忠雄《基督教入門》、馬克斯．韋伯《基督新教的倫理與資本主義的精神》等多種。曾主編《蔡培火全集》。

10 一九六九年十二月九日

（原文：日文）

莊生賢侄：

炎秋叔在這次立法委員補選當候選人，投票日是十二月二十日，目前報紙上的聲望很好，但選舉經常是不到開票時，誰也判斷不了。他以「無本做資本」為方針，亦即標榜理想選舉。但，到底台灣知識分子的程度有沒有達到這個水平，我以為這次的選舉是一個試金石。

從事歷史工作的人，缺乏「不怕得罪人」的勇氣是等於不及格的，我經常這樣提醒自己，但實際面臨這種場面卻沒那麼簡單。譬如中國的修史傳統也有重視「知人論世」的教誨，但要判斷歷史人物的行為，實在是很困難，必須慎重再慎重地處理。特別是對已故者的論

一九六五年六月，洪炎秋在葉光南婚禮上致詞。

斷，我認為必須更加慎重。在這意義上你對塞倫西亞氏[1]的評論，我非常贊同。在這一點上蔡培火先生往往有陷入獨斷之虞。我所寫的稿子大致請他過目，但常常意見不合。

加拿大像是完全入冬了，我感覺寒冷來的早。報紙上報導，東京的冬天也早來了一個月。順便報告一個不好的消息，莊銘鐺[2]君罹了肺癌，現今已陷入危險狀態，據醫生診斷餘命不多。

今天就此擱筆，再見！

葉榮鐘書

十二月九日

---

1 塞倫西亞（Theodore Sorensen，一九二八-二〇一〇），是約翰．甘迺迪總統特別顧問。

2 莊銘鐺，莊太岳之子，早年曾在廈門待過一段時間，與二二八事件莊垂勝被捕獲釋有很大關係。戰後在台中市平等街中央書局附近開設「樂耕書室」，以賣文寫字為生。

11

一九七〇年四月十六日

（原文：日文）

莊生君：

有一段時間沒有通信。不知一切可好？託福我們都平安過活，請不用掛念。貫兒一家也平安無事的樣子。只是受越戰的影響美國的失業者增加，很難找工作而在煩惱，如果你那裡有門徑請介紹給他。

我所編著的《台灣近代民族運動史》因依蔡培火先生們的希望而改名為《日據時期台灣政治社會運動史》，以五人共撰的形式，自本月一日在吳三連氏主宰的《自立晚報》開始連載。今天將十五回份簡報寄出，收到時懇請用心閱讀指出缺點。

第一章〈台灣民族運動的濫觴時代〉分為三節。第一節「梁任公與民族運動」，第二節「台灣同化會」遭蔡氏任意的刪削而縮小了不少，特別是第二節描寫當時一般民眾對日本警察的恐懼感舉出實例的部分，以及介紹板垣的性格與經歷的部分遭全部刪除。我對其胡為的刪削感到憤慨提出抗議，他也低三下四的賠罪，我想今後會稍微好些。我準備將來以個人名義出版單行本的打算。屆時會把被刪除的部分復原，並把應訂正修改的地方徹底改正，所以特別期待你的寶貴意見。請把注意到的地方一定不吝指教。

對於史學完全是門外漢的我承接這個工作，說不定是錯誤的根本原因。但既承擔了，就祈願盡可能成為好的著作。

令高堂近日看來很健康，有精神，胖了些，敬生是否因禁了菸，也變得更健康了，真是慶幸。

今後剪報擬以十回份航空郵寄。今天就寫到這裡，過幾天再寫。

台灣報紙的校對鬆懈，誤字層出，或許不好讀，懇請耐心幫我讀。

葉榮鐘書

四月十六日

12 一九七〇年五月一日

（原文：日文）

莊生君：

四月二十三日的信以感謝的心情拜讀了，非常受到鼓勵，三年的勞苦以貴函一封就充分被補償的感覺。所指點的地方一一都正確，印單行本時一定訂正。剪報今後一次寄上十日份，有問題之處請隨時指點。

對歷史完全是外行的我，所以染手如此狂妄的工作，完全是受無可阻止的使命感所驅使之故。至少把資料以及關係者還在世時，做好整理是我極小的願望，因此寫好了也沒自信是否這樣就好？獲得你的激勵，有了些許自信，今後我想真正的學習歷史學。

總之謹此表達我的謝忱與回覆。匆匆

葉榮鐘書

五月一日燈下

13

一九七〇年十二月十九日

（原文：日文）

莊生君：

貴函與淳彥[1]的信已拜讀。很抱歉回信拖延了很久。

《台灣近代民族運動史》是依所謂「記事本末體」編輯，即以事件作中心的敘述，所以年代不免有不照順序之處，這是不得已的地方。

《自立晚報》提議出版單行本，當下正交涉中，如果沒成果，我也打算自費出版，眼前正進行整理原稿，大致基於你的寶貴意見在修正。關係深厚的重要人物，中日雙方各六人，梁任公、林獻堂、蔡惠如、蔣渭水[2]、林呈祿[3]、羅萬俥[4]、板垣退助、矢內原忠雄、植村正

1 賴淳彥，蔡培火先生的令婿。見一九七〇年九月七日林莊生致葉榮鐘書信，本書第二四二－二四六頁。

2 蔣渭水（一八八八－一九三一），宜蘭人，日據下開業醫生，抗日民族運動的重要領導人。

3 林呈祿（一八八六－一九六八），桃園縣大園鄉人。一九二〇年創刊《台灣青年》，歷任《台灣》、《台灣民報》、《台灣新民報》、《興南新聞》主筆二十五年，主持日據下台灣人唯一言論陣地，維繫文化傳承與民族意識。

4 羅萬俥（一八九八－一九六三），南投縣埔里人，日本明治大學法學科畢業，一九二四年赴美留學，賓州大學政治系畢業。一九二八年返台組織發行日報《台灣新民報》。戰後曾當選台中市參議會參議長、立法委員、國民參政員。一九六三年在彰化銀行董事長任上，赴日參加中日合作策進會，病逝於東京。

久、島田三郎[5]、清瀨一郎[6]、田川大吉郎，以上均為故人，我準備附上略傳。現在健在的人一律不觸及。有蓋棺論定的言詞，總之健在的人很難評論。

期盼後續的指摘陸續寄到，因為我以此為修正標準。

簡單謹記要件並作揖拜託。家族一同平安過日請釋念。

葉榮鐘書

十二月十九日

5 島田三郎（一八五二－一九二三），舊姓鈴木，幼名鐘三郎，號沼南。日本政治家，曾於幕府開設的「昌平黌」修習漢學。明治維新後，於大藏省附屬的英學校學習新學。一八八八年時，從沼間守一處繼承了「東京橫濱每日新聞社」的社長職務。當日本設置帝國議會後，曾連續十四任當選眾議院議員，一九一五年時當選眾議院議長，與尾崎行雄、犬養毅等人發起憲政擁護運動，反對陸軍擴軍。曾經支援廢娼運動、足尾礦山被害者救濟運動、普選擴張運動等等，並且對工人的工會運動表示理解。

6 清瀨一郎（一八八四－一九六八）出生於兵庫縣（神戶），畢業於京都帝國大學法科，為執業律師。一九二〇年當選代議士步入政界，任眾議院副議長時，從一九二二年開始每年擔任台灣議會設置請願運動在日本眾議院的提案介紹人。治警事件時，曾擔任被告辯護律師。

14 一九七一年三月二十五日

（原文：中文）

莊生賢侄如晤：

來書兩封，早已接到，兩月來因籌備次女芸芸之婚禮，忙了一番，以致遲遲作覆，至感歉疚。芸芸已於去七日在東海大學教堂與陳文典君舉行結婚式，一切順利進行，聊堪告慰。小婿係南投縣竹山鎮人，畢業東海大學生物系，現任該生物系助教，與芸芸交際將近兩年，本來擬待出國後在美國舉式，但因獎學金之申請，頗不容易，現雖略有眉目，縱能順利拿到獎學金，出國亦須在暑假以後。一面〔方面〕他係長子，其父及族親都希望他在空閒期間在台灣舉行婚禮，緣此改變計劃，提早舉行。

來信所提各節，深合鄙意，不過內中亦有現在無法搜羅資料的部分，不得不割愛外，大體當可依照貴意修訂。

關於編著者名義問題，因培火、三連、逢源均主張仍用五人共撰形式出版，尤其培火主張最強硬，他們另有什麼政治的企圖固不得而知，但我若不讓步則非破裂不可，這是我所不忍的。故不得不委屈求全，勉予同意。

我現在計畫用日文寫一本《日本統治下の台湾》，換一個角度敘述日本人以總督府為中心，

在台灣如何壓制、歧視、榨取台灣人的真相，如果能夠寫成擬送去東京，由岩波或其他的出版公司出版。匆匆，此覆。即問

近好

葉榮鐘書

三月二十五日

15 一九七二年一月十八日

（原文：日文）[1]

莊生君：

常常接到你充滿好意的長信，得到莫大的慰藉與勇氣，只是遲遲未能回信而感到非常抱歉。我們的美國之行已無限期延期。去年八月已拿到大使館的簽證，隨時均可準備動身。但後來考慮還是讓年輕人盡早出去為佳而作罷。二女芸芸的夫婿陳文典（東海大學生物系畢業）於去年九月單身飛美，目前在波士頓，留下的芸芸因懷孕而需要照顧。現在每天因抱外孫，連提筆也無暇。

《台灣民族運動史》在去年末，已將贈送您與悅生夫婦的一併寄到貫兒處，然後再轉寄給您們。由於出版事與蔡培火發生不愉快的事情，詳情如同別紙準備寄給蔡氏的絕交書中所述。不過此信因受內人的勸告而未發出。除了您之外沒有任何人看過，所以一覽之後請將之燒毀是盼。

日本書籍在三省書店、鴻儒堂等已有相當進口，但還是不太容易找到所要的。我一直請

1　本信曾收入《葉榮鐘全集．葉榮鐘日記（下）》（台北：晨星出版社，二〇〇〇），第一二〇五－一二〇六頁。今依全集版排版。

張東亮君寄來，每次以印刷物寄一本大抵可收到，如以郵政小包，需要經過稅關的檢閱就非常麻煩。

聽說從美國直接寄台灣，無論什麼書都可以寄到。《近代化的精神構造》沒注意到，《近代的政治思想》在岩波書店發行的小冊子《圖書》（書評）上看過，我很想要一本，但還未到手。

我現在做〈台灣民族運動史年表〉，計畫分成台灣、日本、中國、國際四個欄，把同一年發生，有關係的大事羅列出來以便對照，正在努力，希望年內能完成。這是一本大概賣不好的書，不知出版業者肯不肯接辦，現在還不知道。這件事情解決了，就預訂寫《台灣人物的評傳》（假定）。對這書，我打算全力以赴，然而不知結果會怎樣？如果能照我設想的寫好，與《台灣民族運動史》合起來，從寬闊的觀點來說，可謂「台灣民族運動」三部作，對於年輕世代可有個「交代」。我私下偷偷這樣想。《宰相吉田茂》這本書，在這意義上，是無論如何一定想讀的。如果您手上有，希望寄給我看。

今天就此擱筆，過些時候再寫信給您。再見。

葉榮鐘書

一月十八日

（附）致蔡培火絕交書

培火先生大鑑

頃閱《自立晚報》寄來《台灣民族運動史》，發現序文末尾「委由葉君榮鐘執筆初稿」一句，不勝駭異。按「初稿」兩字，原稿所無，顯係先生加筆。如此必使讀者發生既有初稿定有二稿三稿之誤會。且作家初稿與定稿之間，往往因刪削改作而致面目全非，該書列名者共有五人，到底係根據那一種原稿排印，亦無法交代。請問該書除拙稿以外尚有何人執筆？先生用意，無非欲貶低晚在該書之地位而已，然則何不索性將賤名刪除，以免拖泥帶水，滋生疑義之為愈也。現書已上市，補救乏術，此信祇為晚對先生之「小細工」表示欽佩而作，別無其他要求。「初稿」兩字之加，既盡刻薄狡猾之能事復收揚己抑人之宏效，古人有一字千金之說，先生兩字，真可一字值萬金矣。

顧先生等得列名作者祇為資助晚之編輯費用一事而已，最初三連兄在國賓餐廳表示，擬以車馬費名目給晚每月新台幣三千元，車馬費名目雖不恰當，要之為一種編輯費用之補助則毫無疑問。當時有關著作權問題，並未明確約定，晚以為諸先輩聲名赫赫，殊無需與晚爭此區區著作權。且按一般慣例，作者接受個人或團體資助編輯費或研究費，只需在書中提明，表示謝意便可，與作者之著作權固是風馬牛不相及也。而先生為使侵占著作權之意圖合理化，後來竟硬指該項資助為「合作金」。晚與諸先輩向未合股經營合作社何來合作金名目，顛倒是非，莫此為甚。況先生口頭及書信曾經表示，單行本可用晚個人名義出版，晚不疑有他，源源發稿，報紙乃克順利刊載。

關於發行單行本，晚曾要求先生履行諾言用晚一人編著之形式出版，而先生竟食言而肥，經過幾度書函往返仍未蒙俞允，最後在國賓十三樓合議時，晚低聲下氣，苦苦央求，亦遭先生悍然拒絕，當日先生態度之橫暴與聲咳之惡劣，雖專制君主亦無以復加，若非外人在座，則早已破裂矣。陳逢源先生本來贊同晚之提議發行本時用先生等四人監修，用晚名義編著，亦符事實而明文責，並經答應向先生等提議，不意其後受先生煽惑，竟違初衷而自毀諾言。晚一則顧全大局，二則不忍拖累林陳吳三位先輩之令譽，是以一再忍讓遷就，先生竟以為晚懦弱可欺，軟土深掘，今者竟連此枝葉末節亦不放過，可見先生有意自絕於我而非晚敢於冒犯大臣之威嚴也。語云不平則鳴，茲當單行本出版，略述事實之經過，聊抒憤並用以結束五十年之交誼，臨楮憮然，不勝感慨繫之。

葉榮鐘　上

中華民國六十年十一月十七日

16 一九七二年四月十二日（原文：日文）

莊生君：

三月二十八日的信拜讀了。

有關徐訏在《傳記文學》的論文，最近轉載在《自立晚報》上我已讀了，是相當有說服力的文章，我也在注意著。毛子水的文章還未讀，我打算近日內讀它。

你把羅萬俥看成是台灣的吉田茂，非常有卓見，我得到很大的啟發。經你一提我也覺得的確有種種共通點。只是吉田茂做為日本人，有領會日本的傳統精神，但羅出生在台灣卻不帶有中國讀書人的修養，做為日本國民渡過半生也沒有熟悉日本文化，留學美國但未透徹其機制，我有這種感覺。只是很現實這一點是百分之百相似是無可置疑，兩人都對理想主義持否定態度，但吉田的是一種如信念的根深蒂固的東西，而羅的脾氣雖大精神上好像欠缺像吉田的東西，這是不是我的偏見？

你所訂的書籍分成兩包已以海運寄出，今天書局通知我，大約需要三個月。《林獻堂先生紀念集》，南強[1]、太岳[2]、虛谷[3]的各詩集也令之一併寄出。而南強詩集因書局有賣，所以就不麻煩銘鍹[4]君，太岳、虛谷的部分為了爭取時間我先寄出我手邊有的書，我準備改天再跟銘鍹君拿。

《李後主及其作品》、《宋詩三百家注釋》二冊是在報紙廣告看到，向書局訂購的，因此完全沒有向你推薦的自信。在台灣可說全然對古典的開發未著手也不言過其實。注釋書照舊，愈注釋愈不知所云，真令人困惑。古典入門書反而是日本的比較有幫助。

許久未作詩，近日獲得以下一首

1 林幼春（一八八〇－一九三九），名進，字南強，譜名資修，號幼春、老秋，通稱林幼春。台灣府彰化縣（今台中霧峰）人，霧峰林家成員，台灣古典詩人、社會運動家，著有《南強詩集》。

2 莊太岳（一八八〇－一九三八）名嵩，字伊若，號太岳。鹿港人。台中師範畢業，執教鹿港公學校，因民族意識強烈遭總督府解職，後轉任霧峯林家「一新會」講學。「櫟社」重要人物，亦擅書法。留卜詩作《太岳詩草》。一九八七年其三子幼岳再編成《太岳詩草遺補》。

3 陳虛谷（一八九六－一九六五），彰化和美人，原名陳滿盈，筆名有一村、依菊、醉分。日本明治大學畢業，是日據時期台灣文化協會的重要成員。一九三二年《台灣新民報》創刊，他與林攀龍、賴和、謝星樓等人出任編輯委員，負責學藝部。著有《虛谷詩集》、《陳虛谷選集》、《陳虛谷作品集》等。

4 莊銘鍹（一九一六－），字幼岳。櫟社成員，曾任中華詩學編輯社長主編《中華詩苑》，著有《紅梅山館詩草》一九八一年自印。鹿港著名詩人莊太岳之三子，莊太岳為林莊生的大伯。

柳絮

又見漫天柳絮飛，年年漂泊素心違。
身輕無力謀歸宿，一任東風恣意吹。

葉榮鐘書
四月十二日

17　一九七二年九月九日

（原文：日文）

莊生君：

恭賀新婚！這就解決了你的終生大事。我雖沒幫上忙，但一直抱持關心的我們就安心了，由衷表示慶賀。以結婚為契機，我相信你的人生經驗會更豐富，生活會更充實。

最近有與二、三自日本回來的所謂歸國學人[1]見面的機會，令人感到鼓舞的是，「下一輩」的年輕人的確比「老一輩」的我們優秀，我以自己的眼睛確認了。他們都各自受正規學問的訓練，而從事專門的學問研究，這一點最令人欣羨。他們不只知識比別人有獨到之處，好像人品也不錯。更令人佩服的是他們不汲汲於私人名利，且對同胞的利害也表示相當的熱情，我感到有希望與可靠。

今天就此謹表慶賀並祈願二位幸福長久。

葉榮鐘書　九月九日

1　一九七二年八月十三葉榮鐘日記載有「戴國煇來中……大有一見如故之慨」。八月二十六日，則有北上台北偕同王詩琅同往吳濁流宅，與戴國煇及許介鱗暢談的記事。參閱《葉榮鐘全集．葉榮鐘日記（下）》，第七七三、七七七頁。

18

一九七四年五月十五日

（寄自美國華府，原文：中文）

莊生賢侄如面：

日昨貫兒接到大函，並支票一張，對我老夫婦一片殷殷盛情，令人心感無已。抵華（華府）以來，轉瞬已經兩週，骨肉團聚，諸孫繞膝，日唯沉溺於天倫之樂，幾不覺時日經過之速，閒來耽讀在台所不能獲讀之禁書，亦一樂也。

加拿大之遊，擬待孫兒放暑假後，可能在六月中旬方能成行，行期有訂，自當專奉聞，相見在即，余容面申。此頌

近佳

葉榮鐘書

五月十五日

一九七四年七月二十三日，葉榮鐘在美國過七十五歲生日，與夫人施纖纖及長男葉光南、次女葉芸芸兩家人合影留念。右起：葉光南、林妙芬、葉榮鐘、施纖纖、葉芸芸、陳文典；孫兒輩右起：葉培根、葉美林、陳力。

19

一九七四年七月十七日

（寄自波士頓，原文：中文）

莊生賢侄如晤：

這次赴加得與賢侄連宵暢談為數十年來得未曾有，又蒙賢伉儷殷勤招待情逾骨肉感荷無已。

六月二十五日抵波士頓以來瞬經三週有奇，托庇旅次平安堪以告慰。此間與此地留學生頗有接觸，並獲閱讀香港發行之《七十年代》、《文匯報》等多種報刊，一面又得與前年曾去大陸遊歷者交談，因得略知大陸情形是為此行最大之收穫。而多年疑慮未決之問題獲得解答，此一答案是否正確尚待今後客觀情勢之轉變予以證實，由此而言則在今日之「時點」，只能說得到一半之解答而已。

所謂疑慮未決之問題即台灣將來之問題，換言之，亦即目下甚囂塵上之所謂「台灣往何處去」之切身問題也。愚對於社會主義以至共產主義向無研究可謂一無所知，但對貧富之懸隔與夫特權階級作威作福之可恨則慮之再三。因知此一問題若不能解決，則世界永遠不得和平，社會永遠不得安寧可斷言也。是故此一問題亦即解決台灣問題之前提，無論採用何種方法，此一前提若不能解決，則台灣問題之議論，祇是空論而已。此一篇論據，純由經驗得來而非理論之結果也。台灣問題之解決，在現階段可以想像者似有三種方式，即國際管理，向中共認同與獨立。關于〔於〕國際管理可能為日美所歡迎，但照目下之國際情勢似無可能，縱能實現亦必如周恩來所指摘，靠日本則受日本之控制靠美國則受美國之操縱，至於蘇聯則更不堪想像矣。然則獨立是否可能？因中共之強盛與中美之和解，獨立運動漸趨衰落乃有目共睹之事實。不過國際關係時有變化，今日以為不可能者依情勢之轉變明日難保不成為可能，所謂答案只對一半即指此而言也；其另一半即台灣社會內在之缺陷，台灣人包括本人在內有種種不可救藥之弱點，無恥、自私、卑怯、嫉妬、軟弱等等，此種缺點與中國大陸解放前民眾所有之缺點完全相同，除經一番血之洗禮而外，在任何自由主義的政治暨社會體制都無法改變。尤有進者，台灣人之劣根性，更因日本五十年之奴化教育與國民黨二十八年之壓制奴役，民族性之隨〔墮〕落達於極點，以尋常之手段，斷無法救藥。無論共管與獨立皆可信其無補於事，然則台灣之將來除向中共認同以外，似已無路可走，不知賢侄以為何如？

據來美後見聞所得，中共對於人民之缺點似乎已予克服，不過目前還有一點可疑慮者，即中共現在大力提倡之「服務人民」，亦即天下為公之路線，是否已經定型，是否生根，而不因領導者交替而走樣。中共領導者為防其走樣乃大搞文化大革命以期發揮制衡作用，但是軍隊係以絕對服從為其生命之集團，倘若軍中容許「造反有理」，那〔麼〕軍部之權威要如何維持？再說歷史上各朝代的政權，達到穩定階段以後，便因統治階級之腐化而走下坡而至於瓦解，中共將如何克服歷史公例，此層又牽連到唯心論、唯物論之問題。在中共來說，現在還在試驗階段，局外者實無法判斷；就台灣來說，目前唯一急務是如何由國民黨統治解放，將來之問題只好與八億之中國人民同其運命，我們這一代也管不了許多了。

我們預定八月一日離此經紐約回華盛頓，可能在九月初旬經東京回台灣，如有事情待到華盛頓再行聯絡，拜借書籍兩冊另便奉還乞查收。

令閨均此道好

葉榮鐘書

七月十七日於林恩　波士頓

20　一九七四年八月十二日

（寄自美國華府，原文：日文）[1]

莊生君：

敬啟：七月十五日與二十八日的華翰均已拜讀，感謝之至。我們已於二日離開波士頓，在紐約停留五天，七日到達此地。貫兒因要縮短上班時間，搬遷到別紙的地址，我們預定在此住到月底。

兩封信均充滿溫情，讓我感到無上的溫煦的以拜讀。在波士頓寫的信，是我數十年來未曾吐露過的心情，雖不免稚嫩而有些意氣用事之嫌。只是永年鬱積胸中之物，得以吐出實在是個寶貴的經驗。應感謝您的引力。

《懷念台灣》的稿件我定會盡力相助，只是現階段不得不有政治顧慮。「人物評介」的文章如明記「轉載」對原作者沒有文責，所以我想比較安全。等回台後，印好即寄給您。

關於中共對台灣問題的看法和您精確的分析至為敬服。中共目前下正在「虛心學習台灣人民的感情」大概如你所言。賢明的中共領導者以他們過去那種細心而柔軟的行事風格，看來對台灣問題的處理，我想應不致於踏入遭受國際輿論非難之陷阱，更何況登上國際舞台，正在推

1　本信曾收入《葉榮鐘全集．葉榮鐘日記（下）》，第一二〇九－一二一〇頁。今依全集版排版。

進和解外交的現在。

問題是，客觀地說，即超越中共的意圖與台灣人的願望來看時，台灣到底能否守住獨立與否不無疑問。最近美國記者艾爾索普的《總結中國之行》[2]，讀了更增強此感。如依其所言，中共的農業生產能力，不出一九八〇年即趕上日本單位面積的生產量，工業生產能力十年後即可獲得國際競爭能力。台灣在農業生產固可自給自足，但經濟命脈與日本同樣，是依工業製品的輸出來維持外別無方法。但是一旦中共的工業製品登場國際競爭的場合，不必說台灣，連日本也受絕大的威脅。日本可轉換往高度精密方向求活路，或輸出豐厚的資本以吸收利潤，台灣卻全然無此可能性（台灣的農工業生產品現已發生輸出不振的問題）。就是中共無惡意，以現在台灣貧弱的工業基礎，應該完全無法與之對抗。據此觀點來說，對中共的認同問題，不管台灣的喜、惡，我想這是必然的趨勢。

台灣將成一自治省的說法已有相當的流傳，這尚須與中共做討價還價的談判是必然的途徑。要使之變為可能，必要有台灣人團結一致強大的力量固不待言，但台灣島雖內有官制黨制的假輿論，卻完全不許有表現台灣人真實心聲的方法，所以實際上的問題，還是要依賴在海外的台灣人。如殖民地的解放運動常由海外運動發動的公例，日據時代的也是由留日學生完成

2 艾爾索普（Joseph Wright Alsop，一九一〇－一九八九），美國專欄作家，重要著作有約瑟夫．艾爾索普著，春雨譯，《艾爾索普總結中國之行》（香港：七十年代雜誌社，一九七二）。

的。我是早就把期望寄託於海外台灣留學生的一人。特別是對國民黨憎惡愈深，寄託希望於台獨運動便愈熱切。但台獨運動讓我失望的現況令人感到無奈。台獨陣營內陸續出現叛變者、出賣、投降者。最近連彭明敏[3]、王育德[4]等台獨上層人物都跳出來放話説，與其被中共統治，不如與國民黨合作再企圖台灣獨立之怪説廣為流傳（《七十年代》）。這是國民黨授意者，好玩弄的所謂「政權漸次移轉論」中的論法。大概會被大多數台灣人所唾棄吧。其真偽無法求證，但現在美日的台獨運動非常萎靡不振，不免有孤城落日之感，不知是否是我的偏見。

中共也並非漂亮堂皇，也有其弱的暗的一面，目前我在讀《周恩來的時代》（日本駐北京記者柴田穗著）告訴我這個事實。然而建國僅二十年，要讓那窮困污辱的中國更生，會有那種負面也不足為奇。我最在意的是，目前傾全力在推進的「服務人民」的熱情，能持續到何時，人非機器，緊張有限度，熱情有冷去的時候，對其反動，我不免抱危懼感。

前些日子，由波士頓寄出的兩本書，不知收到否？《周恩來的時代》讀完隨即寄上。

我們予〔預〕定在此住到月底，下個月初經由東京歸台，歸台後就不能再寫這種信，感到不勝惆悵。

3 彭明敏（一九二三-），祖籍高雄市，生於台中大甲，台灣大學退休教授，一九七二年，在美國出任台灣獨立建國聯盟主席，一年後辭職；一九七八年，擔任台美協會董事。著有《自由的滋味：彭明敏回憶錄》。

4 王育德（一九二四-一九八五），台灣獨立運動先驅，亦為日本「台灣青年社」及其機關刊物《台灣青年》之創辦者。

葉棨鐘書

八月十五（十二）日

21

一九七四年八月二十七日

（寄自美國華府，原文：日文）

莊生君：

拜啟：前日的電話感謝。十二日寫了一封日文的長信不知收到否？寄來的書籍雜誌除了《台灣往何處去？》[1]（以前在《七十年代》讀過）之外全都讀了。《明報》影印的兩篇的確是有見解的文章，應該轉載在《懷念台灣》上。

《抖擻》的〈談談台灣的文學〉[2]我覺得有疑問。關於台灣文學的分析，光復後幾乎沒有閱讀新露頭角作家的作品，因此沒有做批判的資格，但羅氏把台灣文學的不興旺怪罪為美帝殖民主義之故，令人有些不能理解，我想如果不是逃避現實就是有「避重就輕」之嫌。台灣文學墮落成「聞奇賣怪作偽」是國民黨虐政使然，如人們所知，卻不正面指摘真是奇怪。台灣文學之不興旺的原因，美帝殖民主義是次要原因，而根本原因還是在於蔣幫的專制統治。一直到二二八事變發生之前的台灣統治都是反美的，應該對美國干涉台灣內政極度警戒與抗拒的。作者不會是連二二八虐殺的責任也要歸咎給美帝吧？作者如果不是有意識地偏袒國民黨的話，就是不

1 思華等著，《台灣往何處去？》（香港：七十年代月刊社，一九七三）。

2 指郭松棻以羅隆邁為筆名，發表在一九七四年一月香港《抖擻》創刊號上的〈談談台灣的文學〉。

公平的。

我們預定九月十四日由當地出發飛洛杉磯，十七日離美去東京。機票未買，等確定再告知。離美之前，應已無見面的機會令人感到萬分遺憾，願你奮鬥到底。

在東京準備滯留三週。會在「東京都杉並區成田東四—三三—一九」黃先生這裡住宿。

那麼就此擱筆。敬祝健康。再見！

葉榮鐘書

八月二十七日

22

一九七四年八月三十一日

（原文：中文）

莊生賢侄如晤：

日昨寄奉一信，並將書籍分裝兩袋寄出，想已蒙接到。我們已確定九月十四日離此赴洛杉磯，十七日由洛杉磯飛日本，預定十月初旬回台灣。此間擬於明後二日去紐哈芬耶大（耶魯大學）看小女，八日再經紐約回馬里蘭。此番歸去，不知何日能再見面，思之悵然。賢侄春秋鼎盛，前途似錦。千祈善加珍衛，好自為之。阿貫又望加深聯繫，時賜教悔（誨）。禪無殞越是盼。耑此順頌

暑安

令閨均此致意

葉榮鐘書

八月三十一日

23

一九七四年九月十一日

（原文：中文）

莊生賢侄如晤：

連日接長信兩封，頗獲啟發，關於中共問題，貴見甚為正確。至為佩服。炎秋兄日昨已去一信，囑其千萬不可發表[1]，唯信中不便詳釋其所以然。回憶當時情況，他囑林朝棨[2]上北，向柯遠芬[3]備案一節，愚全未與聞，事後亦未聽到令尊提及，但據個人推測，處理委員會目的純係愛護台中市起見，與謝雪紅[4]一派爭奪武器，亦僅係顧慮武器一旦落入流氓之手，後患無

1 指洪炎秋〈懷念益友莊垂勝〉一文，後發表於《傳記文學》，一九七六年十月。收入《老人老話》（台中：中央書局，一九七七）。請參閱一九七四年九月四日、七日林莊生致葉榮鐘書信，本書第一八七－一九七、一九一－一九六頁。

2 林朝棨（一九一〇－一九八五），台中豐原人，長老會基督徒，畢業於第一屆台北帝國大學理學部地質系，之後又獲得日本東北大學理學博士。任教台大地質學系期間，一九五四年吳振武因捲入二二八事件中參與「二七部隊」受審問時，因林朝棨擔任保人而獲釋。

3 柯遠芬（一九〇八－一九九六），廣東省梅州市梅縣客家人。戰後受陳儀邀請出任台灣省警備總部參謀長，二二八事件發生時的「清鄉」行動，頗受爭議。

4 謝雪紅（一九〇一－一九七〇），台灣彰化人，中國共產黨黨員、日本共產黨台灣民族支部首任主席。一九四五年日本戰敗，國民政府接管台灣。十月，謝雪紅在台中組織「人民協會」與「農民協會」，再次積極投入政治活動，二二八事件時，謝雪紅等人呼籲台中市民響應台北的起義，驅逐各地貪官汙吏，並組織「二七部隊」以對抗國軍部隊。一九四七年十一月與蘇新等人在香港成立「台灣民主自治同盟」。

窮。至於向柯備案，則係恐怕國民黨事後報復，而預為防備而已，並非厚愛於國民黨而獻慇懃也。事理甚明，炎秋兄若能稍加考慮，便可釋然。愚到東京之後，擬再去一比較詳細之信提醒他，當可收説服之效也。他對賢侄若有回信，希將大意告我為存。

東京通信處　東京都杉並區成田東四－三三－一九黃樣方

榮鐘書

九月十一日

24

一九七四年十月七日

（原文：中文）

莊生賢侄如晤：

抵日後連接數函，我與內人今天由京都奈良之行歸來，再接到九月十六日之信。炎秋兄處我在美國時先寄去一明信片，抵日後再寄他一信。四五天前接到他的覆信，看樣子他似還摸不清你的底意，我再去一信，說莊生理由充足，莫怪其然，並約他十二日晚至松山機場見面。

關於此事，我並不悲觀，最惡場合，可以賠償《傳記文學》組版工費，便可了事。我會盡力促使炎秋兄把稿件收回，請你安心。

我們決定十二日歸台，此行在美滯留四個月又十八天，在日本逗留二十五天，可以說是我一生最大的旅行。所得感觸也最多，希望對我今後的生涯有所裨益。過去的半年間在美國、日本呼吸自由空氣，不久又將飛返羅籠，思之未免為暗（黯）然。台灣問題，海外年輕人有絕大力量，也有最大之發言權，希望加餐自愛，待時發揮力量。

祝安好

葉榮鐘書　七日十月一九七四

（附）一九七四年九月二十五日　洪炎秋致葉榮鐘

榮鐘老弟：

美國兩片，東京一函，都已敬悉。病後調養，尚有效果，只是時時感到疲乏，頗覺不快耳。日前參加考察金門、澎湖、中南部，共計八天，考驗體力，幸得無事，十一月底，擬往香港一遊，可以放心矣。懷性兄一文，其中根據莊生所供材料，謂留長髮，性兄始終不准剪去，至其入獄，方私自剪掉，「長髮」誤會為「辮子」，是一大錯，其他我認為無甚大礙，不知莊生何以如此緊張，理由等你面告。此文寄與《傳記文學》，他們全部排好，因尊重莊生意思，叫其停印，叫他們損失排工，幾近兒戲，是所難過。等莊生來信後，看看可否修改，再完取捨也。何日回台？甚盼聽聽感想。此覆，順問

旅祺

秋啟

六十三年九月二十五日

25 一九七四年十月十三日

（原文：中文）

莊生賢侄如晤：

我倆昨晚八時，安抵台北，老冉如約來機場相會。乃邀往旅社，詳陳利害，他已欣然同意，把原稿撤回，不予刊登矣。希釋念。

耑此奉文並頌

近佳

葉榮鐘書

26 一九七五年一月十四日（原文：日文）

莊生君：

拜啟：一月六日貴函剛剛拜讀了。獲知你們過得健康快樂我也感到欣慰。我們也託福平安無事，請釋念。

在渥太華三晚與你挑燈暢談，是我這次訪北美的最大收穫。自從令尊逝世後於茲十數年才真正得到正中要點的對話。歸台已過三個月，受種種雜事的糾纏，不能遂心所欲地運筆。而難得幹勁十足想寫的《美加見聞記》才寫好三萬字，昨天以「渥太華三天」為題寫完在渥三日間的見聞，回憶這三天往事，讓人無限感慨。

歸途在日本滯留三週餘，發現林獻堂先生日記（在日本亡命中的八年）是唯一的收穫。其間天氣不好，除了去京都、奈良旅行三天，幾乎那裡也沒去，加之受友人之託介入紛爭的仲裁，而浪費了全部時間，也幾乎沒有時間去逛書店。日本的出版依然如洪水，但真正值得閱讀的書好像不多。近來我多愛讀適合躺著看的岩波新書，最近讀的書之中小倉某著《讀古代中國》覺得滿好玩。並不是要從此書汲取古代中國的歷史與思想，而只是想知道日本的學者，如何讀中國的古書並如何分析，或有些幫助而已。

今日就此擱筆，近日再談。

葉榮鐘
一月十四日

27 一九七六年四月六日

（原文：日文）

莊生君：

拜啟：《民主評論》的影印，十二月三十日以及本年三月十二日的信全部拜讀了。男孩兒的誕生恭喜之至。據去年末從巴黎回來的藍運登[1]君的話說，你在海外留學生界聲望日比一日升高，令人欣快萬分。

我因年齡漸高對世事疏遠，又懶散成性拖延回信真是無言以對，請多多包涵。只是身體還健朗沒有什麼毛病，平安無事過日子。然而年歲不饒人，記憶力顯著衰退，文思晦澀，想說不免有些「江淹才盡」之感。不過這多半是自欺欺人的話，本來無才無學的我，那來可用盡的才華？只是因衰老之故變得更空虛而已。《美國見聞錄》未料受誇獎，實在汗顏之至。

近來日據時期的民族運動引起年輕世代的注目，逐漸形成一種研究風潮，我認為是可喜的現象。特別是日本人熱衷殖民地時期的台灣研究是值得關注的。我這裡也時常有日本年輕人來

1 藍運登（一九一二－一九九七）苗栗人，後定居台中。一九三四年台中師範學校畢業後赴日習美術。回台後轉入新聞界，擔任《興南新聞》的文教記者。

訪。楊貴氏[2]的作品被翻譯成中文，吳濁流的《亞細亞的孤兒》[3]，張文環的《滾地郎》[4]在東京出版，也是潮流之一。

你對張我軍[5]作品的評價我認為是正確的。只是數量不多稍感意外。我把此疑問詢問炎秋兄，他說張氏在北京長期滯留，幾乎為了生活之需，做翻譯與教授日語（經營日語講習所）忙得不可開交。介紹張我軍，我想炎秋兄最適任，但還沒有要著手的消息。

賴和[6]氏是預定收入我的《台灣人物素描》的一個，但現在還沒能夠得著，資料缺乏也有關係，不久的將來收集更多資料就想著手。

我目下在製作〈台灣民族運動史年表〉[7]，希望今年中能作（做）完。其次想出版《林獻堂

---

2 楊貴（一九〇六－一九八五），台南新化人，日據下左翼作家及社會運動家，筆名楊逵，一九三二年發表成名作日文小說〈送報夫〉。一九四八年因起草〈和平宣言〉被軍法審判，在綠島服刑十二年。

3 《亞細亞的孤兒》是台灣作家吳濁流的長篇日文小說，原名《胡志明》，於一九四六年出版。一九五六年在日本出版時，由於與越南共產黨領袖胡志明同名，改為《亞細亞的孤兒》，主角也從「胡志明」改名「胡太明」。

4 指的是張文環著《地に這うもの滾地郎》，一九七五年於東京出版，一九九一年由廖清秀譯為《滾地郎》於台灣出版。

5 張我軍（一九〇二－一九五五），台北板橋人，原名張清榮，筆名一郎、四光、M.S.、老童生等，是台灣日據時期新舊文學論戰的導火線引燃者。

6 賴和（一八九四－一九四三），台灣彰化人，原名賴河。本職是醫生，主編過《台灣民報》的學藝欄，被尊稱為「台灣新文學之父」。

7 即《葉榮鐘全集．日據下台灣大事年表》。

先生年譜》，目前從他的日記在收集資料。以前年譜作為《林獻堂先生紀念集》之一冊出版過，因那是非賣品所以一般人不能到手，而且有錯誤的地方。所以想要再加進新資料出版普及版。《台灣人物素描》也想早些完成，然後林獻堂先生傳記與我的自傳也務必要寫。這些完成了就大致對下一代的年輕人有交代，我是這樣想的，只是前面也講過，行筆變不流暢，氣力也衰退了，到底能不能完成自己也沒有自信。

凍頂茶是在美時受了你種種照顧，聊表我們的謝忱，請不要在意。〈我的久保田萬太郎〉一文，並沒有登載在《文春》[8]（一九七五年）的五月號，是否有什麼錯誤請再查一次。

今天就此擱筆。每接足下大函總能獲得些鼓勵，很期待來鴻。

葉榮鐘

四月六日

8　指日文雜誌《文藝春秋》，此為日本文藝春秋出版社發行的綜合性雜誌。

友人來信

林莊生致葉榮鐘書信選（一九六一—一九七六）

原文日文部分由林娟芳譯、蔡鈺淩校訂

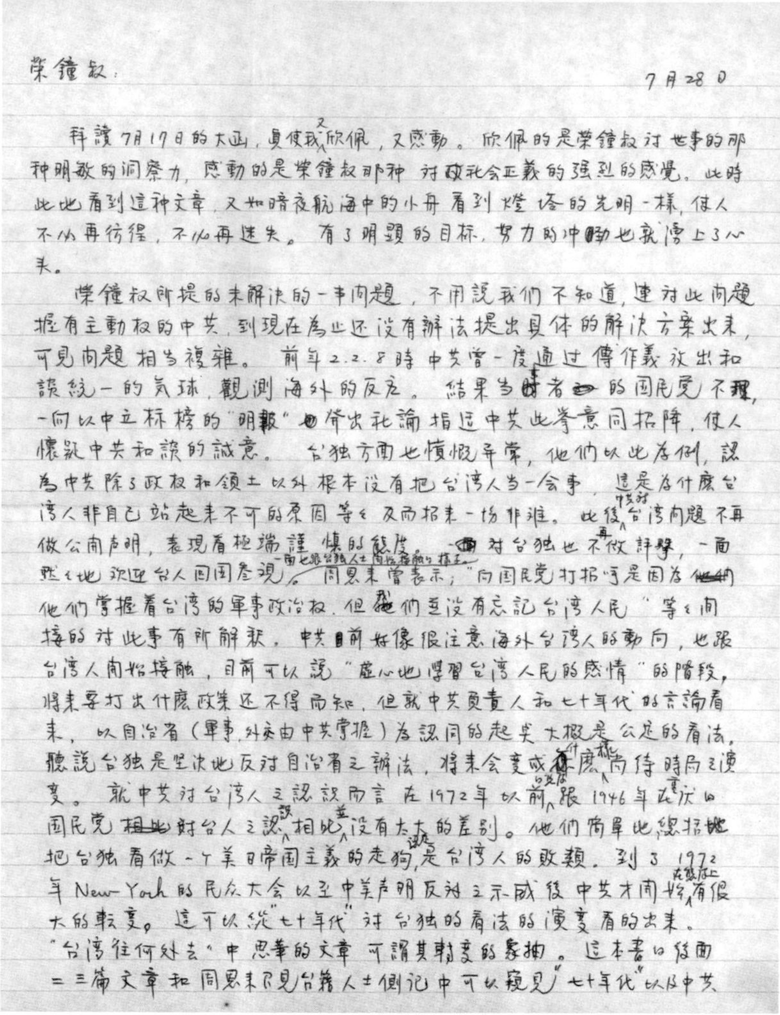

榮鐘叔：

7月28日

拜讀7月17日的大函，真使我又欣佩，又感動。欣佩的是榮鐘叔對世事的那种明敏的洞察力，感動的是榮鐘叔那种對社会正義的強烈的感覺。此時此地看到這种文章，又如暗夜航海中的小舟看到燈塔的光明一樣，使人不必再彷徨，不必再迷失。有了明顯的目标，努力的冲動也就湧上了心头。

榮鐘叔所提的未解决的一串問題，不用說我們不知道，連對此問題握有主動权的中共，到現在為止还沒有辦法提出具体的解决方案出来，可見問題相当複雜。前年2.28時中共曾一度通过傅作義放出和談統一的気球，觀測海外的反応。結果当事者的国民党不理，一向以中立标榜的"明報"発出社論指這中共此挙意同招降，使人懷疑中共和談的誠意。台独方面也憤慨异常，他們以此為例，認為中共除了政权和領土以外根本沒有把台湾人当一会事，這是為什麼台湾人非自己站起来不可的原因等等，反而招来一场非难。此後中共對台湾問題不再做公開声明，表現着極端謹慎的態度。一面對台独也不再做評擊，一面熱熱地歡迎台人回国參观，一面也跟台独人士開始接触和接近。周恩来曾表示："向国民党打招呼是因為他們掌握着台湾的軍事政治权，但我們並沒有忘記台湾人民"等等間接的對此事有所解釈。中共目前好像很注意海外台湾人的動向，也跟台湾人開始接触，目前可以說"虛心地學習台湾人民的感情"的階段，將来要打出什麼政策还不得而知，但就中共負責人和七十年代的言論看来，以自治省（軍事外交由中共掌握）為認同的起点大概是公定的看法。聽說台独是堅决地反對自治省之辦法，將来会变成什麼樣尚待時局之演变。就中共對台湾人之認識而言，在1972年以前，中共跟1946年重庆的国民党對台人之認識相比，並沒有太大的差別。他們簡單地總把台独看做一个美日帝国主義的走狗，認定是台湾人的敗類。到了1972年New York的民众大会以至中美声明反對之示威後中共才開始在態度上有很大的轉变。這可以從"七十年代"對台独的看法的演变看的出来。"台湾往何处去"中思華的文章可謂其轉变的象徵。這本書的後面二三篇文章和周恩来召見台籍人士側記中可以窺見"七十年代"以及中共

一九七四年七月二十八日林莊生致葉榮鐘書信片段，就葉氏七月十八日信中所提台灣何去何從的問題做討論。

1

一九六一年九月二十日

（原文：日文）

榮鐘叔嬸：

謹啟：時值初秋，諒必闔府萬事安好。自從來到這裡，時間已經過去兩週，然而僅僅定下了住處，尚未完全安頓下來。我想早些給榮鐘叔去信，只是剛到學校第三日便被分配了工作，同時又要尋覓住處，實在太過忙碌，便不得不拖延到今日。我之所以急著寫信，自然是為了由衷感謝您為我此次出國所做的種種幫助，除此之外，我在東京也受到蓁蓁小姐許多的照顧，為此，我也想對榮鐘叔（嬸）表達謝意。出發當日，由於飛機故障導致延誤兩個多小時，原定十時到達的航班，直到十二時五十分才著陸。不湊巧東亮先生正好出差，當我看見蓁蓁小姐獨自一人出現在深夜的機場時，心中著實惶恐至極。之後，我們先一同到品川的飯店辦理入住手續，隨後乘計程車拜訪了蓁蓁小姐位於堀之內的宅邸，彼時已是淩晨四點。我問候了伯母[1]後，又天南地北地聊了一會兒，完全忘記了時間，只好悉聽尊便，在裡屋睡了兩個小時。榮鐘叔說家裡很小，我以為伯母和蓁蓁小姐在鄰室的壁櫥裡睡（我把壁櫥門當成了房間門），起床之後才知道她們兩人根本都未曾闔眼，正在準備早飯。飯後還請我吃水蜜桃和梨，如此盡心的

1 指蓁蓁的婆婆張梗夫人藤田尚枝女士。

款待，真是不勝感激。我在十點鐘告辭伯母，蓁蓁小姐帶我遊覽上野。這次旅途最讓我吃驚的是，短短幾年沒見，蓁蓁小姐就已經成了一個賢慧能幹（真的到哪兒都不會丟人，甚至讓我感到敬畏）的主婦。她對我的款待無微不至，真是值得我再三讚歎。下午，我在蓁蓁小姐的幫忙下到三越和高島屋買東西。晚上博正[2]君來到我下榻的地方，帶我遊覽夜晚的新宿，真真是受到二十四小時不眠不休的接待。對這個終身難忘的接待，我由衷表示感謝。雖然時間很短，蓁蓁小姐想必也是格外費心。與之相比，我從現在開始在這個國家體驗的經歷，恐怕都只能稱為馬馬虎虎。六日下午，我抵達洛杉磯，在那裡見識到炎秋伯名片的威力，或者說聲望之大吧，總之我得到鹿港出身的人多方的關照，順利來到了波茲曼（乘巴士要三十六個小時）。波茲曼是當地人口約有一萬六千人的城市（在這個州算大城市），全城就像公園一樣美麗，一戶戶的民居都像雜誌上刊登出來的照片那樣美觀氣派，美國的富裕和高度的生活水準如此普及，使我大吃一驚。學校很小，因此格外照顧外國學生。抵達的第二天一早，系主任就專門遠道趕來飯店迎接我，晚上還招待我用晚餐。之後，出於教授夫人的好意，他們更邀請我第三天定下住處之前，先在他們家中做客。正生去明尼蘇達時，直到第三個月才終於有幸拜會系主任十五分鐘，與此相比，我倆的經歷完全是雲泥之別。鄉下確實充滿人情味。我本打算住進學校宿舍，只是

2 林博正，其父林猶龍為日據下台灣政治社會運動領導人林獻堂次子，光復初期曾任彰化商業銀行董事長。

來美一週便受夠了美國的飲食，目前在距離學校步行十五分鐘左右的地方，以月租二十五美元租下一間備有廚房設備的房子，開始自炊生活。生活費應為六十美元，不過系裡聘請我為研究助手，並分配了工作，所以我想我能自給自足。據說如果是電機、化學方面，很容易就能找到一百五十美元左右的助手工作。同行的留學生中，如果是那方面的畢業生，基本都能領到這麼多。我在洛杉磯見到的留學生中，發現有許多人在拿到文科碩士後又轉入電機（據說電機的特別好）。在這一點上，貫弟無疑是「天之驕子」。今天就走筆至此，下筆凌亂，有失禮數，敬請諒解。請替我向二舅問好。

九月二十日夜

2

一九六二年六月二十四日

（原文：日文）

榮鐘叔嬸：

謹啟：久疏問候。希望榮鐘叔嬸、闔家大小都身體康健。敝人結束了九個月三學期的校園生活，目前正值暑假，我留在校內工作。出國前得到各位悉心照顧，去年秋天順道去東京時，又給蓁蓁添了不少麻煩，那真是一段難忘的回憶。來到這裡之後，也再三勞煩蓁蓁給我寄來衣服及其他日常用品。上個月的來信中，蓁蓁提到近日將要生產的消息，想必榮鐘叔嬸也在翹首期盼長孫的出生。

對於美國見聞已經有很多人談了，依我九個月的體驗所感覺到的是，美國人肯定人的本性（欲望），並利用本能動力達成欲望，以此實現高度發展的國家。在這裡，賺錢享樂的欲望、愛情的欲望、生存的欲望幾乎被完全肯定，毫無制約，我想這便是美國民主主義的前提。人們為了賺錢而學習，因此無需父母督促；為了賺錢而工作，因此無需政府制定工商業振興政策。不具實效的觀念論遭到輕蔑，實用主義成為一種主流的思考方式。認為愛情是自然的，所以無需過分束縛，可以正常看待男女關係。只要肯定生存的強烈本能，就無需強迫他人犧牲的蠻橫民族精神教育。這樣的人性解放如同水往低處流，能夠生出一股衝力。我認為這就是美國建國最生氣勃勃的力量。人如果把這樣赤裸裸的本性當作理所當然，那麼對待他人的態度也會變得寬宏。換句話說，這種態度非常有人情味，因而輕易就能營造出社會和諧的環境。舉個例子，前年U－2事件[1]的飛行員鮑爾斯[2]以交換間諜協議歸國之後，美國輿論對他的態度極為冷淡，人們雖然輕蔑他在蘇聯法庭上不顧國家體面的膽小，卻基本上僅止於表露不滿。這若是在我們的社會，就算不至於被稱作漢奸，也會被人們所唾棄，鮮少會為他辯護。最讓我感興趣的，是聯邦調查局局長在國會對這個飛行員的忠誠做出的證言——「他是一名優秀的飛行員，克服了種種困難的條件。我們不能指望他既是優秀的飛行員，更是一名出色的間諜。我認為他在蘇聯法庭上的行為，基本上良好。」我在這段證言中，感受到典型的美國人道主義。認可人性想活下去的生存欲望，不求所有人都成為超人，這樣的寬宏與《古文觀止》中韓愈所寫的「古之君子，其責己也重以周，其待人也輕以約。今之君子則不然。」有些相似，美國確實懷有令人聯想到「古人」的寬宏。這種人性的態度解放人的本性，不受束縛的美國社會，這個社會推翻了我們的先哲及希臘智者（菁英）們的預言，未墮落成混亂與禽獸的社會，反倒擁有強大的發展力，一直保持著完美的和諧。我想這種人性的態度，就是造成這種結果的有力原因之一吧。

1　推測是指一九六〇年美國U－2偵察機在蘇聯領空被擊落的事件。

2　鮑爾斯（Francis Gary Powers），美國空軍飛行員，在駕駛中央情報局U－2偵察機飛經蘇聯領空執行偵察任務時被擊落，從而引發一九六〇年U－2擊墜事件。

當然，如若過度放縱這種人性，必然會伴隨著許多缺點。其中一點就是，從未受過克己禁慾訓練的美國人，抵抗（resistance）的機能甚為弱小，在精神層面上也遠比我們來得脆弱。美國士兵容易被洗腦就是一個很好的例子，事實上他們無法理解我們的「知其不可為而為之」或「浩然之氣」之類的人生態度。可是，美國人雖有這般脆弱的一面，他們坦率接受現實的態度和不斷改善自己的努力，卻完全值得敬服。我甚至覺得他們恐怕是世界上最坦率、最迅速改正自己缺點的國民吧。如前所述，因為美國是金錢與學問有著緊密關係的國家，被說是不賺錢的基礎科學，或被戲稱是「花與團子」[3]從而容易被當成傻子的文化領域，一直以來不太受到重視。但前些年蘇聯發射人造衛星之後，美國受到了重大刺激，由此展開反省，並以美國式的（他們沒有像我們那樣說著「為了真理」或「無文化不得真民主」之類的美麗「口號」）最為現實的方法，想出對策，由國會設立國家基金（National Foundation），為從事創造性和飛躍性研究的優秀美國青年提供獎金。這個基金主要針對從事與賺錢無關的研究課題的人，條件是不能從事研究課題以外的工作，換句話說，就是政府不求回報給你錢，拜託你不要追逐美元，而是去追逐夢想。因此，我有時會對同僚的美國學生羨慕不已。

一般來說，現在的美國高等教育出現比起under graduate（大學），更為注重研究所的傾

3　原文「花と団子」，引申義應取自於日語俗諺：「花より団子」。意指比起美好的景色更重視實質的利益，通常用來批評重視實利而不解風情的人。

向，如ＭＩＴ[4]或ＣＩＴ[5]這種超一流的大學都以研究所為主體，學生也有三分之二以上是研究生。原因之一在於現在的科學發展情況，以往的大學程度已經追趕不上。其二則在於美國產業技術的新創意，幾乎完全委託大學的研究所來完成。因此，大學教授越是第一流的人才，就越傾向於以研究為主體，而非教學。如今，與大公司、國防機構簽訂研究合同，甚至成了教授增加實力的一種方法。這樣的趨勢使得大學偏離了本來的教育宗旨，令大學教育趨向於職業訓練，為此，哥倫比亞的幾位教授不久前還發出了美國教育的危險信號警告。

另外一個美國高等教育的顯著趨勢，就是私立大學的沒落與州立大學的興起。一旦研究所成為大學的主體，就需要有龐大的資金。除哈佛、耶魯、史丹福、哥倫比亞這種大富豪的學校以外，私立大學目前都陷入經濟困難，由於設備陳舊、薪水不高，使得這些學校越來越難挽留優秀教授，釀成了嚴重的問題。反過來，原本被視為第二流的州立大學，尤其是俄克拉荷馬、俄亥俄、愛荷華、俄勒岡等大學，如今正在上升為一流院校。總的來說，美國是個自由競爭十分激烈的國家，憑藉所謂「赤門」[6]的一塊招牌就能保得萬年太平的事情絕不存在，新陳代謝甚為劇烈。就連教授也不例外。與台灣的教授每年如同錄音機一般，反覆朗讀二十年

4　ＭＩＴ為美國麻省理工學院的縮寫。
5　ＣＩＴ為美國加州理工學院的縮寫。
6　東京大學的西南入口有一個國定古蹟的紅色校門，因此，後以赤門（aka-mon）為有名望大學的象徵。

前的舊筆記不一樣，美國的教授不發表任何創造性的研究就跟不上學界的水準，所以他們都不斷地認真努力。經濟學教授與自己的研究生並排坐在課桌旁，學習一門新學科這種光景，在這裡並不稀奇。與其說那是研究心使然，更應該說美國嚴酷的現實令教授們也難以安閒，必須時刻跟上時代的進步，否則立刻就會遭到解雇。可以說，美國在這方面非常不講情面。上學期，一名美國研究生被這裡的數學系聘為助手，負責教授二年級的微積分，然而因為教課方法不好，僅僅一週就被解雇。若換成我們，定會意氣消沉，但這個美國研究生隔天起就跟昨天還是自己學生的人同桌學習。這種今天不行就明天再試，這學期不行就下學期再來的認真求學態度，真是讓我敬佩不已。

美國高度的經濟發展，在速度與水準上都讓人感到驚異。不僅如此，其普遍性更讓人萬分驚訝。農民、教師、勞動者皆達到了能夠享受文化生活的水準，一切人對人、人對動物的關係，即使再如何挑剔，也能自然而然地融合在一起，成為令人心情舒暢的真正的人類社會。建立在這種經濟基礎上的美國的道德水準，且不去跟其他國家相比，單與我們相比，真可謂雲泥之別。中國五千年來的歷史一直追求的「路不拾遺、夜不閉戶」，在這裡已經得到實現，不再是烏托邦的理想。前些天，我讀了美國最具權威的經濟學家卡內基[7]的智囊團成員，現任美國駐

7　戴爾．卡內基（Dale Carnegie，一八八八－一九五五），美國著名的人際關係學大師，是西方現代人際關係教育的奠基人。他於一九一二年所創立的卡內基訓練（Dale Carnegie Training），乃以教導人們人際溝通及處理壓力的技巧為

印度大使的高伯瑞撰寫的《富裕的社會》(*The Affluent Society*),他在書中如此解釋經濟社會的進步:不按照社會主義的方向發展成福利國家(缺乏效率的平均化不一定意味著富裕),而是依照美國式的自由主義經濟形式來發展經濟,就能到達更為富裕的社會。所有令人不快的工作不斷快速地以機械化代替,生產力的提高使得人類的勞動時間縮短到大約四小時(每天)。發展到這個階段,基本上所有人都能成為有閑階級,從而令文化藝術方面的活動空前活躍,最終人類將迎來物質和精神共同滿足的生活。若在台灣讀到這本書,我定會覺得那是充滿銅臭味的美國暴發戶的典型文化觀,不過,實際目睹了他們的經濟和道德之後,我又認為他所論述的經濟和文化並不能小覷。總而言之,美國人是處在理想主義對立面的存在,像我這樣愛精神多於物質的人,時常為他們務實的思考方法感到厭煩,然而,一旦把他們獲得的累累碩果擺在我面前,我還是感覺到有必要修正自己的觀點。我在鳳山接受軍事訓練時,軍校時常用「革命的火爐」之類的詞彙,同樣的話用在美國,便是「現實主義的火爐」。我不知道自己將在這個火爐裡如何溶解,如何成型,總之,我在台灣做的盡是仲夏夜之夢。對我來說,這在某種意義上,確實是一劑良藥。賈弟此時應該已經結束軍訓了。同樣是戰士訓練,不用說,美國的火爐自然比台灣的火爐更有意義。我也十分歡迎他來留美。寫了這麼多,今天要就此拜別。請代我向阿

宗旨。

婆[8]、二舅[9]問好。

莊生敬上
六月二十四日

8 指葉榮鐘的岳母施陳謙。
9 指施維堯，葉榮鐘的妻舅，林莊生跟著葉家小孩一起叫二舅。

3 一九六三年十二月二十三日

（原文：日文）

榮鐘叔嬸：

恭賀新年。祝阿婆及各位身體健康。貫弟給我寫了兩三封信，看樣子幹勁十足。託各位的福，我們也很健康地努力著。看到貫弟跟美國的朋友關係良好，相處甚歡，我覺得這是一件很好的事情。這裡中國學生雖多，可是像貫弟這樣有魄力的青年非常少見。由於住宿舍太貴，飯菜又不好吃，宿舍內幾乎沒有中國學生。當然，大家都知道住在那樣的地方對留學生活有多麼重要，但出於經濟原因，沒有人願意入住。我剛來到美國時，也想更加融入美國人的生活，但是因為經濟原因，加之沒有時間（這也可以算在經濟原因裡），直到現在都未能如願。我已從貫弟那裡得到榮鐘叔的近作。我最欽佩的是榮鐘叔的朝氣蓬勃。其中有一篇寫到青年與尊重學問的意見，對現在的台灣來說，真可謂空谷足音。讓我感懷深切的，就是美國的進步可能在於採用頭腦清晰的年輕人吧。舉個例子，最近美國大學都是由第一流的教授負責教授一般課程，而剛剛拿到博士學位的助理教授則負責教授博士候選人才會去選修的最高級課程。有種反論說這是因為年輕人的學問最尖端，應該讓他們去開拓新的領域，而業已功成名就的大牌明星則給他安排輕鬆的課程，這樣能給這些德高望重的老師留出研究時間，對雙方都有好處。尊重學問是我國的傳統，但實際上學問並未受到尊重。可以說絲毫沒有。諷刺的是，在沒有這種傳統的美國，學問反倒得到嚴肅的尊重。雖然有種種理由，但美國進步的速度甚至不給人重複體驗的時間，一直在向新的創意競爭。創意不是一閃而過的煙火，而是一種學問。榮鐘叔洞悉了這一點的重要性，令我欽佩不已。可能因為我生來膽小，聯想到當地的情況，反覆拜讀大作時，心中多少有些不安。哪怕拋開私情，我也極不希望現在的榮鐘叔遇到任何難題。雖不是因為這件事，但正如我此前所說，我非常推薦您轉向傳記文學和歷史文學。最近我讀了英國的休姆[1]外相（現在的首相）在擁護美國古巴政策的議會上所做的答辯，他以羅素[2]一行的無條件和平派作為對手所進行的辯論，建立在深邃的知性和客觀分析基礎上，絕沒有戴帽子式的做法。加上最近的甘迺迪[3]，正如榮鐘叔您所讚賞那般，這些都是堅持原則、具有高度知性的人。心裡想著這些人，再去閱讀他們的言論，讓我感覺對世界的未來充滿了希望，無意中似乎成了一個樂觀派。

---

1 休姆（Alexander Frederick Douglas-Home，一九〇三－一九九五），英國保守黨政治家，一九六三年十月至一九六四年十月擔任英國首相。

2 羅素（Bertrand Russell，一八七二－一九七〇），英國哲學家、邏輯學家、數學家、歷史學家、作家、社會批評家、政治活動家和諾貝爾獎得主。羅素一生認為自己是自由主義者、社會主義者、和平主義者，儘管他有時也暗示他的懷疑本性，使他覺得自己「從任何深刻意義上說，他從未做過這些事情」。

3 約翰．甘迺迪（John F. Kennedy，一九一七－一九六三），美國政治家，第三十五任美國總統。

今年原本打算給家裡寄八百美元，但是悅生的畢業延後了一學期，還要花費一千美元（一學期的學費和生活費），我便把錢用在這上面。所幸母親適當處理了山產，能夠充當利息和生活費，並沒有突然陷入困難，只是我還是大為擔心了一番。我不認為我們無法償還十五萬的債務。我相信照這樣下去一定能還清。只是與吆喝的勇猛相反，第一年的計畫就被打亂是事實，但到二月左右，我一定能象徵性地還上一、兩萬元。我在這裡比在蒙大拿時，經濟上或時間上都更為寬裕，不過課業是越來越難，每天都筋疲力盡。這裡雖然是個人口僅十多萬人的小州，生活費卻僅次於紐約，支出非常厲害。悅生預計一月底畢業，不知她是要先就職還是要先結婚，但必然會從中選擇一樣。正生不久前通過了博士候補考試，但研究工作還要兩年才能告一段落。盡是延期之事，卻沒有縮短之事，這就是我們的計畫之情況。若說人生不如我們計畫那般萬事如意，那也無話可說，總之，現在的情況讓我感到一絲焦急。今天就下筆到這裡，請務必代我向阿婆問好。

十二月二十三日

莊生上

4

一九六四年七月九日

（原文：日文）

榮鐘叔：

久疏問候。如今已是七月，想必台灣早已進入酷暑時節。我在靠近北緯四十度的威斯康辛也覺得酷熱難耐，貫弟在南方一定更覺炎熱。上個月，學校的工作告了一段落，我便到紐約去了一趟。這是我與正生久違五年、與悅生久違四年在美國相聚。果然大家都變了許多。雖然可能是環境的原因，但我感覺到如同東京長大與九州長大般的差異，橫亙在我們手足之間。我去到紐約，首先參觀了離我最近的現代美術館。其藏品之豐富可謂眩目，真可謂現代美術之聖地。然後，我去看了芭蕾舞表演，小心翼翼地踏上了與榮鐘叔所寫過的帝國劇院相當的林肯中心的紅毯。那一個禮拜，悅妹帶我四處去吃中國菜和日本菜，這是我來到美國三年來最為愉快的旅行。我還去看了博覽會，絲毫沒有失望。這個博覽會一直開到明年，若這期間榮鐘叔也能來看看就好了。果然，來到美國，不在紐約待上一段時間實在可惜。不管怎麼說，這裡畢竟是世界的中心，且還有現代化的世界性電視台。若要問這裡的缺點是什麼，恐怕除了很花錢以外，再也想不出其他來了。悅生找到工作後有了收入，生活愉快了許多。她也努力幫忙還家裡的負債。雖然我絲毫沒有「收回成本」的意思，但有人相助，我著實可喘一口氣。正生只剩下論文，之後說是還需一年到兩年，但我這個門外漢完全無法判斷，只希望他能早些畢業，出來幫忙還債。然而，他對就業毫無興趣，好像糾結在什麼極具野心的研究課題中。這些我都不太懂，不過我和悅妹經常說他「好大喜空」[1]，給予他不遜於我們對前教育部長的讚美。我應該還會在這裡待上兩年，之後若是經濟寬裕一些，打算到北卡羅來納州做一年博士後研究，可以的話，最好是能在美國得到教職。今天除了彙報近況，我還想建議榮鐘叔做一件事。雖然我只是靈機一動，但榮鐘叔若是有時間且感興趣，用錄音帶記錄一下文化運動前後的情況如何？我這個主意的動機在於目前正在籌建中的甘迺迪圖書館。他們策劃了一個專案，將各國與甘迺迪有過來往的首領對他的回憶和看法錄音下來，以此給人們留下一個栩栩如生的甘迺迪印象。這個專案目前已經開始實行。哥倫比亞大學在三、四年前就曾派人到台灣，尋訪來到台灣的要人，想藉由當事人之口錄音記錄下民國當初的模樣。這是一種新的歷史資料保存法。據我所知，台灣的知識分子除了榮鐘叔和炎秋伯以外，大多是「述而不作」之人，因此我認為錄音機應該是留存下一點資料最好的辦法。錄音帶一盤大約一個半小時，十盤恰好相當是大學講座要求的十五個小時，您要不要嘗試看看？如果是蔡老伯[2]和肇嘉先生等人，大可以用談話形式，但唯獨榮鐘叔，我希望您能夠帶著「大學講座」的想法，也就是以「授課」的形式來總結那些資

1 原文如此。
2 指蔡培火。

料，否則就太可惜了。我想這種方法應該比寫書更為輕鬆，唯一的缺點就是現場沒有聽眾。不過，只要有錄音機，就隨時隨地都能錄音，而且錄音帶還可以反覆錄上好幾次，非常方便。問題在於，您必須有一台自己的錄音機，並且，十五個小時的內容應該要花許多時間準備。若您覺得這個主題過於束手束腳，那麼也可以像講故事一樣講講獻堂先生，我覺得這樣應該很有意思，且意義非凡。希望您能考慮考慮。

前些天，我跟二舅談了一些關於父親墓地的個人看法，他聽了竟頻頻表示贊同，還給我許多建議。我忙於旅行和學業，尚未來得及向他道謝，不過，過幾天準備把近來收集到的資料寄回去。今天就寫到這裡。

請代我向阿婆、榮鐘嬸問好。

莊生上

七月九日

5　一九六四年十一月三日

（原文：日文）

榮鐘叔：

拜讀您的來信，倍感親切。得知您正精神百倍地專心著作，感到非常興奮與高興。您給我寄來的四冊《台灣文藝》[1]，我大約三週前收到了。我認為梁啟超的文章非常具有歷史價值。[2]當時榮鐘叔只有十二歲，我們不知道自然是理所當然，但是很容易想像新思想的代表者給台灣的菁英所帶來的衝擊。我甚至覺得後來的文化運動的源泉，可以說就來自這裡。人物描寫中，性格最為躍然紙上的是辜顯榮，我可以斷言，如此公平而具有人情味的人物描繪，當以榮鐘叔為翹首。[3]作為散文閱讀，這篇文章在四文中最為有趣。我此前並不知道清水的蔡先生，拜讀榮鐘叔的文章後，深受感動。[4]我的讀後感就是，希望更多地了解這個人物。我對這

1　從《台灣文藝》創刊號開始，葉榮鐘接連在《台灣文藝》發表了四篇人物評傳。

2　此處指發表在《台灣文藝》一九六四年創刊號的〈梁任公與台灣〉一文。後改題為〈林獻堂與梁啟超〉，收入《葉榮鐘全集．台灣人物群像》，第一九九－二〇四頁。

3　此處指發表在《台灣文藝》一九六四年第三期的〈記辜耀翁〉一文。後收入《葉榮鐘全集．台灣人物群像》，第三三三－三三八頁。

4　此處指發表在《台灣文藝》一九六四年第二期的〈蔡惠如先生的素描〉一文。後收入《葉榮鐘全集．台灣人物群像》，第二二九－二三六頁。

個人非常感興趣。對於霧峰的幼春先生，我最想了解他的詩人風貌，希望讀到的不只是略傳，而是詩人榮鐘叔筆下的詩人幼春先生。[5]最近這裡的青年都懷著十分堅定的Nationalism（民族主義）[6]，我上次去紐約時，也聽到了十幾名學生聚集合唱台灣民謠。所以可以肯定榮鐘叔的作品不會只侷限於台灣，在海外定然也會引起反響。榮鐘叔最近筆頭似乎十分流暢，真讓人欣喜，我尤為期待榮鐘叔的自傳。我有一個建議供您參考，就是希望您能儘量加入更多的資料。比如您寫到向議會提出請願書，可以將請願書內容附在文中，又比如提到在社會上形成廣泛影響時，可以附上當時的報紙、雜誌評論等，哪怕增加了頁數也無妨，「儘量」放入原始資料如何？因為這樣一來，在討論一些原始資料非常缺乏的事情時，資料豐富的著作自然就代表了權威性。如果有照片，最好也儘量加進去。比如矢內原先生到訪台灣，與獻堂先生、榮鐘叔、炘伯[7]、逢源伯等十幾人留下的合影就非常有意義。提出了這麼多的要求有些失禮，事實上，我得知榮鐘叔比我們這些年輕人更加努力奮鬥，心裡格外感動。先父若能像榮鐘叔這般

5 此處指的是發表在《台灣文藝》一九六四年第四期的〈林幼春的印象〉一文。後收入《葉榮鐘全集．台灣人物群像》，第二三七－二四六頁。

6 從下文可以理解此處的民族主義，其實是指一九六〇年代海外台灣留學生逐漸高漲的台灣意識，或許能理解為戒嚴時期信件檢查陰影下的語境。

7 陳炘（一八九三－一九四七）出生台中大甲，曾留學日、美，紐約哥倫比亞大學博士。日據下創辦「大東信託」，戰後成立「大公企業」，為台灣金融界之先驅。一九四七年二二八事變時失蹤遇害。

精於筆頭，想必能為社會國家做出更多貢獻吧。您對我的婚姻表示許多關心，真是感激不盡。老實說，我現在還沒有目標，每天忙於學校的事情。雖然母親每次給我來信也都再三催促我快一點，我卻還是遲遲沒有行動。首先是因為我目前收入只有兩百三十美元，一旦結婚會非常拮据。學校的課業非常辛苦，所以我希望至少自己的生活多少要充裕些，這是我的主張，所以比起窮困的結婚，我寧可選擇寬裕的單身生活。博士前一年結婚都算太早，我目前都在「量力而為」。第二，我還沒有遇到喜歡的對象。這也是這個學校獨特的情況，比如這裡學費較高，很少有人自費前來，而到這裡來的女性都是真正的「女強人」，比較缺乏女人味。不過，我也到了一定年齡，目前正在積極尋找機會。只不過，我並沒有台灣的諸位所想的那般著急。美國有句俗話說「沒有錢就沒有蜜糖」(No money no honey)，除此之外，我也要說「沒有時間就沒有蜜糖」。由於有我這個前車之鑑，我也提醒立生，在出國前先把婚事定下來。據說芸芸進了新聞系(最近感覺家業都由女性來繼承了，我們家的悦生也念了圖書館學)，想必榮鐘叔嬸都特別高興吧。儘管學校感覺不太好，不過可以在那裡打好國學基礎，為將來留美(我認為這不是流行，而是非常重要的事，在培養國際視野和見識上也十分必要)做準備。紙面已經用盡，今天就先寫到這裡。請多保重。

美國總統選舉日十月三日　莊生上

6 一九六五年三月十八日

（原文：中文）

榮鐘叔：

謝謝航空寄來的《半路出家集》。想不到最近幾年榮鐘叔寫了這麼多的文章，竟成一本專集。書中四五篇是以前光南寄給我而看到之外，其他都是初次見面。我感到最有興趣的是〈貓〉。雖然是平淡的描寫，但是主人和一家人對這一隻小黑貓的感情，流露出一種極其自然的人間味來。沒有誇張，沒有感情的偽造，我很喜歡這一篇，還有，這一篇所表達的對貓的感情很有濃厚的台灣味。這個特色我不能很具體的舉出來，但是總覺得人和動物的界限是嚴〔儼〕然存在的，不像美國人之「人獸一体」。那〔哪〕一種好這種議論老實說並不重要，重要的是個別的描寫能反應出群像出來，這是這篇文章很成功的地方。甘乃〔迺〕迪總統的《當仁不讓》最近在電視上演。據說，導演計劃在他在世的時候就已訂好，這一故事式的電影是書中列舉的人外，還加上三四個人（經甘氏准許），把他們的故事分一人一篇，一篇做一部電影（六十分），這樣要做成一部連續性的電視節目來。這個電視節目是每禮拜天的晚上，到目前為止已上演十幾部了。我開始時並不太注意，後來在雜誌上看到專家之評論後才認識這個節目的重要性。這個節目現在已成最重要的電視節目之一，反應之佳似乎出計劃者的預料，據說美國小孩到禮拜天晚上不用父母說自然就會打開電視去看這個節目，學校把它當做歷史教材，有六十幾個學校已經訂了全部的電影。原著內容不談，但就從電視上看到的這些美國歷史人物的特點可以歸類如下，一、這些人（包括政治家、軍人、教師、教授）從現實的觀點來看都是屬於失敗者。二、這些人都是為著忠於自己的所信，堅守原則，不妥協而犧牲自己的政治前途、地位、聲望和財產的人。這些人的故事當然打動了我的心，更重〔要〕的是使我覺察到一種美國社會的新潮流的形成。這給我很大的刺激。徐復觀先生曾說過，民主政治是「量的」政治，政治上的是非以量來做決定，因為如此美國政治一般相當公道，大家要爭但大家都有sportsmanship（運動精神）可是也有毛病，就是質的向上很慢，就是說質要變成多半數的量之後才能形成政治的現實。甘迺迪總統寫這本書的動機可能有鑑於此種毛病，提供社會一般人之注意，他的逝世已使這本書和它的精神深入美國人民的心弦裡，現在又有這麼好的電影，其影響之大可以料想。我使每一個美國人反問自己，到底我們社會的進步是有賴於現實的勝者呢還是現實的敗者呢？我不知道美國人他們自己對這部電影的反應，但只〔至〕少對我來說，「無論是勝者也罷，敗者也罷，一個社會的進步是有賴於忠於原則忠於所信的人，和會認識這種人和價值的人的多寡來做決定。」曲高和寡是歷史的事實，但是要使很多人体〔體〕會高級的曲並不是絕無辦法，教育和啟蒙的目的就在此。我很期待榮鐘叔的第二集《先賢群像》，我希望它是最好的台灣名曲解說，使沒有聽到好音樂的大眾也會去欣賞「曲高」。不過我還有一個建議就是書名好像太「カタイ」[1]榮鐘叔是不是可以想出一種「取其精神捨其形骸」的辦法，用一種較abstract（或含有詩意的）書名？無論怎麼樣，我希望這是一部最好的《當仁不讓》的台灣版。敬祝成功。

莊生上

三月十八日

（書的裝訂設計很不錯，書名我猜是榮鐘叔的手筆，第一頁的字是不是小弟[2]寫的？）

1　原文日文カタイ（katai）意為生硬。

2　指葉榮鐘么兒葉蔚南。

7 一九六五年四月二十六日

（原文：日文）

榮鐘叔：

饒有趣味地拜讀了〈矢內原先生與台灣〉，這是一篇十分有趣之作。加之上次對〈貓〉的感想，更讓我深感到榮鐘叔是一位感情非常清寂的人，由此所寫下的記述性的性情文字，總有一種「枯淡」之感，我認為這是一種風格。尤其是這次這篇文章，對日本人而言也是脫俗雅致之物，想必連日本人都不敢相信這些文字出自一個台灣人的手筆吧。我實在過於欽佩，便乘興重讀了手上正好有的《文春》（只有兩本）的隨筆欄，並將之與榮鐘叔的大作進行比對。我得出的結論是：「完全不遜色於日本一流文化人所寫的隨筆，且放在大致每期十篇的隨筆中，也絕對能排入前四名。」我這絕不是誇大的評價。我從未品嘗過文中提到的檳榔樹心芽湯，但想必應該跟這篇文章有著同樣的味道吧。

在上回的作品集中，拜讀了榮鐘叔具有時代感方面的文章，希望榮鐘叔能夠更加發揮您特有的洗練都會風情。很久以前，我尚在銀行時，在日本《朝日新聞》[1]上讀到東大某位老師寫的旅行記。文章的標題我已忘記，不過當時讀完後非常感動，並以〈虛浮的勝利〉為題嘗試翻

1 《朝日新聞》是日本的全國性報紙之一，由朝日新聞社發行。

譯成中文。譯文至今應該仍留在我萬斗六家的筆記本上。總之，內容講到了作者在維也納的美麗街道、歌劇院、貝多芬雕像和聖母像這些歐洲文化精髓集粹的環境中，突然發現一座奇怪的紀念碑。原來那是蘇聯為了紀念進入維也納，把當時的坦克車高高樹立在上面。這塊紀念碑給這位老師許多感想——如果是急性子的日本人，肯定在蘇聯軍隊撤退的第二天就會把這塊紀念碑打碎吧。然而維也納人卻沒有這麼做——勝利者以「你們看吧」來誇耀自己的勝利。戰敗者也在沉默中以「各位請看看」來表示蘇聯的野蠻入侵，都市化的維也納人用更簡練的方法來嘲笑鄉下人。再過

一九二八年前後，壯年時期矢內原忠雄。葉榮鐘當時於其門下學習。

上幾十年，勝利者肯定會來對失敗者說「懇請你毀掉那塊紀念碑吧」。那麼，究竟誰才是真正的勝利者呢？文章的內容便是如此。在積累了深厚文化的城市裡裝飾勝利的坦克車，這樣的蘇聯著實野蠻。我認為這位老師的感想非常有趣，且展示出其深邃的智慧。簡練的諷刺是一種藝術，氣質非常高雅。我並不打算在他人身上尋求一分這樣的氣質，但總感覺榮鐘叔應該可以做到。如果我的認識沒有偏差，在台灣父執輩中，榮鐘叔最懷有都會氣質和風格。身為一個台灣人，這篇關於矢內原的文章，我身為台灣人也感到驕傲。如果用上文的維也納人來舉例，則堪稱「各位請看，我們也行」。

祝您身體健康。

莊生上

四月二十六日

8 一九六五年十二月三十日

（原文：日文）

榮鐘叔：

我二十三日離開當地，在亞特蘭大與大本夫婦、正生及正生的筆友黃小姐一起度過了快樂的聖誕夜，第二日過晌，待貫弟到達後，一行六人結伴去了紐奧良。我在那裡與他們道別，從聖路易斯一路逛到了伊利諾大學，今天下午甫來到了麥迪森。我剛剛讀到榮鐘叔的信，也從貫弟那裡聽說了台灣各位的情況。阿婆已經八十三歲高齡，依舊精神矍鑠，這比起什麼都令人欣喜。

榮鐘叔著作的情況，我從貫弟那裡聽說了。當時我也對貫弟說過，榮鐘叔的作品中，人物史尤其光芒萬丈。我至今拜讀過的五篇作品（莊、林、辜、蔡、矢內原）中，以紀念先父的文章為最正式的交響樂，令我感動至深。我曾經對朋友說，下次定要在父親墓碑上鐫刻上生卒年（一八九七－一九六三），對方用略顯無奈的表情說出了感想：「你要按照美國制式嗎？」老實說，我的動機其實在更深處。前些天，我在寫給銀行的健人君[1]的信中，如此提到先父的事情：「……由於父子之間密切的關係，反倒使得焦點無法集中。讀過榮鐘叔的紀念文章後，

1　指葉健人。

我想到了很多事情。那就是應該通過台灣這個特殊的空間，以及一九〇〇年至一九六三年這段歷史背景，來回顧父親……我猛然發現了一個極佳的描寫父親的特寫鏡頭。」我認為這部文集是以仔細刻畫背景來鮮明突出主題這種描寫方法的優秀範例。這本書能夠讓人聯想到當時的年代。若沒有歷史背景，父親這樣的人就只會給人留下極為薄弱的印象。前不久，哈佛大學的史列辛格[2]出版了《一千日》（ケネディ一千日の歴史），目前在全美受到極大好評，《時代》（*Time*）評論稱：「對史列辛格來說，歷史學家與其他作家一樣，都是在混亂的事物中四處尋覓，從混亂中創造戲劇性，以戲劇性照亮事實，同時帶給人想像。」這番言論諷刺了史列辛格非正統的方法，同時卻又高度評價其啟發性。榮鐘叔的方法則屬於正統，且在正統的同時避免了僵化，並賦予歷史能動性的想像。這點讓我有所感歎。我認為榮鐘叔所說的只要描述出自身印象就好的這種心情與態度，完全無需改變。有的人用交響樂一般的正統方法來寫作，有的人則以即興曲一般的筆觸，例如辜顯榮那樣的作品。我曾讀過他那本厚重的傳記（日文），可是從那本數十萬字的大作中所接受到的形象，還不如從榮鐘叔的三個小故事（窗簾和股票、入場券和機場、還有一個忘記了）那接收到的清晰。我此前提過三篇作品（蔡、林、辜）中印象最深之處，事實上如此明晰敏銳的印象編織筆觸，正可謂一首非常有力的即興曲。描寫林幼春先生的

2　亞瑟·邁爾·施列辛格（Arthur Meier Schlesinger Jr.，一九一七–二〇〇七），美國歷史學家，社會批評家和約翰·甘迺迪的特別助理。

一九五〇年代，錢穆至台中演講與葉榮鐘等人會面，於莊垂勝宅——萬斗六園莊合影留念。左二莊垂勝、左四葉榮鐘、左五錢穆、右一張煥珪、右二楊基先（當時台中市市長）、右三徐復觀、右四徐氏公子。

那篇作品，我一點都沒有失望。我經常說這是三篇當中，榮鐘叔最為著力的作品。儘管如此，我還是更想看到「詩人」榮鐘叔所寫的「詩人」幼春先生（這真是貪婪啊）。描寫矢內原先生的那篇作品，在淡泊的記述中讓人感到高尚的情操，可喻之為月光曲。相對於皆是交響樂的「群像」，我對有交響樂、有奏鳴曲、有四重奏的這種「群像」更遠覺有興趣。

此次旅行中，貫弟令我大為欽佩。與其說是「後生可畏」，更應該說是榮鐘叔的孩子們可畏。在百餘名留學生中，像貫弟這般擁有魄力和人格魅力的人，恐怕只能找出一個吧。「君子欲訥於言而敏於行」，貫弟就極有活力，且擁有行動力。他在美國社會，不論是學識或是單單作為一個人，都極受人敬愛。此次旅行中，他教給我的事情可說是最大收穫。想必這個說法能讓榮鐘叔體會到我的欽佩。第二大的收穫就是時隔四年又一次飽餐了海味，此事之後寄送物證（照片）時，再做說明吧。

十二月三十日夜

莊生上

9

一九六六年九月六日

（原文：日文）

榮鐘叔：

日前從母親的書信中，得知阿婆去世的消息，我感到極為震驚。由於久疏問候，我竟不知阿婆患病，實在是後悔不迭。如今只能為阿婆祈禱身後冥福。

您大約一個月前給我寄來的《唐詩概說》與《佛教》，我已經拜讀了。尤其是前者在了解概要時格外有用。另外，我也從貫弟那裡借閱了三、四回榮鐘叔的近作。儘管環境受限，榮鐘叔還是以勝過從前的活力不斷執筆，實在讓我不勝欣喜。在求學過程中，我也不斷磨練著自己的中文寫作能力，希望將來有一天能像榮鐘叔一樣自由地表達出自身的想法。然而羅馬非一日建成的，我也因為遲遲不能進步而感到焦急。威斯康辛州也有中文報紙，還時常能看到台灣的雜誌。為避免與台灣的reality（現實）脱節，只要有時間我就會找來讀，但也深切感受到台灣人極為缺乏切實的現代感。不僅介紹和解說現代思潮的人不多，針對那些思潮發表個人想法、批判和認識的作品也非常稀少，這令我感到震驚。恐怕許多人都把那種思潮當成一種淵博知識看待，並不能感覺到思潮帶來的衝擊，或是即使有所感受，也沒有深入發掘至個人思想的深度。我認為我們的社會缺少能給予人衝擊性的思想基礎。極端的說，可以認為是缺少思考的習慣。

比如，談論現代音樂、現代建築的人雖然眾多，但能夠舉出某個特定作品，大力表達自己的欣賞態度、心中感受和自身評價的人卻非常少。這不僅限於台灣，放眼身在美國的國家棟樑「留學生」也有這種感覺。我們的社會著實是「呼不作答、尋不可見、打不作響」的社會，正因眼前所見美國如此飛速的發展，才更加讓我感到幻滅。

近日已經讀完忘了何時曾向榮鐘叔提起的哈佛大學歷史教授史列辛格執筆的《一千日：甘迺迪在白宮》（*A Thousand Days: John F. Kennedy in the White House*），深受感動。如果有出版日文譯本，請榮鐘叔務必一讀。從了解當前國際政治的現狀這層意義上來說，此書在了解身居世界政治權利最高位置的美國總統的決策過程，甘迺迪作為最終決定人物的人格魅力，以及採取決策的人與政策的關聯方面，也都頗有助益。此書已有定評，再多做評論並無意義，但我還是認為這是我這二、三年來讀過最為優秀的書。在此分享一則逸事：麥納馬拉[1]在甘迺迪的再三邀請且帶有附加條件下，成為國防部長。他在回答甘迺迪詢問條件是什麼時，後追問了一句：「那本《當仁不讓》果真是你寫的嗎？」甘迺迪回答道：「當然是我寫的，如若不信，我可以給你看原稿。」於是麥納馬拉如此答覆：「既然如此，我接受這個職位。」

我已在今年四月完成了取得學位前最重要的考試，目前稍感心安。然而即將到來的論文

1　麥納馬拉（Robert Strange McNamara，一九一六－二〇〇九），一九六一月至一九六八年任甘迺迪總統和詹森總統的國防部長。

寫作、找工作問題，以及接下來讓我以「遲來的春天」作結的結婚問題，都讓我在精神上更加感到不安和緊迫。在我獨自沉思的時候，時常會自言自語：「我給自己規劃的人生真是辛苦啊。」我雖然不能自己決定拿到學位的時間，但希望儘量在一年之內完成。俗話說「行百里者半九十」，如今回首自己最近的生活，不由得感慨古人誠不我欺。

此外，《出版月刊》十二期〈談日本出版事業及讀者風氣〉的第四八頁，有「用性別分類，則男性占其中三二％，女性二八％」這段文字，三二十二八＝六〇，與百分率定義不符，疑為印刷錯誤。原著或許就是如此也說不定，此處僅將注意到之處相告之。

莊生上

九月六日

（地址已變更）

10

一九六七年九月七日

（原文：日文）

榮鐘叔：

久疏聯繫，衷心希望各位生活順利。

七日母親來美，聽聞她深受榮鐘叔嬸、二舅的關照，我們都非常感激。母親雖然語言不通，但途中得到能通台灣話的空中小姐照顧，故飛行中並未感到不便。我在芝加哥機場接到母親時，可能因為實現了出國旅遊這個長年的夙願，她並未顯露出旅途的疲態。之後在前往麥迪遜的三小時巴士車程中，母親也興致勃勃地回答了我的問題。母親在麥迪遜休息調整三日後，在我陪同下訪問了亞特蘭大。我到達後第三日，貫弟夫婦也前來看望，聊了許多故鄉天南地北的話題。母親因為白天獨自看家過於無聊，還打電話對我說想儘快返回台灣，不過，最近似乎好些了。上週她還去了悅生夫婦與正生那裡，目前暫住在彼處。

我在上個月下旬結束了論文考試，漫長的研究生生活總算告一段落。原本我希望在美國州立大學取得教職，然而並不湊巧，我所看中的學校皆無職缺，最終定下前往加拿大政府農業部的統計研究所擔任研究員。之所以如此決定，第一是因為待遇不錯，第二是因為工作地點不在鄉下，而是在首都渥太華，第三是工作性質與我的專業一致，因此我認為雖然多有不便，還是可以在加拿大「為女王陛下效力」。順帶一提，我的專業是農業，但並非普通的品種改良或作物栽培，而是進行農業統計處理的所謂應用統計學類型。這個專業數學占三分之一，統計學占三分之一，其他生物科學占三分之一，跟台灣普遍認為的農業專業人員的考試科目有所不同。我之所以選擇這個方向，自然是考慮到將來找工作的問題，但除此以外，我還考慮到生物學研究向來幾乎沒有數理方向的學習，若將來要以外國人身分在他人的社會中生存，學習這種他人不考慮的專業，或許能夠增加一些優勢。

貫弟已經把榮鐘叔的《小屋大車集》轉交給我。我還讓二、三友人讀了，他們都表示光復前後的回憶非常有趣。對年輕一代來說，很難帶有實感去體會這種感情，但是在讀過榮鐘叔的書後，他們好像多少有些感受。另外，鹿港元宵的風俗故事也得到某位友人重視，聽說他還專門轉述給留在台灣的妻子。此人的妻子好像是個作家（台灣人），目前正在收集民俗方面的資料。聽聞肇嘉先生的「自述」[1]引起了一番風波，也聽貫弟說起榮鐘叔正在撰寫《台灣文化運動史》這本著作。希望您早日完成。

等我到了渥太華再聯繫您。

莊生上　九月七日

1　此處指《楊肇嘉回憶錄》。

11 一九六八年三月九日

（原文：日文）

榮鐘叔嬸：

久疏問候，還望各位安好。我總算在去年十二月完成移民手續，於同月十五日離開了居住六年的美國來到這裡。我的流浪之旅可謂到此為止，但連我自己也時常感到疑惑。這裡不愧為雪國，我到職一周後便開始連續下雪，如今已是初春，殘雪卻遲遲未見融化。我被安排到農業部一角的辦公室從事統計方面的工作，因為還是新手，沒有什麼工作，每天在自由的環境中學習和研究。去年阿蓁去世想必給榮鐘叔嬸帶來極大打擊。大約十一月時，我與母親到貫弟家中做客，貫弟給我們看了阿蓁的遺像與兩位可愛小姑娘的照片，深感「人生無常」。我與東亮最近沒有聯繫，但真是對他深表同情。我還擔心榮鐘叔是否因為這件事而無法寫作，但我相信您把對蓁蓁的感情傾注進這本記錄歷史的創作中，也是一件意義深遠的事。離美之前，我不知何時在《中央公論》還是《文藝春秋》的廣告上得知，此前我提給您作參考的哈佛大學歷史教授史列辛格的著作《一千日》的日譯本已經出版，譯者姓中村，書名為《榮光的一千日》。我想在台灣或日本的書店應該可以購得。最近我在雜誌上讀到了英國著名的歷史學家Toynbee（湯恩比）的對談。他最近訪問美國，深感美國社會這兩年來的變化遠遠超過了過去二十年的變化，此前美國人認為美國是世界第一的國家，所思、所言、所為全部皆充滿自信，甚至堅信「美國式的生活方式就是正確的生活方式」。然而到了最近，他們開始對過去的那種自信產生出懷疑。年輕人雖然深愛著他們的父母，卻對「為了賺錢的人生」感到不滿，對父母的價值觀也產生出根本性的質疑。他認為這是許多中產階級以上的家庭出現嬉皮的根本理由，並認為嬉皮（以愛與和平為座右銘的反舊社會青年群體）對美國來說最終是極為有益的，這些人的理念通過現實生活的鬥爭如何深化，並且，從通過鬥爭倖存下來的理念中會誕生出美國社會的新價值觀吧。這些人目前是美國人嫌惡的對象，其中最令人非議的便是嬉皮乃不事生產的社會分子。不過，按照該氏的論述，早期基督教形成的時代也曾出現過類似現象，從而高度評價這種價值觀形成的趨勢。從該氏的論述中的「歷史感覺」或「歷史的視角」給我極大啟發。尤其在觀察現在的事物時，我認為這種「遠視法」格外重要。說句玩笑話，有時我會想，如果我在台灣，或是榮鐘叔來到加拿大，我真樂意成為榮鐘叔的 research assistant（研究助手），在您門下學習歷史。

母親年底做了腸部手術，目前正在正生那裡休養。她告訴我，自己向來只知道自身的感受，但來到美國後，目睹許多來到美國的台灣新生代在這邊待人處事的不同，學到許多事情。我不止一次地想，應該等到我們的經濟稍微穩定下來後，再請母親過來美國生活，不過這次因為患病，我開始認為還是早點過來更好。我總覺得一直以來因為那一點「勉強」，導致錯失了許多機會。我時常跟母親通話，她的身體似乎已經好很多。她常對我說，她在美國沒有朋友，非常寂寞，要是棠鐘叔嬸和二舅住在附近會更加開心吧。對母親來說，這著實是一段寂寥的留學生活。

三月九日
莊生上

12

一九六八年三月二十六日

（原文：日文）

榮鐘叔：

拜讀了您三月十八日的書信，莊生倍感親切。得知您完成了《抗日台灣民族運動史》第一章的五萬字，感銘至深。單從目錄來看，也能窺見到這部巨著的規模和內容。最近美國很流行所謂second life（第二人生），也就是退休以後的生活。我有預感，這部著作將會成為榮鐘叔人生最為光輝的一頁。這作為您的第二人生，堪稱最好的人生。期待您的著作能夠早日付梓。根據我雜讀的體驗，具有真正的說服力與學術性價值的政論文章，其分析必然是豐富且銳利，其論說也必然具有充分的客觀性（福爾布萊特的 *The Arrogance of Power*《權力的傲慢》便是一個佳例）。至於最終的價值判斷通常交由讀者，即便有所提及，也不會遵循基於既有觀念的價值體系，去進行正確與否的判斷，而是強烈傾向於從歷史的動向，來論其存在是否具有意義（比如湯恩比）。現在美國也非常盛行有關世界各國的民族運動史研究，大體上可以分為兩種類型。第一種是像新聞記者那樣記述經緯，第二種是從社會學的立場，來分析個人的感覺如何發展成一個運動，也就是將重點放在過程。我覺得榮鐘叔也可以在著作中大量融入第二種要素。上次也對榮鐘叔提到過，這本書對將來研究台灣近代史的人來說，必然會成為key reference（主要參考文獻），所以假如有梁任公在台當時的演説文稿、書信等資料，哪怕略顯多餘，也請儘量收錄在appendix（附錄）中。如果可以，再各插入一張梁任公、板垣、矢內原三人在台時與當地人拍攝的照片如何？提到板垣，我又想起最近左翼人士撰寫的日本近代史中，板垣是明治元勳中比較和藹可親的，也被認為是日本的自由主義派政治家。榮鐘叔撰寫這一節時，也談談現在日本人的板垣觀與台灣人的板垣觀如何？

第三節的私立台中中學創立運動，讓我想到一中校門旁的那塊創立紀念碑。碑上的漢文被原樣保存了下來，只是一些膚淺的國粹主義者把上面不知是明治還是大正的年號改成了民國。作為史料之一，我想這些不也能以照片或直接收錄原文的形式呈現。另外我還想到相關的是，碑文上還刻上了學校創立時的出資人姓名，這些也收錄進去如何？我深深感到，無數有心人的善舉實在不為人知。將他們的名字紀錄下來的目的，一是讚揚這些人的事蹟，同時也是讓他們散落各地的子孫，想起已被忘卻的上一輩的精神。我認為這就是一種生動的歷史教育。

承蒙榮鐘叔對我文章的關注，實在是感激不盡。我一開始並沒有帶著投稿的心情來寫，而是在悅生那裡等待簽證時，利用閒暇時間將自己平素的思考，以立生或第三者也能明白的方式寫下來而已。我只是把寫好的文章代替書信問候寄給了炎秋伯，就算他沒有接受，我也並不在意。當炎秋伯後來對我説要刊登時，我甚至拜託他既然如此，請允許我使用筆名（另外還請他隱去父親的名字，以×××先生安息之地表現）。對我來説，光被榮鐘叔稱讚一句「好文章」，已經相當於獲得百萬喝彩。原作的設計圖得到二舅大力誇獎，我萬分喜悅到幾乎快要跳了起來，直到現在仍珍藏著那封信。聽聞榮鐘叔已經從悲傷中走出來，目前正埋首於寫作，我心想榮鐘叔果然是「年輕人」啊。請您與嬸子兩人多多享用美食，雖然我們在東京或美國、加拿大都很平凡，但也請多多思念我們這些認真工作的晚輩，並元氣滿滿地以世界為對象盡情創作。

三月二十六日夜

莊生上

13 一九六八年四月二日

（原文：日文）

榮鐘叔：

謹啟：您用十三．五美元郵票寄來的《自立晚報》，今天已經收到。我不知道該如何感謝您對我這篇小文的關心。我把化作鉛字的文章又讀了一遍，卻絲毫沒有感覺到「文章是自己的好，太太是人家的漂亮」這種心情。如果把這些文字拿給學校的作文老師看，肯定會得到「平凡無奇」的評語。我平時使用中文寫作的機會很少，但在讀書時會想像自己寫作的情形，並加以留意。我想藉此機會養成更仔細閱讀文字的習慣。最近時常聽立生寄給我的施學禮老師唐詩三百首的錄音，只可惜錄音效果不是很好。我又想到可以將《四書》也做成錄音。銘鍹兄認為很好，便拜託了敬生，只是台灣人沒有用錄音機學習的習慣，只把那當成玩具，並沒有達到專業水準（如應用為語學工具）。下週我要去美國出差一週左右。雖然只離開了三個月，但我果然還是有點懷念那個國家。由於詹森總統放棄連任，美國政局目前似乎陷入了混亂。人們舉出了各種各樣的理由，但據我的觀察，詹森應該是領悟到自己能力的極限。與我們那個一有空缺知識分子便蜂擁而上的國家不同，在機會眾多的美國，有識之士不會輕易出山。從某種意義來說，美國人更加堅持「士為知己者死」的原則。從這個角度來看，甘迺迪與詹森的差異就極為明顯了。一方面，甘迺迪陣營聚集了美國頂尖的知識分子，彷彿供養一群門客；反過來說，詹森陣營則幾乎都是他在德克薩斯州時的心腹，或是甘迺迪時代留下的人。無論在美國還是加拿大，這兩三年來最顯著的變化就是青年階層的活躍和老派政客的退場。詹森的退出在某種意義上，可說是對一個時代、一個典型說「再見」。

四月二日

莊生上

14 一九六八年四月十九日

（原文：日文）

榮鐘叔：

如您所願，我又修書一封。我本打算昨日就提筆寫信，因為讀到一些有趣的文字，無奈航空信箋已經用完，便趕在今天下班時買了回來。此時正好收到您十四日的信件，遂一併給您回信。所謂「不善詒人貪客至，慣遲作答愛書來」[1]，我對此深表同感。感謝您教給我一首好詩。正如上一封書信所說，通過榮鐘叔的書信，我感覺到您身上有在台灣的老先生們身上看不到的年輕氣息，完全不見衰老的跡象。榮鐘嬸透露的感想也正是我自信的感慨。最近可能受到美國人的影響，我覺得與其去檢討過去的事情，不如盡可能地積極計畫將來。比如靠統計維生，讀文史來過生活。

開完會後，我馬上就去了華盛頓，然後前往紐約，但沒有去亞特蘭大。在紐約逗留期間，我去看了相當於日本帝國劇場的大都會歌劇院表演。兩年前集美國最高智囊設計的建築，果然是了不起。這是我第一次加入宛如電影裡出現的觀眾群中觀賞表演。十五日離開紐約那天，我

1 清朝吳梅村詩，原詩為「不好詒人貪客過，慣遲作答愛書來」，見本書葉榮鐘一九六八年四月十四日致林莊生書信，第一二四－一二六頁。

去唐人街打牙祭，又逛了那裡的中文書店，並看到許多最近新出的好書。只可惜買完英文書籍之後，囊中羞澀，只買了《傳記文學》[2]第十一卷（合訂）在回程的飛機上讀。昨天晚上，我繼續讀這本書，看到黃季陸先生所寫的〈有關台灣與中國革命的史料〉（《傳記文學》十一卷第五期第二十五頁）提到「戴季陶先生在其所著《日本論》中，有一節論到板垣先生，可說是推崇備至。」還附上一頁左右的節選，並提及台灣同化會[3]。黃先生也寫道：「如果我們要在東方民族中找尋美國傑佛遜那樣的民權自由的先導，除了中山先生以外，日本的板垣退助也算得是那一類的偉人了。」您可能已經知道這篇文章，我認為這是一個很好的參考資料。此外，在第六期第四十六頁的書信專欄中，有黃得時先生撰寫的〈梁任公論學詩及治學　民前一年在日本寫給林獻堂的一封信〉。我一併推薦給您，並附上二三點想法。

1. 例如「矢內原利用暑假親自來台灣調查二林事件（註五）……」

註五、葉榮鐘：〈矢內原先生與台灣〉岩波書店通信某月某號。

我認為這篇文章是榮鐘叔的傑出作品。遺憾的是知道的人甚少，有必要按照注釋的例子進

2 《傳記文學》是知名歷史文學刊物，於一九六二年六月一日由劉紹唐所創辦，創刊宗旨為「提倡傳記文學，保存近代史料」，其內容包括歷史事件憶述、人物傳記、日記、書簡、歷史照片等。

3 一九一四年十二月二十日，板垣退助伯爵與林獻堂、蔡惠如、蔡培火等士紳在台北成立「台灣同化會」，目的在消除日人對台灣人的差別待遇。次年二月二十六日，台灣總督府命令解散同化會。

行宣傳。

2. 我對書名略感不滿。總感覺現在的書名向現世做propaganda（宣傳）的氣息強烈（比如抗日，比如民族），而少有學術養分。不如另想一個方案如何？例如日據時代台灣社會運動史，或者日據時代台灣的文化運動。這些雖然算不上好主意，但是我認為更平靜的字眼為好。

我常囑咐立生要是有好書就寄過來，但是叫一個不讀書的人寄書，著實有點強人所難，他也幾乎沒有回應。因此，如果榮鐘叔認為文史方面有哪些不錯的著作，請您告訴立生好嗎？

請代我向榮鐘嬸問好。

莊生上

四月十九日夜

15

一九六八年七月十五日

（原文：日文）

榮鐘叔：

居住在民主國家總能遇到各種不可思議之事。其一便是工人罷工。去年離開美國時，正值福特公司罷工，事情鬧得極大，最後還驚動了總統出來仲裁。當事情結束時，電視報紙皆稱號外，甚至發起臨時報導，儼然國慶模樣。我等落伍地區之人可能不禁會想，若罷工已然嚴重影響到社會運轉，為何不運用國家權力予以制止？然而此處的國家權力乃是民主社會一人一票給予的權力，總統也只能在公司與工會之間斡旋，請他們到白宮來協商解決。加拿大也不例外，今日剛搞完sea way（海路）罷工，後天又是郵局罷工，還通知郵件必須在明日下午五時前送遞完畢，於是我便想趁這時限，給榮鐘叔寄信一封。前段時間我讀了《古今文選》，發現了《詩經》中的桃夭之句。「桃之夭夭，灼灼其華。之子于歸，宜其室家。桃之夭夭，有蕡其實。之子于歸，宜其家室。桃之夭夭，其葉蓁蓁。之子于歸，宜其家人。」原來蓁蓁的名字出自於此，榮鐘叔的「漢文功底」之深厚，實在讓人欽佩。我此前並不知曉其來歷，每喚蓁蓁亦不能體會其深意，讀了這一首《詩經》〈桃夭〉後，才覺此名之妙。這是一個美麗率直的名字。榮鐘叔的新作是否順利？前不久我就書名表達了拙見，但後來細細考慮，其實覺得保留原樣也未嘗不可。只不過，我希望榮鐘叔能保持絕對的學術客觀性。曾幾何時，我提議榮鐘叔以全世界為對象著書立說，那是考慮到這本書將來可能還會被史丹福或哥倫比亞大學的圖書館收藏。我很期待史家榮鐘叔的大作。母親即將結束漫長的美國旅居，計畫八月與悅生和正生等人驅車前往紐約、渥太華、多倫多、尼加拉、芝加哥等地旅行，十四日從芝加哥啟程，返回老人懷念的故鄉台灣。母親這一年來的旅美生活想必十分孤單無聊，但同時也有許多寶貴的體驗。現在是台灣最熱的季節，請務必保重身體。

代我向嬸問好。

莊生上

七月十五日

16 一九六八年十一月十八日

（原文：日文）[1]

榮鐘叔嬸：

這是我最近的作品。我想像著一大片盛開的鬱金香，並嘗試用色彩的對照來表達這種感覺。

莊生謹上

一九六八年作

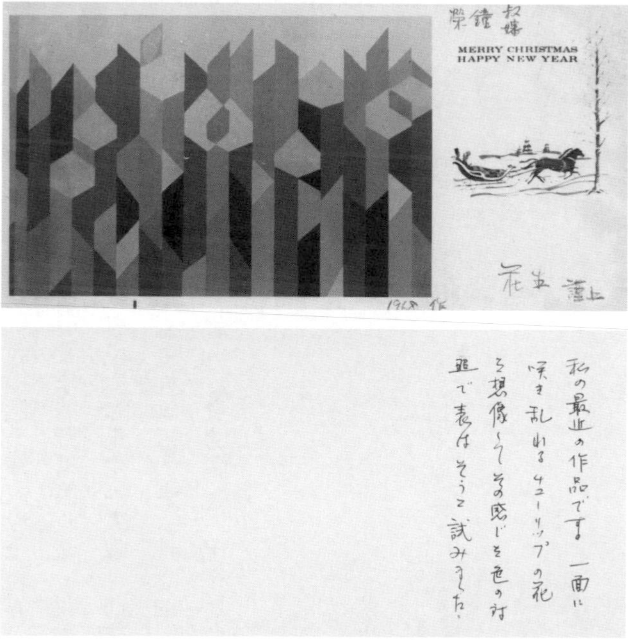

一九六八年十一月十八日林莊生寄給葉榮鐘明信片

1 本信為林莊生自己繪製的明信片。

17 一九六八年十二月十七日

（原文：日文）

榮鐘叔：

感謝您的來信（十二月七日）。承蒙您關心我的婚姻問題，真是感激不盡。我原本是五個孩子中平凡無奇、無需父母擔心的一個，最終卻成了唯一的 problem child（問題兒童）——至少在我母親的眼裡是這樣——這讓我感到非常意外。然而在環境和時代的潮流下，有些東西確實難以辦到。五月寄出的信件七月才到達，這有點不可思議。不過加拿大的郵局持續罷工了一個半月（記得是七月中旬），在那期間信件也許滯留在什麼地方了吧。

在唐詩誦讀方面，我正加倍仔細地重讀。且不管效果會多麼像鸚鵡學舌，我先模仿一番，並錄在錄音帶裡作為實驗案例，看看自己能做到什麼程度。通過這種練習，我深深領悟到，吟詩真是一門藝術。現在我終於可以理解為什麼在美國和英國，誦讀莎士比亞是一門重要的藝術。我認為吟詩與音樂是必須要具備的兩種修養。我把這些感想寫給二舅，是因為我確信二舅便是集這兩種修養於一身的、獨一無二的「人才」。而且，我還懇求他為復興被人們遺忘的文化貢獻一份力量。我聽立生說過，榮鐘叔認為銘鍹兄的發音最準確，所以請他寄來了一盤錄音帶。可是，台灣人認為錄音帶就像玩具一樣，並不知道如何用作語學工具，所以我收到的東西幾乎沒有用處，而且吟詩的部分音量高低參差不齊，根本無法欣賞。百忙之中向您提出請求實在慚愧，不過榮鐘叔有興趣的時候，也試著錄一盤好嗎？如果有三十分鐘左右的錄音帶，就足以成為我兩個月的訓練範本。另外，榮鐘叔的著作情況如何？希望上梓之日盡早到來。最近我請台灣那邊寄來兩三本書，正在閱讀，其中有《白石老人自述》與羅家倫的《逝者如斯》，我認為前者尤其是一本非常好的書。我也經常看日本的雜誌。印象深刻的是，曾一度輝煌的所謂進步文化人士，如今都迅速退出了舞台，取而代之的則是助理教授級別的抬頭。從傳統的「主義」知識分子到「美式」知識分子的轉變顯而易見。以我所見，後者的特徵是現實化（不妥協）、程式化（對解決問題的關心勝於對思想的關心）、技術化（分析的態度），以及知性與智慧，這感覺就像甘迺迪般的人。通過這次的選舉，美國正表現出迅速的結構性變化，而且美國知識分子看待變化的態度也非常值得學習。炎秋伯的近著也提到這點。「設身處地為孩子」完全是拿到世界上都不會丟臉的進步觀念，也是台灣的驕傲。

榮鐘嬸還好嗎？我一次也沒收到過她的來信，請替我轉告，莊生很期待榮鐘嬸的來信。我小時候讀過榮鐘嬸寫給我父親的信，記得當時父親對她大為讚賞。

十二月十七日夜

莊生上

18　一九六九年十一月十四日

（原文：日文）

榮鐘叔：

聽聞您歷時兩年的工作差不多已接近尾聲，我格外高興。對「台灣近代民族運動史」這個標題，我百分之百贊成。撰寫專業論文時，標題總是令人頭痛不已。我的建議是簡單且一目了然，也就是讓人一眼就看出內容是何種性質、與哪方面問題有關最好。在這個意義上，這個標題十分優秀，我尤其喜歡這個標題所散發出的「學術」氣息，充分體現出著作的基本態度。等連載開始，我一定會拜讀。美國有一種十分方便的影印機器叫 Xerox，只要貫弟收到您的連載，相信我也很快就能拿到一份影本。

今天的回信到此為止，請代我向榮鐘嬸問好。

莊生上

十一月十四日

19

一九六九年十二月一日

（原文：日文）

榮鐘叔：

今天是十二月一日，我身邊已經充滿了聖誕節的氣氛。渥太華今天一早便是滿眼大雪。這裡的嚴冬在每年一至三月，因此現在還是初冬。我將去悦生那裡休假兩到三週，或許能見到貫弟。去年聖誕節他寄來印有可愛嬰兒照片的賀卡，今年孩子想必長大了很多。

蔡先生[1]又到紐約來了，這讓我感到地球的相對大小真是縮小了很多。要是沒有入境和出境的麻煩手續，甚至可以說台灣與美國的距離比過去的台灣和日本還要近。看到蔡先生一年兩次往返台灣與紐約，我不禁對此深有感慨。

我萬分希望榮鐘叔嬸也能來一次。前段時間我在香港的雜誌上，看到了張大千畫的《長江萬里圖》。畫作將四川發源的川流完全收入景中，這位古色蒼然的老人的山水觀，讓我不禁想到習慣乘坐飛機旅行之人的觀感。看到現代這個概念還滲透到如此老人的傳統藝術中，就會感受到潮流的力量。我深信海外旅行定能給榮鐘叔將來的著作帶來特別的靈感。提到著作我突然

1 此處指蔡培火。

想起來，塞倫西亞在書中狠狠地貶低了以前的同事拉斯克[2]一通：「他身為閣僚，卻幾乎不在重大決策上向總統提供意見，只知道頂著一張大佛似的面孔呆坐閣議之席。」為此，報紙將這番話當成很好的八卦種子，對拉斯克百般嘲諷。另一方面，民主黨的長老們，尤其是漢弗萊[3]公開批判塞氏，譴責他是「冒冒失失的歷史學家的大放厥詞」，引起了一陣騷動。有趣的是，塞氏針對這些譴責的回答很古怪，「死人便也罷了，我不認為對目前活著且身居其位的人說三道四有什麼問題。當然，如果對方是死人，就必須慎之又慎地反覆展開批判。若對方是活人，就沒有那種必要。因為死人無口，就算被歷史學家評判也無從反駁反證。反之，活人就可以。從正反兩方面來說，歷史資料越來越豐富，反過來也更加容易招致後世的批判。」我不知道同樣書寫歷史的榮鐘叔是否對此有所共鳴，但我認為塞氏這種「不怕得罪人」的精神，以及如果有錯誤甘願接受後世批判的「負責」精神，尤其令人敬佩。

十二月一日
莊生上

---

2 拉斯克（David Dean Rusk，一九〇九－一九九四），在一九六一至一九六九年間，曾擔任美國國務卿。

3 漢弗萊（Hubert Humphrey，一九一一－一九七八），在一九六五至一九六九年間，曾任第三十八屆美國副總統。

20

一九七〇年二月一日

（原文：日文）

榮鐘叔：

承蒙您特意寄來聖誕賀卡，莊生在此道謝。今年我請了三個禮拜的休假去了亞特蘭大，所以賀卡只寫了一小部分，最終未能向榮鐘叔和二舅寄出。若換作別人，固然可以只寄賀卡，但我一直認為不能只給榮鐘叔和二舅單寄賀卡，還需簡單寫點什麼，便遲遲沒有動筆，一直拖到了農曆新年之前。

在亞特蘭大時，拜訪了貫弟，滿室的玩具足可看出他已經來到新家庭的新階段。眼下他正在申請就職中，Kenny和洋子也都很有精神，一家人看起來其樂融融。

您在上封信中提到炎秋伯成功當選，這真可謂是良識與知性的勝利，令我忍不住拍手稱快。羅馬非一日建成，這是炎秋伯一貫的主張通過著作和報紙，已經出乎意料地傳達到各個階層之證據。雖然這只是清流入海，對大局不能帶來什麼改變，但已經足以鼓舞人心。我前些天還通過《中央日報》得知，政府官員也將「高級知識分子」的當選，作為此次選舉成功的例證。能名符其實地得到黨、政、民三方愛戴，我想這是唯有炎秋伯才能完成的壯舉。我感到有趣的是，除了炎秋伯和謝國城先生[1]以外的當選人的談話。有些人儘管出生在一九七〇年代，思想狀況卻依舊停滯在清末民初，竟然絲毫不羞恥於自身的奴性，而且《中央日報》還得意洋洋地刊登了那些人的話，讓我感到難以理解，甚至無比厭煩。將來的考古學家若將這兩三張報紙作為判斷當時社會的資料，或許會將其斷定為前近代社會吧。

新春伊始，您的新著作開始連載了嗎？希望能夠早日拜讀。請代我向榮鐘嬸問好。

二月一日

莊生上

1 謝國城（一九一二－一九八〇），台南學甲人，畢生致力推展台灣棒球運動，一九六九年當選立法委員。

21

一九七〇年四月二十三日

（原文：日文）

榮鐘叔：

前天收到了您的來信和剪報，興奮之餘，我反覆讀了好幾遍，得知各種以前所不知道的史實，不僅深受感動，也感到著作的手法極為新穎。最讓我欽佩的是，文中對歷史環境情況的描寫非常客觀具體，並且巧妙地傳達了歷史的真實感。不久前有一位評論家將過去的電影觀眾與現在青年人群組成的觀眾進行對比，認為過去的人在電影中追求的是一種完整的解答，而現在的人們則對此全無興趣，他們反倒是開始追求問題，且對探索問題和與自身對決的過程產生了興趣。其實不僅是電影，這可謂是現代青年的典型思考方式。因此，對歷史的看法也是如此。

現代青年關注歷史背景多於歷史事實，然後，對歷史感覺的關注又甚於歷史背景。我從榮鐘叔的三節文章中得到很深的印象，就是在既知的歷史之外感知到的歷史。培火伯之所以刪除板垣的人物論，我認為是因為固執於既知的歷史，沒有充分領會追求感覺的歷史的現代動向。我從榮鐘叔的作品中習得的教訓是：「至高的新聞寫作與至高的現代史相通」，以及資料的多樣性（正式文獻、手記、公文、詩文等）在傳達整體的感覺上，起到極為重要的作用。我要對榮鐘叔這部歷史大作表達最高的敬意。

以下提幾個我注意到的地方：

第二回

第一段十二行：外省人和年輕世代應該不知道「本島人」這個稱呼是日據時代台灣人的專屬名詞，這裡可以插入按語。

第二段十二行：僅供參考：「……。林獻堂和任公初次見面的機緣與情況說來頗富戲劇性，此事對台灣後來的民族運動有極其重要的影響，值得詳細敘述一下：彰化甘得中[1]時任林氏翻譯，林氏會見任公時，甘氏也在場。」

第二段二十三行：甘先生的記述中，我覺得「任公先生」和「請向神戶同文學校問湯覺頓學長」這兩處有些奇怪。如果去掉「問」字，在「學長」之後加上「查問」如何？我認為原文若有明顯錯誤之處，應該予以修改為妥。

第四段十五行：僅供參考：「曾得板垣伯爵的介紹去晉謁他並痛陳……」

第四段二十行：「這些話」以下七行應該可以刪除（因為後文將有詳細論述）。若直接使用，對「所以……才會……」一句稍加修正為好。

第三回

1 甘得中（一八八三－一九六四）為彰化人，受林獻堂資助留學日本早稻田大學，曾任林獻堂祕書翻譯。

第四段最後二行：「由此也可以……何種生活」恐嫌多餘。

第四回

第二段五行：參考「聯絡日本中央有誠之士」。

第二段十五行：「他的思想形態……他的偉大處」這段似乎表達得不夠充分。在我看來，三節當中尤以這一段應該花時間細心書寫。我也做了許多考慮，卻沒有好的主意。我特別想向榮鐘叔強調兩點。第一，改良主義並非流行的意識形態，但是這種態度莫說當時，即使在現在也是堂堂正正的政治態度，正因為其溫和，因此完全沒必要感到滯後，更無需理睬所謂布爾喬亞民族主義這樣的教條主義者。第二，「他的思想形態，充其量也不能超過『改良主義』」這裡評價得過度嚴苛了。在我看來，獻堂先生的思想和努力與六十年代King[2]在美國發起的晚安運動同樣值得大書特書。我會想這樣寫：「他的思想的形態，行動的指針，如果用現代的術語來表達的話，是一種非暴力的民權運動。」

第三段二十三行：從一個人推薦的書籍往往能看出那個人的為人，也能了解當時的歷史節點。在這個意義上，如果能知道梁氏列舉的書名，不如在文中舉出十幾種如何？

第六回

2 馬丁·路德·金恩（Martin Luther King Jr.，一九二九－一九六八）為牧師、社會運動者、人權主義者和非裔美國人民權運動領袖。金恩主張以非暴力的方法，爭取非裔美國人的基本權利，在一九六四年獲諾貝爾和平獎。

務必復原被刪除的板垣人物論。我也是在閱讀了同化論之後，才感慨他的視野之廣，遠見之深。並且，也產生出進一步了解他的欲望。

第七回

第二段：把同化會的台灣人幹部的台灣姓名也列舉一些出來如何？我想知道當時指導層的姓名。

第十一回

第四段：如果能找到這些律師們的書面文獻，引用一到兩段應該很有意思。不論古今中外，利益集團的真面目及其套語都存在一定模式，極具教育意義。

第十二回

第一段：解散令的公文如果按照正式公文來排版，可以更加突出總督威壓的真實感。

第十五回

炎秋伯的〈日本帝國主義下的台灣教育〉[3]中，有一個對比小學校與公學校教科書價格的表格。[4]這是一個十分有意思的資料，比洋洋灑灑的萬言文更能體現統治者的貪欲。於是我想

3　一九二九年，洪炎秋以畢業論文〈日本帝國主義下的台灣教育〉取得北京大學教育系學位。

4　台灣總督府自一八九八年開設兒童義務教育學制，設小學校供在台日本兒童就讀，教材內容依照日本內地制度。台灣兒童則就讀公學校，雖然修業六年，公學校的台灣學生大部分時間花費在學習日語。

到，如果有過去公學校使用的終身或國語教科書（萬斗六家裡還留有很多），從中抽取兩三處能夠體現當時教育精神重點的文章，引用到文中如何？

今天先寫到這裡，今後若再有感想，還會向榮鐘叔寫信分享。

四月二十三日夜

莊生上

P.S. 說句題外話，今年一月培火伯送了我一本辭典，他叫我仔細閱讀序文，我讀完後卻大失所望。二月又收到了肇嘉先生的回憶錄，這次不僅是失望，還備受打擊。經過幾次冷水澆頭之後，讀到榮鐘叔的作品，我總算鬆了一口氣。尤其是楊著，若在美國，不僅在政治上，他在社會上也要finished（完蛋）了。金川先生等人竟沒有阻止他發表，著實不可思議。

22　一九七〇年五月四日

（原文：日文）

榮鐘叔：

我已於五月一日收到第二次連載的剪報。

第一段第三行：如果在「以當時的幣值比現在美金還要值錢」這一節中，注明當時的匯率，就更能明白具體價值。

〔第〕十九回

第二段第十行：「並其推林烈堂[1]為委員長，但奔走呼籲最為出力的還是林獻堂，所以……」我認為這節可以寫成：「……為委員長，因當時林獻堂是公認的文化運動的首領，所以井出季[2]……」

我認為，第一，在這裡抬高獻堂先生略顯「小氣」。第二，我記得年幼時聽父親說過，創立台中一中時，烈堂先生比獻堂先生更為盡力（出錢出力）。雖然不知事實如何，但在此處比較功勞大小顯得有些孩子氣，更何況比較的對象還是獻堂先生的兄長，那就更沒有意義了。

1　林烈堂（一八七六—一九四七）為林獻堂堂兄，熱心公益的霧峰林家頂厝族長。

2　此為井出季和太，其著有《台灣治績志》（台北：成文出版社，一九八五〔複刻〕）。

第二十回

第一段十四行至第二段七行：這段文字作為歷史家的判決文書實屬十分嚴格。我對榮鐘叔的「春秋筆法」懷有滿腔共鳴。

除此之外，若列舉稍嫌刺耳之處——

第十七回

第一段有關醫生的敘述雖為事實，但現實地說，我極少聽到因為成為醫生導致一輩子坎坷，懷才不遇的人。在我來看，擁有偉大正義感的青年們都湧進現實主義的窄門，導致social concern（社會良知、關心）相對退潮，這在社會上是一大損失。

第十九回

第四段第二十一行：「對總督府當局尤其聽法」這句應該可以刪去。至於「六三法」部分，待全篇完結後我再向您彙報感想。

我還把文章拿給二、三位友人看了，他們都高興地說，從文字中得知了自己以前所不知道的歷史。詳情將在下一封信附上。

五月四日夜

莊生

23 一九七〇年八月五日

（原文：日文）

榮鐘叔：

今天接到第一百一十一回的連載，興致勃勃地拜讀了。我本想總結自身的發現和想法向您彙報，不過想等到拿給朋友傳閱的部分回來之後再動筆，於是今天便即興地談一些想法。

1.「六三法」撤銷那段，我感覺實際例子太少，希望能看到多點總督如何利用立法權壓迫台灣人民的具體事例。蔣渭水答辯之處舉出了兩個例子（特許權和一審制的犯罪），不如在前頭多添加一些類似的例子如何？

2. 台灣議會運動的影響那段以及其他地方，出現了好幾次稱讚林獻堂氏的文字，我認為這些文字應該全部去掉更為妥當。只用短短兩三行表達讚譽不僅誇讚之力不足，而且再三反覆之後，反倒會給人一種厭煩之感。最好的辦法是在全篇編排一到兩個地方，用一定篇幅對林氏進行評價，除此之外，不在別處添加評語。然後，讓讀者自身通過行文來體會其偉大，我認為這不失為一則良策。另外，對培火伯的稱讚也應該去掉為好。看來，我更喜歡「無言之教」，這些僅供您參考——。

3. 第七十九回提到了當時報紙的反響，這著實是有趣的資料。尤其是名叫天淘的人，即使從現在的標準來看，也是一位十分有見解又充滿幽默感的人物。如果還有這樣的例子，希望多多加進去。

4. 這次您寄來的連載中，最讓我感動的便是渡邊氏[1]的辯論。甚至想立碑稱讚他。他的論點明晰，態度公正，心靈美好，這讓我不禁感歎原來也有這樣的日本人存在。其次讓我感動的便是林幼春先生的答辯。他不愧是台灣的菁英人士，簡單的話語裡也蘊含著深刻的真理——還有嶄新的想法。這讓我多少明白了大家尊稱他為「幼春先生」的緣由。另外，一直被我視為經濟之神的逢源伯，竟然也有如此意氣風發的時代，讓我略感驚訝。林呈祿氏的辯論也充滿了學術內涵。跟這些人做對手，三好檢察官[2]想必心裡很苦。我很期待知道蔣氏與培火伯會說些什麼。

最近我從日本購買了十五冊新刊書籍，並初次讀到了《矢內原先生的信仰與生涯》。與帝國大學教授們一同出現的台灣四位名人的文章，都很值得一讀。雖然著力點有所不同，但我感覺台灣人的文章比其他日本人的文章更為有力。我不熟悉茂源叔[3]的為人，不過從文字中仿佛感

1 渡邊暢（一八五八－一九三九）為支持議會設置請願運動的日本帝國議會議員。在一九二三年治警事件時，他與清瀨一郎等擔任被告特別辯護律師。

2 此處指三好德三郎（一八七三－一九三九），他為治警事件的檢察官。

3 陳茂源與葉榮鐘同為矢內原忠雄最早期的《聖經》學生。

受到他的「赤子之心」。

我在這本書中，發現了一個深得我意的人，那就是大內兵衛氏。[4]第一頁的「赤色落日」十分優秀，足以放在全書第一篇。但我認為第一百一十九頁的文字充分表達出他的為人，讓我更為著迷。我感覺他是個耿直而有味道的人，對他很有好感。培火伯的文章也很好。在天神（榮鐘叔對矢內原氏的稱呼）面前能夠寫出如此美麗文字的大臣，為何沒有以同樣的直率和矜持去寫那部辭典的序文？想來著實讓人遺憾。我從這本書中得知，原來伊作氏[5]是矢內原先生的長子。年初我在紐約購買了中公新書出版的伊作氏新書《沙特》，並不覺得這本書寫得很好。

五月四日夜

莊生上

4 大內兵衛（一八八八－一九八〇）曾任日本大藏省書記官，一九一九年任東京大學新設立的經濟學部教職，當時作為勞農派的學者而聞名。戰後任法政大學校長，與向坂逸郎一同作為日本社會黨左派的理論指導者而活躍於當時。一九五五年五、六月時曾加入日本學術會議的蘇聯、中國學術視察團，對於蘇聯式的計劃經濟持高度評價。

5 矢內原伊作（一九一八－一九八九）為矢內原忠雄的長子，名字來源於《聖經》的以撒（イサク）。一九四一年畢業於東京大學哲學科，戰後研究沙特與卡謬等存在主義學說，並深入關注日本的造型藝術與雕刻。一九六六年任法政大學哲學科教授。此處提到的新書《沙特》，指的是一九六七年日本中公新書所出版的《沙特：存在主義的根本思想》（サルトル－実存主義の根本思想）。

24 一九七〇年九月七日 （原文：日文）

榮鐘叔：

我把簡報第六十六回以前借給朋友傳閱，賴君目前在紐約教授生化學，是蔡培火先生的令婿。[1]因為他是個科學家，對年代順序格外關注，我對此也深有同感。一開始，我還對這種「體裁」幾乎沒有前例而略感不安，因為這是一種通過巧妙組合原始資料寫成的歷史，資料占大部分篇幅。我曾想建議您在重編之時，將這些原始資料進一步分解，作為著作的production（作品）出版，但最近我認為沿用這樣的風格，並加強資料與資料之間的黏合強度便好。「集句」雖然使用了現成的詩句，但只要組合方式非凡，便也是一首好詩，將他人的句子作為元素並沒有什麼不當之處。此外，在原始資料極難入手的現在，光是將資料彙集到一冊著作中，對將來的歷史研究者來說，就不知多麼可貴。假設將資料重組之後，提出具有一貫性的評判，這恐怕也很難超過將資料彙集成體系的功績。我還希望榮鐘叔增加兩個小節。

第一，在台灣議會影響的章節中，何不提供或陳述一下以辜氏為中心的所謂御用紳士的意識形態、活動實情、經濟特權等客觀資料呢？我最近讀過的相關傳記書籍中，經常使用相當篇

1 指賴淳彥，略去隨信附上賴君的來信。

幅陳述反對面的事實，由此突出主題。這種寫法事半功倍，效果非常好。第二，我認為有必要總結一下對當時的殖民地問題報以巨大的關心和同情的日本「偽學者」和政治家，並且不僅僅是通過台灣的關係來審視，而是有必要像板垣伯爵那樣，以自由主義者或是日本的民主主義先覺者的身分進行論述。其他注意到的點如下：

六十九回第二段：是否有《台灣統治意見書》的存稿？

七十一回第一段與第七二回第二段：八駿事件[2]應該視作請願運動中的一環，這樣作為迫害的例子顯得更有意義。銀行那段則作為盡例保留。

七十九回第三段：我聽說「我家不可有，我族不可無」是許文葵先生[3]父親說的話，普通人可能不太能理解這句話的意思，所以我認為有必要進行一點說明。

2　一九二二年秋，台中州知事常吉德壽召集林獻堂、林幼春、楊吉臣、甘得中、李崇禮、林月丁、王學潛、洪元煌等八人於台北總督府辦公室，總督田健治郎勸告林獻堂停止台灣議會設置請願運動，世稱為「八駿事件」。繼任的內田嘉吉總督持續給林氏壓力，一九二三年三月二七日，東京《讀賣新聞》社論〈日本官憲的大非違〉中，提到台灣銀行通知林獻堂「……如欲繼續台灣議會運動，請立即清還債務……」。

3　許文葵（一九〇〇–一九六八）前清鹿港秀才許梅舫之子。許文葵年輕時才氣煥發，能說善道，好跟日本人抬槓，戰後為台中一中國文老師。有關許文葵的生平，可參見林莊生：《懷樹又懷人：我的父親莊垂勝、他的朋友及那個時代》，第一六一–一七〇頁。

八十回如果在這裡插入御用紳士一節，後文會出現蔡惠如氏參加無力者大會[4]的內容。請說明有力者大會[5]和無力者大會等經過。

八十一回第四段：我認為「其後」以下可以全部刪除——這可能出於我的性格使然，但是我認為講述敵人的時候，就應該就事論事，儘量不要過多講述花邊新聞。

八十二回：開頭有一句「關於第二點」，那麼第一點在何處？此處略顯斷裂。

八十三回第四段：島田三郎似乎是個非常理解台灣的人，能否請您再詳細介紹一下這個人物？

八十四回第一段：島田氏舉出的楊氏[6]之例，不如放到第七四回第二段？

八十七回第三段：「尤其是新聞……二三流貨色居多」這段刪掉如何？

八十九回第三段：「林獻堂門第優越」cut四字。

九十一回第一段：「屬於近代的形態」是否前代之誤？

---

4 一九二四年七月三日，由台灣文化協會主持，在台北、台中、台南同時召開「無力者大會」，支持台灣議會設置請願運動，以與御用團体的「有力者大會」對抗。

5 一九二四年六月二七日，公益會幹部辜顯榮、林熊徵等御用仕紳，聚集台北召開「有力者大會」，並在各大報發表聲明，反對台灣議會設置請願運動。

6 此處指楊肇嘉。

「籌備第三次請願運動」這裡在講述其他章節的事情，所以寫作「第三次台灣議會請願運動」更為清楚。

九十五回第三段一十七行：「實在很難得」cut？

九十九回第四段五行：「過激者有『辜顯榮纔是同化主義歡迎者』」這裡對我來說不太明確。

一百一十七回第三段後第四行：這裡頭一次出現台灣評議會[7]。這個評議會的設立經過、第一次組成人員等，這些是台灣議會運動的副產物嗎？

一百二十六回第三段：彰化事件[8]的說明。

一百二十七回：花井的上告書[9]技術性十足，或許應該加入註解。

---

7 指總督府評議會，由台灣總督府設立的律法諮詢機構，存續時間為一八九六年至一九四五年。

8 治警事件中蔣渭水的答辯指出：「大正五年（民國五年的新莊事件、大正十年（民國十年）的彰化事件，皆是警察捏造出來的莫須有事件。」請參閱葉榮鐘，〈第五章「治警事件」始末〉，《葉榮鐘全集：日據下台灣政治社會運動史（上）》，第二六六頁。彰化事件應為大正十一年（一九二二）彰化北白川能久親王紀念碑損壞事件，此處疑為蔣渭水誤記，可參閱王乃信等譯，〈第五章民族革命運動，第二節彰化一地的募兵陰謀事件及其他〉，《台灣總督府警察沿革誌　台灣社會運動史　第四冊無政府主義運動民族革命運動農民運動》，（台北：海峽出版社，二〇〇六），第三頁。

9 花井卓藏（一八六八－一九三一），一八八八年畢業於日本中央大學，一八九〇年通過律師考試。曾為足尾礦山事件遭鎮壓的農民與大逆事件中的幸德秋水等人辯護，還曾參與過米騷動、滿鐵冤獄等重大事件的辯護案。一八

一百二十九回第三段後七行：「莫怪他的獄中……的表現」cut？

第五段四行：改「其手法更周到。」

第一百三十回第一段：當時感人的獄中詩詞，不如在這一段簡單提示當時台灣詩壇的盛況和以詩言志的狀態？

另外，單行本付梓之際，請一定要儘量多地插入具有歷史意義的照片。

九月七日

九八至一九一七年間曾當選七次眾議院議員，積極推動擴張普選的法案。此處的花井上告書指的是蔡培火等人因治警事件向高等法院上部提出上告。上告部即第三審，當時由花井卓藏提出上告書。雖然花井當時已是法律界領袖人物，且具有眾議員身分，但台灣司法受總督政治支配，因此上告還是於一九二五年被駁回，宣判維持第二審判決。

25　一九七〇年十二月十七日

（原文：日文）

榮鐘叔：

臨近年末，您一定諸事繁忙。我趣味盎然地拜讀您正在連載的大作，並送給朋友傳閱，請他們抒發感想。今天我想向您轉述其中一個感想。記得是一九六二年前後，在當時關注非洲的美國人中，引發了一個議論。那時，某個評論家說：「對美國的學生來說，非洲就只是一個北邊有蘇伊士運河，南邊有Cape of Hope（好望角），中間能看到人猿泰山的國家。」我認為如今台灣的年輕人對近代史的認識，也差不多如此。也就是說，從鄭成功到光復的這一段歷史完全空白。正因為如此，這些人讀了「台灣近代史」感到驚訝也是理所當然。我有一個朋友感慨道：「我們的祖先也有著不遜於今日年輕人的進步思想。」這一感慨背後，其實隱藏著將我們祖先誤認為是無學無能之輩的認識，並且在某種意義上說，也體現了如今這代人的傲慢。另一個朋友聽我說了書中一個例子後反問：「……那麼，這本書上寫的全是日本人的好事情嗎？」，「怎麼可能，這上面細數了日本人的暴政。」「是嗎？」（一副說感覺並不壞的樣子）這本書的長處並不在於歷史的評價，而是對歷史事實的記述。所以看過的人幾乎無法進行「我不這麼認為，其實是這樣那樣」的反駁。有兩三個人認為文字不夠通順，這應該可在再版時得到修正。若說我的感覺，身居國外的年輕人看過這本書後，基本上都表現出了驚歎（頭一次得知這些事實）和某種類似驕傲的喜悅。也就是說，他們從這本書中感覺到，我們的先覺者絕不是（外省朋友說只看姓名，並不知道是本省人還是外省人）廖添丁、林木土、陳火旺式的人物[1]，而是具備了見識與勇氣的優秀之人。如果要我來評價，培火伯這二十年來的努力都比不上今日這備受稱讚的壯舉。這本書若是早個十年甚至二十年出版，不知會為台灣的進步做出多少貢獻。若問為什麼，如果沒有對日據時代的客觀認識，就無法正確把握台灣的民情。遺憾的是，雖然有許多嘴上說很多的人，卻沒有努力收集資料進行發表的人，所以幾乎所有聽到的人都會以為這是一種「厚古薄今」的態度使然，進行地不好，甚至會被一口咬定為奴性，缺乏冷靜的判斷。我覺得台灣先鋒們的「述而不著」是一種致命的缺陷。最近通過瑞士學者調查的東南亞考古學考察，我進一步認識到歷史記錄，特別是「著作」是多麼的重要。據了解，東南亞地區（尤其是越南）通常被認為是中印兩大文化的交流池，通過歷史記載而進行考察，發現中國文化的影響占壓倒性優勢。可是，通過考古學的物證（雕刻、卷軸）來看，卻是印度文化占壓倒性優勢。雖然產生影響的時代遠近也是其中一個理由，但我認為印度文化的影響被過低評價的現象背後，潛藏著記載文化的工具乃至影響不被留存下來這個原因。這件事先放一邊，榮鐘叔能夠完成這樣一部

1 指台灣民間故事中的傳奇人物，以劫富濟貧表現抗日的行為。

大著，光憑這點，我認為就要對您致以最高的敬意。

祝賀新年！

十二月十七日

26 一九七一年一月十九日　（原文：日文）

榮鐘叔：

今日連載來到最終回，莊生由衷為這部歷史性大著的完成感到高興，與此同時，勞榮鐘叔一年來用航空郵件將連載遞送給我，我也要特別感謝您的好意。您是這塊領域的開荒人物，功績可謂歷史性的創舉。現在我手頭上只有第一百七十二回以後的內容，且附上下列感想，以供您出版之時參考。

一、新舊文協分裂[1]的後半經過，不如再詳盡一些如何？我認為這是一個非常重要的歷史教訓，另一方面，在最大的可能性之下尋求最大的成果與追求理論的純粹性這兩種路徑之間，讓我對政治的智慧有所思索。

二、新著中應該給出舊制行政區域對照圖作為參考。另外，中日台的大事年表等在某些點上，或許也具有一定意義。

三、照片一定要登（二十頁左右），屆時應該明確標明登場人物的姓名。楊著的回憶錄在這一點上就顯得很不周到。

1　指成立於一九二一年的台灣文化協會，其於一九二七年左右分裂。

四、對日本人添加人物列傳，這點我很贊成，但是對於台灣人，我認為最好注意在正文中突出其人的思想行動。因為榮鐘叔有打算創作「先賢列傳」，這些內容可以放到那部分的創作中。如果只列舉已經去世的人，往往可能會令歷史評價的比重產生混亂。以下提出我注意到的一些地方：

一百八十回：可以去掉主幹者的姓名，在常務委員上標記「*」號以提示主幹者。

二百〇七回：第二段，應該把內鬥的情況記述得更為客觀。「可見此輩品格之卑鄙」這句，基於論事不論人的原則，應予以修正。

二百一十五回：第三段中，摘錄引用了《警察沿革誌》[2]，黃旺成[3]的思想立場通過這段對話得到明確體現。這比過後再說明此人如何那般的寫法，顯得更為具體，我非常贊成這種

---

2 指《台灣總督府警察沿革誌》，原是台灣總督府警務局為警察人員執行警務之參考而編成的。其第一編是「警察機關的構成」；第二編是「領台以後之治安狀況」，其中又分上、中、下三卷。上卷述武裝抗日時期。中卷副標題為「台灣社會運動」，分八章敘述自一九一三年同化會成立，至一九三六年間的文化、政治、社會各層面的抗日運動史，下卷述刑事警察制度的變革。《警察沿革誌》雖是日本官方的原始資料，但從另一角度看，可以了解整個日據時代台灣政治社會運動的狀況，整個日本殖民統治史，可以說是台灣人的抵抗史。

3 黃旺成（一八八八－一九七八）為新竹人，活躍於日據下政治社會運動，「台灣民眾黨」創立委員之一，《台灣民報》記者。戰後擔任新竹縣文獻委員會主任委員，留有《黃旺成日記》（一九一二－一九七三）共四十八本，為重要歷史資料。

「用法」。幾乎所有我的印象(林幼春、陳逢源、林呈祿等人的思想見識)基本都在受審記中顯現,因此我相信,這是在「論人」的時候值得應用的一種間接手法。

二百一十七回:如果在第「五」列出蔣氏[4]的蓋棺定論如何?不描述其大本營台北的情況,只描述台中追悼會的情形,這顯得有些不妥當。且不論過程如何,我認為為一代革命家做出相應的誇讚,應該毫不過分。

二百六十八回:小林夫人[5]的故事雖然有趣,但是總感覺有點格格不入。

二百七十回:一段改成:在帝國主義統治下。萬事……。

二百七十五回:三段,此前也提到過祖國事件[6]兩三次,每次都使用一樣的篇幅進行描寫,不僅感覺重複,而且「意有未盡」。

加入一篇最能闡述《新民報》[7]終結的社論,或對其他事件最具代表性的社論如何?以上

4 此處指蔣渭水。

5 指一九二四年警察局保安課長小林光正的夫人幫助蔡培火將《台灣民報》從東京移入台灣發行的故事,請參閱葉榮鐘,〈第十章 台灣人的喉舌——台灣民報〉,《葉榮鐘全集·日據下台灣政治社會運動史(下)》,第六二一-六二二頁。

6 祖國事件是一九三六年台灣社會運動領導人林獻堂,因在上海稱中國為祖國,一九三六年在台中公園參加「始政紀念會」園遊會時,被日本人流氓掌摑羞辱。此事件被後世認為是由日本軍方刻意製造的事件。

7 一九二三年,《台灣民報》創刊於日本東京,全部為漢文版(在此之前的《台灣青年》雜誌、《台灣》雜誌為漢、日文

是我讀後的想法，供您參考。待全部的稿件歸還給我後，我準備再進行一次評價。這部著作預定何時出版？

您在連載過程中，應該從各方面不斷地得到許多資料，我認為您可以本著「不怕多」的原則，挑選好的資料儘量加進去。悅生應該也給您寫信了，這部著作應該註明是由榮鐘叔獨自創作，其他人只需在序文中表達謝意即可（美國式）。

請您保重身體，順便代我向榮鐘嬸問好。大作終於完成，您這個新年一定過得輕鬆爽快吧。在此，我要借用培火伯文章中的一句「勇士獨自站立時雄風最盛」，獻給榮鐘叔。

莊生上

一月十九日夜

各半），號稱「台灣人唯一的言論機構」。《台灣民報》原先是半月刊，一九二三年十月改為旬刊，並併入日文版。一九二五年起再改為週刊，增設台北支社，社長為王敏川。一九二七年《台灣民報》在增加日文版的條件下遷入台灣，仍以週刊形式出現。一九三〇年易名為《台灣新民報》。一九三二年正式獲准發行日刊。一九四一年在《台灣新民報》常務董事兼總經理羅萬俥及主筆兼編輯局長林呈祿讓步下，將《台灣新民報》改名為《興南新聞》，但言論處處受限，失去為民喉舌的作用。

27

一九七一年二月十三日

（原文：日文）

榮鐘叔：

如今二百九十九回連載已經全部回到我手上，於是我昨天花了一整天的時間，從頭到尾通讀了一遍。這次的印象確實比分開閱讀時更為深刻，對論旨的要點也更為理解。文章採取敘事體，又基於時間前後構築而成，因此，整體的歷史性（時間性）過程也能充分被體察。各章多少有點重複，但這點已有其他人提出過，今天就請容我就整體講述一些自己的感受。

1. 作為第一章的前言，有必要對這個歷史年代中的歷代總督政治的概況做一個說明。對幾乎不了解日據時代的人來說，光是書中各處出現的田、內田、大田這些總督姓氏就十分容易引起混淆，在理解時間前後的關係上也不甚清楚。

2. 通讀全書後，直逼腦中的是，書中講述的民族主義者完全可以改寫作民權主義者，因為他們的思想根基明顯來自西歐的民權思想。他們的民族主義就是民權的民族主義，這點使得他們與前期以武力抗日為主體的前近代民族主義產生了區別，也與後期社會主義式的民族主義運動不同。事實上，從民權主義者這一觀點出發，回顧在那個年代展開的各種運動，便會發現獻堂先生從同化會到自治聯盟[1]秉持著一貫的思想傳承。從某個意義上說，我認為把他們當成民權主義者，會比把他們當成民族主義者更能明確地把握這些政治運動中的種種動機，在思想純度上，也會讓人覺得如此似乎更高。基於這個理由，有必要特別強調下列兩點。第一，是梁任公對林氏[2]的個人影響，讓林氏將以往普通人所持有的台灣、日本這種地理視野，擴張到整個世界（慢〔漫〕遊世界的動機），並指出把台灣問題從單純指台灣人對日本人的認識態度，走向基於近代思想潮流來思考的思想態度。（梁任公是林氏接觸近代思潮的仲介。）這點在某種意義上，也許比由愛爾蘭的例子延伸出的方法論之指導的啟示，更值得大書特書。（第四回第一段對林氏並沒有承襲保皇思想的說明，我認為完全沒有必要。）第二，將獻堂先生具有的民權思想與我們的歷史傳統進行對照時，就會發現他的思想非常新穎，甚至可以說是反傳統。正因

1 自治聯盟是從台灣民眾黨分裂出來成立的團體，在一九三〇年八月十七日成立於台中醉月樓酒家，出席者達二三七人，並推林獻堂、土屋達太郎為顧問，楊肇嘉、蔡式穀、李良弼、劉明哲、李瑞雲等五人為常務理事，成立後以「實施地方自治」此單一議題巡迴全島演講，主張確立民主主義，採取合法手段，以爭取政治自由與地方自治。一九三一年後，日本殖民政府大舉鎮壓台灣的政治、社會團體，無論台灣民眾黨（一九二七—一九三一）、新文協（一九二七—一九三一）、台灣共產黨（一九二八—一九三一）、台灣農民組合等組織皆被查禁，唯獨此聯盟還能正常運作。自治聯盟亦曾派員參加一九三五年第一屆市會及街莊協議會員選舉，成績不錯。之後日本軍國主義抬頭，台灣民眾黨、新文協、台共等組織人員紛紛遭到搜捕。一九三六年，發生林獻堂被羞辱的「祖國事件」。一九三七年七月十五日舉行「第四屆聯盟大會」，眾幹部決議解散組織。

2 指林獻堂。

為這是基於西歐的市民意識而展開的民族運動，所以他是一名偉大的先覺者，之後的一連串民族運動也在這個意義上，值得後代的尊敬和玩味。因此，在第一章記述獻堂先生的思想行動部分，若強調這種近代思想的萌芽，應該能夠使民權式的民族主義輪廓變得更為清晰

3. 參加同化會的理由基本上說明得很清楚，大部分人應該不會做出《通志稿》[3]著者那樣的論斷。但是這一節內容可能還需要進一步polish（打磨）。重點在於強調板垣這個人物不僅僅是明治元勳，也是近代日本代表性的民權論者，是一個充滿良知與善意的有心人，並舉一兩個實例說明當時台灣人如何受到日本人的壓迫，就在這種奴隸與主人的關係之中，這個屬於主人中的最大主人的人物卻站出來維護台灣人的人權，因此他被當時的台灣人奉為「馬頭出自由神」不足為奇，無需舉出中山先生與蘇聯的例子，便能表達出對弱小民族來說，「以平等待我之民族」是多麼讓人感動。也難怪當時的有識之士會齊齊站出來呼應板垣的理念，這些人所期冀的，正是基於自由平等博愛精神的日台兩民族之coexistence（共存）。我想極力強調的是，第八回第四段到第九回第一段純粹描述當時的政治氛圍，以及獻堂先生本身多麼擁護中國文化的說明，應該更為妥當。特別是「在日據時期能夠與特權階級……」這段，容易讓人誤解當時的人是因為受寵若驚，才加入活動。

3 全名為《台灣省通志稿》（台北：台灣省文獻委員會編，一九五九）。

4. 與上一段有關，第三十回引用一段《通志稿》，指責其論據不當的地方，我認為略顯過度追究了。《通志稿》乃是官方文獻，必須小心謹慎地進行辨明，我認為固然可以從「進攻就是最好的防禦」這一觀點出發，堂堂正正詰問對手，但沒有必要連「味噌汁，不說日本語」都例舉出來，進行辯護。反倒是著作中僅因為林、蔡兩氏當時是同化會的重要成員，就給同化主義者簡單貼上標籤的行為，恐有「以字解義」（斷章取義）的輕率之嫌。理由很簡單。如果他們真的是同化主義者，那麼對總督府或在台日本人來說，應該是最方便利用的人物，同化會也因此應該得到官方的鼓勵和援助，而不是被迫解散。他們始終被當成民族主義者受到密切監視，集會最終被迫解散，這正是因為他們以及這個組織不管表面上是什麼形象，實際卻一直對抗總督府，主張台灣人的民權。從《六三法》撤銷運動到議會運動的方針轉變，是因為按照以前頭痛醫頭、腳痛醫腳的方法，無法與總督的政治組織對抗，因此才將政策從原來的治標（專制權）轉向了治本（民權），絕非《通志稿》所說的是從同化主義轉向了自治主義的思想轉換——若能如此辨明，那就可以理直氣壯。就像上文我提到應該刪除獻堂先生的行誼記述，我認為對蔡惠如行誼的闡明也沒有必要。人一旦站在歷史舞台上，就像演員一樣，時刻都會得到正反兩方面的評價。這本書本身已經就林蔡兩氏是什麼樣的人進行解答，這些小節的記述不如刪去為好。當然，因為那不是辨明，而是順便帶過一筆蔡氏的行誼，這我是十分贊成的。

5. 我認為本書有一個較大的缺點，就是除辜顯榮以外，並沒有明確指出官派人物的存在。這或許是顧慮到在世之人，然而這不僅違反了「春秋筆法」之道，還可能使民族主義者在整體的政治光譜中，難以找到相對的定位。因為當時的情況是，在思想上，從左派的農民組合[4]和新文協[5]漸漸轉變為民眾黨[6]和自治聯盟，然後是中間分子以及右派御用紳士，極右派的民敕[7]。可以說民族主義者基本從民眾黨的右派到自治聯盟這個範圍，可是，假如切斷御用紳士那方的光譜，那麼他們彷彿就成了台灣人極右派的代表，中道主義者這種印象就很難浮現出來。書中提及御用紳士的地方不少，但是都過於抽象，並沒有明確闡明御用紳士的具體構成人員。書中對上述各黨派都列舉了重要成員的姓名，但是這最關鍵的一派卻不甚明瞭，實屬

4 台灣的農民運動開始時具有強烈的民族主義色彩，文化協會的啟蒙運動透過演講會逐漸普及於農村，加上由留學生帶回的社會主義思想，提高了農民反抗的鬥志。其中二林事件是這波農民運動的開端，具文協會員身分的醫師李應章全力支援這次事件。林獻堂曾於一九二五年四月到二林演講，一九二五年六月二十八日成立了台灣第一個農民組合「二林蔗農組合」，雖然抗爭失敗，但各地的農民組合紛紛成立，加上職業革命家簡吉的適時出現，串連了這些分散各地、性質各異的團體組成了「台灣農民組合」。

5 指台灣文化協會一九二七年分裂後由左派領導的新文化協會。

6 台灣民眾黨是由一九二七年退出台灣文化協會的蔣渭水、林獻堂等人領導成立的政黨，一九三一年被解散。

7 「民敕」指的是日據時期的敕任官。自一八六九年日本頒布職員令廢除官吏公選制後，任官分為親任、敕任、奏任、判任四等。親任為天皇親自任命，在台灣唯有台灣總督。其次分別是由天皇敕令的敕任（三等以上），由行政長官推薦任命的奏任（七等以上），以及行政長官依據自身職權任命的判任（八等以下）。因敕任屬高階官員，故而擁有較大的行政資源與政治影響力，政治立場大多較為保守。

遺憾。我的要求或許是揭露他人黑暗面的過分之舉，必須謹慎，但是正如羅素[8]所說，如果將反哲學也系統化，那它本身亦是一種哲學。「寧願做太平狗，不做亂世民」也是一種政治主張，「萬事和為貴」就待人處事而言，也並不完全是錯誤的。所以有必要將他們的言論主張和姓名一併公諸天下。前面也說過，講述這一派人的時候，也可以只列出客觀資料，不做任何評判。這一點，榮鐘叔對農民組合、新文協、民眾黨各派的記述，充分發揮了身為歷史學家的客觀性。雖然沒有必要另辟一章進行記述，但有必要在書中各處以一種對抗意見的形式，頻繁地記述御用紳士們的言行（比如第一百一十九回第三段）。

6. 第十章的《民報》正如先前所說，有必要通過具體的資料事實，來記述它作為台灣人口舌做出的貢獻。我認為對林呈祿氏的評價是於公於私都有所兼顧的公平論斷。在最後部分，再簡單記述皇民化運動[9]、大東亞戰爭[10]和光復之事如何？

8　羅素在數學哲學上採取弗雷格的邏輯主義立場，認為數學可以化約到邏輯，哲學可以像邏輯一樣形式系統化。

9　皇民化運動是日本殖民者統治台灣期間，將台灣人等居民改造為對天皇與日本國家保有高度忠誠心的強制教化政策。一九三七年至一九四五年期間，日本對其統治下的本國少數民族以及殖民地族群，推行一系列同化政策，希望讓這些族群認同日本與日本天皇，同化為完全的日本人。主要影響地包括琉球、台灣、朝鮮、與滿洲等地。

10　「大東亞戰爭」是日本對第二次世界大戰時在遠東和太平洋戰場發動的戰爭之總稱。其目的是為建立以日本為中心的「大東亞共榮圈」。這個名稱是在一九四一年十二月十二日確定的，其意義為「為大東亞新秩序建設而進行的戰爭」。這一詞在日本戰敗後被駐日盟軍總司令部視為「戰時用語」而禁止使用，如今日本多使用「太平洋戰爭」和

以上六點都是我的貪心之見，其實我認為就算不對內容進行修正，直接出版也毫無問題。除了上回提到的淳彥君一人覺得簡單易懂之外，年輕人一般覺得國語不大流暢。如果由「文學的國語」之大家炎秋伯過目一遍，應該就沒什麼問題。這次重讀時，我再次被清瀨博士舉出的幼春先生的詩句（一百一十八回）「臨岐一掬男兒淚，願為同胞倒海傾」深深感動。他就是台灣的放翁。[11] 很久以前，榮鐘叔寫到四人的事蹟時，我欽佩蔡惠如氏的義舉，並在後來朋友自嘲台灣人太懶散時，告訴他台灣還有蔡惠如氏這樣優秀的人。通過這次的著作，我又認識了另一位優秀的台灣人，那就是林幼春先生。以上是我的散漫感想，敬請參考，期待您的指教。

二月十三日夜

莊生上

註一：說件不相關的事，四、五年前西德的康拉德．艾德諾[12]在戰後第一次以德國人的身分，

「十五年戰爭」兩詞來表示這一時期日本對美英、對東亞和東南亞各國發動的戰爭。

11 陸游，字放翁，南宋詩人、詞人。

12 康拉德．艾德諾（Konrad Hermann Joseph Adenauer，一八七六－一九六七），為著名政治家、法學家、曾任西德總理，生於德意志帝國科隆，逝世於西德萊茵－勒恩多夫（Rhein-Rhöndorf），二戰前曾以天主教中央黨身分，擔任科隆市長十幾年，二戰後在聯邦德國擔任第一任德國總理、德國基督教民主聯盟黨魁。

造訪以色列。艾氏戰前積極抵抗納粹的反猶太運動，戰後為了贖罪，還支付高額賠款，屬於德國人中對猶太人最有善意的那一類，官方因此對他禮遇有加。但是，對極端派來說，絕不允許德國人踏上他們以色列的聖地，因而爆發大規模的遊行。當時，艾氏在記者招待會上說了一段話，大意如下：「如果無視有心人的善意，那麼善意就不會萌芽。善意這種東西就像生物，如果不好好培育，就不會生長繁衍……。」我讀到同化會那段時，心裡忽然就想起了他的這段話。

28

一九七一年十二月六日

（原文：日文）

榮鐘叔：

久疏問候。今年七月聽大本說榮鐘叔將在當月下旬造訪美國，我便十分期待，然而到了八月、九月，直到十二月的現在，依舊沒有收到任何消息，於是我便想知道您的出行計畫為何。您可能打算度過這個寒冬後再做考慮，不過北美的冬天跟台灣和日本的不一樣，若不是對戶外運動感興趣的人，不僅完全不會受到氣候的影響，反而比台灣的冬天更舒適。我在九月寫給悅生的信中與她商量，如果榮鐘叔來美國，一定要邀請您到亞特蘭大，然後我也從加拿大過去。一個學習歷史卻轉行的人，還有一個學習農業卻對歷史產生興趣的人，迎接從台灣遠道而來的現代史著者，這種心情若用美國的說法，那就是exciting（興奮）。

《日據時代台灣政治社會運動史》一書是否已經付梓？如果已經告一段落，您到美國來走走也不啻是件好事，如果要先到各國漫遊一番，回去再做總結也很不錯。我們這些人自己不努力，只能在舞台下做名副其實的「聲援」，實在非常慚愧。榮鐘叔正在從事的工作意義重大，就算將我們這樣的博士湊足十個也無法比擬。我最近聯繫了東京的書店，請他們給我寄送書籍。最近除了雜誌以外，我沒怎麼閱讀正經的日本書籍，藉此機會在掌握日本動向的同時，還將彼岸助理教授級別的人物與自己相比較，得到不少刺激，同時也激發了競爭心理。目前我大約讀了五十本書（以岩波和中央公論新書為主），警覺對岸之人實在不可小覷。但讓我稍微安心的是，其中並沒有讓我全身心受到震撼的作品。他們都在摸索，試圖建立自己的體系，進行尖銳的分析，但似乎尚未進入達人之境。讓我大為欽佩的是大木英夫的《清教徒、近代化的精神構造》（中公新書）、福田歡一的《近代化的政治思想》（岩波新書）。尤其是前者，作者幾乎與我同年代，卻有獨特的見解和充滿邏輯的推論，我非常佩服。我還讀了他的另一本著作《終末論的考察》（中央公論出版），但這本書不如上述著作具有體系化。再看福田的書，福田不愧是東大的知名教授，他的著作就像名人悠哉遊哉創作山水畫一般，簡潔扼要地介紹各種要點。我認為比較有趣的是高坂正堯的《宰相吉田茂》（中央公論出版）。作為政治人物的評論，深入而廣泛，實屬少有。另外，我在雜誌中讀到最為感動的，是芝加哥大學助理教授（國際關係）入江昭的文章。此人以日本外交為題，在岩波新書或中公新書出版了著作，但是我尚未讀到。我只有兩次在《中央公論》上，看到他對日本外交的建言與對美國現狀的分析，觀點非常尖銳，且以純粹科技主義技術官僚的視角展開論述。在某個意義上，他可以說是日本的季辛吉[1]。現今科技主義技術官僚分析國際形勢的態度是cold blood（冷血），他們基於精確概率論的政策之樹

1 亨利・阿佛列・季辛吉（Henry Alfred Kissinger，一九二三－），美國國務卿。

立，以最低成本實現最大效果的功利主義精神。在受意識形態統治較多的日本評論家當中，入江氏為特異的存在，最為接近美國的新派。台灣那邊目前對日本書籍的輸入如何管制？如果可以郵寄，今後我會把我認為值得一讀的書，或是榮鐘叔想讀的書郵寄過去，請您不要客氣。期待您的來訪。

莊生上

十二月六日

29　一九七二年二月二日

（原文：日文）

榮鐘叔：

今天收到您十八日的信件。作為航空信，速度有點太慢，不過可能是受到兩週前航空管制員罷工的影響。前天我從貫弟來信中，得知您給我寄了書籍，但我尚未收到。其實很早以前，我就為著作權之事擔憂不已。由於平日對各位前輩的「好名」、「好利」精神抱有不信任，我早就預料到會有這種事情發生。我十分理解為這部大作嘔心瀝血的榮鐘叔的心情。我讀到信後馬上提筆，如今已過去了三個小時，胸中憤慨仍未平息。我認為我也必須要為您做點什麼。可是細論此事恐紙面不足，今天先將要事相告。

1. 明天我將給您郵寄高坂正堯的《宰相吉田茂》。這本書與榮鐘叔的工作直接相關，應該能成為很好的參考。您收到後請知會我一聲。還有兩本書，不久之後將請日本書店郵寄給您，或將我手上的直接轉送給您。這兩本書的內容雖好，但可能無法起到直接參考的作用，故我想稍遲一些也不要緊。

2. 榮鐘叔正在編撰的年表應該完成了不少吧，不如將它與人物評傳合併在一起如何？《宰相吉田茂》那本書的末尾也附上了簡單的年表。

3. 我認為與其在《人物評傳》中，將很多人一個不漏地都寫進去，不如只挑選榮鐘叔欣賞的或是想批判的人，並在每一篇中加上著者的人物評論觀。這個想法來自於最近台灣出版的吳相湘著《民國百人傳》（傳記文學叢刊）（全四冊）。這本書非常沒意思，當成百科全書，形式太過鬆散，當成評傳又全都是二手資料，絲毫沒有新鮮感，著者的立場也只能稱為「順風牌」，看不到獨特的思想根據，我認為可以作為一個反面的例子。之所以沒有新鮮感，是因為這本書的資料多半從登載在《傳記文學》中的人物自傳或自述等文章中，抽取出來。

4.「傳記文學叢刊」中有一本《曹汝霖一生之回憶》（曹著 六十元），請您務必一讀。不怕直言，讀了此人的自傳，我感到無比羞愧。那完全是深受中國文化薰陶所培養出的君子態度。此人作為五四的犧牲者，且不論其功過，文字中潛藏的人性就極為優秀。就算沒有赫赫功勳，我認為台灣的前輩中應該也有這樣的一位君子（gentleman）。

5. 我每年都託台灣的朋友買書，最近採購量漸漸變多，正在考慮能否直接向中央書局提交訂單。我每年只從台灣購買一千元左右的書籍，能否煩請您在空閒時替我問問，是否可下這樣的訂單？莊生在此謝過。

二月二日夜

莊生上

30

一九七二年三月二十日

（原文：日文）

拜復：

感謝您三月十三日的來信。自從二月收到來信後，我花了大約一週的時間，給培火伯寫了一封約三千字的長信。二月二十四日，培火伯在給我的回信中，做了詳細的反駁，我在三月七日再次寫了約一千字與他再次討論。培火伯尚未做出回應。不過，我在最後那封信中，已經將自己的想法進行了十二分的表達。我打算在適當時機給您看看我寫的內容，但是正如我對培火伯所說：「……生胸中之不平並不是根據區區一種私義，而是一種公義」，且不論見解是否幼稚，觀點是否正確，那都是我近年來罕見的傾注精神的寫作。甚至多虧這幾封信，讓我感受到一種深受裨益的學習之錯覺。

購書之事，承蒙您的好意，我立刻擬了一份書單隨信奉上。我希望委託中央書局的事情有：①郵寄書籍，包括郵費在內的請款單等直接寄給我。②書款支付可以分次支付（我每年應該只會下四次訂單），也可以每半年支付一次，請按照方便行事。③每次發送書籍時，若有新刊目錄，也請一併附上。

另外，我想麻煩榮鐘叔替我物色十冊詩詞方面的書籍。我純粹是為了品讀，無需特別專業的著作。不過，比較初級的著作很多我已經有了，沒有必要追加。最好是作者選集，解說做的好的著作也不錯。我好像對詞比詩更有興趣。我喜歡的作者是白居易、李白、李煜、歐陽修、辛棄疾等。

此前我在信中對曹氏的自傳大加讚賞，當時的感想正在《傳記文學》上連載。那只是基於五四運動一節的感想，現在讀完全書，感覺雖然不錯，但也沒有到盛讚的程度。外交官的回憶錄一般都讓我有種「所見者不大」的感覺，曹氏也不例外。

您挑選的書籍請直接交給中央書局。

莊生上

三月二十日

31 一九七二年三月二十八日

（原文：日文）

榮鐘叔：

星期日我拿出了「傳記文學叢書」中劉紹唐所著的《什麼是傳記文學》來讀，深有所感，在此記下感想。

首先，書中有一篇文章題為〈談現代傳記文學之素質〉，徐訏（一五一頁）這樣評價胡適編寫的《丁文江傳記》：「丁傳是一本好書，但與現代的所謂傳記文學完全是兩種東西，我們讀適之先生給我們一組一組的素材，但看不到丁文江一個人……祇看到適之先生『說』他是科學家，『說』他是軍事專家，『說』他是政治家，『說』他是什麼什麼，總之，一部傳記文學裡都是胡適之先生自己宣判式的『考語』，並沒有丁文江自己的自動自發的行為。……傳記文學的人物，我想**必須使他自己行動，自己表現，自己發展才對**，傳記的作者無需加任何按語，讀者就其所傳者的行為就可以認識這個所傳的人是什麼人，這才是所謂**文學的傳記**，才是**傳記的文學性**。」[1]

同書還有一篇〈我對於傳記文學的一些意見〉，毛子水（第八頁）以《論語》為例闡述：「這

1 強調為原信所標誌，以下同，不再說明。

樣一本真正純粹白話的言行錄，開傳記文學一種新的體裁，是值得宣傳的。」「我們現在仔細想起來，論語裡記述問答的手法，固然是最上乘的，但編選論語的人，收存材料的眼光，實在是更為卓越。」

通過這兩段話我深刻感覺到，直接引用人物的言行錄、書函、詩文是「使他自己行動，自己表現，自己發展」的最好方法。例如吉田茂一書中，就記載了報社記者在向他提出有關核武器的問題時的答覆：「核武器？我不懂呢，學校沒教過。」著作似乎在稱讚吉田迴避難以回答的問題的能力，但我認為這句沒有注釋的短短話語生動，體現了吉田的目中無人和英式幽默感。說句題外話，若問台灣人中屬誰最像吉田，我想也許是羅萬俥吧。他那種目中無人的傲慢，換個說法就是不與愚蠢者為伍的高眼光，具有讓真正人才聚集在自己周圍的才能。另外，吉田與羅萬俥都是在花錢方面很徹底。這兩個人都花光了自己的財產。

若榮鐘叔手頭還有多餘的《林獻堂先生紀念文集》[2]，能否給我寄一套來？如果您有機會見到銘鍹兄，煩請轉告他，若有林幼春先生、陳虛谷先生、莊太岳先生的詩集，請各寄一冊給我。我聽說虛谷先生的詩集乃銘鍹兄所編？

莊生上　三月二十八日夜

2　一九五六年林獻堂先生於日本過世，葉榮鐘在一九六〇年主編《林獻堂紀念集》（包括年譜、遺著、追思錄），葉榮鐘也因此打破了二二八以後的封筆狀態，重新開始寫作。

32　一九七二年五月五日

（原文：日文）

榮鐘叔：

聽說徐佛觀先生的《中國藝術精神》已經絕版了，這本書如何？徐先生的文學論總有一些堆砌理論之處，但他非常努力，思辯的部分很吸引我。在羅萬俥先生與吉田比較的部分，提到文化傳統精神的欠缺，我認為是那一代台灣知識分子的通病。反倒是在獻堂先生和幼春先生那一代，也就是接受日本文化的前一代前輩們，我總能從中看到強韌的靈魂。不久前，我在這邊的圖書館發現台灣省文獻委員會的刊物[1]，從一九六一年一直收集至今。我大致翻看了一遍，不禁驚訝於內容之貧弱，其中找不到任何日本時代的研究，這讓我感覺海外留學生的研究反倒更為正規。其中有兩篇特別引起我注意的文章，是黃得時教授紀錄的梁啟超與培火伯的演講稿。其中，也有黃教授感慨如果獻堂先生在世時能聽到的話多好這類的述懷文字，我對此

1　台灣省文獻委員會的機關刊物。該機構之前身為創立於一九四八年六月的台灣省通志館，同年十月至十二月之間曾發行三期的《台灣文獻館館刊》（月刊）。一九四九年七月台灣省通志館改組為台灣省文獻委員會（在二〇〇〇年因為精省作業，改隸國史館並改名「台灣文獻館」），八月發行《台灣省文獻委員會專刊》（各期之版權頁皆如此標示），然於封面在創刊號原題「文獻」（並以台灣民主國的「藍地黃虎旗」為底圖），從次期之後則改題「文獻專刊」，在一九五四年十二月出版第五卷三、四期合刊之後，從第六卷第一期起改稱《台灣文獻》，迄今仍在刊行。

深表同感，並深切感受到諸位鄉達但凡有應該留下的東西，就該寫成文字為後世留存下來。尤其引起我注意的是，當時尚未形成發表文章的習慣，即便有也只是詩集這類體裁，但是僅憑詩句很難充分判讀出真正的思想內容。一旦寫成信函，就成為相當貴重的資料，可以從中判讀出更為具體的思想內容。如果可能，我認為正式地收集獻堂先生和幼春先生這些人的信函，將成為未來整理文獻時極重要的工作。我上週去紐約時，逛了中文書店，看到榮鐘叔的《半路出家集》和炎秋伯的《廢人廢話》陳列在架上，不禁想起古人曾說過的「言而不文，行而不遠」，由衷體會到著作對傳統文化和時代精神的傳承，起到了多麼重要的作用。如果像我去世的父親那樣「述而不著」，就不算是在真正意義上完成時代的使命。面對傳統精神愈發稀薄的現狀，我們不得不承認前輩們的不努力。我身在國外，之所以對努力學習中文充滿熱情，完全是出於不重蹈父親的覆轍。同時，也因為對於榮鐘叔這幾年來的努力，不只是「吹捧同伴」式的「捧場」，而是對志士仁人的壯舉產生了感動。我們時常把「為子孫萬代造福」掛在嘴邊，但榮鐘叔的工作才真正是造福萬代的事情。我發現海外的刊物已經開始頻繁引用近年著作，獻堂先生的紀念集也時常被引用。如果能留下著作，那麼不僅是「行而遠」，而且還「行而久」。我熱切期待榮鐘叔繼續編寫各鄉先賢傳記、人物評論、回憶錄等作品。順帶一提，榮鐘叔的《半路出家集》在書店裡賣一．二〇美元。最近，我讀了許多徐志摩、胡適、知堂老人[2]及其他五四時代名家的隨筆，並將其與榮鐘叔和炎秋伯的作品進行比較，其實相去不遠。尤其是徐氏和知堂老人那樣名聲震天的人物，反倒劣作甚多，令我深感世人的厚古薄今。我之所以有此感，是因為能夠經受三四十年時間考驗且思想深刻的作品意外稀少。尤其是徐氏的作品，若除去文學這一面向（述情、述景），那就幾乎所剩無幾（通讀過全集六冊有感）。

五月五日一九七二
莊生上

2 指周作人。

33 一九七二年八月二十七日

（原文：日文）

榮鐘叔、嬸：

久疏問候。您可能已經得知，我與郭孋容已於八月十二日在紐約結婚。雖然春風晚來，但我總算是步入人生的正軌，終於鬆了一口氣。在此，我還要再次感謝榮鐘叔嬸多年來關心我的婚姻問題。這段關係從全然意想不到的地方開始，進行得比我想像中還要簡單順利。事情的起因在於今年二月前來MIT做研究的正澄君（故新彬先生[1]三子，留德，台大經濟系教授）到渥太華來看望我，回去之後，對同樣在MIT做研究的郭婉容教授說起我的事情，於是她說妹妹孋容正好在紐約，要不要介紹兩人認識。如此這般，自三月以來，我兩三次往返紐約和渥太華，開始與孋容交往。孋容出身政大會計統計系，在紐約的大學專攻了四年經濟學，並獲得碩士學位，但是對博士學位知難而退，決心就職。我一開始並不感覺她有什麼優秀之處，但是她性格文靜，談吐舉止含蓄優雅，各方面發展平衡，讓人十分放心，於是我心中便做出了OK的

1 陳新彬（一八九九－一九四三），大甲龍井人。東京帝國大學醫學博士，在台中市開設新彬醫院，是受人尊敬的仁醫。因拒任日人官職，平時支持民族運動，抵抗皇民化，一九四一年被日本海軍徵召為軍醫，派赴南洋戰場野戰醫院，不幸犧牲。

決定。對方也實地觀察我的言行和生活環境，最終克服了我倆十二歲的年齡差距，同意了這門婚事。此時已經大約到了六月下旬。一旦決定結婚，下一件事便是買屋。我們要在有限的經濟情況下挑選出最好的品質，這樣的初次經歷讓我感到無比勞累。為此，必須做的事情很多，這也就是為什麼我這段時間完全沒有向您通知這個消息之故。

對於結婚方式，我們開始就以簡單且「有意思」為主旨，在紐約的教會（孋容是基督教徒）舉辦了婚禮，並沒有給朋友發出請帖，只請了雙方親戚參加，過後再寫信通知朋友。台灣那邊也不進行任何送禮等慣例，只選一個適當的日子（定為二十六日），雙方親戚在台北碰面，舉辦慶祝宴會（規模很小，只辦兩桌）。為此，紐約的結婚儀式一切從簡，參加者含新郎、新娘也只有十二人，大家一起在和諧的氣氛中輕鬆地吃了個晚飯。因為我們沒有發出請帖，原則上不收禮物，但是大本和悅生在前來參加婚禮時順路去了華盛頓，於是貫弟便給我送來了禮物，讓我深感惶恐。孋容在渥太華住了一週，已經回到紐約，準備打點好剩下的工作，下月中旬再過來。房子預計在十二月中旬完工，在此之前我將繼續住在目前的住所。

今日先向您彙報結婚的經過，再次由衷感謝二老多年來的關心和愛護。

莊生、孋容謹上

八月二十七日

34

一九七二年十二月十二日

（原文：日文）

榮鐘叔、姆[1]：

久疏問候，望二位安好。我們已經在十二月一日遷至新居。在北美工作的人擁有自己的房子並非稀罕之事，可一旦自己擁有了房子，果然還是非常高興。就算沒「發財」，任誰都能憑藉正經工作蓋起一棟房子，對這樣的社會，我不得不聊表敬意。我們現在為了買窗簾布和傢俱等物品，十分忙亂，可是我們正在實現少年時代的夢想，努力打造出一個充滿藝術性的個性的家。榮鐘叔的著作進行得如何？希望您能早日完工，到北美來玩。

不久前拍攝的結婚照已經沖洗出來，現附上兩張給二老。現在台灣早晚應該變冷了，請一定要保重身體，並希望二老有一個好的新年。

莊生上

十二月十二日

1 原文如此。

35 一九七四年七月十五日

（原文：日文）

榮鐘叔、嬸：

不久前二老遠道而來，真是辛苦了。因為要帶孩子，對二老的招待多有不周，讓二老在那三天都沒法好好休息，實在很抱歉。久違十三年，看到二老依舊健康，十分高興。尤其是這三天裡與二老談天說地，這是莊生至為寶貴的體驗。

二老給我忙於雜事而停滯不前的生活帶來極大刺激，就像電量幾乎耗盡的電池得到充電一般。巧的是，二老前來遊玩的第二週，渥太華舉辦了全加拿大台灣同鄉會的聚會，可能是秉持著「就地取材」的原則，我被選為了本年度的會長。從明哲保身的觀點來看，這種差事就像「飛蛾撲火」，有百害而無一利，但我還是「義不容辭」地接受了。雖然我沒有什麼特別的抱負，但是想藉此機會讓同鄉會發行的刊物《懷念台灣》（一年四期）的內容更加充實，並期待在不遠的將來，能將其發展成海外台灣人的自由論壇。您應該已經看過兩三種海外刊物，一般來說，當中有許多對台灣政治的反射性評論，但缺乏從更深層、根本的角度來分析考慮問題的態度，因此我平日裡一直略感不滿。所幸這份刊物乃非政治性（對外聲稱如此）刊物，所以，我考慮將編輯重心放在以下幾點：

1. 大力介紹台灣的近代史，以促進人們從歷史的角度來把握台灣的政治、文化、社會發展。

2. 面向現在的台灣青年群，重新介紹在五十年的日本統治和三十年的國民黨統治下，被大量殺害的「不為人知的台灣人」。

3. 對與台灣相關的新書進行介紹和評論。如果書的內容與台灣問題並不直接相關，但思想或看法對我們來說非常值得參考，這種書也會進行介紹。

這三點具體要如何做（作為一種腹案），舉例如：

*台灣的文學。分三期：第一期以日據前期的漢詩為中心，第二期以日據中後期的小說為中心，第三期以光復後的小說為中心。

*台灣的藝術。光復前受過日式教育的一輩與光復後的一輩。——以上「論說」。

*轉載甘得中先生之大文，獻堂先生的遊記之一段——以上「文史」。

*介紹蔡惠如、林幼春、辜顯榮、楊貴、陳夏雨、李石樵[1]、楊肇嘉、洪炎秋等已故的現存的——以上「人物」

*《台灣政治運動史》。吳豐山《台灣今日的農村》，吳濁流《亞細亞的孤兒》，彭明敏《自由的滋味》等——以上書評。

1 李石樵（一九〇八－一九九五）出生於台北新莊，畢業於台北師範、東京美術學校，台灣第一代寫實派西畫家。

這些單純只是我的編輯構想，並不打算在任期一年內全部達成，只是提出來請您指教。我估計除書評外，其他項目基本無法在海外求稿，因此，我打算依賴轉載和節選。這份刊物的發行量不足五百冊，我也考慮到香港去印刷，但是經濟來源有限，實行的可能性尚不明確。出於這些情況，以往的刊物內容都非常幼稚，要向「大家」求稿恐怕很困難。不過我打算先出一期，若反響較好，或許可以請在加拿大的孫教授[2]以「台灣的舊詩壇」或「林幼春的詩」為題，寫一篇文章。另外，我也把榮鐘叔、炎秋伯、佛觀先生、楊貴先生和王詩琅[3]先生等人列為「揩油」的對象。只是問題在於，向海外投稿是否會給身在台灣的人帶來太多麻煩。（國民黨似乎把同鄉會視作台獨的外圍團體。）我們預計在十二月發行第一期。若您外遊中忽然湧現文思，煩請投稿過來。我記得在很久以前的《台北文物》[4]上，刊登了一篇關於台灣的藝術和文

2 孫克寬（一九〇五－一九九三），安徽舒城人，孫立人將軍之姪。一九四九年來台，一九五五年東海大學創立之際，受戴君仁之邀，擔任中文系古典詩詞課程。一九七二年退休前往加拿大。

3 王詩琅（一九〇八－一九八四），台北萬華人。幼入私塾讀古書，十六歲組「勵學會」，一九二七年至一九三五年間，因參加「台灣黑色青年聯盟」涉「台灣勞動互助社事件」多次入獄。日本侵華戰爭期間，曾被日本軍部徵召赴廣州上海工作。光復後，長期從事台灣歷史民俗文化的編撰，前後在「台北市文獻委員會」及「台灣省文獻委員會」任職，修撰《台灣省通誌》。

4 《台北文物》，季刊，創刊於一九五二年十二月一日，一九六一年九月一日停刊，共計發行三十三期，發行單位為「台北市文獻委員會」，發行人為吳三連、高玉樹與黃啟瑞。其中刊載的大量台灣新文學珍貴史料，從古詩文、地方耆老文史憶舊、回憶錄、新文學運動、台灣話文改革等，保有系統且大量台北的歷史與文化，實為研究台灣文

學的文章。不僅限於這一方面，如果您看到與上述文史和人物相關的資料文章，請介紹給我。「人物」專欄我打算刊登榮鐘叔的舊作，不過您此前給我的《台灣文藝？》[5]後來我寄給了悅生，目前手頭上沒有舊稿。如果您還有留存，能否再寄給我一份？

您離開美國前，我還想和您再通一次電話，向您請教一些事情。隨信附上榮鐘叔故知的地址。請您保重。

莊生

七月十五日

學及文化不可缺少的文獻之一。

5 《台灣文藝？》原文如此。

（附）

林莊生致葉光南信

（原文：中文）

貫弟：

這一次你們來遊，孋容忙著喂（餵）孩子，我忙著「問東問西」，無暇顧及洋子和孩子們很抱歉。希望明年再來參加我們這裡的鬱金香節以補這乙[6]次不週（周）的地方，榮鐘叔離美前如果我還沒有打電話去，請你先打給我。此記。

莊生

6 原文如此，古文用法。

36

一九七四年七月二十八日

（原文：中文）

榮鐘叔：

拜讀七月十七日的大函，真使我又欣佩，又感動。欣佩的是榮鐘叔對世事的那種明敏的洞察力，感動的是榮鐘叔那種對社會正義的強烈的感覺。此時此地看到這種文章，又如暗夜航海中的小舟看到燈塔的光明一樣，使人不必再彷徨，不必再迷失。有了明顯的目標，努力的衝勁也就湧上了心頭。

榮鐘叔所提的未解決的一串問題，不用說我們不知道，連對此問題握有主動權的中共，到現在為止還沒有辦法提出具體的解決方案出來，可見問題相當複雜。前年二二八時中共曾一度通過傅作義[1]放出和談統一的氣球，觀測海外的反應。結果當事者的國民黨不理，一向標榜中立的《明報》[2]發出社論指適中共此舉意同招降，使人懷疑中共和談的誠意。台獨方面也憤慨異常，他們以此為例，認為中共除了政權和領土以外根本沒有把台灣人當一回事，這是為什麼

1 傅作義（一八九五－一九七四），字宜生，山西榮河人，曾是中華民國陸軍二級上將。一九四九年，他協助解放軍和平進入北京城，並於後來擔任中華人民共和國首任水利部部長，晚年任全國政協副主席。

2 《明報》是香港的中文報紙，由武俠小說泰斗查良鏞（筆名金庸）和沈寶新在一九五九年五月二十日創立，內容以香港本地新聞為主，兩岸、國際新聞為輔。

台灣人非自己站起來不可的原因等等，反而招來一場非難。此後中共對台灣問題不再做公開聲明，表現著極端謹慎的態度，對台獨也不再做評擊，一面默默地歡迎台人回國參觀，一面也跟台獨人士開始接觸的樣子。周恩來曾表示：「向國民黨打招呼是因為他們掌握著台灣的軍事政治權，但我們並沒有忘記台灣人民」等等間接的對此事有所解釋。中共目前好像很注意海外台灣人的動向，也跟台灣人開始接觸，目前可以說「虛心地學習台灣人民的感情」的階段，將來要打出什麼政策還不得而知，但就中共負責人和《七十年代》的言論看來，以自治省（軍事、外交由中共掌握）為認同的起點大概是公定的看法。聽說台獨是堅決地反對自治省之辦法，將來會變成什麼樣尚待時局之演變。就中共對台灣人之認識而言，在一九七二年以前的態度跟一九四六年在重慶的國民黨對台人之認識相比並沒有太大的差別。他們簡單地總括地把台獨看做一個美日帝國主義的走狗，說是台灣的敗類。到了一九七二年紐約的民眾大會以至中美聲明反對之示威後中共才開始在態度上有很大的轉變，這可以從《七十年代》對台獨的看法的演變看的出來。《台灣往何處去》中思華的文章可謂其轉變的象抽（徵）。這本書的後面二、三篇文章和周恩來召見台籍人士側記中可以窺見《七十年代》以及中共在一九七三年對台獨的認識已非昔日可比。對中共來說，他們好像已經察覺到台灣人民自決的願望非疇或於一時權宜之計，而確實有其歷史的背景與必然性。這種願望不同於大陸上之「地方主義」，而有「人權思想」與近代「我的自覺」在其中。有趣的是中共的思想與行動樣樣都代表新的「人民」的觀念，但是言到領土與中國統一時，馬上態度就硬直起來，擺出「中華思想」的面孔，此時滿口的「人民」也就消散了它的踪跡。我認為由地理、歷史、血緣所構成的國家觀念在二〇世紀的今日已經不適用。台灣人的自決運動是對這種觀念的挑戰。台灣人的國家觀是人民的意志為國家成立的先決條件。是人民規範國家，而不是國家規範人民。面對這種思想上的對決，中共方面必定有一套理論來解釋，他目前的困難（如果有困難的話）是如何使它言之成理而與他的共產主義一脈相連，再而能取信於全世界的人民。我覺得他們在方法論上要找台灣問題的解決沒有多大困難。但在理論上，思想上要打破這種由歷史體驗中自覺出來的「人權思想」我覺得相當困難。

台灣何去何從雖然在目前狀況下主動不操在我。但我覺得我們也不必過度的悲觀，因為有一大群年青（輕）的一代散居在世界各地，為國內同胞聲援，申訴。台灣的演變一定不會在暗中處理，而一定會在國際眾聽之中。國際輿論雖然無力，但要建立一國的國際信譽的話，它是有絕對的影響力的。就我所體驗的過去十年中如印度尼赫魯[3]占領葡領的果阿[4]，蘇聯侵占捷克斯洛伐克，美國的越南戰爭，一旦受國際輿論的唾棄，他們的聲譽真是一落千丈很難收回的。中共是以新社會見面於世，微受世人之讚美，他當不會以處理台灣問題而做出不見諒於世情的事情。我覺得今後台灣人向外發展的人愈來愈多，這是必然之趨勢。在這種擴散作用中台

3　賈瓦哈拉爾．尼赫魯（Jawaharlal Nehru，一八八九－一九六四），印度開國總理。

4　果阿（Goa），印度西岸的一個邦，曾為葡萄牙殖民地。此處指一九六一年印度出兵果阿，結束葡萄牙殖民統治。

灣與世界之連繫一定是頻繁的。我希望台灣人急速的世界化，將來做世界聯邦的推進者，那時中國與台灣的對立如果還存在的話，已經是不關重要的事情了。我從越南戰爭發現的一項真理是世界上的問題往往沒有解決之辦法——特別是如果想從問題本身去解決的話。在這種情況下唯一的辦法是把問題的嚴重性相當的降低。美國在越南最後採取的方法就是這樣，就是利用美蘇中的均勢中地自由世界與共產世界的對立焦點的越南戰爭降低為國內戰爭。戰爭本身是沒有解決，但把大事化小事，也就不了了之了。

我希望台灣的父老，特別是炎秋伯，榮鐘叔今後要把注意力（如寫作之對象）放在海外。台灣的命運所繫於海外者可能比我們所料想者更多更大。從中共對台灣民情之重視與《七十年代》等外省人左傾人士對台獨觀感之轉變，我覺的〔得〕海外獨立運動已經得到了豐盛的收穫。其功勞是相當大而重要的。

另函送上二本書和二篇文章請榮鐘叔回台之前看一下。這是我看過的書和文章中精選出來的。候〔侯〕榕生的遊記看來似不重要，不過我們已看過美麗的產品後也應知道一些代價。在舉世看「大」的中國遊記後，有乙本這種看「小」的遊記也是很有意思。我覺得楊文是一篇佳作不但新儒家，所有的知識分子都應該看一看。這一篇和《抖擻》[5]的〈談談台灣〔的〕文化〔學〕〉

5 一九七四年《抖擻》雙月刊在香港創刊，這是一份由香港大專院校和教育界人士合辦的學術性刊物，在當時發揮了一定的作用。

我在想把它轉載於《懷念台灣》上，不知道榮鐘叔的看法怎樣？適當不適當？賴和先生的〈善訟〔的〕人的故事〉不知道是長篇或短篇？以後我再用電話請教。

七月二十八日

莊生上

37 一九七四年九月四日

（原文：中文）

榮鐘叔：

昨天晚上電話後，我馬上打給敬生叫他要請炎秋伯把稿子收回[1]等我去信說明原因。敬生連絡了以後打回給我說炎秋伯交代沒有關係，發稿以前還會送回來，那時再訂正就是。我發現炎秋伯沒有了解我的意思，所以直接打給他，可是他已外出，不得已我再連絡敬生要他確確實實轉告炎秋伯這不是僅僅技術或文字問題，詳細一言難盡，不過一定請他收回，等我去信說明後再做決定。電話打完後我就寫信給炎秋伯，婉曲地說「其中有幾個地方只能擇其一而述之，因此不了解全貌者很容易以偏概全而引起誤會。以我的經驗這種誤會是必然而至。因此很冒昧地懇求他保留一個半月讓我好好考慮之後再做決定而〔如〕何？而在書後再告訴他您的旅程，想他是會意會我的意思才對。

我對此事如此「小題大做」的原因是因為炎秋伯如此做法不但授人以柄，恐怕以後要翻案也翻不起來，因為夫子自拱啊！在文中炎秋伯是以個人為中心描寫其經過，其手法又如他在楊

1 參閱本書一九七四年九月十一日葉榮鐘致林莊生書信注釋1，第一六三頁。

著序文中道及北京的反日（台灣人朝鮮人）狀況相似，有點像反共義士之態，而對另一面之[2]反政府情況連暗示也沒有（受教育廳誤會撤職云）比起榮鐘叔那一篇「平地風波……」[3]的暗示相差太遠。因為他只顧慮到一面，而忘記另一面的重要性。問題是只提起一面的事實而沒有給與〔予〕這個事實在全體中的相對地位，這是很危險的一件事。我覺得炎秋伯是散文家而不是歷史學家。我覺得他缺少sense of history（歷史的感覺）。這一點榮鐘叔實在是當歷〔史〕學家而無愧，尤其是榮鐘叔那種傲骨，經這十幾年的磨練不但沒有軟化，還鏗鏗然地聳立在寒風之中，真有高山仰止之感。我不但反對炎秋伯的這一段插在這裡，就是他以自述的形式發表我也反對。我的意思是要講麼全部講，不全部講麼最好不講。我想以目前他的健康情況，最好不講，讓後代的人去講。這樣倒是好一點。如果他覺得風燭殘念〔年〕，此段經過不道白出來死而不能瞑目者（他信中如此說）請他向歷史做證，全部講暫時不必發表，以後由他的親人發表。其他較次要的地方是我覺得鄰組時代[4]的記述（據我的資料）不但沒有意思，而且跟我的

2 指《楊肇嘉回憶錄》。

3 指〈台灣的文化戰士——莊遂性〉，收入《葉榮鐘全集．台灣人物群像》，第三〇五－三一六頁。

4 鄰組是二戰期間日本國民總動員下最底層的一個上意下達兼具互相監視的組織。一九三五年，在岡田內閣的選舉肅正下，東京市首先視鄰組為選舉肅正下的所屬組織。一九三八年，訂立了鄰組制度，以五人組為原型，約十戶人為單位所組成的鄰里互助團體，用以支援大東亞戰爭。

文章、意圖完全不一樣。不是說「文章是自己的好」，而是我覺得我那一篇確有一愚之得。（悦生對此篇評價相當高）。炎秋伯此篇文章可以分五段。

第一段　年青（輕）時代　這是全篇中最有價值的一部分

第二段　日據時代　文化運動　大致抄榮鐘叔之文章

第三段　（皇民）奉公會　據我的資料（父親與我）

第四段　二二八

第五段　徐（復觀）文做完結

由此可知新品是一與四段。我同意榮鐘叔的說法，炎秋伯應選他自己認識的時代來寫，不必為先父立正傳。我覺得像先父那樣的人，沒有什麼事功，用不著套用正傳之辦法。我很早以前就告訴悦生試一試如下之方式，要跟炎秋伯商量，可是他沒有做的樣子。

題目：性兄——一個難忘的朋友　洪炎秋編

第一篇　榮鐘叔那一篇　做全面的介紹

第二篇　年青（輕）鹿港時代　洪炎秋　現在的稿

第三篇　父親與我　七七至光復　我（約二萬字）

第四篇　光復至圖書館（?）　還沒有

第五篇　晚年　徐復觀先生之文

第六篇　父親的墓園　我（約五千字）

第二與第三之間如有人寫一篇中央書局時代最好——如施學禮　江滿蒼先生。

第五與第六之間如有人寫一篇二二八處理委員會之情況——如榮鐘叔。

不過這兩個都無關重要。因為前者在第一篇已有記述，後者在將來的正史略提也就夠，不必另立一篇。我注重的是「人間」[5]以及由這個特定人物所引起的周圍的小波紋。不知榮鐘叔覺得如何？適當不適當？

榮鐘叔在日本時請注意記述二二八方面的書籍。從這些書中自然會體會到為什麼我這樣緊張。因為炎秋伯這一篇文章一旦公布，真是「覆水難收」，被誤會之機會太大了。我給悅生之信中說如果這僅僅關係於一個人之名譽還不太要緊，而是關係著歷史事實不得不小心。

榮鐘叔八月十二日的日文信拜讀了。我的看法是中國的經濟潛在力很大，但八億的人口也是很大的負價。據去年報上報導美國輸入產品總價中台灣排十二位將來很可能昇〔升〕到第六、七位。看新加坡還有很多聯合國中之國家，台灣實在不必過度悲觀。現狀還會維持相當久。蔣政權二、三年中大概會急速地台灣人化，台獨會因而分裂（左右兩派）。1. 混亂——中共。2. 社會政策（強度的）→獨立。要走那一條路很難說。不過無論走那一條路，海外的台灣

5 「人間」可能為日文漢字用法，意指「人」、「人類」的意思。

人總是很有影響力的「壓力團體」——這是歷史上沒有前例的新局勢。如果好好利用這個新局勢，我想對台灣之前途就有某一種程度上之保障了。

榮鐘叔將離美飛日，惜別之情真是依依然。雖然交通方便，寫信，電話隨時可以連絡，只是以後只能言不由衷，很多事不能直接請教，從此勢非孤軍奮鬥不可。想來有一點不安。我在北美十數年歡迎過不少故鄉父老，而碰到像榮鐘叔這樣有骨氣的台灣人是頭一次。不是所有的台灣出來都有用，而是像榮鐘叔這樣的人出來看看才有用。最後祝兩位身體健康，希望一、二年後重遊渥太華。

我們大概還要過一段「海內存知己，天涯若比鄰」的生活，不是胸懷大，而是茫茫然地看著「異國之岳」了。

莊生上
九月四日

p.s. 炎秋伯文中還提起我們兄弟妹的名字和現職，大概這是舊式作傳之慣例，我覺得有點難為情，最好免了，請轉達。如果一定要小名就夠，不必提現職。

38

一九七四年九月七日

（原文：中文）

榮鐘叔：

九月四日信想已收到，我還有幾點意見請回國時轉達炎秋伯。

1. 對今日的中共應有正確的認識，在台灣製造出來的共匪的面貌與實像相差很多。反共也好親共也好，必須對著實像批評才不至於落空。一個禮拜前福特總統在演説中提起中共人民團結一致為他們新社會建設努力一事，促美國青年注意。我的看法是這次中共參加國際社會對美國的影響而言很像一九五九年代蘇聯發射人造衛星。那時美國人大吃一驚，全國上下對美國的科學與教育重新檢討，聯邦政府才採取積極政策。現在台灣學生留美的潮流可以説此時奠定基礎，因為如果沒有美國政府的大量資助，學術界那（哪）有辦法採用那麼多的研究生維持那麼多的研究費。這次中共新社會的公開，其來勢雖然沒有那一次那樣「即刻的衝擊」，但是也是非常之大，而且這種影響不是在決策階層而是社會、文化、思想界，目前還在醞釀時期，還看不出具體的方向，不過其影響之深遠是可以預測的。

2. 對今日的國民黨也應有正確的認識。以我看這個政權還是推行那種敷衍、應付、表面文章的政治。它的二重性格至今沒有變。炎秋伯身為社會賢達，應該採取相當的批判態度，才不至失義於老百姓。

3. 炎秋伯此後寫文章，不要把眼界限定於台灣區區一島，或僅僅對此一時刻，應該放開視野，要知道他的主要讀者是在海外，應注意的是他在此時此地所作的時代意義（歷史的評價），而不是得罪當權者與否。換句話說他應該多做歷史的證人，為後代立言而不要再浪費時間去雕刻「順耳」的文章。

4. 如果炎秋伯在立委的立場，還有時間與精力去做事的話，我很想建議一件事。這幾年來在北美觀察留學生的社會背景時，有一個可怕的現象，就是有錢人的、城市氣重的青年愈來愈多，而窮人的，草地樣[1]的青年愈來愈少。我開始以為這是因為獎學金愈來愈少，窮人出不來。可惜後來仔細觀察才發現並不是如此，而是在出國之前一個階段，就是在進大學一關，鄉下的窮人的兒子已經打下一大半。炎秋伯不妨調查這二、三年來台大（其他大學不必去看）新生的出身學校，大部分學生是來自建中，一女，和幾個較有名的省立中學。這種奇〔畸〕形的集中現象是非常可怕。我覺得教育的平等是一切平等的起點（starting point）。補求〔救〕的辦法是採取以前對台籍學生國文一律加十份〔分〕至五份〔分〕之辦法。凡是考入台大之比率在某一種程度以下之高中，由該校畢業的學生一律給於優待十份〔分〕。這樣的做法好像在鼓勵不長進

1　指的是具有草根性的青年。

的學校，其實不然。現在加拿大正在醞釀一種minimum income（最低收入）的社會政策。就是凡是收入不到這個水準的人，不足之數由政府給他（收稅之反方向）。記得一九七〇年左右，中共的最有力的國際宣傳家韓素英（中比混血兒，她的作品在北美有很大的讀者層）在加拿大的電視說明文化革命的重要性時舉北京大學為例，說該校學生八〇％是黨幹，小資產階級出身，真正農工子弟占不到二〇％。社會主義之國家而有此種現象是絕對不應該。憑這一點也非革命不可。我想這個故事可以做借鏡。

5. 對〈益友垂勝兄〉[2]這一篇文章，除了在前信和電話中所說的以外我想建議如下。

a. 這一篇文章最好不發表而把它改為兩篇文章——第一篇是該文的前段（全文之五分之一），描寫少年時交友之經過和相互影響。這一段有相當之意義，因為從這裡可以窺見當時台灣的青年如何去接受新思想，看那（哪）種書。第二篇是炎秋伯自述經營師範學校之經過，和事變中之耳聞目見的事情和「陰謀叛國」之經過。（至少被國民黨看成這樣，必有其理由）。炎秋伯沒有寫過回憶錄，但他的雜文中對各階段的身歷其境的事都有說明，只有這一段是「空白」，所以有需要寫出來。同時那個時候的師範陣營好像人材成集，有一點像小北大之樣子，很值得寫出來（可以留在以後發表）。

2 指洪炎秋〈懷念益友莊垂勝〉一文，發表於《傳記文學》，一九七六年十月。收入《老人老話》（台中：中央書局，一九七七）。

b. 這一篇文章，那一段不算，也是很失望的作品。根本的問題是炎秋伯是採用正傳之方式，想用記事同時（由小到老），參〔摻〕雜一點掌故以襯托出一個朋友的面目來。可是這一篇文章這兩個目的都沒有達到。第一如果用正傳之觀點看來這一篇遠不如葉文之嚴正，尤其是對事之輕重判斷不太適當。第二如果用人物評論之觀點來看，本文並沒有超過徐文之範圍，也沒有新觀點，新意見。第三站在傳記文學之觀點看來也是很失望。香港的徐訏[3]曾經批評胡適之《丁文江傳》時說，全文只能看到胡適眼中之丁文江，胡適思想中之丁文江，可是都沒有給讀者實在的丁文江之影像。在本文中不但沒有看到莊某某的實像，連洪某眼中的莊某也不十分明顯。譬如說炎秋伯在文中一再強調先父在二二八當中處理得宜致使左派無法越規，但他沒有說明「如何做」怎麼樣得宜？好像只聽到判決而看不到判決文一樣。讀者心中覺得無法形成對這個人物的意象和事的經過。

c. 我在〈父親與我〉採取的態度很像在〈父親的墓園〉中的墓園的設計。我不注重他的事功，也不想去宣揚他的什麼「人德」。而是通過他來描寫那一個時代的感覺和那一個時代的世態，就是以身歷其境的人的身分想使讀者對那個時代有感覺上的一種體驗。這個目的是不是在那一篇文章中得到某一種程度的成功。這是我很想知道的，請榮鐘叔給我的嚴正的批評。

3 徐訏（一九〇八－一九八〇），原名徐傳琮，筆名徐於、東方既白，浙江慈溪人，中國現代作家。

6. 據《七十年代》所載（八月份）以前在台大教英文學的錢歌川[4]已回大陸，是認同或僅僅參觀不得而知。目前中共是歡迎台灣的人回來看看，可見他們之自信，錢之回國對台灣之知識分子影響很大，值得一思。

昨天收到榮鐘叔送來之書籍。王育德之《台灣》重新看一下，確實很不錯，相當公允客觀是一部有價值的書。炎秋伯原稿發四份。一至（致）徐先生，一至（致）雜誌者，一至（致）我，一自留。如果決定訂改或不發表，請他叮嚀徐先生作廢，以免以誤傳誤。台灣電影廣告常話：「欲罷不能再延一天」，我現在之心境真有點「欲罷不能再寫一封」之思。離美之日愈近，愈有言有未盡之感。

最好的辦法是請榮鐘叔「移民」出來了，一笑。

九月七日
莊生上

4 錢歌川（一九〇三－一九九〇），原籍湖南湘潭，祖籍江蘇常州（武進），筆名味橄，號苦瓜散人，英國文學研究者、作家、教師，台灣大學文學院第一位到任的院長。

39 一九七五年一月六日

（原文：日文）

榮鐘叔、嬸：

感謝二位的聖誕賀卡，希望二位回國後身體健朗。託二位的福，我們都很好。今年被雜事追趕，幾乎沒時間向師友寄送賀卡，甚感歉意。說到這個，十月的信件已經收到，後來炎秋伯寫信來通知我已撤稿一事，令我萬分惶恐。徐先生信中說炎秋伯的身體奇蹟般恢復了，但還是比往時虛弱許多，具體情況如何？

炎秋伯在信中提到年齡大了，文思衰竭，感歎自己「江郎才盡」，於是我推薦他多多出去旅行。自古有云：「讀萬卷書，行萬里路」，旅行的確是獲取新鮮文思的重要方法。在這一點上，榮鐘叔經過此次遊美，應該大受裨益，希望能得到您對此行的完整感想。

兩位在日本的旅行如何？我準備從日本訂購一些書籍，若您在日期間讀到有意思的書，請把書名告訴我。我感到自己一年一年地空長歲數，卻沒有相應的學問成果，心中實有不安。我不斷告誡自己：生活在加拿大這種安穩的環境中，如果還創作不出什麼東西，那就只能說是生活的怠慢。儘管如此，依舊沒有改善。因此，我打算在中文學習上多花點力氣，希望能得到榮鐘叔的指導。今日先寫到這裡，祝安好。

一月六日

莊生上

40 一九七五年十二月三十日

（原文．日文）

榮鐘叔、嬸：

久疏問候。時間過得真快，轉眼兩位回國一年了。聽貫弟說榮鐘叔身體很好，一直在撰寫遊記，非常高興。我們家中六月添了一名男孩，其後六個月間，我倆為了照顧嬰兒，可謂全面戰爭狀態。所幸岳母大人前來幫忙，目前總算度過了難關，深切體會到古人所謂「養兒方知父母恩」，果然言之有理。

關於蔡惠如先生一文[1]，貫弟已經寄給我。古稀之年的榮鐘叔在一群年輕人中間踴躍執筆的英姿，不僅是編者，連一般讀者都會受到一種感動。我不禁聯想到魯奧[2]的畫作〈路旁的基督〉。我對宗教繪畫毫無興趣，也不特別喜歡魯奧，唯獨這幅畫讓我產生難以名狀的感動。它與米開朗基羅和拉斐爾的莊嚴基督畫像不一樣，魯奧把基督描繪成了形同乞丐的形象。畫中的基督並非神明，他身上燃燒著一種「人性之愛」，散發出超越一切的璀璨光芒。

1 指〈台灣民族運動的鋪路人：蔡惠如〉，後收入《葉榮鐘全集．台灣人物群像》，第二二九－二三六頁。

2 喬治．亨利．魯奧（Georges Henri Rouault，一八七一－一九五八），法國野獸派、表現主義畫家。

前些天，我在《文藝春秋》五月號上讀到芥川獎獲獎作品《我所認識的久保田萬太郎》[3]（？）[4]，感覺到這是一部極為與眾不同的傳記作品。此前我一直認為詩人畫家的傳記最難書寫，因為他們跟政治家或文學家不同，生活在感性的世界中，但是傳記卻無法將感性世界的變化收入其中，因此便成了不完整的傳記。但是，這部作品中隨處插入了許多萬太郎的作品（俳句），把主人公的外部變化（所謂經歷）及內在變化巧妙地交織起來，讓讀者能夠明確體會到他的心境改變。

一九七五年還剩下最後一天，一九七六年將會是什麼樣的一年呢？報紙雜誌都未能有認真的預測。我認為一九七六年恐怕會是在多邊關係中尋求balancing（調節）的一年吧。祝願二位能夠平平安安迎來新的一年。

十二月三十日一九七五

莊生、孋容、怡文（兩歲）、怡平（六個月）上

3 指後藤杜三的《わが久保田万太郎》，該作得到的是一九七四年度的大宅壯一寫實文學獎，林莊生誤記為芥川獎。後藤杜三側重於呈現久保田萬太郎的感性世界，包含他與第一、二任妻子的感情糾葛，以及在演劇界的待人處事，較為立體多面地呈現久保田萬太郎的形象。

4 原文如此。

還有一事相求。上次您給我的茶葉非常好喝，從此我便覺得北美的茶寡淡無味。如此這般，萬望今年榮鐘叔購入新茶時，能否也替我買下二斤？郵寄請交給銀行的陳祝融[5]君辦理。

5 陳祝融是林莊生台中一中的同學，台大經濟系畢業，任職彰化銀行。

41 一九七六年三月十二日

（原文：日文）

榮鐘叔：

感謝您寄來的茶葉。沒想到這麼快就能收到，十分高興，馬上泡來喝了。此前一直在喝即溶咖啡，能聞到茶葉新香實在非常感動。不記得是去年還是前年，兩位老人（來自台灣）來做客時，我用榮鐘叔送的茶款待客人。在我離開座位時，聽見其中一人對另一人說：「喝這種茶的人可不簡單。」我覺得不能在這意想不到的地方得到過度誇獎，便委婉地解釋這是故鄉長輩寄來的茶葉。很抱歉一直沒有告訴您，我每年都會請陳君幫我從台灣寄來一些書籍和日用品，他相當於為我採購的負責人。這次茶葉的錢我也會請他轉帳，煩請告訴我金額和帳號。

不久前（其實應是兩三個月前），我讀了《張我軍文集》[1]，產生了許多感慨。首先，我感歎於張先生中文的簡練和美感。有一種混合了周作人（八〇％）＋郁達夫（二〇％）的感覺，文才令人欽佩。書中的新詩也比虛谷先生的要好。張先生作為台灣新文學的鬥士，在這方面固然得到較高評價（這方面的文章很多），但我認為他對台灣民謠（採茶歌）的注釋是更為光輝的功績。可惜他沒有留下更多這方面的作品，略感遺憾。

1 張光直編，《張我軍文集》（台北：純文學出版社，一九七五年）。

貫弟寄來您的遊記[2]，我饒富趣味地拜讀了。我原本對遊記不太感興趣（感覺像看明信片權當旅行），但是您的遊記非常有趣。普通的遊記以景色為主題，但您的作品卻相反，是景色與作者心情並重的遊記。可能是我的錯覺，榮鐘叔近來的中文變得非常自然簡練。恐怕是因為我最近一直在讀論文，才會接觸到這樣輕鬆的文字，突然產生這種感覺。說到作品，您在千島作的兩首詩很好。在我這個門外漢看來，詩文極其「自然」，體現出心境的美感——這就是境界。

不記得是《大學雜誌》[3]第七十九期還是八十期，裡面有一篇徐先生的文章，講到了楊貴先生的事情。其後我又在《中央日報》上讀到了講述楊氏及其文學的文章，感覺最近（海外也一樣）對台灣過去人物的關心越來越多。我認為這是一件好事。只可惜還沒讀到跟賴和先生有關的文章，如果榮鐘叔要寫，那我先在此表示期待。

三月十二日一九七六

莊生上

2 指葉榮鐘的《美國見聞錄》。

3 《大學雜誌》在一九六八年由張俊宏與陳鼓應於台北市創立，編輯包括兩位香港僑生鄭樹森和何步正。一九七一年至一九七三年間，由鼓吹保釣運動轉向鼓吹台灣民主化運動，要求政治革新、改變政府組織、保護言論自由，成為提倡自由主義的重要根據地之一。

42

一九七六年十月十四日

（原文：日文）

榮鐘叔：

大約兩個月前，我從日本訂購了二、三冊書籍，趁著家事的空隙快速翻看，還是花了兩個月時間才真正讀完。如果在單身時期，我可能一週之內就讀完了吧。總而言之，我只是匆匆瀏覽，無法做出恰當的書評，不過，想在此以介紹新書的名義，寫寫自己的閱讀印象。我打算用經常被使用的＊號來標出我的評價。＊＊＊以上是值得一讀的好書，＊則是比較無趣的書。

・林達夫《共產主義的人間》（中公文庫¥一八〇）＊＊＊　一九七三

這是林氏的一本不足兩百頁的散文集，但可謂智慧的結晶，讓人不由得心生欽佩，原來日本也有如此獨特的知識分子啊。他不受時勢束縛，堂堂正正地說出了自己的信念。我認為唯有這種人才談得上知性。他從古代史開始追本溯源地抓住了西方思想，因此看待現代社會思想的角度也非常特別，這使他的批判充滿了啟發性。

・清水幾太郎《日本人的突破口》（中公叢書¥九五〇〇）＊　一九七五

《無思想時代的思想》（中公叢書¥一一〇〇）＊＊　一九七五

清水氏戰後發表的論文，可謂他的精神放浪記。通過這兩本書，可以看到著者以六〇年代安保鬥爭為契機而發生「轉向」的思想發展經緯，從這點來說比較有趣。與林氏的著作相比，我感到最強烈的區別在於專業的不同。清水的專業好像是社會學，凡事都通過原因與結果來對現象進行把握。而林氏則與之相反，他會從歷史或者說哲學角度出發，把事物當作體系性的文化思想的一環來把握。前者或許適合進行近距離的預測，但是相對的，他對問題重要性的判斷力就付之闕如，所以他的說法在不超過二十年的時間裡，將會出現上述問題。

後者則在經過二十年的歲月後，依舊能夠燦然光輝。有一本書把清水氏稱作意見領袖，他確實給人那種感覺。無論做什麼事情都要比現在超前五年十年，也就是說任何時候都站在時代（流行）的前沿。當然，要做到這樣也不容易，因此我欽佩於他的博學和勤勉。他深受約翰·斯特拉奇（John Strachey）*Contemporary Capitalism*，一九五六（《現代資本主義》，應該有日譯）[1]的影響，這成為一種間接的契機，從而其思想也發生了變化。於是，我也想讀讀這本影響清水的書。

・三輪公忠：《松岡洋石》（中公新書¥三六〇）＊＊＊　一九七一

著者比我長一歲，正因他曾在美國攻讀歷史學，這本傳記完全可以稱為異色之作。他不愧

1 約翰·斯特拉奇（John Strachey，一九〇一－一九六三）是英國工黨政治家和作家。《現代資本主義》中譯本書名為《當代資本主義》，結合凱恩斯主義和馬克思主義的分析，約翰·斯特拉奇認為資本主義和民主之間存在著內在的衝突。

是在實證主義大本營裡磨練出來的歷史學家，書中一段一段清晰的論證因果，驗證的手法讓人忍不住大聲叫好。可以說，此書的優點在於主題是松岡。如此可以將人與松岡外交幾乎筆直地聯繫起來。我尚未在台灣的《傳記文學》中讀到過如此高水準的傳記作品。松岡少年時代在俄勒岡州生活了九年左右，可算是知美派。都說江山易改本性難移，可以說，他在苦學中習得「只要認為自己正確，當對方冒犯時，就毫不猶豫地反擊」這種美國精神，也被帶到了外交工作上。所以他才會試圖通過力量的示威（在滿蒙與蘇聯結盟，以此作為資本）來說服美國（——他的三國同盟設想）。也就是說，他屬於聰明反被聰明誤的人。

一九七二

・岩村忍《歷史是什麼》（中公新書¥三四〇）＊＊＊

這是一本極為難得的歷史學入門書。著者以極為客觀的態度介紹各家學說，非常值得參考。這本書在某一節提到有一名歷史學家如此評論：「此書雖然寫得很好，但缺點在於其背後不具歷史哲學。」同時，岩村還如此評論道中國作為史學發祥地，竟不可思議地不存在歷史哲學。我認為他提到一個很有意思的觀點，發人深省。

一九六二

・卡爾，清水譯《歷史是什麼》（岩波新書）＊＊

雖然書名相同，但這本書並沒有介紹各家觀點，而是集中在一種歷史觀上。雖然有很多我無法贊同的地方，但也有許多讓我不由得心生敬佩之處。歷史彷彿是在闡述過去，但實際上卻是在描繪現在。一旦將這一見解結合榮鐘叔的著作進行思考，就會讓人恍然大悟。

・佐藤經明《現代的社會主義經濟》(岩波新書)＊＊　　一九七五

說到經濟問題，我一直認為這主要是西方國家的特產。但是此書讓我認識到，社會主義國家也會遇到各種各樣的問題。在獲得新知識的意義上，這本書還算有意思。

・阿部齊《民主的邏輯》(中公新書¥三四〇)＊＊＊＊　　一九七三

著者是一九三三年出生，從哈佛大學出來的政治學家。這本書極為系統性地介紹了民主的歷史的思想背景，並且尖銳地指出了現代的美國民主的盲點。但我認為此書存在兩個不足之處。

第一，著者跟清水氏一樣，只從現象來把握問題。說句不嚴謹的話：他只從橫向來思考問題，而沒有像林氏那樣從縱向進行分析。第二，多少讓人感覺到他有迎合時勢的傾向。借前面提到的歷史學家的話就是：「背後不具扎實的哲學。」這本書的優點在於其分析的透澈尖銳，可以說完全發揮了著者在美國學到的本領。因為這本書談論的內容是我們正在面對的問題，所以十分發人深省。

大概就是這樣。介紹了這麼多硬派的書，我也來提提軟派的作品。邱永漢[2]的《食在廣州》、《象牙箸》和吉田健一的《我的食記》等都很有趣。我曾提議二舅也寫寫這樣的文章，要是

2　邱永漢(一九二四－二〇一二)，原籍台南，台裔日本作家、實業家與經濟評論家，本名邱炳南，歸化日本後改名為永漢，之後長居於日本，被譽為「日本股神」，在台創辦永漢日語、永漢國際書局及《財訊》雜誌等。

榮鐘叔也有興趣，不如讀讀看？說不定您也會因此而開始創作「我的食記」——我感覺邱氏對美食的感覺與父親相似，說得不好聽就是窮鬼作樂。比如在臘肉湯裡放點筍子之類。

前不久徐先生寄給我一本港版的《學術與政治之間》甲乙集，時隔二十年重讀，依舊萬分欽佩。這本書與林氏的作品有些相似。也就是說，從中國文化這個思想體系中審視現在的民主主義，再反過來以西方民主主義的視角來審視中國文化。從各種觀點的碰撞中，我感到著者似乎給出極為獨到的見解。最讓我欽佩的是，這本書乃是基於身處在變換期的中國讀書人的苦思與反省，可謂一種良心之聲。這本書將會流傳於世。

炎秋伯給我寄來了發表於《傳記文學》的文章。我很明白他心中有話不吐不快的心情，但是這樣也未免顧慮過深了——為何不帶著請上帝見證的心情，怡然自得地把話說出來呢。

今天先寫到這裡，請您保重身體，並代我向榮鐘嬸問好。

莊生上

十月十四日

43　一九七六年十二月五日

（原文：日文）

榮鐘叔：

隨信奉上《文春》刊登的〈我所認識的久保田萬太郎〉。原來我記錯了，期數應是昭和四十九年五月號。

承蒙您的好意，茶葉我收下了。非常謝謝您。

不久前正茂君[1]夫妻來做客，我告訴他們榮鐘叔的《見聞錄》中提到了故陳新彬先生。如果單行本付梓，請務必寄給我一冊。

我後來一直未與炎秋伯聯繫，他身體如何？我聽說《中央日報》[2]出版了《讀者與作文》（？）[3]，看來炎秋伯還算精神，並且堅持寫作。如果您見到他，請代我問好。

莊生上

十二月五日

1　陳新彬之子，台大醫學院畢業，醫生。

2　應為《國語日報》，原信筆誤。

3　原文如此，指的是洪炎秋的《讀者與作文》（台北市：國語日報出版部，一九七六）。

戴國煇、許介鱗致葉榮鐘書信選（一九七二）

1

戴國煇致葉榮鐘一九七二年四月十七日

（原文：日文　蔡鈺淩譯、林彩美校訂）

榮鐘先生

很冒昧突然寫信給您，很是失禮。

從池田敏雄先生那裡收到您惠贈的大作《台灣民族運動史》，非常感謝。我打算寫一篇長文介紹這本書。我先將我在《日本讀賣新聞》〔日本《讀賣新聞》〕上發表的介紹短文寄給您。[1] 另外，隨信也同時附上有關《台灣民報》的介紹文章。[2]

以下是我的簡歷。[3] 今後也請您多加指教。另外，我打算在今年夏天，出版我編訂的《台灣青年》、《台灣》、《台灣民報》總目錄，並附上解說。先生雖曾以筆名凡夫在《台灣風物》上發表目錄，[4] 但由於沒有各篇文章的頁碼與刊行年月日，對讀者來說不太方便。為此，我們

1　此處是指戴國煇發表在一九七二年三月一三日日本《讀賣新聞》的〈現代史資料　台湾I・II〉一文。

2　此處是指戴國煇發表在《龍溪》創刊號（一九七二年二月一五日）的〈《台湾民報》のこと〉一文。

3　戴國煇隨信附上了他在一九七一年八月出版的《日本人との対話》一書中所使用的個人簡歷複印。

4　此處指葉榮鐘以筆名凡夫在《台灣風物》第一七卷第二期（一九六七年四月）上發表的〈《台灣青年》《台灣》雜誌目錄〉。

想以文獻學的方式更詳細得進行整理。然而，在日本能夠讀到的這些刊物有限，不知能否請您協助？例如，由我全額負擔經費，把《台灣青年》與《台灣》等全部拍照等……。如果對我有疑問，請向吳濁流先生打聽。期待您的回信。

拜託先生了，謹此道謝。

後學　國煇　拜上

一九七二年四月十七

2

許介鱗致葉榮鐘一九七二年十一月二十三日

（原文：中文）

拜啟：

前日拜訪，承蒙招待晚餐，並得與諸先輩暢敘非常歡欣，僅〔謹〕此表達謝意。

關於文獻拷貝一事，原來戴兄曾託周小姐攜帶照相機、三腳架以及膠卷來台。周小姐攝影技術高明，當日拷貝五冊，用去膠卷五卷，其餘亦請周小姐幫忙到底。至於膠卷不足之數，因台北並無販賣，故已轉告戴兄寄來。

上北之日，敬請光臨敝舍指教，也歡迎與詩琅學長同來。東海花園已開拓為世外桃源，宿一晝夜，獲益良多，請代向花園主人[1]致謝。耑此，順祝

健安

許介鱗　謹拜

十一月二十三日

1　楊逵一九四九年因〈和平宣言〉入獄服刑十二年，一九六一年出獄後以經營東海花園為生。

附錄一

回憶輯

葉榮鐘的史傳書寫與祖國情懷：重讀父親葉榮鐘著作心得

葉蔚南

一、引言

一九四五年三月，二姊芸芸於台北大龍峒（今大同區）出生，因美軍空襲，停電，當二姊出生那一刻電來了，父親當下即給二姊的乳名，即喚作「光復」。由於《台灣新報》[1]已然成為軍部的魁儡，加以台北糧食短缺，父親遂辭去《台灣新報》的工作，舉家遷到台中郊外的軍功寮（今台中市大坑的軍功里）渡過了台灣光復前的最後四個月。

八月十五日日本天皇宣布無條件投降，父親的瘧疾竟無藥而癒。隔天即搬回台中市區，高興地慶祝重回祖國懷抱，當了「歡迎國民政府籌備委員會」的總幹事。一九四六年九月，父親參加了由丘念台鼓吹、林獻堂為團長的「台灣光復致敬團」，經上海赴南京拜謁中山陵，又遠

1 一九四四年三月台灣總督府下令合併台灣主要的六家報紙（台北《台灣日日新報》、台北《興南新聞》、台中《台灣新聞》、台南《台灣日報》、高雄《高雄新報》、花蓮《東台灣新報》），成立《台灣新報》，該報於同年四月一日開始發行。戰後，台灣行政長官公署接收《台灣新報》，改名為《台灣新生報》。

赴西安祭黃陵。在大陸停留了三十幾天。返台後參與省立台中圖書館的工作，擔任編譯組長兼研究輔導部長，與館長莊遂性合作，舉辦包容各派人士的政治、經濟、文化講座以及圍繞著台灣之建設為話題的談話會。並邀請台中女中的國文老師來教授國語（普通話），目的即在於教育民眾重新認識祖國文化，清理日本據台五十年遺留下的殖民傷痕。但是隔年還是發生了二二八事件的慘劇，父親與莊遂性一起丟職，莊先生還一度被抓。之後莊先生退隱山林務農於大同農場，父親則一度封筆，拒絕了蔣介石的台灣省參議員的任命，隔年（一九四八）再度拒絕青年黨及民社黨兩黨共同推薦的監察委員，而選擇進入彰化銀行服務。

父親葉榮鐘（一九〇〇－一九七八）一生跨越了日據、國民黨統治時代，留下了不下三百餘萬字的著作。包括歷史紀實：約五十萬字的《日據下台灣政治社會運動史》和約二十餘萬字《近代台灣金融經濟發展史》，以及人物傳記《台灣人物群像》約三十餘萬字、隨筆散文《半壁書齋隨筆》約四十五萬字（包括《半路出家集》、《小屋大車集》、《美國見聞錄》以及與友人洪炎秋、蘇薌雨合撰的《三友集》）。漢詩集《少奇吟草》計六百餘首，另有約十萬餘字的《日據下台灣大事年表》、三十餘萬字的《早年文集》、四十餘萬字的《葉榮鐘日記》。

二、關於林獻堂在史、傳書寫中的對比：蘊含改良派與革命派兩條路線的霧峰林家

父親撰寫《日據下台灣政治社會運動史》時，刻意以梁任公和林獻堂於一九〇七年之相識為政治社會運動的開端，而捨棄日本明治維新元勳板垣退助的「同化會」。就如同書中開宗明義的凡例所述：所謂「民族」的觀念、係以文化、傳統、目的、願望等共通的心理因素為其內涵。台灣民族運動的目的在於脱離日本的羈絆，以復歸祖國懷抱為共同的願望，殆無議論餘地。

《近代台灣金融經濟發展史》雖然以日據時期的金融體系為其著論的重點，但是開宗明義就指出「清丈賦課」是始於前清台灣巡撫劉銘傳，奠定了税收的來源，日後台灣總督府的民政長官後藤新平（一八七五－一九二九）倒是蕭規曹隨。

《台灣人物群像》一書中，對於當時台人與日本帝國主義殖民抗爭的主要領導人，父親皆有其評價，就如同戴國煇先生在《葉榮鐘全集》的序文所述：

> 他任林獻堂的私人祕書及日文翻譯，並參與了文化協會等抗日反日的一系列社會文化運動，更是日據時代唯一台籍新聞的重要幹部的一員。光復後，不曾放棄過當一個冷靜觀察者的自定角色。在這不尋常的生涯中，他見證了日帝的殘酷支配並剝削台灣的實況，也目

睹了光復後不分本外省的人生百態。[2]

一九五六年，林獻堂先生於日本過世，一九六〇年父親因主編《林獻堂紀念集》（包括年譜、遺著、追思錄）而重新提筆創作，當時即發表了〈杖履追隨四十年〉，收錄於《林獻堂紀念集之追思錄》。一九六六年又寫了一篇〈明智的領導者林獻堂〉[3]。〈杖履追隨四十年〉一文父親道盡與獻堂先生私人之情誼，文末尤以一九五二年父親代表彰化銀行同仁去探望先生，先生所贈一首詩，當時未能體會而耿耿於懷。特錄於下：

別來倏忽已三年，相見扶桑豈偶然。
異國江山堪小住，故園花草有誰憐。
蕭蕭細雨連床話，煜煜寒燈抵足眠。
病體苦炎歸未得，束裝須待菊花天。[4]

2 戴國煇，〈葉榮鐘先生留給我們淡泊與矜持〉，葉榮鐘，《葉榮鐘全集．台灣人物群像》，第五－一〇頁。

3 一九六六年九月發表於《大學雜誌》，後改為〈台灣民族運動的領導人：林獻堂〉收入一九八五年帕米爾書店出版《台灣人物群像》。

4 葉榮鐘，〈杖履追隨四十年〉，《葉榮鐘全集．台灣人物群像》，第五四頁。

其中「故園花草有誰憐」實乃先生之痛，當初這些一起打拼的同志，是他無顏面對的，只好繼續漂泊異鄉到死，始得歸鄉。全文一一細數了父親追隨獻堂先生四十年為民眾奔走的事蹟，感懷之情溢於言表！

至於〈台灣民族運動的領導人：林獻堂〉，筆調語法全然不同，這是父親於公的認知，對於歷史的交待。其中有一段特節錄於下：

> 乙未割台以後霧峰林家對外是由林季商代表，因為他是統領林朝棟嫡子，林家最高的權威福建水陸提督、太子少保林文察的嫡孫，自然而然成為林家的中心人物。但是自林季商脫籍離台之後，林家的主導權就落在灌公（林獻堂字灌園）手中。[5]

父親的目的即在指出霧峰林家是三代以來都是姪子帶著叔叔打天下的，林文察與林奠國，林朝棟與林文欽，林季商與林獻堂，因為姪子有功名，自然而然族長之職是落在姪子身上，一直到林季商脫籍返回祖國，參加孫中山的二次反袁帝制革命，才起了變化，林獻堂也才開始掌握霧峰林家的主導權。[6]

---

5 同上注，第二三一－三二頁。

6 詳見拙作〈霧峰林家與台灣史：記兒時飯桌上的故事〉，《兩岸犇報》第一七七期，二〇一八年六月七日。

一九六二年，父親在寫〈台灣民族運動的鋪路人：蔡惠如〉[7]又再度提起霧峰林家，林文察、林朝棟、林季商三代的偉大事蹟。根據家兄葉光南、家姊葉芸芸編寫的《葉榮鐘年譜》[8]，父親開始計劃寫民族運動史之初，即已先寫了部分重要的人物傳記。林獻堂對於父親，於私而言是恩同再造，因此〈杖履追隨四十年〉是從私人情誼為出發點來書寫。但是於公而言，包括一九七五年連續發表於黨外雜誌《台灣政論》的〈台灣民族運動的鋪路人：蔡惠如〉、〈台灣民族詩人：林幼春〉、〈革命家蔣渭水〉，這些嚮往革命的祖國派，父親更是發自內心尊崇不已。因此他在書寫《日據時期台灣政治社會運動史》的歷史時，除了突出了維新改良派的梁啟超、林獻堂的貢獻，但也不忘將林文察、林朝棟、林季商祖孫三代拋頭顱、灑熱血的革命派的功績記上一筆。

《日據時期台灣政治社會運動史》於一九六七年動筆，歷四年於一九七一年完成，先於《自立晚報》連載，歷經周折於一九七一年出單行本，更名為《台灣民族運動史》，二〇〇〇年以手稿版再現於《葉榮鐘全集》時復名為《日據下台灣政治社會運動史》（以下簡稱《運動史》），在《運動史》第一章〈台灣近代民族運動的濫觴〉的導言中，有下列的描述：

7　原登於一九六四年《台灣文藝》第二期，後於一九七五年改寫登於《台灣政論》第一期。

8　葉光南、葉芸芸編：《葉榮鐘全集．葉榮鐘年譜》（台中：晨星出版社，二〇〇二），第六三－六五頁。

台灣近代民族運動與領導者林獻堂有密切的關係，林獻堂一生的思想行動，除他生得的性格與學養外，受梁啟超先生的影響最多也最深，是故本篇為追本朔源起見，先由梁任公與林獻堂的關係寫起。[9]

交待了台灣政治社會運動史的肇端於與祖國康、梁維新的連結，但卻又急轉直下婉約地評論「林獻堂參加同化會是他一生被誤會受誣謗最深的一齣」，以林參加同化會「純係出自一種解懸拯溺的迫切心情」為其文過。同文也公正地道出了林獻堂的侷限與貢獻：

何況林氏的性格也不是硬繃繃（梆梆）的革命家，他的資產、地位、聲望，也會使他的行動受到一定的限制。他的思想形態，充其量也不能超過「改良主義」，這在今日雖然平淡無奇，或者已入落伍之列，但在風氣未開的當時，不能不說是難能可貴。我們若再進一步去檢討他當時所處的環境，他的同輩、他的同族大部分的公子哥兒都是過著醉生夢死的生活，而他竟能獨立獨行飄然不群，也可以看出他的偉大處。……所以他第一著手和板垣伯爵提倡同化會，可能也是根據任公的指示而來的牛刀初試。[10]

9 葉榮鐘，〈台灣近代民族運動的濫觴〉，《葉榮鐘全集．日據下台灣政治社會運動史（上）》，第七一一－七一二頁。

10 葉榮鐘，〈台灣近代民族運動的濫觴〉，《葉榮鐘全集．日據下台灣政治社會運動史（上）》，第七一一－七四頁。

關於獻堂先生參加同化會之舉，父親在寫人物傳〈台灣民族詩人：林幼春〉一文中，因對比林幼春的民族風骨，則評價說：

民國三年伯爵板垣退助以明治維新開國元勳的身分，紆尊降貴來到新附的台灣，倡導創設同化會，當時台灣的一般知識分子（不免有點飢不擇食的氣味），莫不群起響應，林獻堂、林痴仙尤為熱心……論理林痴仙的行動，林幼春是沒有不追隨的。唯獨對同化會兩者之間意見似乎並不一致。[11]

父親認為：在初期民族解放運動，幼春先生的「民族純粹性」是起到很大的作用，除了能贏得追隨者的信賴、加強向心力，更大力度的激發個人鬥爭的熱情。幼春先生在民族運動的陣營裡，可以說是魯殿靈光、民族精神的燈塔。父親在文中認為幼春先生始終保持旺盛的批判精神，堅持不與日人接觸，維持漢族自尊。對於幼春先生能跟上祖國的思想潮流基於以下三點理由，(一)求知欲旺盛；(二)有眾多留在大陸的親友；(三)不必為衣食奔走，能專注祖國動向。林獻堂在林季商脫籍返回大陸參加孫中山的反袁帝制二次革命後，擔起了林家族長的重

11 葉榮鐘，〈台灣民族詩人：林幼春〉，《葉榮鐘全集．台灣人物群像》，第二三七–二四六頁。

擔，與統治者周旋成為不可避免的任務。唯獨幼春先生能倖免，但也種下日後「治警事件」被捕入獄的原因。

談「治警事件」必須先談「八駿事件」。一九二二年秋天當時的日本總督內田嘉吉召見林獻堂、林幼春、楊吉臣、李崇禮、林月汀、甘得中、洪元煌八人，勸告林獻堂停止「台灣議會設置請願運動」，否則必須出售上等水田三十甲以上才能償還台灣銀行債務。一個族長為了維護家業而做出妥協，而遭受同志責難，其難言之隱可想而知。隔年十二月十六日終於爆發「治警事件」，包括蔣渭水、林幼春、賴和、林呈祿等六十多人遭逮捕，由此可見日本總督府是有計劃的將文化協會這個當時唯一的反殖民團體連根拔起。對比上述運動史與人物傳的書寫差異，父親評價先賢的歷史地位，在遣詞用字上真可謂用心良苦，值得後人細細分殊、體會。

三、在黨外雜誌《台灣政論》推崇革命派的蔡惠如與蔣渭水

蔡惠如在《運動史》的登台是在第三章〈海外台灣留學生的活動〉，第二節提到「新民會」於一九二〇年一月十一日於蔡惠如澀谷區的寓所成立，席上公推蔡任會長，但蔡極力謙辭，並列舉數點強調會長非林獻堂莫屬。「新民會」與先前的「啟發會」、「聲應會」最大的不同之處，是當天決議的第二項——發刊機關雜誌。這個決議案的背後原因是，一九一七年俄國十月革

命，一九一八年美國總統威爾遜發表了十四條和平宣言基礎的民族自決，一九一九年朝鮮發生了三一獨立運動，即所謂的萬歲事件，同年祖國發生了五四運動，這一連串的事件衝擊着台灣海外留學生。尤其朝鮮的萬歲事件更是為甚，因為朝鮮被日本統治是一九一〇年，整整比台灣慢了十五年，對於台灣留學生是臉上掛不著的，急於希望有一個有組織有發聲的管道來表達意見。這也促成了「新民會」後來成為台灣政治社會運動的指導機關凡十餘年。蔡惠如在自己經濟已捉襟見肘的情況下，仍「剜肉醫瘡」地拿出了一千五百元交給林呈祿，創辦了「新民會」的機關刊物《台灣青年》，成為後來台灣人唯一的報紙《台灣新民報》。

在〈台灣民族運動的鋪路人：蔡惠如〉一文中，有下列一段描述：「在民國初年，惠如先生是中部地方首屈一指的領導人物，其聲望也許比較林獻堂更為顯赫。」「在這時候，他對留學生的影響力，遠比林獻堂先生為強。」[12] 父親在文中指出三個理由：（一）惠如先生，講義氣，重然諾，富有熱情，自然也有「雖千萬人我往矣」的衝動性，頗具東方式豪傑的風格。但是台灣的民族運動，並不是揭竿起義式的武力革命可以成功的，過去武裝蠭起，屢試屢敗，運動方式祇有退而求其次，用要求和交涉，所以領袖的人格、信譽必須是能夠贏得對手的信心的人方能有濟。（二）東京留學生的人數畢竟是少數，而運動必須是能夠博得全台灣同胞的支持。

12　葉榮鐘，〈台灣民族運動的鋪路人：蔡惠如〉，《葉榮鐘全集．台灣人物群像》，第二二九－二三六頁。

(三)這種運動是需要有雄厚的資力才能夠持久，發生作用。以上三點，惠如先生自知遠不及林獻堂，所以他自願以一個鋪路人的身分來促進這個運動的進展。[13]在這裡，必須提一下，惠如先生的孫子蔡意誠，在國民黨白色恐怖時代兩度入獄，一共坐了二十三年七個月的黑牢。他也如同他祖父一樣默默地支持當時的黨外活動，出資贊助創辦了《夏潮》雜誌(由蘇慶黎主編，與陳映真等人共同創辦)這也開啟了戰後台灣左翼的再出發，延伸之後的《人間》雜誌、人間出版社、夏潮聯合會，可說是功不可沒。[14]

一九二〇年七月一六日《台灣青年》月刊在東京創刊，一九二一年十月十七日「台灣文化協會」創立。在《運動史》第六章〈台灣文化協會〉的導言有以下的陳述：台灣議會設置運動、台灣文化協會與《台灣青年》雜誌是台灣非武裝抗日運動的三大主力。台灣文化協會成立的緣由，在《運動史》中有以下幾點論述：(一)官方的記錄，以台灣總督府警務局所編的《警察沿革誌》所載，「在島內為該運動的先驅者而奔走於團體結成的是台北市的開業醫蔣渭水……大正十年(民國十年)七月蔣訪謁林獻堂，協議團體組織事宜。(二)蔣謂水的回憶，在其所著〈五年中的我〉一文第三項「組織文化協會的動機」中說：自林獻堂氏歸台，在台北開了歡迎會以後，新交的同志，李應章、林麗明、吳海水、林瑞西……諸氏，屢次慫恿我出來組織團體，並提出他們

13 同上注。
14 詳見拙作〈蔡惠如一門忠烈〉，《觀察》雜誌五十一期，二〇一七年十一月，第七二–七四頁。

所做的青年會章程和我研究。我考慮以後，以為不做便罷，若要做呢，必須做一個範圍較大的團體才好，於是計劃出來的就是文化協會。(三)醫專學生間的醞釀，據何禮棟的談話，在民國九年十一月間(當時他是醫專四年級生)他與同學李應章、吳海水，為避免日本官憲的干涉，不談政治專以啟發台人之文化向上為目的擬組織一個團體，苦於沒有可做領導者的社會人士，經賴石傳的推薦而找上蔣渭水。[15]綜合以上三點，可以確認其經過是台北醫專學生的討論，找上蔣渭水，而渭水先生希望能有更大的影響力，又找上林獻堂，以期獲得社會更多民眾的支持。

台灣文化協會於一九二一年十月十七日下午一時在台北市大稻埕靜修女學校舉開創立總會。公推林獻堂為總理，楊吉臣為協理，蔣渭水為專務理事。這在當時的氛圍是甘冒大忌的，因為日本人最忌諱的就是台灣人與祖國的聯結，而「總理」是孫中山國民黨所採用的稱謂，在當時的殖民統治下是不容許的。

〈台灣文化協會〉一章中，特別提到「二林事件」，因為父親認為這是台灣左翼思想的起源，二林的文化演講將一個僅能容納二百人的碾米廠擠的水洩不通，圍觀民眾多達三千人，促成了二林農民組合的成立。李應章、簡吉、葉陶這些當時有左翼思想的人展開了台灣另外一條

15 葉榮鐘，第六章〈台灣文化協會〉，《葉榮鐘全集．日據下台灣政治社會運動史(下)》，第三二九－三三二頁。

路線的社會運動，在國民黨戒嚴體制下，父親的目的即在於留下線索讓後人得以順藤摸瓜，由此認識台灣當時由小資產階級領導的反殖民抗爭如何演變成階級鬥爭的過程。

父親在《運動史》的敘述：

> 台灣文化協會的歷史的臨時大會在台中市公會堂舉開。屬於連温卿派的大甲、彰化以及由台北大批擁進會場的無產青年占大多數，他們以連温卿為中心占據座席的中央，大有睥睨全場的氣勢……依據新章程選舉中央委員的結果，連温卿直系十一人當選……蔣渭水與連温卿本來是共同戰線的提攜者，但因兩者思想上有不可逾越的界限……所以他也不屑留在連派旗下共事，……向來以民族主義的文化啟蒙團體的形態存在的台灣文化協會，一變而成以階級鬥爭是務的無產階級的文化啟蒙團體。[16]

一九二七年七月十日下午三時，台灣民眾黨假台中市新富町聚英樓酒家舉開創立大會。

一九二八年二月台灣工友總聯盟結成後，民眾黨的政策顯然有遷就階級鬥爭的傾向，這與

16 葉榮鐘，第六章〈台灣文化協會〉，《葉榮鐘全集．日據下台灣政治社會運動史（下）》，第三八五頁。

立黨當時所標榜的全民運動頗有偏差……。不過民眾黨對於工友聯盟的袒護與遷就勞工運動的態度，黨內的民族主義者頗不以為然則是事實。[17]

但是在人物傳〈革命家蔣渭水〉一文中卻陳述道：

民國十七年（編按：一九二八年）在渭水先生指導下成立的台灣工友總聯盟，據說它的組織法，完全用上海總工會的章程做藍本……在那個階段，無疑地都是屬於資產階級的民族運動。大多數的指導者，對於青年及勞工的力量並沒有充分的認識，唯有他能夠洞察時代的趨勢。[18]

父親又說：「民國十三年（編按：一九二四年），國民黨在廣州召開全國代表大會，表示『聯俄容共』的態度以後，他不但對一部分所謂（無產青年）採取溫存的態度」[19]，因蔣渭水對於無產階級的同情，而造成日後文化協會的左右分裂，父親感到惋惜。自清末以來，以「孫黃

---

17 葉榮鐘，第七章〈台灣民眾黨〉，《葉榮鐘全集．日據下台灣政治社會運動史（下）》，第四七一頁。
18 葉榮鐘，〈革命家蔣渭水〉，《葉榮鐘全集．台灣人物群像》，第二四七－二五六頁。
19 同上，第二五一頁。

革命，康梁維新」的兩條路線深深的影響著台灣同胞，雖然父親跟隨林獻堂走上了革新之路，採取接受梁啟超之建議，仿效愛爾蘭的鬥爭方式，先在英國國會取得議席來為愛爾蘭人爭取應有的權利。但是他心中所仰慕的是林季商、蔡惠如、林幼春、蔣渭水等這些革命思想的先行者。[20]

父親於一九六七年九月十三日寫了〈我所知道的丘念台先生〉悼念於同年一月十二日逝於東京京山王醫院的丘念台先生。[21]誠如文中所述「筆者在民國七年（編按：一九一八年）到東京留學的時候就聽到丘先生的大名，當時他不叫念台而叫丘琮」[22]，而與丘先生第一次見面是到一九二四年，丘先生暑假歸省由粵赴日返校，途過台灣，專程赴霧峰拜訪獻堂先生，而父親那時正在獻堂先生處當祕書兼通譯，才得以見面。而真正的接觸是到一九四五年，台灣光復後，先生寫信告知獻堂先生，台胞在粵的困難情形，並呼籲設法營救。一九四六年八月，先生發起組織「台灣光復致敬團」赴南京獻金撫卹先烈家屬，祭國父，晉謁元首，並擬赴陝西祭黃帝陵。父親隨團赴大陸前後滯留了卅餘天。相信這卅餘天的密切互動，才有日後返台後，更進一步的

20 詳見拙作〈葉榮鐘對「孫黃革命、康梁革新」的評價〉，《觀察》雜誌第四十六期，二〇一七年六月，第六六－六八頁。

21 葉榮鐘，〈我所知道的丘念台先生〉，《葉榮鐘全集．台灣人物群像》，第三二五－三三二頁。

22 同上注。

了解。如文中所述：

我們出生在割台之後，所受的完全是日本式的教育，對祖國的政治情勢一無所知。所以念台先生的周旋應對，以致於一舉一動都足以啟動我這單純幼稚的腦筋。他體格高大魁偉，但是思慮周密而感覺銳敏，一面又是心平氣和，謙恭有禮。經過這一次的接觸，他老人家似乎以我為孺子可教，所以另眼看待，以後一年間總有數次來台中，來了一定會到舍下看我。[23]

兒時的記憶，一年會有兩三次的機會看到念台先生，每次要來之前，祕書一定會來電，時間是否可以，家裡是否有其他客人。每次都是一身藏青色的中山裝，不苟言笑，母親泡好茶，要我們送入客廳，退出後，門就關上，即使站在門外也聽不見聲音，辭去時也是不苟言笑，非常有威嚴。

「台灣光復致敬團」是念台先生一手促成的，一九四六年八月二十九日林獻堂率台灣光復致敬團成員黃朝清、林為恭、林叔垣、葉榮鐘、姜振驤、李建興、張吉甫、鍾番、陳逸松、顧

23 同上注。

問丘念台、財務陳炘、祕書林憲、陳宰衡、李德松等十五名由台北飛往上海，展開了為期三十七天的祖國之旅，除了拜祭中山陵，晉謁元首，赴南京獻金撫卹先烈家屬，赴西安祭拜黃帝陵於十月五日結束。由團員中所留下的日記、回憶錄我們可以理解致敬團在祖國的生活點滴，和那些政府官員的互動。留下日記的有林獻堂、李建興，葉榮鐘和丘念台先生的回憶錄。六十年後，二〇〇六年由當時致敬團的祕書林憲和林光輝先生的奔走，組成了後人團，循着先人的腳步到黃帝陵祭拜並立碑，我深感榮幸得以參加這次活動，更重要的是能將當初致敬團於耀縣遙祭黃帝陵，父親所寫的〈祭黃陵文〉立碑於黃帝陵。

關於「東寧學會」，父親在文中有以下的陳述：「民國卅六年（編按：一九四七年）冬，我們幾個同志感覺，本省與祖國隔絕半世紀，台胞在此期間所接到有關祖國的消息，都是經過日人一番剪裁染色，因此與事實頗多出入。」[24]更有感於日本帝國主義殖民政策的惡端，不容台人教育自己的同胞。一切教育言論皆操在日人手中，就連通俗的講習會演講會也多方阻撓，「很想組織一個團體來從事文化的啟蒙運動。大家推我和念台先生商量，並請他出來領導，結果遂於民國三十六年（編按：一九四七年）十二月二十一日在台中市成立『東寧學會』」。[25]

丘念台先生在他的回憶錄《嶺海微飆》中，對於「東寧學會」則有以下的描述：

24 葉榮鐘，〈我所知道的丘念台先生〉，《葉榮鐘全集．台灣人物群像》，第三二七頁。

25 同上。

我計劃中的黨的外圍組織，其命名起初想用「台灣政治協進會」，或「台灣協進會」，「東寧協進會」（東寧是台灣在鄭成功時代的名稱）等，後來和前主任委員（國民黨台灣省黨部）即當時社會處長的李翼中商定用「東寧學會」的名稱。[26]

然而好景不長，父親於一九四八年五月接到台中市政府一紙訓令：「事由：奉電轉知該會未經依法請准組織不得擅自活動希知照由。」[27] 對於祖國政治情勢一無所知的父親本以為有念台先生為顧問，「東寧學會」可以好好的展開群眾的文化啟蒙運動，然而事與願違，它就活生生的被扼殺了。相信對父親和念台先生都有某種程度上的打擊。

父親的朋友中有延安經驗的除了念台先生以外就是徐復觀，難能可貴的是抗戰期間念台先生所領導的「東區服務隊」完全是仿傚延安精神身體力行。

據家姊轉述已逝林憲老先生的話，一九四九年廣州解放的前夕，他曾陪念台先生到廣州火車站會見葉劍英，林在外等候，念台先生出來後跟他說「葉劍英告訴他全國解放在即，無須去台灣，留在祖國為新中國效力」。然而念台先生當晚還是離開廣州經香港到台灣。為什麼？心中難免有此疑問，當我參觀了位於蕉嶺的丘逢甲故居，我大概可以理解，這個宅子是坐西朝東

26　丘念台，《嶺海微飆》（台北：海峽出版社，二〇〇二），第二九五頁。

27　葉榮鐘，〈我所知道的丘念台先生〉，《葉榮鐘全集．台灣人物群像》，第三二八頁。

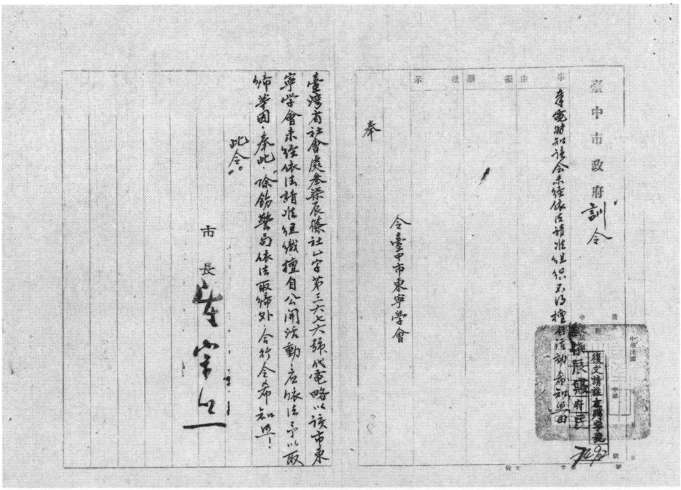

臺中市政府訓令

事由：奉電飭知該會未經依法請准組織不得擅自活動希知照由

令臺中市東寧學會

奉

臺灣省社會處參辰篠社一字第三六七六號代電略以該市東寧學會未經依法請准組織擅自公開活動應依法予以取締等因。奉此。除飭警局依法取締外，合行令希知照！

此令。

市長

上：台中市政府寄給東寧學會之訓令，准予組織但不得擅自活動。

下：二二八事件後一九四九年四月十七日，莊垂勝離職時，台中圖書館全體職員合影留念。前排左起：施維堯、林阿丙、周定山、莊垂勝、葉榮鐘、施炳坤；後排右一施學汾、右五莊青萍。

的，為什麼台灣光復的次年，他隨即鼓吹「台灣光復致敬團」，無非是為那對祖國政治情勢一無所知的六百萬台灣子民擔任橋樑的工作。今天當他知道全國解放在即，他當然義不容辭的回到台灣幫助台灣人民去了解紅色祖國。

一九六四年十一月，父親寫了〈偉大人物的丰度〉[28]來悼念于右任先生。文中開始的敘述：「用星辰的殞落來形容偉大人物的仙逝，可以說是中國民族傳統的發想，可是使人有切實的感覺，在筆者個人來講當以于右任先生為嚆矢。」父親一輩子不攀附權貴，為何要特地來悼念于右任先生？原來他們還有一段不為人知的交往。一九四六年九月六日，于院長奉命往新疆宣撫，事畢由蘭州歸來，西安黨政軍各界設宴歡迎，父親參與的「台灣光復致敬團」躬逢其盛，恭陪末席。然父親說當晚于院長的致辭他一句也聽不懂，因為于老是陝西人。九月十七日，致敬團由西安飛返南京，二十二日晚受于院長招宴，父親落座於于院長右鄰，惶恐不安的父親，當他老人家舉杯邀飲時，自告奮勇陪他乾杯。一兩杯後竟然成例，以後他一邊舉杯，一邊就叫「白乾的朋友」再來一杯。「人格的力量是不可思議的，我雖然有過同他老人家並坐交歡的光榮，但事實他連我的姓名都不知道。」除了丘念台是舊識外，其餘皆是第一次見面，「不過

28　葉榮鐘，〈偉大人物的丰度〉，參閱葉芸芸、呂正惠、黃琪椿編，《葉榮鐘選集．文學卷》，第三〇五－三〇八頁。

在這場合，個人的認識並非重要，因為他老人家的一片真誠，祇是對睽違了五十星霜的台灣同胞，表示慰撫的熱忱。」「謾說一行中有林獻堂先生那樣有地位、有聲望的人，假使統統都是平時不見經傳的角色，只要他是台灣的同胞，我想他老人家的熱誠，也不會減少的。」「這和當時以勝利者的派頭，來君臨台灣的所謂『重慶面孔』比較，相去真是不可以道里計。」或許誠如呂正惠老師所言，如果當初的接收大員皆如于老，二二八就不會發生了。從對丘念台與于右任先生的書寫，可以理解父親對於人格的崇尚。

父親於一九七四年得以脫離特工的監視赴美探望貫兄與芸姊兩家人，在貫兄的陪同下拜訪在渥太華的莊生兄（莊遂性長子）。如今雖已無法知道那三天，他們談了些什麼？但是在父親返回芸姊家後給莊生兄的信，我們可以理解，他們有很嚴肅的話題，對於台灣的前途，父親在信中很明確的告訴莊生兄的台灣人自決是行不通的，唯一的一條路就是「與大陸八億中國人同其運命」。國共內戰時期，麥克阿瑟（Douglas MacArthur）即一再倡導台灣國際託管論，其實是美國的戰略考量，意在使台灣陷入冷戰架構下的棋子，父親是以國共內戰的視野來看這件事，這是中國民族自家的事，容不得外人說三道四。身為出生於台灣的中國人，怎能依附外國勢力來損害兩岸統一的民族大業？

父親從美國歸來後，在國民黨戒嚴體制，言論管制仍嚴厲的情勢下，分別於一九七五年八月、十月與十二月在黨外雜誌《台灣政論》連續發表了〈台灣民族運動的鋪路人：蔡惠如〉、

〈台灣民族詩人：林幼春〉、〈革命家蔣渭水〉，以項莊舞劍之舉對國民黨政權發出批判。同年十二月二十七日《台灣政論》刊行五期後即被查禁。父親之所以替這本第一次集結黨外勢力的雜誌撰寫台灣革命派先輩的事蹟，除了期許年輕一輩能認知、傳承先人之志，最重要的是，正如他寫給林莊生的書信一樣，希望台灣青年在謀台灣出路的同時，不可或忘於這些革命派的民族風骨與祖國情懷！

我所認識的父親的朋友

葉光南

我所認識的父親的許多朋友當中，有多位，包括莊垂勝（遂性）先生、洪炎秋先生、丁瑞魚先生和施玉斗先生等。他們不只都是鹿港同鄉也是父親兒時玩伴，從竹馬之交成終生摯友。

一、莊垂勝先生

這些人中，我最熟悉，接觸最多的當是莊垂勝先生，他和父親情同兄弟。從小，父親的朋友我們都以「某某伯」或「某某叔」稱呼。唯有莊垂勝先生我們叫他「阿伯」，如父親的親兄長。對莊垂勝先生最早的記憶我想大概是一九四三年春天，當父親受日軍徵召前往菲律賓一年餘時，母親、蓁姊和我就與莊垂勝先生他們一家同住在他們在柳川邊的房子。當時我五歲剛要進幼稚園。我唯一的記憶是莊垂勝先生最小兒子立生和我同年紀。我們一起上學，下課回來就整天玩在一起。在這一段時間裡，似無莊垂勝先生的任何印象。倒是有伯母給我和立生剃頭的記憶。那時上小學就得剃光頭。我和立生有生以來的第一次光頭就是伯母給我們剃的。翌年（一

一九四五年十月十日台中驛前歡迎門落成紀念。右起楊基先、紀金樹、何集璧、張大欽、王金海、許清榮、黃朝清、葉榮鐘、林培英、張煥珪、黃棟、林子玉、不詳、黃再添、施維堯。前立小男孩為葉光南。

九四四)春天，父親從菲律賓回來，我們就舉家搬到台北。我們在台北住不到一年，一九四五年春天我們就疏散到台中郊區的軍功寮至八月，二次大戰結束，我們又搬回台中市區。台灣光復至二二八事件這一年半時間，或許是我和莊垂勝先生接觸較多的一段時間。當時莊垂勝先生主持台中圖書館，父親也在那裡上班。我大概是國小三年級。每天下課後就跑到圖書館玩，所以常見到莊垂勝先生。而且我也常跟立生兄弟們到他們在萬斗六的山莊渡週末。那時我對莊垂勝先生的印象是「嚴肅」、「寡言」。另一記憶是每次見到他，他總是香煙不離手。而且一枝煙都吸到手指握不住才熄掉。煙灰缸裡的煙蒂都不到一公分長。

最後見到莊垂勝先生是在台大醫院。根據林莊生兄著《懷人又懷樹：我的父親莊垂勝、他的朋友及那個時代》的記載，莊垂勝先生是一九六二年八月中旬進台大醫院檢查，確認是肺癌，九月底去世。我好像是八月初服完預備軍官役退伍回來。因準備第二年出國留學，常到台北，每次父親都囑我一定要到台大醫院探望莊垂勝先生。記得好像去過兩次，每次都是敬生(二兒子)兄在旁照顧。第一次去時，記得他好像右半身已經沒有知覺。他要吸煙，敬生兄點香煙給他，他用左手接去。第二次去時，他已經不能說話了，只用眼睛向我示意。這是我最後一次見到莊垂勝先生。

二、洪炎秋先生

第一次見到洪炎秋先生大概是在一九四五到一九四六年間。他剛從北京回台，來台中家裡。接著他接台中師範校長的職位，常來家裡走動。他給我最深的印象是，他的閩南話含有一口濃厚的鹿港腔。讓人聽起來有一股親切的感覺。他平時說話聲音很低，但玩天九牌時就完全不一樣了。而且越輸錢聲音就越大，最後還站起來大聲地叫「來來來，天九第三關」。二二八後，他一直任教台大，並主辦《國語日報》。每年總有一、兩次他會到台中、鹿港來，每次都會順便來家裡見父親。我在台大四年，期間父親常到台北出差，每年總有四、五次。每次他都會約我出去吃飯，有時也會順便去看洪炎秋先生。我很喜歡聽他講話，聽他講話就如看他的隨筆集一樣。或許我唯一的後悔是沒能去聽他的課，工學院的課程很緊，每學期必修課都排得滿滿的，沒能去選其他的課。出國後，父親來信也常提到洪炎秋先生，有關他出版的隨筆集，還有父親為他助選立法委員、以高票當選等等。最後一次見到洪炎秋先生是一九七八年秋，父親去世回台奔喪時，他來參加父親的葬禮並為我們寫父親的墓誌銘。

三、丁瑞魚先生

第一次見到丁瑞魚先生大概是在我初三或高一時（一九五三－一九五四），有一次跟隨父親到鹿港掃墓，歸途他帶我到離鹿港火車站不遠的一家「丁瑞魚診所」。之前，我好像從未聽過這名字。但從他們交談的中，我可以確定他們是多年的老朋友。後來讀了父親寫的〈杖履追隨四十年〉一文中，提到一九二三年台灣發生「治警事件」時，全台通訊被封鎖，為了要讓外界以及在東京的同志們得知這事實，他從霧峰潛赴追分乘海線火車到台北，先去見《朝日新聞》的一位記者要求他轉告東京本社將這新聞發表，然後到基隆碼頭去找一位在駛往神戶的定期班輪上工作的同鄉，將給東京同志的三封信交給他，要他船到神戶時將信投入陸上的郵筒。在台北期間父親為了避免日本特務的發現，他不敢住旅館也不敢到同志家。當時冒著被開除之險掩護父親住進台北醫專（即今台大醫學院）學生宿舍的就是這位丁瑞魚先生。

四、施玉斗先生

以前家裡父母親的睡房裡掛有一付刺繡，母親曾告訴我這刺繡圖是她和父親結婚時她自己刺繡，父親詠詩，而由施玉斗先生（字玲文）[1]題字的。這是我大概六，七歲時就曉得的。所

1 施玉斗（一八九七－一九八一），鹿港書畫家。一九一七年與好友葉榮鐘、莊垂勝、丁瑞魚、洪炎秋、許文葵等人發行手寫月刊，稱之為《晨鐘》，共發行六、七期，因被傳為祕密結社及陰謀造反，受到鹿港支廳高等警察部補瀧

以從小就知道有這位施玉斗先生，他不只是父母親的同鄉，也是父親年輕時的好友，而且他字寫得很好。但是我從小時侯一直到出國前，好像從未見過他。父親晚年退休後似乎和施玉斗先生有較多的接觸與交往，父親逝世後，施玉斗先生幫母親和我們許多忙，料理後事，墓誌銘是洪炎秋先生撰寫由施玉斗先生題字，然後刻在大理石板上。我也是在這時候第一次見到施玉斗先生的。

五、張賴玉廉先生

其他我所熟悉的父親的朋友中，有些是他以前當記者時，以及後來在彰化銀行服務時的同事，有些是他從事抗日社會、文化運動時的同志，有些是他櫟社的詩友。在這些人中，印象較深的有兩位，一位是張賴玉廉先生[2]，另一位是楊肇嘉先生。張賴玉廉先生是台中市郊區北屯區軍功寮的一位小地主，他給人的印象是一位樸實的農村紳士。好像有點中文底子，喜好作漢詩。父親和他的認識、交往我想是從櫟社來的。一九四五年春，二次大戰接近尾聲，台北也

澤政比古巡查訊問和勸告，隔年停刊。

2 張賴玉廉（一九〇一—一九六一），字雪堂，號讓友、鐵夫、青山人，台中軍功寮人尊稱為玉廉仙，曾任地方自治聯盟支部幹事、三民主義青年團北屯區隊長。

開始聽到空襲警報。但更嚴重的是大都市裡物資缺乏，特別是食物，所以許多人開始搬到鄉下避難（當時稱「疏開」）。我們也在四月中旬，芸妹誕生滿月後舉家搬到台中市郊的軍功寮，經張賴玉廉先生的幫助，向他一個親戚租了兩個房間和一小廚房。記得當時從台中市區雇了一部牛車，搬運一些日常用品如棉被和廚房用具等，我和外祖母就是乘那部牛車到軍功寮的。其他人，父母親和蓁姊、芸妹是怎樣去的，我現在一點記憶也沒有。這一段整整四個月的時光，我想可能是父親一生中最困苦的時候。他每天打著赤腳到村裡的一口水井去提水，這對一個平時坐辦公桌的人來說是一件相當困難的事。不只是肩上挑兩桶水走四、五百公尺路不容易，就是從井裡提水上來也需有一番功夫。他們用一個鉛桶綁著一條長繩，然後放到井裡，手就在繩子上稍微一扔那鉛桶就翻個身，水就進了桶裡。沒有經驗的，不管你手怎樣扔那桶子就是不翻身。我們都被笑稱為「軟腳蝦」。此外，當時物資缺乏，日常食物如魚、肉等都要從黑市取得，而且有錢也買不到東西，大家都知道日本不久就要戰敗所以日幣沒人要，都要以物換物。這期間張賴玉廉先生也常接濟我們如白米和蔬菜等。

後來父親又犯瘧疾，常常發作，八月十五日日本投降當天，他還在發高燒。但第二天一早突然清醒，燒也退了，從此不治而癒，從未再發作。當天父親就騎腳踏車到霧峰去見林獻堂先生。再隔一、兩天我們就搬回台中市區，在民族路接近市府路的地方租了一間樓房。父親和他以前抗日活動的同志們組成「歡迎國民政府籌備委員會」，他担任總幹事。籌備委員會一直到十月底，國府接收官員抵台後解散。這近兩個月時間裡，常常見到張賴玉廉先生。他每次來家裡，都會從他鄉下的家裡帶一點白米、蔬菜等東西來。他也常在家裡吃飯，那時家裡用的是日式的飯碗，裝飯量較小，他一碗飯三、五口就下肚了。蓁姊替他添飯時他就說：「阿蓁呀！飯可以多添一點，也可以壓緊一點。」

退休後，我常回台陪母親，這也給我有機會重新和以前中學的同學相聚，我們大概五、六個人，連同配偶剛好一桌，有一次在台北公館的一家餐廳聚餐，有位同學一進來就從他的包包裡拿出一本小冊子說：「你們來看這個葉光南這麼幸福，一出生就有人作詩祝賀。」起先不知他在說什麼，後來看清楚了才知是一本由張賴朝邦編的《張賴玉廉詩草》。其內有四首詩標題是〈喜榮鐘兄得男戲呈四絕句〉。記得張賴玉廉先生好像有三個兒子，老大是朝訓兄，台中師範畢業一直在師範附小任教，曾當過我和芸妹的導師。老二我沒印象。老三就是朝邦兄，好像長我兩、三歲，我們住軍功寮時曾和他一起玩過，他帶我爬山或到小溪玩水。張賴玉廉先生是什麼時候去世的，我現在也沒有任何記憶。

六、楊肇嘉先生

楊肇嘉先生，我們稱呼他「肇嘉伯」，是我較熟悉，也是較有接觸的一位。他是父親從事抗日社會、文化運動時的同志，也是前輩。一九三〇年「台灣地方自治聯盟」成立，楊肇嘉先生是常務理事。父親是書記長。他們於一九三三年一起赴朝鮮考察地方自治。記得小時候曾看過一張他們在朝鮮金剛山的照片。楊肇嘉先生給人的第一個印象是個性豪爽，說話聲音宏亮。我對楊先生最早的記憶好像是在一九四〇到一九四一年間。一九四〇年春，父親接任《台灣新民報》東京支局長，我們舉家遷居東京將近兩年，到一九四一年秋才搬回台灣，這期間，楊先生一家也住在東京。我們兩家常在週末見面吃飯，那時我大概是兩，三歲，現在的記憶已很模糊了。唯一記得我們曾到過楊先生在「輕井澤」(距離東京約一個多小時火車程的一處溫泉避暑勝地)的別墅。別墅似依山而建，上層後面有一個很大的木質平台。平台旁側有一棵很高大的栗子樹由下層地面長上來，樹上有許多外面長有刺的栗子，有幾顆剛好就在平台的欄杆旁，小孩好奇就伸手抓了一個，結果被刺著了。

一九六五年六月，楊肇嘉擔任葉光南婚禮證婚人。

記得在初中、高中時，每年農曆

元旦父親和母親一定到清水楊家拜年，我和姊姊也常跟著去，一九四七年到台北上大學，因第一學期無法住進台大宿舍，父親就安排我住進楊先生在杭州南路的宿舍。當時他已卸任民政廳長職，但仍任省府政務委員，所以在台北有一幢省政府配給他的公館。房子是日式，有庭園，但不是很大。他每個月從清水上來一、兩次，每次停留不到一個星期，所以平時只有我一個人和一對姊弟管家。每當他在台北時，晚餐就是只有我們兩個人，在餐桌上，他會和我談些家常事，例如白飯要怎樣煮等。有人批評他好大喜功，喜歡吹牛。要搬進去之前，父親也叮嚀地說：「凡事要聽從肇嘉伯，但他所說的，你不一定要百分之百地聽進去。」但我覺得他仍是有他很有人情味的一面。後來聽母親說，當我上課不在時，他還曾進我的房間察看我棉被有沒有整理好，房間有沒有收拾好。

一九六二年服完兵役，退伍下來已經八月底，來不及辦理出國留學手續，但距第二年出國還有將近一年的時間。所以想找個短期工作。但要在台中附近找短期的專業工作是很困難，曾應徵兩家私人的化工製藥公司。只看我的資歷就要聘我，而且立即要送日本實習，但一聽我只要做短期的，馬上就打退堂鼓。後來跟父親商量，或許在台中的大學找個助教位子。當時楊先生是中國醫藥學院的董事，父親就去拜託他，不到一個星期聘書就下來了。所以我就到中國醫藥學院當了一個學期的化學助教。

父親在他的〈急公好義的楊肇嘉先生〉[3]一文中，曾說：「肇嘉先生是一個重面子，講義氣的血性男子。」又說：「凡台人能夠和日本人一爭長短的，可以說他都可以無條件予以支援。」他一生資助過許多年輕的美術、音樂人才。同時，對他的家庭，對他的子女，他也是無微不至。先前提到他在輕井澤的別墅。後來聽母親說。楊先生買那別墅的原因是要讓他那有肺結核的二女兒在那兒養病。記得住在他杭州南路的公館期間，有一個星期天，他帶我到台北郊區山上的一個寺。我們在那裡逗留半天，在那裡吃午飯。從他和寺主持的交談中曉得他時常到這寺來。在歸途車中他才告訴我，他逝去的二女兒的骨灰就安放在這寺裡。他有兩個兒子也都犯有肺結核，一生無法就業工作。在他清水的大宅院裡，有兩棟獨立的小平房就是他這兩個兒子住的。而且僱有一專業護士照顧。

我最後一次見到楊肇嘉先生是在一九六五年夏天，我回台和妙芬結婚時。楊肇嘉先生是我們的證婚人。那時我就覺得他已經有老化的現象，而且神志不是很清楚。後來聽父親說，台大醫院院長高天成逝世時，他冒著大熱天在陽明山替高院長尋找墓地，結果中暑而引發輕微的腦血管栓塞。不久在父親的來信中得知他老人家逝世的消息。

3 收入《葉榮鐘全集．台灣人物群像》，第二六五－二七八頁。

一九七四年的夏天：葉榮鐘．美國．日本

葉芸芸

一九七四年四月三十日清晨七時，我和哥哥在華盛頓的杜勒斯（Dulles）機場迎接從台灣來的父親和母親，這是父親生前僅有的一次美國之行。父親和母親在美逗留了四個半月，九月中飛往東京，在日本又停留了三個多星期，於十月十二日回到台灣。

一九〇〇年出生在台灣的父親，前半生受日本帝國的殖民統治，後半生生活在國民政府恐怖的戒嚴體制下。一九七四年春夏，不長不短的五個多月，在異國藍色的天空下，呼吸自由的空氣，享受天倫之樂，對父親而言是極不尋常的一段時光。

八月十日（農曆六月二十三日），父親在美國歡渡七十五歲生日，這是父親一生中難得的一次生日宴，雖然並不是全家大團圓，只有哥哥和我兩家人，但總算是三代同堂，兒孫繞膝。父親必然是感慨萬千，因而成詩一首〈壽誕口占〉：

> 舉酒共追一夕歡，異鄉骨肉慶團圓。

頹齡無可資來者，倚老深慚袖手觀。[1]

父親少年時期生活艱難，因祖父早逝而家庭崩潰，唯一的弟弟又受日軍徵調，為日本帝國的侵略戰爭而死於新幾內亞，更讓他難以釋懷。然則，我輩卻是被鼓勵離鄉遠行的一代，回顧六〇至七〇年代，出國留學曾經是台灣青年優先選擇的一條出路，這也是嚴酷政治體制下的一種癥候反映。因為家門人丁不旺幾代單傳，父親向來極為重視家庭生活，但他卻用「放生」兩個字送我們出國，可以想像他對國民黨惡政的絕望與痛恨。這也是伴隨民族積弱與國家分裂而來的苦果，國族災難終究還是由全體人民來承擔的。因而，我輩終究必然要體驗離散與失根的徬徨，離散的深沉內容遠非我輩當初所能預見，但卻是出生在異國的，可能失去語言文化傳承的下一代必要的想像。

四十年之後，回憶起一九七四年的夏天，安慰晚年父親與母親的天倫之樂，對於我們兄妹兩個小家庭，也是極為難能可貴的一次團圓，並且是僅有的一次。

1 葉榮鐘，《葉榮鐘全集·少奇吟草》，第二五〇頁。

一、閱讀的快樂

一九七四年的夏天，我們寄居在在波士頓北邊一個叫納漢（Nahant）的小島上，父母親和我們在一棟臨海小屋，一起生活了一個月又七天。白天，父親多半坐在屋前面對著大海的陽台，讀著那些在台灣不能閱讀的禁書，不忍釋手。直到傍晚的時候，他才偕同母親在潮汐進退的沙灘上散步，歡喜地望著赤足在浪花間奔跑的孫兒。夜深人靜的時候，他往往還會要泡上一杯茶，說說當天的讀書心得，談談家事、國事或是世界大事，更多是他對台灣與大陸未來的想像。

生活在戒嚴體制下的台灣，新聞管制是一種常態，父親因為服務銀行界有訂閱外文報紙的許可，因而長久以來，還能夠從日本的《朝日新聞》與《讀賣新聞》得到一些外面世界的信息。但是，如同一九七四年春夏這段時間，那般放心而沒有顧忌的閱讀卻是不可多得的，每一天父親都像是與時間競賽似地，爭取著閱讀的機會，他的心情可以理解，這不僅撫慰了他多年來在知識訊息上的饑渴，我猜想他一定擁有一種閱讀禁書的快樂。然而，這種自由與快樂卻是因為身處異國之土地才能夠獲得，又顯得十分荒謬。抵達美國不久，父親寫了一組律詩〈感事〉（四首），其中第四首描述他複雜興奮的心緒：

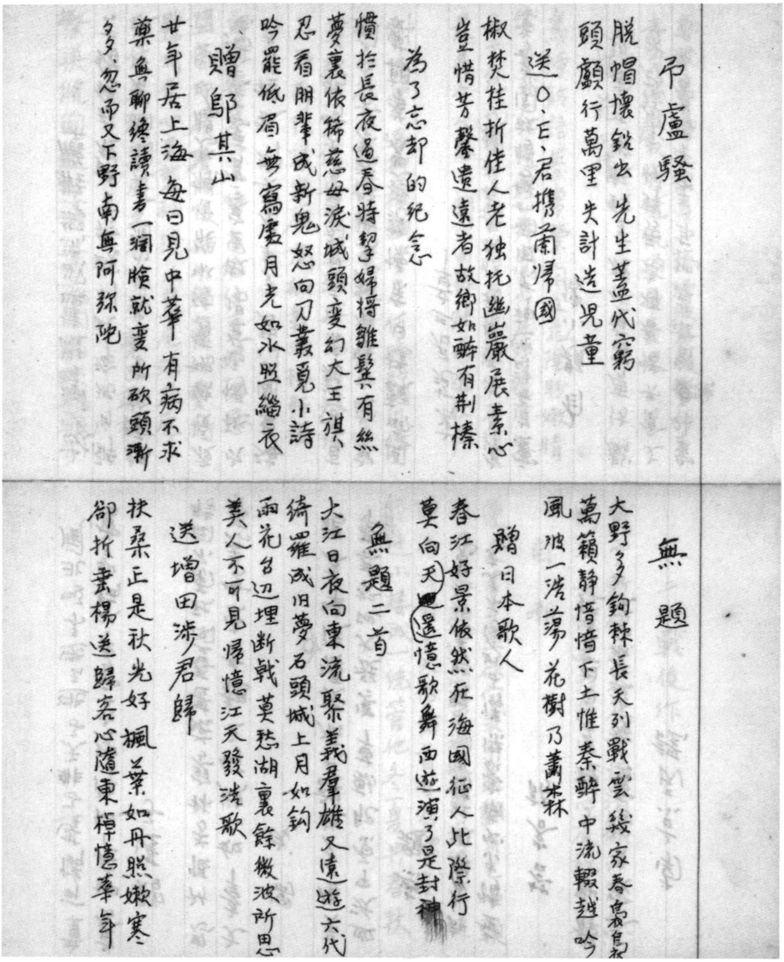
弔盧騷

脫帽懷鉛出 先生蓋代窮
頭顱行萬里 失計造兒童

送O.E.君攜蘭歸國

椒焚桂折佳人老 独托幽巖展素心
豈惜芳馨遺遠者 故鄉如醉有荊榛

為了忘卻的紀念

慣於長夜過春時 挈婦將雛鬢有絲
夢裏依稀慈母淚 城頭變幻大王旗
忍看朋輩成新鬼 怒向刀叢覓小詩
吟罷低眉無寫處 月光如水照緇衣

贈鄔其山

廿年居上海 每日見中華 有病不求
藥 無聊纔讀書 一濶臉就變 所砍頭漸
多、忽而又下野 南無阿彌陀

無題

大野多鉤棘 長天列戰雲 幾家春裊裊
萬籟靜愔愔 下土惟秦醉 中流輟越吟
風波一浩蕩 花樹乃蕭森

贈日本歌人

春江好景依然在 遠國征人此際行
莫向天遙憶歌舞 西遊演了是封神

無題二首

大江日夜向東流 聚義群雄又遠遊 六代
綺羅成旧夢 石頭城上月如鉤
雨花台邊埋斷戟 莫愁湖裏餘微波 所思
美人不可見 歸憶江天發浩歌

送增田涉君歸

扶桑正是秋光好 楓葉如丹照嫩寒
卻折垂楊送歸客 心隨東棹憶華年

一九七四年，葉榮鐘抄錄魯迅舊體詩手稿。

異國初臨暗自驚，萬端感慨寸心縈。
樊籠住慣成孤陋，惡夢翻然已獨醒。
未必從前盡聾聵，豈緣抵此忽聰明。
聞雞我亦思飛動，那得長生似老彭。[2]

一九七四年春夏的幾個月間，父親一面閱讀一面摘錄收集，做成一份簡體字與繁體字的對照表。閱讀的範圍包括父親一向最為尊敬的魯迅，以及周作人、郭沫若等三〇年代作家的著作，都是他在波士頓與紐約的中文書店搜尋來的。此外是一些主張台灣獨立的著作與刊物，大部分則是有關中國共產黨領導的革命與建國的論述，比如美國記者斯諾（Edgar Snow）的《我在舊中國十三年》，父親對於斯諾並不陌生，早在五〇年代，他的書架上就有一本斯諾的《戰時蘇聯遊記》。此外還有關於加拿大醫生白求恩（Henry Norman Bethune）的《白求恩之道路》、英國醫生洪若詩（J. S. Horn）的《旅華十五年：一位英國外科醫生的回憶錄》、日本駐北京記者柴日穗揭露文革黑暗面的《周恩來的時代》，以及香港的《七十年代》月刊和《文匯報》、《大公報》等（根據父親日記整理的詳細書目，請參考附記）。

2 葉榮鐘，《葉榮鐘全集．少奇吟草》，第二四二頁。

父親的閱讀焦點，顯然是在於了解一九四九年兩岸隔絕以後大陸的真相。其中一些重要文章父親還做筆記摘要，包括柯喬治（George Henry Kerr）《被出賣的台灣》、趙浩生《大陸訪問歸來答客難》、美國專欄作家艾爾索普《總結中國之行》、《今日中國》以及王浩考察大陸報導。父親把筆記摘要帶回台灣，因為擔心有所失誤，又讓我影印一份拷貝，挾在包裹中寄回台灣給他。父親渴望了解大陸的殷切心情，緣自對台灣未來前途問題的關切，也是他思考「台灣往何處去」的前題。

二、時代的印記

文化大革命的社會主義改造，在六〇年代全球進步左翼學生運動風潮中，曾經成為具有吸引力的理想社會藍圖，這股思想衝擊也讓一些留學生反思自己在台灣被教育的極端反共意識形態，因而展開重新認識長久以來被妖魔化的中國大陸的腳步，並且隨著台灣國民政府退出聯合國，尼克森訪華中美關係解凍與正常化，成為一股不可阻擋的趨勢。

一九七四年的夏天，美國校園裡來自台灣、港澳、新加坡、馬來西亞各地的華裔留學生，持續延燒著後保釣運動時期認識新中國的熱情。位居美國文化中心的波士頓，在著名學院林立的劍橋，有一家叫康橋書屋的中文書店，父親幾次光顧買書刊雜誌，在哈佛大學的學生中心觀看大陸電影，並與訪問大陸回來的同學有所接觸，聽說關於發現與開採大慶油田的報導，父親很興奮地說：「天地之間自有公理的昭示。」因為日本人曾在東北勘查油礦多年，終無所獲。

哈佛大學的黃維幸、陳文惠夫婦，以幻燈片影像為父親介紹大陸的情形和他們的觀察，並了解文惠的父親陳逸松於一九七三年到北京擔任人民代表大會常務委員的經緯。陳逸松是日據時期台灣一位進步律師，曾經活躍於日據下的政治社會文化運動，一九四六年陳逸松與父親同時做為「台灣光復致敬團」的代表，一起赴大陸上海、南京、西安等地，並在耀縣遙祭黃帝陵。得知老友在步入老境之年，輾轉經日本、美國、巴黎，毅然赴北京定居的抉擇，必然也帶給父親相當的震撼吧？

三、一個夢想

在美期間，父親給友人（林莊生）寫了兩封信（收入本書），信中表示「得略知大陸情形是為此行最大之收穫」，並深入討論兩個問題，其一為對大陸前景的展望預測[3]，其二為對台灣將來往何處去的思考。[4]

3　一九七四年八月十二日葉榮鐘致林莊生信，見本書第一五六－一五九頁。

4　一九七四年七月十七日葉榮鐘致林莊生信，見本書第一五三－一五五頁。

父親在一九七四年對大陸農工業生產力與經濟發展的預測，無疑地是過分樂觀的，但是這份樂觀的展望所反映的可能更多是他自己的夢想，夢想一個國力強盛的國家，以擺脱生活在殖民地或是戒嚴體制下的鬱抑。而他對文化大革命上山下鄉社會改造所抱持的好感，雖然有明顯的時代印記，可以説是他在美國受到當時重新認識中國的熱潮的洗禮，但更根本的是，他對一個公平而且能夠伸張正義的社會的嚮往，熱切期待一個「服務人民」的政府與「天下為公」的社會。因為他相信，人類社會的改革首先必須解決貧富懸隔與特權階級的問題，社會才得安寧世界才能和平。

關於後者——台灣之將來出路問題，顯然是父親多年的疑慮，作為一個台灣人他在感情上「對國民黨的憎惡愈深，寄託希望於台獨運動便愈熱切」，但是在客觀國際情勢之下，依賴美日的台灣獨立運動縱使能實現，亦必「靠日本則受日本之控制靠美國則受美國之操縱」，只能充當帝國主義的馬前卒，這是民族意識堅定並對日本殖民帝國主義有深刻認識的父親所不能接受的，因此他的結論是台灣之將來只好和大陸人民同其運命，除此之外已無路可走。

今年是南部噍吧哖西來庵事件的一百週年，當時只有十五歲的父親，因家境困窘無力升學，而在一家日本人的撞球場工作，他每天把《台灣新聞》的漢文版記事剪貼起來，對領導日據下最後一個武裝抗日事件的余清芳和羅俊充滿同情，這或許就是他的民族意識的萌芽。

早在投身抗日民族運動之前，父親從在鹽埔與蔗糖會社的工作經驗，已經深刻體會殖民地人民受盡剝削的真相，做為矢內原忠雄撰寫《日本帝國主義下之台灣》一書在台灣考察時的嚮導以及學生，更認識到殖民主義的壓迫與剝削是整體性的，或許我們可以說，父親的抗日民族意識絕不只是一種單純的原鄉情懷，還有更多是來自現實生活中的體驗與磨練。

四、心中還是有一個警總

雖然暫時飛出樊籠，長年生活在白色恐怖下的痕跡時而浮現水面，父親心中依然有一個警備總部的自我檢查系統，波士頓的台灣同鄉會邀請以他所撰著的《日據下台灣政治社會運動史》為題發表演講，林莊生請他為加拿大渥太華台灣同鄉會刊物《懷念台灣》寫稿，父親都沒有答應。日記中，還出現關切家信抵達時間遲緩的記載，被監視的陰影顯然揮之不去。

返回台灣途中停留東京近月，這是父親戰後第二次到日本訪問，距離上一次來日本探望林獻堂先生已經二十年。逗留東京期間，除了到病逝多年的蓁姊墳上弔祭，與親朋好友敘舊之外，也和戴國煇教授主持的台灣近現代史研究會有幾次交流，而最讓父親感到興奮的，可能是找到林獻堂晚年的一批日記，因此有了撰寫林獻堂日記的解讀的想法。

或許並非近鄉情怯，而是歸鄉的日期近了，意味著距離國民政府的統轄權也近了，父親的顧慮也就逐漸加深，考慮再三他終究還是拒絕了戴國煇的安排，沒有與林憲先生在東京會面。

林憲是一九四六年「台灣省光復致敬團」隨團祕書，致敬團在大陸訪問期間與父親曾經密切的共事。早年的林憲在抗日戰爭後期奔赴大陸，參加丘念台先生所領導的「東區服務隊」，戰後返台一直擔任丘念台的祕書。五〇年代韓戰爆發之後，國民黨在台灣大開殺戒清除左翼力量，當年與林憲一起追隨丘念台參加抗戰的鍾浩東、李蒼降等多位理想志士，受逮捕遭處決，為一個時代的改革與進步而犧牲，林憲也不得不離開台灣避難於東京。戰後初期父親參與的少數政治活動幾乎都與丘先生有關，一九四八年，父親和丘念台組織「東寧學會」期能修補二二八事件所造成的民族裂痕，卻不能見容於國民政府，旋即受取締而終結。丘念台先生是父親尊敬的長者，對於丘念台先生這樣正派的國民黨內左派的艱難處境，父親深有了解。

五、未完成的寫作計畫

一九七四年秋天返台以後，父親頗為積極振奮，如他自己在〈感事〉詩中所言「聞雞我亦思飛動」，勤奮筆耕之餘，對於黨外民主運動也抱持著樂觀的關切。

一九七八年底父親辭世後，我整理父親留下的大批資料，發現兩本剪報極為重要，其一為大陸各報紙的二二八事件報導，查詢父親日記，知道這原是當時在上海的楊肇嘉先生所有。其二是五〇年代白色恐怖時期，台灣各報關於各種涉及匪諜、叛亂案件及判決的報導。在美期間，父親在閱讀柯喬治和海外台獨運動方面對於二二八事件的論述之後，深以為不夠全面並且失之偏頗，曾經跟我談論撰寫此一影響深遠的歷史事件的構想。看到這些剪報資料我才了解，父親的寫作計畫用心已久，並非一時興起。

編輯林獻堂年譜及紀念集以來，父親一直保管著數十本林獻堂的日記，東京尋獲晚年的日記之後，撰寫林獻堂日記解讀的構想水到渠成，他曾經在信中告訴我，希望能離開台灣到東京

一九七四年夏天，葉榮鐘在美期間所閱讀的書籍。

長居，以完成這個需要嚴謹研究做基礎的龐大的寫作計畫。

附記：

據父親的日記，一九七四年春夏他在美國所閱讀的各種書籍報刊：

五月二日　安藤等譯《中國會震動世界》（日文）
五月三日　王育德《台灣》
五月七日　林景明《台灣處分與日本人》
五月九日　楊逸舟《蔣介石與台灣》
五月十日　鈴明《人所不知的台灣》（日文）
五月十二日　斯諾《我在舊中國十三年》
五月十四日　郭沫若《李白與杜甫》
六月四日　《台灣青年》（台灣獨立聯盟期刊）
六月十五日　柯喬治《被出賣的台灣》（陳榮成譯）
七月二日　《七十年代》（香港、月刊）
七月五日　王浩《考察大陸報導》、趙浩生《大陸訪問歸來答客難》
七月十日　魯迅《偽自由書》

七月十二日　魯迅《淮風月談》

七月十四日　《文匯報》（香港、日報）

七月十五日　周作人《知堂乙酉文編》

七月十六日　鄭東華《台灣問題：回顧與瞻前》

七月二十二日　《明報》、《南北極》（香港、月刊）

七月二十三日　艾爾索普《艾爾索普總結中國之行》

七月二十四日　洪若詩《旅華十五年：一位英國外科醫生的回憶錄》

七月二十七日　《白求恩之道路》

七月二十八日　《七十年代》、《文匯報》五、六月份（香港、日報）

七月三十日　《中國知識分子近言錄》

七月三十一日　《今日中國》、《蔣經國竊國記》

八月三日　張向天《魯迅舊詩箋注》、《大公報》七月份（香港、日報）

八月八日　日駐北京記者柴日穗《周恩來的時代》（日文）

八月十四日　侯榕生〈北京歸來與自我檢討〉、〈談談台灣的文學〉（《抖擻》期刊）、余英時答問〈中國在遽變中〉（香港《明報月刊》）、楊鈞石《儒家文化再反省》

八月十五日　杜霍夫（William Domhoff）《誰統治美國》（龔念年譯）

八月十九日　唐人《金陵春夢》

八月二十日　《金陵春夢之三　八年抗戰》

八月二十一日　《金陵春夢之四　血肉長城》

八月二十二日　《懷念台灣》（加拿大台灣同鄉會期刊）

八月二十七日　《金陵春夢之一　鄭三發子》

九月六日　《金陵殘夢之五　黑網錄》

九月八日　《七十年代》（香港、月刊）

註：沒有出現在日記，但留在我的書架上的還有《毛澤東選集》，魯迅《二心集》、《魯迅書簡》、《中國小說史略》、斯諾《大河彼岸》和《漫長的革命》、韓丁（William Hinton）《翻身：中國一個村莊的革命紀實》。

原載於《兩岸犇報》，二〇一五年十二月十日，二〇二〇年八月二十日修訂

在閱讀中與我的阿公相遇

葉美岑

身為孫子輩裡年紀最小的我，其實並沒有機會見到阿公，他在我出生前就已經過世了。小時候對阿公的認識，來自於阿媽的描述。因為年紀太小我只隱約知道阿公寫了書，家中有一個整面書牆的房間，掛著「半壁書齋」的題字，是阿公的書房。另外就是在飯桌上，聽過爸爸講起阿公怎樣鼓勵他讀書，即使是當時的禁書，在家裡也不是禁忌的故事。直到二〇〇二年《葉榮鐘全集》出版時，我已經大學畢業，當時引發我閱讀興趣的，是阿公的日記，其他幾卷我都未曾細讀深究，唯獨日記我讀了好幾次。透過閱讀阿公的日記，讓我在心中勾勒出了一個屬於我自己的阿公的形象。受過日本教育的阿公，書寫裡不免夾雜些許日文漢字的用法，讓學過一些日文的我讀起來，有一種解開密碼的雀躍。在日記中讀到，阿公是矢內原忠雄講學《聖經》的第一個學生，也讓當時正開始閱讀《聖經》的我驚喜不已，似乎找到了某種與阿公的聯繫。當時覺得，還好阿公有寫日記的習慣，他留下的日記，給了我機會來認識他；也因著這個透過日記認識阿公的經驗，讓我心中暗自效法阿公，而開始了寫日記的習慣。

此次出版的《葉榮鐘選集．晚年書信卷》，好像又開了另一扇窗，讓我得以從不同的角度認識阿公。阿公寫給兒女的書信，讓我讀起來不自覺的微笑。信中毫不吝惜的鼓勵、讚賞，時而像朋友一樣，認同成年子女對他文章的評價；或時而像人生導師一樣，清楚的給予指引和建議。也常常在信的結尾慈愛的叮囑：「家中一切安好，可免遠介」、「費用如有不足，可來信通知」。這些刻板印象中，華人父親少有的情感表達，竟出現在阿公六〇年代的書信中，若不是平日裡的習慣，應該不會這麼自然地寫在信裡，還不時地出現。寫這些書信的年代，也包含了阿公動筆寫下五十萬字《台灣民族運動史》的時期，每每讀到信中對於運動史書寫相關的描述，在我的腦海中，總是會浮現在照片中看過阿公振筆疾書的樣子。難以想像五十萬字的背後，不為名利錢財，只因為身為知識分子，想為下一代人留下歷史的責任。事實上，「知識分子的責任」這樣一個觀念也重複地出現在他的書信中。在日據時代下推動民族文化運動，迎接台灣光復為消弭兩岸隔閡而做的工作，是因為知識分子報國的責任。到晚年即使不再參與政治活動，也仍舊在書信中留下「現在記憶力太差，讀書所得甚微，但仍努力閱讀⋯⋯活一天學一天是知識分子分內之事」，這樣對自己對兒孫的勉勵與期許。「知識分子的責任」在阿公的世界裡似乎非常理所當然，但對於活在大學選科系是以將來好不好找工作，甚至是以將來薪水高低為依據時代的我，卻是難以想像的。

記得第一次讀阿公的日記時，總是在字裡行間搜索我熟悉的人事物。讀到阿公日記中關於哥哥出生時的記錄，心中默默地羨慕哥哥，早我五年出生可以被寫在阿公的日記裡。在晚年書信選中，即使哥哥是因為打擾阿公寫作，而被寫在信裡，仍然讓我好生羨慕。但我想我還是幸運的，能夠透過閱讀來認識我的阿公。

附錄二

論文輯

葉榮鐘與矢內原忠雄：在殖民批判知識譜系上的考察

王中忱（北京清華大學中國語言文學系）

一

最初接觸葉榮鐘先生的著述其實始於一個偶然的機緣。二〇一一年夏秋之間，應徐秀慧教授之邀，我在彰化師大文學院客座。授課之餘，秀慧教授多次安排觀訪活動，使我得以了解彰化和台中地區的歷史和風俗人情。其中一次是到台中拜訪葉榮鐘先生的夫人——年過百歲仍然清明敏慧的施纖纖女士。雖然秀慧此前曾斷續向我談及葉榮鐘先生在現代台灣文化史和文學史的貢獻，但因為我這方面缺少閱讀儲備，並未引起相應的共鳴。當時我的好奇心更在「人瑞」葉奶奶，很想聽她講歷經百年滄桑的個人史，同時還因為我和葉奶奶只能用日語交談，擔心自己不善使用變化繁複的敬語而有所失禮，內心頗感緊張，所以，到了葉宅之後竟然沒有主動提起葉榮鐘先生。但葉奶奶的慈祥和幽默很快消除了我的侷促，隨著她典雅而風趣的談吐，葉榮鐘先生很自然地成為我們的話題，而當葉奶奶說到矢內原忠雄的名字，說到葉榮鐘和矢內原先生的交誼，我的內心則湧起了要去閱讀葉榮鐘著作的強烈衝動。

那時葉榮鐘於我還頗為陌生，但對矢內原忠雄（一八九三－一九六一）我卻有一些了解。而這也是由於一個人際的機緣。一九八〇年代末我在日本大阪留學，大學所在的市區有兩位老人待我親如家人。先生隅谷季雄在一家商社擔任重要職務，事務繁多，卻專門在家裡備了一塊寫字板，每當我去，便放下自己的工作，在上面連寫帶畫為我講解日語或社會、文化和歷史知識。夫人隅谷穗波不僅每次皆以豐盛的菜餚招待，且在藝術和文學方面對我多有教誨，至今我還保存一盤錄有她朗誦島崎藤村詩歌的錄音帶。隨著日語交流和讀解能力的增長，我對隅谷一家的了解逐漸增多，尤其是讀到季雄先生的哥哥隅谷三喜男（一九一六－二〇〇三）的傳記之後，我得以知道，早在明治時期，隅谷兄弟的父親便以基督教徒的慈愛和堅忍，在東京貧民街區創辦學校，為貧苦的孩子們提供接受教育的機會。而這種精神，後來在隅谷三喜男身上得到了直接的繼承。一九四〇年九月，就讀於東京帝國大學經濟學部的三喜男因和同學組織「《資本論》讀書會」等活動而被逮捕並拘留了三個月[1]，獲釋以後，他決意深入到社會底層，遂於翌年五月前往已經成為日本帝國殖民地的「滿洲」，就職於鞍山的「昭和製鋼所」，主動深入中國

1 李廷江、庚欣，《學問、信仰與人生：隅谷三喜男傳》（北京：中國社會科學出版社，一九九二）。此書由隅谷季雄翻譯為日文，二〇〇四年二月作為「非賣品」刊行。本文參照的是隅谷季雄的日譯本第一六－一七頁和〈隅谷三喜男略年譜〉，隅谷三喜男先生召天十周年紀念講演會實行委員會編，《今、なにをなすべきか・隅谷三喜男に学ぶ》（東京：新教出版社，二〇一五），第七四頁。

工人之中，考察他們的勞動條件和生活狀況，在此基礎上撰寫了〈滿洲勞動問題序説〉[2]，直陳當時「滿洲地區的勞動者在脱出農村勞動之後並沒有成為近代勞動者，而淪為半農奴式的被雇傭的勞動者」，以深切的人道主義同情描述了「滿洲」勞動者的淒慘境遇，批判了殖民地勞務管理的殘酷和野蠻。

一般認為，二戰以後自成體系的「隅谷勞動經濟學」，是隅谷在繼承並揚棄他的恩師大河內一男（一九〇五－一九八四）的「生產力」論基礎上創建的[3]，其實隅谷所汲取的思想資源並不限於大河內，未曾直接受教的矢內原忠雄無疑更可列入他所師承的思想譜系。當年隅谷被拘捕時，從他家裡搜出用以定罪的「禁書」之一就是矢內原撰寫的《耶穌傳》，而警察把此書定為「禁書」的理由，則因為「矢內原是一個危險人物」。[4]那時，矢內原忠雄已因發表批判「帝國日本」失去國家理性的文章而被迫辭去大學教職，《耶穌傳》最初發表於他被迫辭職之前，續載於他辭職後一九三八年一月創辦的個人雜誌《嘉信》上，改題為《耶穌傳講話》，一九四〇年六月作為

2 該文刊載於《昭和制鋼所調查彙報》第二卷第二號、第三號。

3 針對大河內以抽象的經濟學概念「勞動力」來概括「勞動者」，隅谷氏更為重視「勞動者」作為「人」的存在，並把被概括為「勞動力」的勞動者們飽嘗悲苦卻仍懷持理想地生活下去的存在狀況，作為社會思想問題進行思考。參見姜尚中，〈わたしたちは何をなすべきか〉，隅谷三喜男先生召天十周年紀念講演會實行委員會編：《今、なにをなすべきか．隅谷三喜男に学ぶ》，第一二頁。

4 參見李廷江、庚欣，《學問、信仰與人生：隅谷三喜男傳》的隅谷季雄日譯本第四六－四七頁。

「嘉信文庫第一冊」自費印行。[5]隅谷在同年九月被拘捕之前冒著風險購讀此書，可見他是把矢內原視為自己的精神和思想的導師的。

而我則是因為認識隅谷三喜男先生而知道了矢內原忠雄先生的存在，並且由知其人而想著要讀其書，在留學快結束的時候，我曾在舊書店整齊擺列的《矢內原忠雄全集》前徘徊不已，終因一個留學生的有限財力而不得不怏怏離去。幾年後我重到日本擔任教職，才得以了卻當年的心願，同時還買了矢內原的恩師內村鑑三（一八六一—一九三〇）的全集。但我後來陸續選讀的主要是收入《矢內原忠雄全集》的那些時論，特別是一九三〇年代矢內原發表的分析中國社會性質及日中關係的論文，我自然知道《日本帝國主義下之台灣》是他的代表作之一，也粗略翻讀過一些章節，且在台灣買過兩種中文譯本，但直到拜訪葉奶奶之後，陸續閱讀了葉榮鐘先生的相關文章和著作，特別是在最近讀到葉著《日據下台灣政治社會運動史》[6]，我才產生了細讀矢內原大著的願望。我覺得摸索到了解讀這兩本經典著作的新門徑，如果把兩書做互文式

5 參見矢內原忠雄，〈解題〉，《矢內原忠雄全集》第六卷（東京：岩波書店，一九六三），第七七一頁。

6 葉榮鐘此著最初以《日據時期台灣政治社會運動史》為題連載於《自立晚報》（一九七〇年四月至一九七一年一月），一九七一年一一月刊印單行本時改題《台灣民族運動史》；收入《葉榮鐘全集》時以著者手稿排印，易名為《日據下台灣政治社會運動史》，後葉芸芸又依據《全集》摘取該書重點編入葉芸芸、徐振國編：《葉榮鐘選集·政經卷》。

的對讀，很有可能會讓深潛於文本之中的意義更為鮮明地呈現出來。

二

葉榮鐘與矢內原忠雄最初相識於一九二七年四月，起因是擔任東京帝國大學「殖民政策」講座教授的矢內原到台灣的實地調查。為了進行真正的「實證研究」，矢內原有意不走「正門」，亦即不通過日本拓務省和台灣總督府的官方安排，而是請託熟識的朋友幫忙，也就是他自己所說的「走後門」方式，直接奔向調查現場。[7]當時為矢內原熱心安排在台日程的蔡培火，本為抵抗「帝國日本」在台推行同化政策的領袖人物，故以信函介紹矢內原訪問另外一位民族運動的重鎮林獻堂，時任林氏祕書的葉榮鐘既做翻譯，又陪同矢內原到竹山考察，對其後來撰寫的《日本帝國主義下之台灣》頗有貢獻，兩人由此結下深厚友誼。同年八月，葉氏再度赴日求學，落籍中央大學，矢內原特別安排他到自己的課堂聽講。一九二九年十一月，矢內原在家裡為葉榮鐘講解《聖經》，直至一九三〇年四月末。所以，無論從學問還是思想信仰上說，矢內原忠雄

7 參見矢內原忠雄，〈私の歩んだ道〉，《矢內原忠雄全集》第二六卷（東京：岩波書店，一九六五），第三六－三七頁。

都是葉榮鐘名副其實的恩師。這些交誼，在葉榮鐘所寫〈矢內原先生與我〉[8]一文裡有飽含深情的記述。

矢內原也同樣珍惜和葉榮鐘的師友情誼，如同戴國煇先生所介紹的那樣，在收入《矢內原忠雄全集》第二六、二八卷和第二九卷的文字裡，可以讀到相關的紀錄[9]，尤其在矢內原追溯自己作為無教會派基督教徒之傳道經歷的回憶錄裡，談到他在自己家裡正式舉行傳道集會，面對的第一個弟子就是葉榮鐘，那段文字真是感懷無限且感人至深，茲迻譯如下：

> 我的家庭集會的最初發端，因一位台灣青年而起，這對我來說具有深刻之意義。我在大學擔任殖民政策講座，我的講義，對政府的統治政策給予了相當的批判，我的著作《日本帝國主義下之台灣》被台灣總督府列為禁書。我的人道同情，也寄予在殖民地人的解放。如

8 此文原載《台灣文藝》第六期，一九六五年一月，作者署名「凡夫」。但此文亦有記憶不確定之處，如首段把最初在台中火車站迎接矢內原的時間記為「昭和元年（一九二六年）」（參見葉芸芸、呂正惠、黃琪椿編：《葉榮鐘選集．文學卷》，第二二六頁），當為「昭和二年（一九二七年）」之誤。另，葉氏還有一篇題為〈矢內原先生と台湾〉的日文文章，載於《矢內原忠雄全集》第二六卷所附之〈月報〉第二六號，內容雖與《台灣文藝》所載文稿不無重合，但也多有不同，可互為補充。

9 參見戴國煇，〈葉榮鐘先生留給我們的淡泊與矜持〉，此文是戴先生為晨星出版社版《葉榮鐘全集》所寫的序言，文末署執筆時間為「二〇〇〇年五月二十日」。

是，為了一個台灣青年靈魂的解放，給他講述聖經的福音，就是極其自然之事了。聖靈的引導之手即在其中，經歷了後來的事件而顯現得更為鮮明。我懷著保羅「異邦人的使徒」般的自覺開始了自己的傳道生涯，這是讓我深為感謝和深感驕傲的。[10]

葉榮鐘後來一直為自己未能成為基督教徒而對矢內原先生深懷愧疚，在〈矢內原先生與我〉一文裡他這樣寫道：

> 矢師在有形的方面，和我的接訂，為時短暫，且也不甚頻繁，但是在精神方面，卻予我以不可磨滅的印象。他曾經使我中宵坐起，痛哭流涕，懺悔我自己罪孽的深重，但是他並不教訓我，他不責備我，他只是諄諄地和氣地講聖經，與其說是說教，毋庸說是講學較為恰當。[11]

在狹義的所謂傳教的意義上說，矢師對我是失敗的，因為我不能成為一個他所期待的基督

10 參見矢內原忠雄，〈私の伝統生涯〉（最初刊載於《橄欖》雜誌一一號至一八號，一九五二年一二月至一九五六年六月）第三回〈自由ヶ丘集会の発端〉，引自《矢內原忠雄全集》第二六卷第一九四－一九五頁。

11 葉榮鐘，〈矢內原先生與我〉，引自葉芸芸、呂正惠、黃琪椿編：《葉榮鐘選集．文學卷》，第二四一－二四二頁。

教信者。但在廣義的感化的意義上來說，他是百分之百成功的，因為通過他的存在，使我能意識到神的存在，不但如此，縱使我有朝一日會否定神的存在，也不能滅卻矢師給我的印象啊！[12]

這兩段文字誠摯而沉痛，糾結悱惻而又包含著謎團，其中有些令人難解的是，既然葉榮鐘深受矢師感化，在其家庭集會受教期間，甚至多次經歷「中宵坐起，痛哭流涕」的心靈體驗[13]，為何最終不能如矢師所期待的那樣皈依於神？葉榮鐘曾描述過自己和神發生交涉時矢師居間所起的作用，他說：「我如果意識到神的存在，便自然而然地想起矢師來，極端來說，假使沒有矢師的影像，也不能意識到神的存在。」「這是矢師一向所最反對的，矢師教人要單獨面對救主，但是不可救藥的我，始終不敢獨個兒向上帝講話。」[14]葉榮鐘的描述，充滿自責自省，完全從自己一面找原因，但從中也可以看到矢內原悖論式的存在：在神與葉榮鐘之間，他既是溝通的仲介，又是阻隔之牆。

當然，這樣說也許只是我的誤讀或妄測，有違葉榮鐘的原意，但在以日文撰寫的〈矢內原

12 葉榮鐘，〈矢內原先生與我〉，引自葉芸芸、呂正惠、黃琪椿編：《葉榮鐘選集．文學卷》，第二四一－二四二頁。
13 葉榮鐘的日文文章〈矢內原先生と台湾〉對此一體驗所做的描述，比中文文章〈矢內原先生與我〉更為具體清晰。
14 葉榮鐘，〈矢內原先生與我〉，引自葉芸芸、呂正惠、黃琪椿編：《葉榮鐘選集．文學卷》，第二三五頁。

先生與台灣〉一文最末一段，葉榮鐘確實觸及到了在日本帝國施行殖民統治的狀況之下，矢內原向異邦人傳道的內在困境，雖然略有些長，還是有迻譯抄錄的必要。

以上是我作為一個異民族之人並且是作為日本帝國主義下的殖民地人和先生接觸的始末。先生是真正從心裡愛著我們台灣的人們的。如果從先生的立場來說，應該說是憐愛所有的被虐待者吧。名著《日本帝國主義下之台灣》所表現的先生對台灣的深切掛慮和溫暖同情，現在自不待言，還切實告訴我們台灣是如何被日本帝國主義剝削的。我們儘管切身體驗到日本帝國主義的壓迫，但對台灣統治者的統治裝置之真相，於事實之處，卻不能確切地把握。而正如先生在同書序文所承認的那樣，「本書雖非政論，但關於殖民地統治方針，卻包含若干具有『天氣預報』性質的內容。」書中隨處可見給予統治者的切中肯綮的警告，然而並沒有打動統治者們固執的心。同書出版同時便在台灣禁止發行，即是統治者對先生的明確回答，我想這或許也在先生的預料之內。但先生從更根本的方面向台灣的人們伸出了救援之手，那就是傳遞神的福音。同書二一一頁這樣說道：「在歐美諸國的殖民地，雖在政治經濟上施行嚴酷的壓迫和剝削，但在宗教家中卻有人成為原住民之友、以其教化對資本家的剝削略做補償。我們於此卻幾近完全闕如。我國國民迄今不得對異邦人傳道的原因何在，此乃應慎重探討之問題，亦為青年熱心之士以實踐予以解決之問題。教化的闕如，使日本的台灣統治淪為簡單明瞭的帝國主義統治。」對異邦人傳道的問題，不是從當時即已經縈回在先生心裡的念頭麼？在此事上，我一直對先生懷有愧疚，先生對異邦人的傳道以我為嚆矢，但這一顆麥粒終於未能發芽，並將空虛地終了一生。所幸由於門內同輩的努力，先生的精神已經扎根台灣大地並在堅實地發展，令我觀之而欣喜無限。[15]

這段文字是葉榮鐘回顧自己和矢內原先生交往的全過程之後，所做的總結性歸納，而恰如其文章標題表示的那樣，他沒有僅僅將之視為個人之間的情誼，而是從〈矢內原先生與台灣〉的層面予以理解。葉榮鐘深刻體認到矢內原對處於被殖民境遇的台灣人們乃至所有被虐待者的真誠關愛，高度評價《日本帝國主義下之台灣》對殖民統治的揭露深度，也對其中包含的有關殖民地統治政策的建言表示理解，並對殖民統治者拒絕矢內原建言的頑固態度表示憤怒。在把矢內原的政策性建言作為對比的時候，葉榮鐘稱矢內原的傳道是「從更根本的方面向台灣的人們伸出了救援之手」，並由此把兩者做了截然的切割，但值得注意的是，葉榮鐘引述矢內原談論在殖民地傳道之必要性的那段話，強調以宗教教化來緩解「資本家的剝削」，顯然仍屬於調整殖民統治方式的政策性建言，至少可以說含有把基督教傳道和殖民統治政策協調起來的用意，

15　葉榮鐘，〈矢内原先生と台湾〉，《矢内原忠雄全集》第二六卷所附之〈月報〉第二六號，第一一－一二頁。

而非從根本上構想如何去除殖民統治制度，以葉榮鐘的敏銳和敏感，當然不會讀不出這層意思，而他所以對之做了更為體貼的闡釋，則應該是出自寬厚的心地和對矢師的尊敬及同情之理解，故絕不肯放言苛評。這是否也是致使葉榮鐘內心痛苦糾結，但最終仍堅持做一個不受教化的「異邦人」的深層原因呢。

三

矢內原的殖民地研究，一般認為可分為理論論述和具體的個案研究兩個部分。前者主要體現在專著《殖民及殖民政策》（一九二六）及論文集《殖民政策的新基調》（一九二七），後者則以《日本帝國主義下之台灣》、《滿洲問題》（一九三四）、《南洋群島之研究》（一九三五）、《帝國主義下之印度》（一九三七）為代表。在前類著述裡，矢內原曾對殖民地研究中最為關鍵的概念「殖民」做過界定，他首先從構成人類社會之「社會群」的「移動」著眼，認為「各社會群雖占居一定地域，但並不為其所束縛，而會因應需要進行地域移動」，並把「社會群移住於新的地域進行社會經濟活動的現象」定義為「殖民」。矢內原明確說：「我否定所謂殖民與移民的本質區別。政治的從屬關係是屬地的必要條件，但不是殖民地的必要條件。屬地（dependency）

和殖民地（colony）不宜在觀念上混同。」[16]在此基礎上他高度肯定「殖民」的意義，認為「殖民不僅增加地球的人口支持力，還豐富人類經濟生活的內容」。[17]與此相關，矢內原還提出，當時日本法律上經常使用的「拓殖」和「殖民」詞語裡的「殖」字應該改為「植」，因為「『植民地』和plantation詞義相通，那是種植民之地，或是將民種植在那裡之地，換言之，此詞義暗示了植民的實質性概念」。[18]

矢內原忠雄在《殖民及殖民政策》系統闡述的殖民地論，公開發表不久即受到細川嘉六（一八八八－一九六二）等馬克思主義學者的批判，近年亦時有學者從後殖民批判的觀點予以質疑，如姜尚中（一九五〇－）便指出：儘管矢內原「批判殖民地統治政策的『從屬主義』和『同化主義』，提倡採取和平的『自主主義』，但對『殖民』本身的『效用』、對其『文明化作用』卻未持懷疑」，認為他和他的恩師新渡戶稻造（一八六二－一九三三）一樣，「都未能洞察到殖民問題的本質在於民族問題」。[19]但實事求是地說，由於矢內原在日本軍國主義氣焰最盛時期挺身抵

16 矢內原忠雄，《植民及植民政策》（東京：有斐閣，一九二六），引自《矢內原忠雄全集》第一卷（東京：岩波書店，一九六三），第一四、一八－一九頁。

17 矢內原忠雄，《植民及植民政策》，引自《矢內原忠雄全集》第一卷，第一九七頁。

18 矢內原忠雄，《植民及植民政策》，引自《矢內原忠雄全集》第一卷，第三八－三九頁。

19 姜尚中，《オリエンタリズムの彼方へ》（東京：岩波書店，二〇〇四），第一二八頁。

抗的錚錚表現，由於二戰以後他為民主和平事業所做的努力和貢獻，使他成了日本思想文化界自由精神的象徵，也一定程度影響了學術界乃至他本人對其殖民地研究的批判性省思。直至現在，在日本，這樣的觀點似乎仍占主導地位：雖然矢內原的殖民地理論和殖民政策論缺陷明顯，但他對台灣、南洋群島等殖民地所做的具體研究，仍是其學術業績中真正有價值且值得肯定的部分。這樣的看法自然不無道理，但把矢內原有關殖民地的理論論述和具體的個案研究進行過於清晰的切分，是否會遮蔽二者之間的錯綜糾纏及複雜張力？而不做批判性清理，便把矢內原的殖民地研究轉換為新學術體制內的「國際經濟論」或「地域研究」[20]，會帶來怎樣的後果，無疑都是值得認真檢視和討論的問題。

但限於篇幅和論題，本文不能就此再做延伸，必須回到葉榮鐘。就我對葉榮鐘非常有限的閱讀，還無法判斷他對矢內原殖民地研究中理論論述部分持怎樣的看法，但對於具體的個案研究，尤其是對於《日本帝國主義下之台灣》，葉榮鐘顯然非常推崇，在《日據下台灣政治社會運

20　矢內原的同事大內兵衛寫道：「現在在日本殖民學已經不再作為一門專門的學問，而是作為國際經濟論、那之中的欠發達國家問題來處理，但即使如此，創建這門學問原型的是矢內原君，《植民及植民政策》是其著作形態。現在在東大講授國際經濟論的是楊井克己教授，楊井君的講座是矢內原君的直接繼承。」參見大內兵衛：〈日本植民地の系譜〉，引自《矢內原忠雄全集》第一卷所附之〈月報〉第一號，第一頁。由此可見，矢內原的殖民地研究在戰後被接續到新的學術研究和生產體制，早已是一個事實。

動史》（以下稱《運動史》）和《台灣金融經濟發展史》[21]（以下稱《發展史》）兩部著作裡，他相當頻繁地引用矢內原的著作，不僅引其資料或文獻作為佐證，還引其觀點和論斷作為自己展開論述的前提，說葉榮鐘有意識地把矢內原著作當成自己寫作的楷模甚至指針，應該不會太錯。當然，葉著後出，有條件比矢內原寫得更充分更詳實，矢內原從日本最初據有台灣寫到一九二九年，而葉著《運動史》和《發展史》兩部加在一起，則完整地寫出了日據台灣半個世紀的政治社會和經濟金融史。就日據台灣史的書寫譜系而言，從矢內原至葉榮鐘，可謂是由椎輪而大輅，由草創而達至大成。

葉著把矢內原著作作為「前文本」，並且不是為了辯駁反對而是有意繼承，二者的連續性一目了然。這自然與葉榮鐘和矢內原非同尋常的師生情誼有關，肯定也因為葉氏在日據時期參與民族反殖運動屬於林獻堂所代表的溫和派，該派以相對合法的手段漸進地爭取自治權的鬥爭方式，和矢內原的立場多有共鳴。但對讀矢內原的《日本帝國主義下之台灣》和葉著，亦不難看到兩者的差異。如前所述，矢內原對日本在台灣的殖民統治和以及由此導致的殖民者在政治、

21　此著最初以《彰化商業銀行六十年》為題於一九六七年出版，二〇〇〇年收入《葉榮鐘全集》時改題《近代台灣金融經濟發展史》，二〇一五年收入《葉榮鐘選集．政經卷》時，由葉芸芸和徐振國做了「縮編和修改」，其過程參見同書所收徐振國，〈台灣金融經濟發展史．序言〉，葉芸芸、徐振國編，《葉榮鐘選集．政經卷》，第一七一－一八七頁。

經濟、文化教育等方面獨占優位的狀況持批判態度，但他並不否定「殖民」行為本身，而是構想著殖民者和原住民以「自主主義」的方式和平地實現「對等」結合，由於他認為「日本對於台灣的經濟要求，是決定統治台灣各種政策的最有力因素」，所以在《日本帝國主義下之台灣》裡把「研究的主力」放在了「經濟關係的分析上」。[22]從解析日本在台灣的殖民統治機制與裝置而言，矢內原的經濟關係分析當然不失為一個有效的視角，但由此忽略或淡化了殖民地裡更為本質的民族問題，也是不須諱言的事實。葉著《運動史》以台灣人們的反帝反殖鬥爭為主要線索，把矢內原著作裡僅僅勾勒了一個剪影的「民族運動」濃墨重彩地展開書寫，不僅如著者自己所宣稱的那樣，描述了「由小資產階級和知識分子」領導的漢民族抗日運動一脈，對左翼抗日階級運動一脈亦多有言及，借用鄭鴻生（一九五一－）的話說，葉著其實描繪了日據時代抗日運動三條不同路線「前仆後繼，左右爭輝」的狀況[23]，呈現了那一時期台灣反殖歷史豐富紛紜的面相。

22 矢內原忠雄，《帝国主義下の台湾》，《矢內原忠雄全集》第二卷（東京：岩波書店，一九六三），第一八〇頁。此處譯文引文參照了矢內原忠雄，《日本帝國主義下之台灣》，林明德譯（台北：財團法人吳三連台灣史料基金會，二〇〇四），第一二一頁。

23 參見鄭鴻生，〈《日據下台灣政治社會運動史》的時代意義〉，葉芸芸、徐振國編，《葉榮鐘選集・政經卷》，第一三頁。

葉著《運動史》書寫台灣的「民族運動」，與矢內原著作的差異，不僅表現於文字篇幅的增加，也體現在觀察與敘述的視點上。矢內原強調研究的「科學」性，有意與殖民統治者拉開距離，其投注給被殖民者的同情目光，最終難免仍取由上而下的俯視姿態。而葉榮鐘既體驗過被殖民者的切膚之痛，又直接參與過抵抗殖民統治的運動，並身處切近運動領導者的位置，對「民族運動」歷史的觀察和理解，自然和矢內原多有不同。如矢內原認為「台灣的近代民族運動肇始於一九一四年板垣退助伯爵之來台」[24]，而葉著《運動史》開篇則說「台灣近代民族運動與領導者林獻堂有密切關係，林獻堂一生的思想和行動，除他生得的性格與學養外，受梁啟超先生的影響最多也最深」[25]，明確把台灣反殖民族運動放置到本土與祖國關係的內在脈絡上分析論述，無疑是在和「矢師」唱反調。

葉榮鐘和矢內原對台灣「民族運動」歷史起點的不同設定，與其說是因為各自掌握的史實多少所致，毋寧說反映了各自關切點的差異。葉著《運動史》之「凡例」專列一項解釋「民族」的觀念，認為此觀念「係以文化、傳統、目的、願望等共同的心理要素為其內涵」[26]，可見葉榮鐘更為重視長期自然形成自己文化傳統的「民族」群體，故在《運動史》裡以沉痛筆調描述了此

24 矢內原忠雄，《日本帝國主義下之台灣》，林明德譯，第二二二頁。

25 引自葉榮鐘，《葉榮鐘全集．日據下台灣政治社會運動史（上）》，第二一頁。

26 同注，第一九頁。

「民族」群體被殖民者暴力分斷、其文化傳統被強行切割的悲劇歷程。矢內原的《日本帝國主義下之台灣》同樣談及台灣人與其祖國的歷史聯繫，談及「台灣人在中國有其故鄉、共同的語言及習慣」，但同時也指出「日本的台灣統治旨在將台灣與中國分離而與日本結合」[27]，而因為肯定「殖民」的合理性是其立論前提，所以，在該著作裡，矢內原為日本殖民者的統治失策而使台灣不能與日本融洽「結合」的焦慮溢於言表，卻鮮少見到他對因「與中國分離」而給台灣人們帶來的創痛表示關注和同情。矢內原當時對台灣「民族運動」的觀察顯然還頗為表面，他甚至未能充分體會到他的學生葉榮鐘內心深處的「被殖民創傷」。當然，在此意義上，也可以說，葉著《運動史》、《發展史》和矢內原著《日本帝國主義下之台灣》之間並非直線式接續，葉榮鐘既汲取矢內原的洞見也彌補他的盲見，他以自己的著作，與恩師矢內原進行了一場不無沉重的思想和歷史對話。

二〇一六年五月四日北京清華園

原載於《人間思想》一三期，二〇一六年八月

27 同注，第二一五頁。

葉榮鐘的戰後思考

張重崗（中國社會科學院文學研究所）

我與葉榮鐘先生之間的緣分，與葉芸芸、呂正惠兩位老師有關。十年前因研究林獻堂和殖民地問題，涉及到《台灣民族運動史》中的史事，遇到呂老師後就向他請教，不曾想隨後竟然收到了從台灣寄來的整套《葉榮鐘全集》。我關於葉榮鐘先生的研究，便是在獲得這份珍貴禮物之後開始的。研究的初步意圖，在於發掘台灣士人在殖民時期力圖衝出灰色地帶的文化意識、抉擇和策略。由於這一機緣，我得以沉下心來，繼續向近代的縱深挖掘，進一步疏通台灣近代士人文化的源流。在這條思路之外，另外一個潛在的背景，是從徐復觀思想和交往研究延伸出來的脈絡，其中涉及到徐復觀在台灣與葉榮鐘、莊垂勝等先生的日常往還和相互影響。這兩條線索匯合起來，形成了我對葉榮鐘先生的粗淺理解。簡單說來，這一理解是在殖民抵抗、文化更生和文明博奕的視野中進行的。

與此相關，葉榮鐘先生身上有一種特質，那就是士人的本分和情懷。不管是在殖民地時期還是光復之後，這一點都是他的生存原動力，也可以說是他的安身立命之道。從這一自我的認知，延展出了他的思考、憂慮和欣慰，同時激發了他的詩情、歷史書寫和對於終極之道的追問。從葉榮鐘的言行之中，既能感受到戴國煇所說的淡泊情懷，也能體會到徐復觀特別看重的憂患意識。葉榮鐘在戰後關於台灣歷史、前途的思考，正是這種情懷和意識的體現。

一、葉榮鐘的落寞和憂患

葉榮鐘的一生，大致可分為兩個階段。前一個階段是日本殖民統治時期，他追隨林獻堂，投身於為台灣人爭取權益的抗爭；後一個階段是光復之後，先是經歷了回歸祖國的欣喜，隨即因二二八事件而被邊緣化，逐漸歸於落寞，又在落寞中奮起，以對歷史的思考和寫作煥發出了生命的又一段光彩。

我覺得，光復之後的落寞，是理解葉榮鐘戰後思想和寫作的要津。對此，徐復觀有精要貼切的概括：「台灣光復後，在日人殘酷統治下所堅持的民族意識，至此已失掉了對象，所以在民族運動中不少艱苦卓絕之士，隨光復而亦歸於落寞；光復後在政經兩界，飛黃騰達的，另是一班英雄豪傑。但葉先生在落寞的生活中，依然有他不朽的貢獻，這即是除了出版三部散文集外，更寫了一部《台灣民族運動史》的五十萬字的巨著。」[1]

1 徐復觀，〈悼念葉榮鐘先生〉，《徐復觀全集》第二五卷《無慚尺布裹頭歸・交往集》（北京：九州出版社，二〇一四），第二五一頁。

徐復觀對台灣士人的命運之所以能有如此深切的理解，與他在台中與葉榮鐘等人的日常往還有關。徐復觀於一九四九年渡台後，先後在台中的省立農學院、私立東海大學任職。在此期間，經由蔡培火，結交了莊垂勝、葉榮鐘、張深切等一干朋友。他與葉榮鐘等十來位朋友後來還組成月餐會，定期在一起聚談餐飲，快意人生，自然產生了同聲相應、同氣相求之感。在《葉榮鐘日記》中的迎送往還記錄中，每每見到徐復觀教授的名號，令人想見當時的惺惺相惜之感。漂泊在台灣的徐復觀，能夠得到葉榮鐘等一眾知友，可謂是精神上的一大幸運。因之，他對台中市的社會評價甚高，稱之為「人的社會」。這無疑是對葉榮鐘等台中文化人的最高禮讚。

在長期的交往中，徐復觀對葉榮鐘的人品、文品和際遇有了很深的了解。他稱許後者有寒梅之品格，性情鬱勃，文風高雅，在抗戰中鐵筆抒硬論，撐持民族精神於不墜。徐復觀是經莊垂勝認識葉榮鐘的，他說二人的性格雖有差別，但內在的品格則極為相近，所以他引用了「不知其人，視其友」的古語，對二人的友情表示讚歎。他又在為葉榮鐘、洪炎秋和蘇薌雨的《三友集》所寫的序言中，對三人作了有趣的評判，說「就性格說，少奇鬱勃，炎秋嶔奇，薌雨豪邁，而文亦多如其人；則三子者的人品文格，既各有其特性，又得互濟其美。」[2]在台灣光復後，因洪炎秋和蘇薌雨屬於從大陸返台的人士，故而三子的命運有很大的不同，但他們的品格

2 徐復觀，〈《三友集》序〉，《徐復觀全集》第二五卷，第二五六頁。

之砥礪則未嘗有異，顯示了台灣士人的人文之盛、志節之高和胸懷之大。在光復後的特殊時期，葉榮鐘在困頓處境下的氣節顯得尤為可貴，故而徐復觀特別予以表彰：「台灣光復後，少奇扼於市儈，生活清苦，然其氣益厲，其志益堅，發為文章，光芒萬丈，視彼腰纏千萬之市儈，真可謂『蔑如也』。」[3]對於僅能以文字接近葉榮鐘的我來說，每每讀到徐復觀的這些言辭，就有在精神上更近了一步的感覺。

有意味的是，在得知葉榮鐘病逝後，徐復觀寫下了這樣的話：「在我這快將結束的一生中，感情上好像對台中市有所虧欠，對葉先生有所虧欠。」[4]雖然徐復觀解釋了虧欠的理由，但這種難以名狀的虧欠，還是令人想起魯迅當年在張我軍訪問時對台灣所表示的歉意。徐復觀所說的虧欠的感受，除了在台中客居二十年之久的情誼之外，大概還深藏著對於葉榮鐘所參與的台灣民族運動的追懷和敬意吧。

台灣民族運動在戰後的落幕，是台灣社會進程中的一個轉折。在這一轉折中，發生變化的不只是民族運動的式微，還有台灣士人的命運。由於二二八事件，台灣士人遭遇到了前所未有的壓制，林獻堂避居日本，陳炘下落不明，莊垂勝被免職，葉榮鐘也從此落寞後半生。不過，正是在落寞中，葉榮鐘的另外一種品質凸顯了出來，那就是知識分子的憂患意識。可以說，這

3 徐復觀，〈《三友集》序〉，《徐復觀全集》第二五卷，第二五七頁。

4 徐復觀，〈悼念葉榮鐘先生〉，《徐復觀全集》第二五卷，第二四八頁。

一思想性的核心價值，支撐了葉榮鐘的戰後思考。

台灣戰後的轉折及其後續思考，是揭開歷史之謎的重要途徑。在這一議題上，葉榮鐘的經歷、記述和反思具有特別的價值。由於各種各樣的原因，他所開啟的這條思考路徑仍然沒有引起足夠的重視，其價值有待在深一層的對話和更廣闊的視野中彰顯。

以下試從葉榮鐘在光復之初的感受、六〇年代的歷史書寫和七〇年代的思考三個時期，分別做一簡要的分析。

葉榮鐘在他的詩作、日記和著述中，留下了關於戰後台灣歷史轉折的記錄。其中有感性的情緒情感的表達，也有冷靜深入的思考，為我們進一步拓展這一議題勾勒了大致的線索。

從日本投降到二二八之後，他積極地投身於戰後台灣的重建，夾雜著奔走的辛勞、擔憂和無奈，令人動容的是他在困境中勇於承擔歷史的憂患之感。在日本投降之初，他寫了一首意味深長的詩〈乙酉八月十五日〉，表達自己對台灣光復的複雜心情：

忍辱包羞五十年，今朝光復轉淒然。
三軍解甲悲刀折，萬眾開顏慶瓦全。
合浦還珠新氣象，同床異夢舊因緣。

莫言積怨終須報，餘地留人與改悛。[5]

在大開大闔的詩境中，民族的仇怨和屈辱隨著戰爭的結束成為過去，但光復將帶來什麼樣的前景仍是一個未知的問題。所以葉榮鐘才說「其第二句的『凄然』兩字，並不是隨便說說，而是有真實的感覺。」[6]他站在歷史的轉折關頭，以個人的心緒來感受社會變遷的脈動，體會到了歷史舞台上的悲歡離合。光復的喜悅，由於這種說不出的淒涼和辛酸，無形中增添了歷史的重量。在此一刻，他真有「念天地之悠悠，獨愴然而涕下」的感慨。留下無限悵惘的，除了將士解甲的嘆息、殖民者失敗後的懺悔之外，還有合浦還珠後的想像。在這裡，回歸祖國並不是一個自明的話題。他所提到的觀念和實感之間的錯位，在祖國這一情感寄託的詞彙中糾結纏繞，成為不可逾越的難題。光復帶來的困惑，已經初顯端倪。

這種對團圓的尋覓和期盼，在隔年後的中秋之夜再次湧動。當時他隨著丘念台倡議組成的台灣光復致敬團，於一九四六年八月二十九日至十月五日赴大陸訪問，先後在南京謁拜中山陵、在西安遙祭黃帝陵，後又返回南京覲見蔣介石。台灣光復致敬團的奔走，既有文化尋根、歸宗革命之意，同時也為的是尋求各方面的理解，紓解兩岸長期的隔膜。在大陸的勞頓奔波之

5 葉榮鐘，《葉榮鐘全集．少奇吟草》，第一八一頁。

6 葉榮鐘，〈台灣省光復前後的回憶〉，葉芸芸、呂正惠、黃琪椿編：《葉榮鐘選集．文學卷》，第一四二頁。

中，葉榮鐘既滿懷期盼，內心也深藏著莫名的疑慮。這種心情，在雨中滯留西安時所作的〈中秋在長安〉一詩中有所流露：

> 不見嬋娟影，陰雲正滿天。
> 可憐萬里客，何處覓團圓。[7]

詩中的疑問，未料到四個月之後卻向著失控的方向發展。二二八事件貌似突然爆發，實則是把越來越緊張的陸台矛盾真實地呈現了出來。在〈敬步灌園先生二二八事件感懷瑤韻〉一詩中，葉榮鐘表達了對殘酷現實的慨歎：

> 莫漫逢人說弟兄，鬩牆貽笑最傷情。
> 予求予取擅威福，如火如荼方震驚。
> 浩浩輿情歸寂寞，重重疑案未分明。
> 巨奸禍首傳無恙，法外優遊得意鳴。[8]

---

7 葉榮鐘，《葉榮鐘全集．少奇吟草》，第一八一頁。

8 葉榮鐘，《葉榮鐘全集．少奇吟草》，第一八三頁。

「牆」的意象，就這樣走進了歷史的圈套。本來應是牆內兄弟之間的親情盛宴，卻一轉成為刺痛感情的牆之壁壘。看似美好的團圓之夢，終於演變為一場政治的遊戲。

受到二二八事件的牽連，葉榮鐘的好友接二連三地被捕、失蹤。在他的詩集中，留下了〈哭若泉兄〉、〈弔耕南先生〉、〈弔連宗兄〉、〈弔王添燈兄〉、〈哭子玉兄〉、〈哭天賞君〉等眾多的傷痛悼亡之作。其中，不乏「莫因慘史疑光復」的強顏勵志之句，但在現實面前的震驚、憤慨和悲傷，越來越成為詩句中的主調。

在事件漸漸平息下來之後，精神的創傷已然形成，但長留內心的是憂患之感。一九〇〇年出生的葉榮鐘在年過半百之際，賦詩〈憂患〉以明心志：

憂患中年百念灰，夜深何事獨徘徊。
黨牛袒李皆兒戲，混水摸魚是禍胎。
風氣已隨旗色改，危機重挾鼓聲催。
天心民意誰當諒，失措晴空一聲雷。[9]

9 葉榮鐘，《葉榮鐘全集．少奇吟草》，第一八七頁。

憂患的背後，是深深的落寞之感；反之亦然。葉榮鐘需要時間來平復心情，也需要機緣來整理思路，重新出發。眼下世事難料，他只能退守田園，以待來日。此際，既有如〈霪雨兼句小園花草狼藉不堪〉的借景諷世之作，也有如〈園蔬四品〉、〈水滸傳讀後〉的託物言志、即事抒懷之作。葉榮鐘報國無門、心有不甘的苦楚，在草木和文字之中暫且得以慰藉。

以上是葉榮鐘對台灣光復的詩性記述。這些舊體詩所傳達的不安和疑慮，忠實地記錄了戰後台灣最初的曙光乍現，但更加令人揪心的是風雨如晦的預警和白色恐怖來臨的慘痛。在歷史壁壘面前，令人不由得發出一聲浩歎。那麼，戰後台灣的困境，癥結到底在哪裡？葉榮鐘又能夠提供什麼樣的獨到見地呢？

二、葉榮鐘在六〇年代的歷史書寫

作為一個有使命感的人物，葉榮鐘雖然困於俗世，不能為社會民生盡自己的全力，但他把這種落寞以另外的方式表現了出來，那就是寫作。他的人生雖有不幸，但對於歷史來說，又不可謂不是一件幸事。

葉榮鐘在六〇年代的寫作，堪稱戰後台灣文化史上的一個重要現象。這個時期完成的幾部重頭作品，如《台灣民族運動史》（《日據下台灣政治社會運動史》）、《彰化銀行六十年史》《近代台灣金融經濟發展史》)、《台灣人物群像》和《日據下台灣大事年表》等，不僅從政治經濟的角度分析了台灣被殖民的真相，同時也是歷史和人性的生動記錄。

葉榮鐘在這些作品中寄託了什麼樣的思想和情感？表達了什麼樣的歷史認知？其中所透露出的歷史理解，與他在戰後的遭際和體驗又有什麼關聯呢？

我贊同葉芸芸、尹章義二位老師關於葉榮鐘的「捨我其誰的自負」的強調。[10]從史家的意識來看，這不僅僅是一種秉筆直書的使命感，同時也是與司馬遷的處境相應的情感投射。司馬遷的屈辱，葉榮鐘因自己的落寞多少有了真切的體會，然後才能不平而鳴，以曲筆來書寫自己早年追隨林獻堂獻身於台灣民族運動的「孤臣孽子之心情」。[11]由於他親身參與了這一運動的過程，因而敘寫起來才會有那麼強烈的現場感。班固式的嚴謹，葉榮鐘固然也非常看重，但其歷史書寫的靈魂是民族運動在困境中的奮進和堅守。

更有價值的是，葉榮鐘通過他的感知和寫作，觸動了一個歷史的癥結，那就是歷史斷裂的形成。這道無形的「牆」至今仍在發酵，成為一個歷史和現實的棘手難題。台灣內部的族群隔

10 葉芸芸，〈父親的書房〉，參閱尹章義，〈捨我其誰的史家和客觀環境的互動：《手稿本日據下台灣政治社會運動史》和報刊本、單行本《台灣民族運動史》的比較研究〉，見葉榮鐘，《日據下台灣政治社會運動史（下）》，第六四九頁。

11 葉榮鐘，〈原序〉，見《日據下台灣政治社會運動史（下）》，第六七三頁。

閡、兩岸的分裂和東亞的紛爭，均可在這裡找到線索。葉榮鐘試圖通過他的寫作，不只重拾親身參與、即將被淡忘的歷史，同時也在追問歷史斷裂的根源及其可能的解救之道。從這個意義上說，他的落寞，是一種基於生活、高於生活但又內在於生活的存在狀態。這種存在的空洞感，需要訴諸歷史以獲得斷裂上的填充、彌補和縫合。但僅此還不足夠，需要更進一步，去探究造成此種斷裂的認識論的根源。在此基礎上，才可能探尋到歷史斷裂的內在原因，在思想上和精神上獲得真正的解放。

事實上，光復之後不久，丘念台已在擔憂陸台之間誤解的加深。在大陸東南沿海一帶，台籍日軍問題引發了民眾情緒上的反彈，使得在大陸台灣人的處境相當艱難。他為此多方奔走，之後又倡議組織台灣光復致敬團，目的在於化解大陸尤其是國民黨高層對台灣的成見。[12]台灣光復致敬團的人員構成，主要是林獻堂、陳炘、葉榮鐘這樣的殖民地文化鬥士，代表了當時台灣的進步文化力量。但好景不長，他們在政治上的活躍期，基本就定格在了光復之初的一段時間。二二八事件之後，這些台灣的地方菁英受到牽連，幾乎遭到毀滅性打擊，從此走進了歷史。

這難道不是一個歷史的詭計嗎？日本殖民者的兩岸受害者，卻在五十年後的相遇時刻，演

12　葉芸芸，〈《台灣光復致敬團旅行日記》前言〉，葉榮鐘，《葉榮鐘全集．葉榮鐘日記（上）》，第一二三三－一二三四頁。

出了一場血雨腥風的慘案。與國共雙方的內戰相比，這場慘案似乎更加撲朔迷離，所觸及的文化政治也更加複雜。二二八到底關涉到哪些政治和文化的內涵，始終是值得深入思考的問題。過去，對二二八的解釋，多從政治分歧、階級衝突、族群對立的角度來著眼，並曾一度成為撬動台灣歷史的支點。但在二二八的議題上，仍有極大的思考空間。相比較，葉榮鐘更願意從歷史、文化和人心的立場來面對這一問題，顯示了其獨到的認知視角。

這一獨到的視角，在以下的事例中可見一斑。在〈台灣省光復前後的回憶〉一文中，葉榮鐘特設一節「我們的心情」，提到當時台中地方人士對於國民政府的態度：「隨陳儀長官蒞台的一群新聞記者於十月末由張邦傑少將嚮導，到台中來考察。我記得是中央社特派員葉明勳先生，下車後見到台中站廣場的歡迎牌樓大書『歡迎國民政府』字樣，私下對我們幾位同志說，這些文字不合文法，應該寫『擁護國民政府』，『歡迎陳儀長官蒞台主政』。我們對他的好意自是感謝不置，不過我們終沒有改掉，而且也不想改。因為這不是文法的問題，而是觀念有所不同。」[13]在葉榮鐘的心裡，他是以一種復歸祖國懷抱的心情，來迎接國民政府的。不過，這一心情的復歸，有著很大的文化政治空間。台灣的復歸有一個最初的發動力，那就是「民族精神」這一熱烈堅韌的向心力。但其中存在著兩個有待填補的空白：一是祖國概念，戰後台灣人對此

---

13 葉榮鐘，〈台灣省光復前後的回憶〉，葉芸芸、呂正惠、黃琪椿編：《葉榮鐘選集．文學卷》，第一四一頁。

的理解大致還停留在觀念層面，缺乏生活層面的實感；二是對待國民政府的態度，由於祖國概念的模糊，葉榮鐘等台中士人在試圖表達對於祖國的感情時，選擇了一個替代的方式，即把國民政府視作祖國的對等體。這便留下了人心和政治之間的不對等錯位。正常情況下，雙方的良性互動可以拉近距離，尋求共識。但歷史不容如此假設。以國民政府當時惡性的政黨政治形態，也缺乏這樣的智慧和從容來處理戰後台灣的難題。於是，在二二八事件中，表現出來的是政治上的單向壓制，以國民政府的強力控制暫時取得了歷史的主導權。在以犧牲台灣人的正當訴求為代價的前提下，留下了歷史的無盡遺憾。

葉榮鐘的回憶，固然有為二二八冤屈者辯護的一面。比如，在〈台灣省光復前後的回憶〉的「陳儀的下馬威」一節中，記述了陳炘受到陳儀打擊的真相，可能與他在光復後創設的大公公司，阻擋了浙江財閥的財路、攖拂了陳儀的逆鱗有關。在「八月十五日」一節中，分析了光復初期所謂「獨立運動」的真實性問題，雖然他不能斷定此事是否確實，但以他的了解，當時日本的台灣軍少壯派縱然有這種想法，台灣人尤其是御用紳士則絕對不敢附和，這裡有為林獻堂剖白的成分。但葉榮鐘的思考，並未僅僅停留在為台灣人聲冤的消極層面。

《台灣民族運動史》的寫作，開啟了一個宏大的視野和歷史認知的思路。這部著作，雖然暗含著為林獻堂一派爭取文化正當性的意圖，但更大的價值在於，作為殖民地時期台灣抵抗運動的歷史記錄，不僅彌補了二二八之後關於日據時期歷史敘事的缺憾，而且藉助文化抵抗的意

流露：「光復以來特別是二·二八以後這十七、八年間，極力避免欲記日記之心願，因怕庸人自擾也。現在我年六六，已是老朽，沒有人注意。寫一些心中之不滿概也不會引起麻煩才對。」[19]這便把心中的不平之氣，推到了二二八事件的時代，與台灣戰後社會政治狀況的轉折聯繫到了一起。值得慶幸的是，在退休前夕，葉榮鐘反而鼓起了勇氣，試圖克服二二八之後的噤聲，以發聲者的姿態重新進入歷史，在歷史的洪流中重新尋找自己的位置。

那麼，葉榮鐘是如何找到自己的立言位置的呢？對他來說，這一立言位置的確定並不是一件困難的事情。從一九六八年二月底草就的〈台灣近代民族運動的濫觴〉一文可以看出，他把彰顯由林獻堂所領導的台灣民族運動視作立論的基石。由梁啟超的遊台開始，寫到林獻堂和櫟社諸遺老所受到的深切啟發，及在當時台灣社會引發的民族感情熱潮。又寫到台中士人通過對自主性教育的追求，來抵制總督府的愚民政策，這使得台灣人能夠在無依無告的異族統治下，重新激發起自助的精神，煥發出民族的元氣，借助固有文化的保持來樹立自己的根本。

葉榮鐘不忘為台灣民族運動的領導者林獻堂做出辯護。在史著的開篇，他就試圖釐清林獻堂在同化會問題上所遭到的誣謗：「林獻堂參加同化會，是他一生被誤會受誣謗最深的一

19　葉榮鐘，《葉榮鐘全集．葉榮鐘日記（上）》，第二六九頁。

齣。……當時參加同化會的先輩，純係出自一種解懸救溺的迫切心情，再則被板垣的熱誠所感召。」[20]在重溫章學誠關於知人論世的告誡之後，葉榮鐘區別了板垣退助所提倡的「同化」和後來田健治郎總督所鼓吹的「同化主義」，認為二者相差甚遠，簡直不可同日而語。前者的主導者板垣是明治維新元勳、日本自由民權的始祖，他宣導台日享有同等權利，是有利於處於弱小一方的台灣人的；後者則是出於治理台灣的企圖，以內地延長主義為基調，旨在使台灣完全日本化，徹底抹殺了台灣人的民族性格。二者之間本質上的不同，使得板垣的同化會不可能被殖民者接受，故而很快就被總督府禁止。但台灣社會由此得以分化，消極者安心做日本治下的順民，林獻堂一派則開始踏上為台灣人爭取自由平等權利的艱辛道路。這也就是葉榮鐘所說的「同化會台人方面的首唱者林獻堂本身，始終是反同化的人物」的緣故。[21]

對於日據下的台灣社會，葉榮鐘曾做過一個有深意的分析，那就是關於「文化的」、「御用紳士」兩大陣容的說法。他在〈文化運動的回憶〉一文中寫道：「文協的出現對台灣的社會發生種種的影響，其最大的是人事上分成『文化的』和『御用紳士』的兩大陣容。」[22]在〈釋台中文化城〉中，他又把這兩大陣容擴展為台中、台北的地域性差別，認為台北的「御用紳士」最多也最

20 葉榮鐘，《葉榮鐘全集．日據下台灣政治社會運動史（上）》，第二一頁。
21 葉榮鐘，《葉榮鐘全集．日據下台灣政治社會運動史（上）》，第四二頁。
22 葉榮鐘，〈文化運動的回憶〉，《葉榮鐘全集．半壁書齋隨筆（下）》，第二〇九頁。

顯赫，台中則是一個文化的城市，雖然也有御用紳士，但人數既少且均屬二三流角色。[23]在殖民地台灣，這一分類具有特別的意義。由於它強調的是民族意識，故而在殖民地的抵抗性上甚至比階級分類更有價值內涵。所以日本殖民者才對台灣文化運動沒有一點好感，提到「文化的」，日本警察幾乎可用恨之入骨來形容。

日本員警的這種反應，恰恰凸顯了台灣文化運動及其推動者台灣文化協會的價值所在。在《台灣民族運動史》中，葉榮鐘特別引錄了文化協會領導者蔣渭水在文協成立大會上的致辭：「台灣人現實有病了，這病不癒，是沒有人才可造的，所以本會目前不得不先著手醫治這個病根。我診斷的結果台灣人所患的病，是智識的營養不良症，除非服下智識的營養品，是萬萬不能治癒的。文化運動是對這病唯一的治療法，文化協會就是專門講究並施行治療的機關。」[24]蔣渭水的本職是醫生，與孫中山、魯迅一樣，均把診斷本民族的病根作為自己對症下藥的途徑。但在台灣，推行文化運動比起民國之後的大陸遠為困難。好在大正民主時期提供了相對寬鬆的空間。當時，特別受歡迎的方式是文化講演會。這種有針對性的文化活動，吸引了地方有識之士和庶民百姓的積極參與。在台灣的文化運動開展得如火如荼的時候，若能邀請到林獻

23　葉榮鐘，〈釋台中文化城〉，《葉榮鐘全集．半壁書齋隨筆（下）》，第三〇九頁。
24　蔣渭水，〈五個年中的我〉，原刊《台灣民報》第六七號，一九二五年八月二十六日，轉引自葉榮鐘：《葉榮鐘全集．日據下台灣政治社會運動史（下）》，第三三〇頁。

堂、蔡培火和蔣渭水等知名人士的出馬，將是文化講演會舉辦者的一大榮耀。

對文化的強調，顯示了葉榮鐘以民族為基點的歷史認知路徑。他在該書「凡例」中解釋了民族的概念：「所謂『民族』的觀念，係以文化、傳統、目的、願望等共通的心理要素為其內涵。」[25]又說：「台胞之民族的覺醒受辛亥革命的鼓勵最多乃係必然之理。」基於這一認識，他把台灣的歷史和前途寄託在了辛亥以來的中國革命所開拓的道路之中。

三、葉榮鐘在七〇年代的思考

一九七一年一月十日，《日據時期台灣政治社會運動史》在《自立晚報》上全部刊載完畢，共二百七十八回，約五十萬字。葉榮鐘在當天的日記上寫道：「今日頗思寫一本國民黨統治下的二十五年史，但茲事體大，一個人之力恐不勝任。」[26]這一著作後來終於沒有完成，成為永久的遺憾。好在他留下的問題和思考，還可以從別的文字中略窺一二。

葉芸芸女士去年在廈門台灣文學研討會上的演講，讓我對葉榮鐘的七〇年代產生了濃厚的

25 葉榮鐘，《葉榮鐘全集．日據下台灣政治社會運動史（上）》，第一九頁。
26 葉榮鐘，《葉榮鐘全集．葉榮鐘日記（下）》，第六一五頁。

興趣。在收到新出版的《葉榮鐘文選》[27]後，又重讀他在七〇年代的兩封信件，有了一些新的想法。我認為，這些書信展示了葉榮鐘思想中的另外一個維度，即第三世界的視野。

在《台灣民族運動史》中，這一維度是有所遮罩的。由於強調台灣近代的殖民地民族運動，葉榮鐘把側重點放在小資產階級與知識階級領導下的抵抗運動的脈絡，而暫且懸置了左翼的抗日運動和階級運動。但葉榮鐘的出身有與左翼相通的部分，他也從未忘掉自己的本來身分。作為沒落家族的一員，他的身上流淌著與霧峰林氏家族並不相似的血液。

在一九三九年二月十四日的日記中，葉榮鐘記述了他和摯友莊遂性交談時對林階堂[28]的兒子夔龍人生狀況的分析：「我這樣批評他：夔龍君的生活沒有哲學、沒有信仰固不待言，連中心思想都沒有。極言之，可說是個沒有定見的人。因此，不管社會經驗累積多少，對他生活的向上充實毫無幫助。照這樣下去，社會經驗越多，他的生活是越來越聰明而已，對精神生活的深度一點不會發生變化。將來大概就是變成像他父親那樣的人罷了。」[29]這裡雖是批評夔

27 編者注：指的是葉芸芸、呂正惠、黃琪椿編選的《葉榮鐘選集．文學卷》、葉芸芸、徐振國編的《葉榮鐘選集．政經卷》。

28 林階堂是林獻堂的胞弟，曾創辦東華名產株式會社，又擔任大東信託董事、台灣民報社顧問、三五興產有限公司社長、大安產業株式會社董事等職務，是林獻堂早期從事民族運動的重要支持者。

29 葉榮鐘，《葉榮鐘全集．葉榮鐘日記》，第一六五頁。

龍，實則傳達了葉榮鐘在人生價值觀方面的基本見解，其中值得注意的是對精神生活、人生格局的看重。在日記的另一處（一九三九年一月八日）提到，因蔡培火來訪提及《民報》等事宜，引起葉榮鐘對林氏家族的議論：「夔龍君這個人是不能從心裡信任別人的人，不僅夔龍君如此，林家的人大概都如此，不！有錢人都有這種傾向。難道有錢人除了錢之外有什麼可相信的麼？」[30]從日常生活中的為人處事方式，感受到社會階層之間的差別，葉榮鐘對社會關係的認知有著自覺的意識。

如果說在文化上，葉榮鐘充當的是新舊文化的中和者角色的話，那麼，在社會屬性上，他是作為地主階級和底層階級的中間人出現的。葉榮鐘身上的跨越性特質，使他能夠更為通透地看清人情和世事的一些奧祕。這一認識，有助於了解葉榮鐘在七〇年代思想上的轉身。

葉榮鐘的七〇年代思考，是在越洋到美國的情境中進行的。但往前追溯，他在一九三三年的一次經歷，與此形成了時空上的呼應。當時他與楊肇嘉、葉清耀兩位先輩到朝鮮考察地方自治制度，期間他們特別期望有機會觸到祖國的實體，因而預先安排了東北、北平的觀光計畫。不料這一期望卻因葉清耀博士的患病而落空。但葉榮鐘還是找到了一個機會，獨自到鴨綠江的對岸安東去感受祖國的氣息，聊以慰藉多年的渴想。他在安東的經歷，是我所讀到過的最精彩

30　葉榮鐘，《葉榮鐘全集‧葉榮鐘日記》，第一六一頁。

的人生片斷之一：

安東的市街相對殷盛，店鋪櫛比，只是沒有像台灣有亭子間，店鋪的門面和招牌與三十年前在故鄉鹿港見到的相彷彿。我內心自問這就是祖國嗎？行行重行行，並未發現一件能夠使我多年憧憬的心情得到慰釋。這種古老市容，我童年時代已經司空見慣，一點都不稀罕，馬路上熙來攘往，就有不少的日本人，日本人和白俄經營的商店，也很多滲雜其間。這是祖國嗎？我自問自答，只有搖頭，沒有肯定。老實說，我自己也沒有一個具體的影像，可以來衡量這樣才是祖國的標準。但是我內心對眼前的光景發生抵抗則是事實，這真使我嗒然若喪。

我現在還記得很清楚，我正站在一條丁字形馬路的下邊，前面是一條橫街，由右邊街角轉過來一個跛腳的走唱的，年齡約在三十左右。他一手拿著拐子，另一手拿著三弦，一步一拐的挨近右首一家很具規模的店頭，那殘廢的左腳將拐子交定，湊成兩腳以保持身體的均衡，然後自拉自唱，當然是京調，曲名已經忘記了，他的聲調是那麼蒼涼淒厲，態度是那麼自然，一點都沒有搖尾乞憐的自卑感。我完全被他吸住了，京調我一竅不通，好壞無法判斷，但是內心卻會發出熱烈的共鳴。這是什麼作用我也不知道，只是感激，只是嚮往，只差沒有掉下眼淚而已。當時我也沒有餘裕去反省自己這樣的反應是為什麼，其實這並不是價值判斷的問題，也不是思想理論的問題。勉強來講或者可以說是「血」的共鳴？或者和我當時沉悶的心情有關也說不定，我在「心搖搖入懸旌」的狀況下，跟定他，一間又一間跑了一大段，終於顧慮怕迷了路，才離開他折回來，一看手錶已經十二點半了。[31]

這是一次台灣人對祖國的探尋之旅。當時的背景，是日本殖民者對台灣人名義上進行同化，實際上實行種族歧視和差別對待，要台灣人忘卻祖國，做比所謂「母國人」次一等的被殖民者。在這種情形下，反而激發了台灣人的民族意識和祖國意識。遺憾的是，台灣人的祖國，只是一種觀念上的理解，而缺乏實際的感受。葉榮鐘的安東之行，就是要填補這一空白，解答對祖國的疑問。從這段文字可以看到，他在安東的街道上尋找，一次次地失望，令他的內心生出了抵觸的情緒。正在惘然若失、無路可尋之際，一個跛足說唱者的出現，打開了他的心靈之門，感受到了血的共鳴。他對祖國的想像，完成了真正意義上的落地。不過，到底是什麼給了葉榮鐘如此震撼性的感受，連他自己都說不明白。我想，不僅僅是蒼涼的京調，也不僅僅是殘障者的自尊，甚至不僅僅是底層百姓的境遇。與這些具體物事相比，松永正義所說的「民族主義的原像」[32]，或許更接近葉榮鐘內心的答案。如果更積極一些，其中應暗含著更深刻的指

31 葉榮鐘，〈祖國河山的一角：東北安東縣的印象〉，《葉榮鐘全集．半壁書齋隨筆（下）》，第四一－四二頁。

32 松永正義，〈現在閱讀竹內好的意義〉，《開放時代》二〇〇七年第三期，第三十三頁。

向，即苦難中國的命運。

如果說在安東之行中，葉榮鐘通過對祖國的觸摸，尋找到了文化的基體；那麼，四十年後，他在美國之行中，通過探問台灣將來之問題，開啟了什麼樣的思考路徑呢？

葉榮鐘致林莊生的兩封書信，給出了明確的答案。在第一封信中，他以類似於蔣渭水的方式，給台灣社會的內在缺陷和台灣人的劣根性下了診斷書。他認為，台灣問題之解決只有三種方式，即國際管理、向中共認同、獨立。而共管和獨立均無補於事，那麼，只有向中共認同，才是台灣將來所唯一可能走的路。而現階段的急務，是如何從國民黨的統治中解放出來。[33]

在第二封信中，葉榮鐘具體地對比了中國大陸和台灣的工業基礎，仍然堅持對中共的認同乃是必然的趨勢。根據殖民地時期的抗爭經驗，他特別期望海外留學生應在反抗國民黨統治中發揮積極作用，但顯然海外的台獨運動令他無比失望。令人印象深刻的是，中共領導者在他的心目中具有很高的定位，以「賢明」讚美，又說他們的行事風格「細心而柔軟」。事實上，那時正是大陸的文革時期，社會政治狀態並不理想。當時，葉榮鐘在讀了《周恩來的時代》之後，也了解到文革和紅衛兵發生的原因。[34]但以葉榮鐘超越性的眼光來觀察，他憂心的並不是當下中共暗弱的一面，而是將來服務人民的意識的消退：「我最在意的是，目前傾全力在推進的

33 一九七四年七月十七日葉榮鐘致林莊生信，參見本書第一五三－一五五頁。

34 葉榮鐘，《葉榮鐘全集．葉榮鐘日記（下）》，第九二九頁。

『服務人民』的熱情，能持續到何時，人非機器，緊張有限度，熱情有冷去的時候，對其反動，我不免抱危懼感。」[35]這裡所體現的人民立場，與他的憂患意識結合起來，令人感覺到他正在褪去舊文人的形象約束，開始走向第三世界知識分子的境域。

如果聯繫到四十年前的安東之行，那麼可知，葉榮鐘的這一轉身並不是無緣無故的。在他的身上，不僅有文人的傲骨和品格，還深藏著對於底層庶民的關懷。在日本殖民統治時期，他以文人自居，為台灣開拓了文化歸宗的出路。到戰後，在國民黨高壓統治的反激之下，他為台灣找到的是一條向中共認同的解放之路。當然，現實遠非如此簡單，隨著台灣的解嚴，兩岸和國際形勢又發生了諸多變動。但不管是對於思想史還是對於思想者個人，這些思考均具有永恆的價值。

與葉榮鐘在日據時期所參與的文化運動相接續，他在六〇至七〇年代試圖在思想上發展出一種新的文化政治。其中有對國、共兩黨的看法，也有對兩岸和解的構想，還有對文化復興的期盼。這些判斷和想法，內裡積澱的是幾十年的文化抗爭經驗。他試圖以此來彌合歷史的斷裂，也努力尋找未來的解救之道。其思想和寫作的啟示意義，需要置於近代以來的思想史脈絡中加以詮釋，才可能得到恰當的評判。

35 一九七四年八月十二日葉榮鐘致林莊生信，參見本書第一五六－一五九頁。

葉榮鐘思想和寫作的內涵，還遠遠沒有被發掘。徐復觀在〈悼念葉榮鐘先生〉一文中，曾經提到：「台灣從事文藝工作的青年朋友談到前輩作家，而不提及葉先生，我感到有些意外。」[36]這是徐復觀在一九七八年的感慨。在葉榮鐘去世後的第二年，台灣就發生了美麗島事件，在民主化的浪潮之下，國民黨的威權統治逐漸被瓦解。這自然是葉榮鐘期盼中的歷史變革。但此後的事態發展，陷入了新的歷史困局之中。其實，歷史展開的路徑均有其軌轍可尋，對此葉榮鐘在七〇年代就曾發表自己的意見。在當下的困境之中，重溫葉榮鐘等先賢的著述，不只有助於重新認知台灣的歷史，更要緊的在於從歷史中尋求智慧，以創造更加富有生命力的文化政治。

兩岸問題，是需要歷史智慧來面對的棘手難題。鄭鴻生在新出版的《葉榮鐘選集．政經卷》序言中觸及了這一問題：「當孫中山的與馬列的路線都沒能完全解決兩岸問題，而時代又再次進入巨變之交，或許曾經被棄置一旁的梁啟超路線及其追隨者的思想、人格與精神底蘊，可以為我們尋找另一種解法提供參考，來完成中國民族解放的最後一段。」[37]鄭先生的說法比較審慎，但我讀到之後還是很有共鳴。

36　徐復觀，〈悼念葉榮鐘先生〉，《徐復觀全集》第二五卷，第二五二頁。

37　鄭鴻生，〈《日據下台灣政治社會運動史》的時代意義代序〉，葉芸芸、徐振國編《葉榮鐘選集．政經卷》，第一四頁。

這裡開啟的是一種開放的、有活力的思維路徑。首先是回到歷史，讓歷史自身來說話。作為歷史文化的承擔者，梁啟超及其追隨者在殖民地台灣創造了一段活的歷史，喚醒了被殖民者的民族意識。可惜的是這一條路線在戰後的轉折中遭到壓制，未能延續它的歷史使命。反思歷史，需要思考的是這一歷史的斷裂何以形成、後果如何等內在性的機制。在此基礎上，有可能進一步開啟新的歷史認知的視野。順著這一脈絡，有極大的歷史和文化思考的空間。其次是進入歷史的場域，在文化交往、文明對話之中重構對於歷史的理解。這就能夠帶出多重的思想和知識脈絡，通過這些脈絡之間的互動來啟動歷史的機體。比如，與梁啟超相近的是章太炎的台灣之旅，他在台灣時與東亞士人有另外一種交往關係，其思想本身又與梁啟超、孫中山形成特別的對話和張力關係，蘊藏著維新、革命與文明等更加豐富的近代反思議題。

徐復觀與台灣知識人的交往，呈現的則是戰後台灣文化更生的一種路徑。這種交往，一方面是知識人之間的交互影響，另一方面隱含著對戰後威權政治的文化態度。徐復觀在悼念莊垂勝的文章中，有感於葉榮鐘的回憶而寫道：「在葉先生的大文中，說他因受我的影響而晚年用力研究儒家思想，但實際上，恐怕是我受到他的鼓勵而才研究儒家思想。」[38]這並不全是自謙之辭。雖然徐復觀的儒家研究有自己的師承和原動力，但莊垂勝、葉榮鐘等台灣士人給他的是

38 徐復觀，〈一個偉大的中國的台灣人之死：悼念莊垂勝先生〉，《徐復觀全集》第二五卷，第一三二頁。

精神上的土壤和空氣，二者可以說缺一不可。這種人格上的呼應、相忘於物外的交往，為徐復觀帶來的是人與人之間的精神大解放。難怪他對葉榮鐘給莊垂勝的輓聯——「生如璞玉，死若巨星」——深有同感，稱後者象徵了一個偉大的中國人的人格的存在，他的死正是一個巨星的隕落。徐復觀對史學的看法，也由此著眼：「由品格之摹寫，以透露歷史之真際，斯乃史家之絕業，曠千載而或難一遇。在我國，惟司馬子長能之。」[39]事實上，這同樣是葉榮鐘寫史的理想，其史著因之亦深得徐復觀的讚賞。在政治和思想評論方面，徐復觀同樣是一枝鐵筆。他批評當政者的獨裁，指斥自由主義的虛無，惋惜辛亥革命精神的失墜，為台灣乃至中國的政治文化生態放言高論。葉榮鐘的文章，雖然多寫的是自己熟悉的台灣人，但在取向上是與徐復觀一致的。我認為，他們傳達的是一種真正的立德、立言的意識。他們的內心浸染著歷史的苦難，筆端裹挾著民間的氣息，走在為華夏文化尋求安身立命之道的路上。

原載於《文學評論》二〇一六年第四期

39 徐復觀，〈陳立夫先生六十壽序〉，《徐復觀全集》第二五卷，第九一頁。

主體思考與「士大夫傳統」：從重讀葉榮鐘的《美國見聞錄》談起

徐秀慧（福建師範大學閩台區域研究中心）

摘要

葉榮鐘撰稿的《台灣民族運動史》，一九七一年由《自立晚報》出版社出版，完成這項捨我其誰的民族史撰寫的志業與宿願後，葉榮鐘偕夫人終於在一九七四年實現了到美國參訪、探視親友的心願，回台後還撰寫了《美國見聞錄》一書，不幸因病竟成遺作。擺脫長期被國民黨監視的葉榮鐘，透過美、加之行的考察與思索，並且藉由在波士頓、華盛頓發出致林莊生的書信，道出他對台灣未來出路的看法：「與八億之中國人民同其運命」。本文的目的即在透過探討向來被忽視的《美國見聞錄》的語境，耙梳葉榮鐘何以發出台灣的未來只能「與八億之中國人民同其運命」的論斷。並追溯他秉持經世濟民的「士大夫傳統」理念，終生致力於反殖民、反壓迫的民族革命運動與復興民族文化的志業，以闡明他如何超克台灣殖民地現代性的史觀，將傳統士大夫的理想與他對社會主義新中國的認同相聯繫，展現他對東西方文明的比較，思考傳統文化如何更新與再造，以重建民族文化與中國人的主體性。他對「台灣往何處去」的思考，不僅聯繫於他對民族文化的思考，也扣合於他對二戰後世界秩序的省思與批判思維，其對人類世界和平的企求，所體現的是源自儒家經典《禮記．禮運》大同章中「天下為公」理想世界的「士大夫傳統」。此一傳統歷經乙未割台、台灣光復與「分斷體制」，依舊再現於葉榮鐘晚年對於民族、國家的未來與人類道德遠景的承擔。葉榮鐘思考的並不僅僅是台灣的出路問題，也是崛起後的中國如何維護世界和平的原則問題。如何連結社會主義與儒學倫理傳統則是當今中國具備和平崛起的實力與國力時所必須正視的問題。這是終生致力於反殖民、反壓迫志業的葉榮鐘先生其人其文，以一個殖民地台灣的抗日文人，留給兩岸中國人珍貴的思想遺產。

一、前言：關於《美國見聞錄》的寫作背景

葉榮鐘先生（下文省略敬稱[1]）於一九六八年開始動筆、歷時三年，於一九七〇年完成了

1 筆者二〇〇年因博士論文研究光復初期台灣左翼文化思潮的復甦而結識葉榮鐘的女兒葉芸芸，爾後曾於二〇〇六年發表〈跨國界與跨語際的魯迅翻譯（一九二五－一九四九）：中、日、台反法西斯的「地下火」與台灣光復初期「魯迅戰鬥精神」的再現〉一文，初步開始研究葉榮鐘先生與魯迅思想的連結，但認識有限。直到二〇一五年與葉榮鐘之子葉蔚南共組家庭，才開始深入研究家翁葉榮鐘先生，在此一過程中，深切體悟自己過去僅從左翼階級視野而忽略民族視野析論台灣文化發展的侷限性，謹以此文感謝葉榮鐘先生與葉家人對我的啟發。

五十多萬字的《日據下台灣政治社會運動史》的手稿，四月在《自立晚報》以《日據時期台灣政治社會運動史》為名開始連載，幾經波折後，一九七一年九月改題為《台灣民族運動史》由《自立晚報》出版社出版。[2]葉榮鐘在兩岸歷史的重要性，在於他是台灣文化抗日運動的核心人物之一，並且晚年把台灣的文化抗日運動史寫成五十多萬字的《日據下台灣政治社會運動史》，為台灣的抗日史留下了歷史見證。也因為這本史書，台灣史的研究論者經常視葉榮鐘為林獻堂、楊肇嘉、蔡培火等台灣傳統仕紳的「文膽」，將他歸類為文化抗日運動的民族右翼。

從《台灣民族運動史》的目錄章節來看，[3]除了共黨組織的「台灣赤色救援會」以外，幾乎

---

2 葉榮鐘費時三年（一九六七年至一九七〇年）完成了《日據下台灣政治社會運動史》（手稿本，後收入晨星版的《葉榮鐘全集》）。經《自立晚報》連載刊登後，一九七一年底改名為《台灣民族運動史》出版，序言與版權頁的作者署名也被迫由蔡培火、林柏壽、陳逢源、吳三連、葉榮鐘共同列名，封面沒有標明作者。筆者另收藏一九八七年四月的第五版，封面作者則標示吳三連、蔡培火等著。詳見葉榮鐘〈致蔡培火絕交書〉、尹章義〈舍我其誰的史家和客觀環境的互動：《手稿本日據下台灣政治社會運動史》和報刊本、單行本《台灣民族運動史》的比較研究〉、葉榮鐘〈《台灣民族運動史》序〉、葉芸芸〈編後記〉等文，參見葉榮鐘，《葉榮鐘全集．日據下台灣政治社會運動史（下）》，第六四五－六七九頁。並參見吳三連、蔡培火等著，《台灣民族運動史》（台北：自立晚報，一九八七）。

3 章節安排如下：第一章描寫梁啟超與台灣近代民族運動的濫觴，第二、四、八章描寫以林獻堂、蔡培火為首的地主仕紳派的「六三法撤廢運動」、「議會設置請願運動」與「台灣地方自治聯盟」，屬於抗日右派的政治活動，至於第三、五、六、七、九、十章則包含「海外台灣留學生的活動」、「『治警事件』始末」、「台灣文化協會」、「台灣民眾黨」、「農民運動」、「台灣人喉舌：台灣民報」見葉榮鐘，〈《台灣民族運動史》序〉，《台灣民族運動史》（台北：自立晚報，一九七一），第一頁。

涵蓋了日據時代左、中、右派的政治、社會、文化運動。再從各章的內容敘述來看，葉榮鐘始終立足於啟蒙精神與民族主義的立場，並批評左傾後的「文化協會」走向非法的鬥爭運動過於激進，使一般大眾觀望不前，已無過去合法啟蒙運動的聲勢。[4]同樣基於民族主義的立場，葉榮鐘對「台灣民眾黨」的左傾，則指出：「民國十七年二月台灣工友總聯盟結成後，民眾黨的政策顯然有遷就階級鬥爭的傾向，這與立黨當時所標榜的全民運動頗有偏差」[5]，以及「民眾黨因放棄民族運動而採取階級鬥爭路線以致和民族主義者不得不分道揚鑣」。[6]葉榮鐘基於啟蒙全民抗日的民族主義立場，對文化協會與民眾黨的左傾遠離群眾頗有微詞，但他同時也以「農民運動」專章詳述了各地由左翼知識分子領導的農民組合的抗日運動。除了展現他對底層農民群眾的人道關懷之外，他將抗日運動左、中、右派的人馬都歸結為「祖國派」，以此高舉漢民

4 如他批評一九二七年台灣文化協會的左傾時，指出：「分裂後的文化協會，以階級鬥爭為指導原理，由上舉連溫卿的〈一九二七年的台灣〉一文已經明白表現，因此他與農民組合的接近進而提攜是必然的結果。」分裂後的文協所指導的幾件鬥爭，手段非常尖銳，「可惜當時的民眾尚不夠堅強，難免有跟不上的感覺，緣此除卻青年層少數的前進分子而外，一般小市民及小資產階級就發生觀望不前的現象」，導致第二次全島代表大會後的全島巡迴講演會「僅能對少數青年發生啟蒙效果，文協向來的中堅層——市民階級——漸次離反。至此文化協會已完全處在台灣共產黨的影響下，運動日益傾向非合法。演講會等合法的啟蒙運動已無過去的聲勢了」，導致「加速左傾游離民眾」。葉榮鐘，《葉榮鐘全集．日據下台灣政治社會運動史（下）》，第三九四－三九五頁。

5 葉榮鐘，《葉榮鐘全集．日據下台灣政治社會運動史（下）》，第四七一頁。

6 葉榮鐘，《葉榮鐘全集．日據下台灣政治社會運動史（下）》，第四七三頁。

族抗日意識的用意昭然若揭。

台灣光復後，在國民黨戒嚴體制籠罩下，日據時期的歷史長期被壓抑，《日據時期台灣政治社會運動史》是首次全面整理日據時期政治社會運動的專論，不僅突破了國民黨政府對殖民地台灣史的禁錮，也終於讓戰後台灣的新世代得以認識父祖輩的歷史。尹章義、鄭鴻生都曾提到他們在一九七〇年代社會運動與黨外運動的萌芽期，以及台灣抗日民族運動——保衛釣魚台運動——再次發生時受《台灣民族運動史》的啟蒙。鄭鴻生指出：

> 這本書不僅讓我們有了日據時期的歷史整體觀，更重要的，也讓保釣運動到哲學系事件這**一波反抗與鎮壓，能夠接合上這個藕斷絲連的本土抗日民族運動的傳承**。可以說這個連結讓我們不再感到那麼孤獨，**而有了心安理得的歷史感**。[7]

日本的台灣文史研究學者戴國煇、河原功也因為讀了這本書，陸續拜訪了葉榮鐘。[8]若林

7 粗體為本文作者強調下文皆同，不再標注。引自鄭鴻生，〈《日據下台灣政治社會運動史》的時代意義〉，葉芸芸、徐振國編，《葉榮鐘選集．政經卷》，第一〇頁。

8 葉榮鐘與戴國煇見面，見一九七二年八月二十六日葉榮鐘日記：「自十一時起足足談了六個鐘頭，為數十年來罕有之長談」。葉榮鐘與河原功初次通信，見一九七二年四月十七日河原功致葉榮鐘信函，參見台灣清華大學「葉榮

正丈曾一路考察了葉榮鐘從一九三〇年代末，因受到外在環境影響遲遲無法展開「述史之志」的志業，直到一九六〇年代葉榮鐘生平的第二波寫作高峰中完成了《台灣民族運動史》，才將此一抗日運動前輩的歷史記憶傳承給《台灣政論》創辦人之一康寧祥，並在一九八〇年的吳密察等人興起的台灣史研究中發酵。若林正丈在文中頗費心機地把後來發展為建構台灣民族主義的系譜說成是傳承了葉榮鐘的民族主義論。其論文的第六、第七節，充滿了推論與暗示，強化台灣民族主義的歷史記憶傳承的「虛構性」，與前面幾節論證葉榮鐘述史的使命感，皆出於客觀、詳細的考證，構成鮮明的對比，顯露出若林正丈，以學術之名建構其台灣民族主義的論述，不過是為了滿足其對台殖民意識的想像。[9]若林正丈充滿暗示的推論，也與鄭鴻生所言構成鮮明的對比，鄭鴻生說：

> 葉榮鐘的《台灣民族運動史》才剛出版，這是一本台灣日本殖民統治時期的漢民族抗日

鐘全集、文書及文庫數位資料館」河原功（一九七二年四月　七日）。葉榮鐘與河原功初次見面，見一九七三年二月十四、十五、十六日葉榮鐘日記。葉榮鐘，《葉榮鐘全集．葉榮鐘日記（下）》，第七七七、八二三－八二四頁。

9　若林正丈，〈葉榮鐘的「述史之志」：晚年書寫活動試論〉，《台灣研究史》第十七卷第四期，二〇一〇年十二月，第八一－一二二頁。尹章義：「若林寫了一些為日本殖民台灣的政績和為台獨張目的文章，頗受台灣獨派和李登輝、陳水扁青睞，經常往來台日之間，也是極少數以研究台灣為名，在日本立足的人。」參見〈捨我其誰的史學家葉榮鐘：駁若林正丈的台灣再殖民主義〉，《兩岸犇報》第九三期，二〇一五年三月二十日。

史。雖然作者宣稱只涵蓋「由資產階級與知識分子領導的」民族運動，而不包含左翼的抗日階級運動，但這本書確實也給了我們不少台灣當年左翼活動的信息。[10]

葉榮鐘不僅在《台灣民族運動史》中書寫了左翼的抗日活動，他也連結了戰後台灣的左翼文化運動。但若林正丈只選擇性地敘述了《台灣政論》的康寧祥受葉榮鐘影響，進而發展為台灣民族主義的知識系譜，至於《台灣政論》的另一位左統派的創辦人蘇慶黎，也不見若林正丈交代她與葉榮鐘連結起來的左統派的知識系譜。蘇慶黎是二二八事件後脫逃到祖國的台共黨員蘇新的女兒。黨外運動時期，蘇慶黎與康寧祥合辦的《台灣政論》只合作了五期就被迫停刊了，葉榮鐘有三篇台灣人物志發表在該刊，稱頌蔡惠如、林幼春與蔣渭水的民族革命精神，這也是他過世後集結出版的《台灣人物群像》中最具有抗日民族革命精神的三位先賢，顯然是他有意識地呼應黨外雜誌《台灣政論》的民主行動。[11]雜誌被禁後，蘇慶黎與康寧祥雙方也正好因理念不合各自另行創辦雜誌。

10 鄭鴻生，《青春之歌：追憶一九七〇年台灣左翼青年的一段如火年華》（台北：聯經，二〇〇一），第一五一頁。

11 葉榮鐘分別於一九七五年八月、十月與十二月《台灣政論》連續發表了〈台灣民族運動的鋪路人：蔡惠如〉、〈台灣民族詩人：林幼春〉、〈革命家蔣渭水〉，後收於葉榮鐘的《台灣人物群像》。一九七六年一月十六日葉榮鐘給長子葉光南的信中提到：「該刊因〈兩種心向〉一文發生問題被台北市新聞處依出版法停刊一年。」參見本書一〇〇頁。

一九七六年蘇慶黎與陳映真藉由陳明忠籌資的資金，接辦了《夏潮》雜誌，開啟了戰後左翼文化運動的戰線。陳明忠將資金交給陳映真的隔天，隨即被捕。[12]葉榮鐘的女兒葉芸芸在美國，聽聞陳明忠第二次被捕，馬上聯絡從綠島出獄的醫師胡鑫麟，連結了海外的「老保釣」，為救援台灣政治犯陳明忠而印行了手刻鋼版專刊《動盪的台灣》。[13]鄭鴻生在〈解嚴之前的海外台灣左派初探〉一文中詳述了葉芸芸因《動盪的台灣》的機緣，在美國連結大批「老保釣」的人馬，展開了《台灣雜誌》、《台灣與世界》進步言論場域的實踐。[14]葉榮鐘的日記中除了提到蘇慶黎

---

12 李娜整理編輯，呂正惠校訂，《無悔：陳明忠回憶錄》（台北：人間，二〇一四），第二〇〇－二〇一頁。

13 葉芸芸：「《動盪的台灣》的刊行起因於一九七六年陳明忠事件。當時胡老〔按：胡鑫麟〕正好住在耶魯大學附近，胡老很信任我和我的先生（陳文典）。陳明忠被抓的消息，是國際特赦組織的Lynn Miles（中文名字：梅心怡，美國人權工作者）透過日本傳到美國去的，消息就刊登在紐約華埠的報紙上。美國的公共電台也有廣播。當我先生在實驗室聽到廣播後，我們找到報紙確認消息，然後就去找胡老，……胡老很緊張地告訴我說，這事情很嚴重，因為綠島出獄的人裡頭，陳明忠是一個關鍵人物，很多人都由陳明忠串連起來，所以陳明忠被抓他覺得問題太嚴重了。於是我們就問可以做什麼呢？那時候美國各地的台灣留學生辦了一大堆保釣刊物，而我們想到唯一可以做的事情也是辦一個刊物。所以《動盪的台灣》就這樣誕生，雜誌中最主要的文章都是胡老和張光直的學生，在耶魯讀人類學的陳其南輪流執筆。」見洪麗娟、徐秀慧採訪，洪麗娟謄稿、許育嘉整理，〈身在局內的「局外人」：葉芸芸訪談錄〉，《兩岸犇報》第七二期，二〇一四年六月六日。

14 鄭鴻生，〈解嚴之前的海外台灣左派初探〉，《人間思想》第一期，二〇一二年八月，第九－三六頁。另可參見洪麗娟，《被遺落的歷史拼圖：《台灣與世界》雜誌研究（一九八三－一九八七）》，彰化師範大學台灣文學研究所碩士論文，二〇一四年，第九頁。

登門向他邀稿，[15]在抗癌的一九七八年，體力不濟的情況下，僅剩零星記事的日記中，唯一紀錄每個月必讀的就是《夏潮》雜誌，[16]但卻很少提到自己的病況，他對《夏潮》雜誌的關心程度似乎遠勝於自己的病情。

擔任過林獻堂祕書的葉榮鐘，從日本殖民統治時期即與抗日運動的左、中、右派人士關係密切，台灣光復初期，葉榮鐘與台中仕紳林獻堂、時任台中圖書館館長莊垂勝、中央書局董事張煥珪[17]曾與台共謝雪紅、左翼作家楊逵在台中的一報兩刊《和平日報》與《新知識》、《文化交流》共同合作展開民主運動。[18]楊逵從綠島出獄後，也曾商請葉榮鐘幫忙共同取得東海花園的土地所有權。[19]光復後，葉榮鐘不但與參加國民革命、抗戰時成立東區服務隊的丘念台先生交

15 見葉榮鐘一九七六年八月八日日記：「二時許《夏潮》雜誌總編輯蘇小姐，來請寫稿」。葉榮鐘，《葉榮鐘全集．葉榮鐘日記（下）》，第一〇九二頁。

16 一月十一日日記記載劃撥訂閱一年份的《夏潮》雜誌，之後每個月都特別提到接獲或閱讀《夏潮》雜誌，葉榮鐘，《葉榮鐘全集．葉榮鐘日記（下）》，第一一七四、一一八〇、一一八六、一一九三、一一九六、一二〇〇頁。

17 秦賢次：「張煥珪，台中縣大雅鄉人，字璜山，又字騏真，筆名沐真，一九二〇年公立台中中學校（台中一中前身）畢業，其後又先後肄業東京明治大學法科及上海大學。留學上海時，曾於一九二四年三月加入有無政府主義色彩的「平社」，並以筆名在社刊《平平》旬刊上發表文章。《新知識》創刊時，張煥珪擔任台中縣參議員及中央書局董事長。又，張夫人林月霞女士係霧峰林家烈堂先生之女公子。」參見台灣文學期刊目錄資料庫〈《新知識》辭條〉。

18 徐秀慧，《戰後初期（一九四五－一九四九）台灣的文化場域與文化思潮》（板橋：稻鄉，二〇〇七），第一八六頁。

19 見葉榮鐘一九六九年十一月一日日記：「傍午歸中訪郭頂順兄談蔡培火老事及楊貴兄借款事，下午即往東海花園

好，同時也與渡海來台的新儒家代表之一的徐復觀先生往來頻繁，兩人都有過「延安經驗」。[20]葉榮鐘的交友圈與其社會實踐、思想之間的關係，未來也值得進一步梳理。

葉榮鐘雖然歷經二二八事件對「白色祖國」失望，但美國行讓他的祖國情懷得以安置於現實上的「紅色新中國」而感到心安理得（詳見後文分析）。本文嘗試從與葉榮鐘交誼深厚的徐復觀先生的思想共鳴處，梳理兩人對民族文化主體的思考，以及他們的思考展現「士大夫傳統」的憂患意識與以天下為己任的情懷。[21]此一傳統如何連結社會主義與儒學倫理，並落實於人民的日常生活之中，是台灣抗日文人葉榮鐘與渡台新儒家學者徐復觀，兩位先生共同跨越了「一九四九年的藩籬」，而留給兩岸中國人的珍貴遺產。

本文同時也想以葉榮鐘與徐復觀的思考與實踐，回應大陸學界近年的議題：關於儒學與社會主義如何連結以因應資本主義全球化對改革開放後中國社會的衝擊。[22]二〇一五年為期兩

訪楊貴君，告以頂順兄願出拾萬我自己亦出拾萬湊成二十萬先把共業部分解決。」葉榮鐘，《葉榮鐘全集．葉榮鐘日記（上）》，第五〇六頁。

20 葉蔚南，〈丘念台與葉榮鐘〉，《觀察》六十四期，二〇一八年十二月，第六三－六五頁。

21 有關徐復觀先生憂患意識的論述與台灣儒士的實踐與關係，詳見潘朝陽，〈從儒家憂患意識看甲申和乙未兩慘變後儒士的反省與回應〉，《台灣儒學的傳統與現代》（台北：國立台灣大學出版中心，二〇〇八），第五－六〇頁。

22 有關於大陸學界儒學與社會主義、傳統復興運動的梳理可參照張志強的耙梳與反思，張志強，〈傳統與當代中國〉，《朱陸．孔佛．現代思想：佛學與晚明以來中國思想的現代轉換》（北京：中國社會科學出版社，二〇一一

天的「儒學與社會主義」的會議，以甘陽為首，聚集了十六位包括馬克思主義學、哲學、社會學、歷史學、人類學、文學、傳播學、公共政策研究的各路學者，探討的主題為：近代社會主義思潮進入中國，是對資本主義、帝國主義入侵導致基層社會潰敗的回應。當時儒家的大同思想、平等觀念、倫理本位、和諧意識、志士人格，都起到了接引的重要作用。儒學作為經世濟民之學，在面對經濟全球化吞噬社會之今日，是否可能作出積極的回應，再度接引社會主義的價值理念？對於以儒家為社會及文化基調的中國來說，社會主義在多大程度上具有內生性？[23]

其中，甘陽提到八〇年代他在新加坡杜維明召集的「儒學與現代」的會議上，批評海外新儒家從牟宗三到杜維明這一路線，因亞洲四小龍的經濟成就，而「把新教倫理的命題轉化為一個儒家的命題來證明儒家不但沒有阻礙社會的發展，甚至是東亞資本主義發展的最主要的資源」[24]，儒學可以起到教化人心的作用，但儒家精神所在並不在此，而是在於對現代社會——以科技主導、技術理性與工具理性主導的社會——加以規範、節制和調和。甘陽說當時他在〈社會主義、保守主義、自由主義：關於中國的軟實力〉一文中批評余英時等海外學者認為中國社會主義斷送了儒家前途的看法是錯誤，他指出：

二），第二八六－三〇〇頁。

23 甘陽等著，〈專題：儒學與社會主義〉，《開放時代》，第一〇頁。

24 甘陽等著，〈專題：儒學與社會主義〉，《開放時代》，第一二頁。

社會主義與傳統、保守主義都有一個基本的特點，就是價值理性的優先，所以對於儒家也好，或者對於西方比較傳統的東西也好，都和社會主義有契合性。只有資本主義才會明確地把工具理性作為經濟唯一的先導。所以我覺得，比方社會主義時代，也就是毛澤東時代，最基本的是一個道德理想模式。我當時特別引了雷鋒，雷鋒在官方是叫無產階級戰士，但雷鋒各個方面都符合儒家的標準。它實際上是借助了社會主義，包括共產主義理想能夠在當時中國有這麼大的影響，本身脫不開以往儒家的道德理想主義傳統。所以如果說一九四九年以後儒學斷裂，那主要是學術層面上的斷裂，但是在民間日常生活中我們到處看到的是儒家的生活。我基本上認為，哪怕一直到「文化大革命」，中國人的行為方式和生活方式還是非常傳統的，基本是儒家的日常生活方式，開始變質恰恰是在改革開放的三十多年。改革開放以來，我們不能說人已經完全不是儒家的，但在日常生活方式上面，的確根本上不一樣了，資本主義才是導致儒家完全崩垮的原因。[25]

甘陽的發言，引發了各路學者從各自的專業領域，提出以儒學為社會文化基調的中國社會如何再次接引社會主義的價值理念，以面對資本全球化帶來的社會衝擊。本文以為甘陽的問題

25 甘陽等著，〈專題：儒學與社會主義〉，《開放時代》，第一三頁。

意識，早在跨越「一九四九年的藩籬」的葉榮鐘與徐復觀兩位先生身上，即可看到他們的思考與實踐。他們對建立一個現代性民族國家的中華民族本位與文化主體的思考，對二十一世紀當代中國全面進入資本主義全球化結構的社會衝擊，提供了可資參照性的思路，這是本文的出發點之一。

本文的方法，主要是透過重新梳理向來被忽視的《美國見聞錄》的寫作語境，考察葉榮鐘關於中華民族的文化、歷史構成與民族本位的主體性思考。葉榮鐘完成《台灣民族運動史》這項自一九三八年的日記就立下的「捨我其誰」、為台灣撰史的民族志業後[26]，一九七四年四月二十七日至九月十七日期間終於得以實現偕夫人到美加探視兒女、親友的心願，返台時途經日本，拜會了台灣史的學者戴國煇，並從林獻堂的最後一任祕書林瑞池處取得林獻堂一九四八年至一九五五年滯留日本期間的日記複印本，於十月中旬返台。期間，葉榮鐘在旅美七月二日的日記中立下撰寫《美國見聞錄》的決心。[27]經過比對葉榮鐘此一時期的日記，以及寫給好友莊

26 葉榮鐘早在一九三八年八月六日與一九四一年九月十日的日記，即曾分別發下宏願：「非完成終身事業《台灣政治運動史》不可」、「台灣的歷史及台灣政治運動史皆是不可不寫的，這個使命我雖有捨我其誰的自負，但不知何日方克專心從事這民族的事業」。葉榮鐘，《葉榮鐘全集．葉榮鐘日記（上）》，第一三三、一九七頁。

27 見一九七四年七月二日日記：「決定將美國見聞記錄下來。」，葉榮鐘，《葉榮鐘全集．葉榮鐘日記（下）》，第九二一頁。《美國見聞錄》一九七七年由中央書局出版，後收入《葉榮鐘全集．半壁書齋隨筆（上）》。

垂勝之子林莊生書信，筆者發現這是葉榮鐘於六月底前往渥太華造訪林莊生，兩人暢談台灣前途問題後，回到次女葉芸芸位於波士頓的家中，大量閱讀在台灣無法看到的關於新中國革命歷程與二二八事件的相關書籍，並在「保釣」後期重新認識中國的氛圍中，立下了撰寫《美國見聞錄》的決心。從旅美的日記、書信中梳理出葉榮鐘這個心路歷程對於我們掌握《美國見聞錄》的寫作動機深具意義，使我們得以重新體認傳承了士大夫傳統的葉榮鐘精神史，突破以往對葉榮鐘的認識，總是被界定在台灣社會運動座標中的右翼仕紳的位置。本文希望可以梳理他**如何超克台灣殖民地現代性的史觀，將傳統士大夫的理想與他對社會主義新中國的認同相聯繫**，展現他對東西方文明的比較，以及傳統文化如何更新與再造，以重建民族文化與中國人的主體性的思考脈絡。

葉榮鐘在戰後台灣歷史的特殊性，即在於台灣光復後，歷經了二二八事件、土地改革與白色恐怖，抗日運動的世代中，除了少數存活下來的地下黨員還會認同中共(但大多數已犧牲、遭禁錮或被迫噤聲)，鮮少有人能在長期依附美國勢力生存的戒嚴體制、肅殺依舊的年代，像葉榮鐘這樣明確地指出：台灣的出路只能「與八億之中國人民同其運命」、「向中共認同」。葉榮鐘不但坦率地表明，而且是以心安理得、解救苦難的心境，向忘年之交林莊生抒發自己多年疑慮得到紓解的心情下坦言的。這是他在美國寫給林莊生的兩封書信中袒露的心聲。也是這兩封書信，引發了筆者想要窮究葉榮鐘的美加之行，才重新細讀了《美國見聞錄》。所以必須把這兩封書信與《美國見聞錄》的寫作，也就是他對台灣出路的看法，放在同樣的語境下解讀，才能理解葉榮鐘的思考與追求。

二、文獻回顧與問題意識的提出

《美國見聞錄》長期受到忽視，連感慨「葉榮鐘散文在台灣文學研究領域並未受到足夠的重視」的廖振富，在題為〈建構在地文化的旗手：論葉榮鐘六〇年代的散文創作與文學史的意義〉的研究中，也捨去這本隨筆集。[28]此一取捨，也正好說明了《美國見聞錄》不符台灣民族主義論的研究者設定的「建構在地文化的旗手」的前提，因而被刻意從葉榮鐘的散文中去而不論。廖振富研究過葉榮鐘詩集、詩作手稿的價值[29]，可以說是葉榮鐘研究專家，但此文卻並未說明

28 廖振富提到葉榮鐘的隨筆散文集分別提到了《半路出家集》（一九六五）、《小屋大車集》（一九六七）、《三友集》，就是獨漏了《美國見聞錄》（一九七七）。主要就是因為論文的主題是一九六〇年，而捨棄《美國見聞錄》。然而，費解的是葉榮鐘與洪炎秋、蘇薌雨合著的《三友集》，其實是一九七九年洪炎秋先生在葉榮鐘過世後，為紀念三人的友誼而出版的。廖振富說《三友集》共收十四篇葉榮鐘文章，其中有七篇寫於一九六〇年代，因此列入討論的對象。很顯然廖振富也知道另外七篇寫於一九七〇年代，但並未解釋為何只研究一九六〇年代葉榮鐘的隨筆散文，而要略去一九七〇年代的作品。廖振富，《以文學發聲》（台北：玉山社，二〇一七），第二一八、二二四頁。

29 詳見廖振富〈舊詩時代精神的見證：葉榮鐘詩作手稿及其相關資料之研究價值〉、〈新版葉榮鐘詩集《少奇吟草》評

以斷代為研究範圍的必要性，不異是將研究對象的主體分割為六〇年代、七〇年代……的葉榮鐘。這不僅無法有助於我們將葉榮鐘視為一個完整的人，具有作家的主體性，以及對其思想演變過程有所理解，甚至是以割裂研究對象的主體性來屈從於其研究命題，並以研究範圍、斷代研究等標榜客觀、中立的學術研究方法企圖為其研究命題張目。順其論述脈絡發展，那麼葉榮鐘致林莊生書信中的「向中共認同」說[30]，被廖振富在另一篇論文中說成：葉榮鐘似乎帶著宿命論的無奈語氣、是「中共統一命定論」[31]，就可能被誤讀是葉榮鐘改弦易幟的言論。

葉榮鐘給林莊生這兩封書信雖然在二〇〇二年已被收入《葉榮鐘全集．葉榮鐘日記（下）》的附錄，但長期被忽視，直到再次被收入人間出版社二〇一五年的《葉榮鐘選集．文學卷》，編者之一的呂正惠寫了〈歷盡滄桑一文人〉的書序後，才引起重視。除了廖振富對兩封書信

介〉。收錄於廖振富，《台灣古典文學的時代刻：從晚清到二二八》（臺北：國立編譯館，二〇〇七）。

30 葉榮鐘致林莊生書信兩封書信，一九七四年七月十七日以中文書寫寄自波士頓、一九七四年八月十二日以日文書寫寄自華盛頓（中譯文由戴國煇夫人林彩美女士翻譯）。兩封信第一次收錄於二〇〇二年的《葉榮鐘全集．葉榮鐘日記（下）》，第一二〇七－一二一一頁。第二次題名為〈與友人談台灣前途的兩封信〉，收錄於二〇一五年的《葉榮鐘選集．文學卷》，第一八九－一九二頁。另可參見本書一五三－一五五、一五六－一五九頁。兩次收錄皆註明第二封信是一九七四年八月十二日寄自美國華府，但信末署日期是八月十五日，翻查《葉榮鐘日記（下）》，確實是一九七四年八月十二日「寄莊生長信」。因此判斷是信中日期誤標。

31 廖振富，《以文學發聲》，第三〇二、三〇四頁。

解讀，楊儒賓認為：「文革還在進行末期，馬克思真理仍帶有奇理斯瑪（charisma）力量的時期，也就是赤色中國的黑暗面尚未突顯的年代。我們要賦予這兩封信多重要的意義，仍待斟酌」。[32]張靜茹認為葉榮鐘「對台灣前途何去何從的真切思考」，「值得作為『二世文人』如何與戰後文化接軌的觀察樣本」[33]，可惜她沒有將書信與《美國見聞錄》的語境中互相參照。張重崗指出葉榮鐘「憂心的不是中共暗弱的一面，而是將來服務人民的意識的消退」，「體現的人民立場，與他的憂患意識結合起來，令人感到他正在褪去舊文人的形象約束，開始走向第三世界知識分子的境域」。[34]本文的論點基本上與張重崗接近，並希望參照《美國見聞錄》一書所體現的對一個公平、正義、有道的理想世界秩序的追求，闡述葉榮鐘認同社會主義新中國的思路，但對於張重崗所言的「舊文人的形象約束」，則希望能從葉榮鐘秉持的漢文士大夫的傳統中，汲取面向民族與人類未來圖景的積極性意義。

《美國見聞錄》很容易僅僅被當作一本遊記閱讀，或是認為不過是一些美國歷史、文化的

32 楊儒賓，〈葉榮鐘、中國與中國的現代性〉，《人間思想》第十三期，二〇一六年八月，第二〇七-二一六頁。

33 張靜茹，〈時代洪流中的自我發聲：從日記、書信看葉榮鐘文學觀與思想的演變軌跡〉，《靜宜人文社會學報》第十二卷第二期，二〇一八年七月，第八七頁。

34 張重崗，〈葉榮鐘的戰後思考〉，《文學評論》二〇一六年第四期，第一〇九頁。另參見本書第三八八-四一五頁。

「常識」。少數幾篇論及《美國見聞錄》的作者，無論是張良澤以遊記趣味[35]，彭玉萍以本土散文的生存境遇[36]，或是賴金英的中西文化比較論[37]，大都是以葉榮鐘借鑑西方民主文化，或是關注中西文化差異的視角。這些將《美國見聞錄》視為文化借鑑之說無法解釋如果葉榮鐘真的嚮往美國的民主、自由，為何藉由致林莊生的書信，道出了他對台灣未來出路的看法：「除向中共認同以外似已無路可走」、「與八億之中國人民同其運命」？而採取中西文化比較的視角也沒有說明葉榮鐘文化比較的目的何在？

上述對《美國見聞錄》的研究，皆忽略了葉榮鐘這本生前的最後著作與他一生的追求、實踐與思想的關係。《美國見聞錄》在葉榮鐘的隨筆集中的特殊性與重要性，即在於它與一九六〇

---

35 張良澤以「興來則綴詩以紀盛，故讀來趣味橫溢」、「以諧謔筆調，探究美國社會、文化、經濟諸問題，並以為我國之借鑑」來定位這本遊記。張良澤，〈葉榮鐘先生作品概述〉，《台灣文藝》第六三期，一九七九年三月，第二〇七－二二四頁。

36 彭玉萍的碩士學位論文強調本土散文的生存境遇與美學的關係。詳見彭玉萍，《見證者的散文詩學：省籍作家葉榮鐘與洪炎秋散文研究》，清華大學台灣文學研究所碩士論文，二〇一三年。

37 賴金英的學位論文則道出：「明顯感覺到中西文化的差異，對於美國大雜燴式的文化內容，他雖然讚歎，但不能全然接受；反觀中國文化和異邦比起來，某些地方有明顯的沒落，令他感嘆、沉痛。然而現實的經歷使他對中國傳統的文化有更深的體會，同時也明白身為炎黃子孫的我們，肩負著五千年的文化，所應懷抱的責任與期許。」賴金英的分析倒是指出了葉榮鐘以炎黃子孫的視角評論美國文化的立足點。賴金英，《葉榮鐘及其文學研究》，中興大學中國文學研究所碩士論文，二〇〇三年，第一七三頁。

年代出版的《半路出家集》、《小屋大車集》相較而言，有其一貫的提升台灣文化的苦心，但《美國見聞錄》的特殊性，則在於它是一部全面探討美國歷史與文化、布局結構嚴密的專著，是一部深入淺出的美國社會文化評論集。美國行使葉榮鐘認識到標榜自由、平等的西方議會民主體制並不能實現真正的民主解放，而對新中國服務人民的政治理想的認識，也使他更加心安於將他終生對民族傳統文化的認同連結於現實中崛起的新中國。終其一生，他對文化主體的思考，源自他對世界和平的期許，所體現的是源自儒家經典《禮記．禮運》大同章中追求實現一個「天下為公」的理想世界的「士大夫傳統」。

陳昭瑛在闡述台灣與傳統文化或是日據時代「台灣文化」概念的萌芽與儒家思想的影響時，多處引用葉榮鐘的《台灣民族運動史》中文化抗日運動的歷史，闡述日據時期台灣儒學的殖民地經驗，台灣儒士歷經武裝抗日、文化啟蒙到解放思想的過程[38]，例如：文協旨趣書引孔子之言提出「講學」（宣傳）的方向在德修、講學、聞義能徙、不善能改[39]、或是王敏川一連講了一個多月的《論語》與日警鬥法。[40]其中當然也包括葉榮鐘本人的實踐：從參與「台灣議會設置請

38 詳見陳昭瑛，《台灣文學與本土化運動》（台北：正中，一九九八），第二一九－二二五、二八三－三〇〇頁；陳昭瑛，《台灣與傳統文化（增訂再版）》（台北：台灣大學出版中心，二〇〇五），第八五－一〇六頁。
39 陳昭瑛，《台灣文學與本土化運動》，第二二〇頁；陳昭瑛，《台灣與傳統文化（增訂再版）》，第一〇〇頁。
40 陳昭瑛，《台灣文學與本土化運動》，第二二四頁；陳昭瑛，《台灣與傳統文化（增訂再版）》，第一〇二頁。

願運動」、「台灣文化協會」到「台灣民眾黨」、「櫟社」等過程[41]，並推崇戰後台灣新儒家一脈的徐復觀與莊垂勝、葉榮鐘共同立足於「中國人的主體性」，在中西文化論戰中反對胡適、殷海光等人的「西化派」觀點。[42]

陳昭瑛的研究充分闡述了葉榮鐘的行誼與著述就是一個台灣儒者的實踐，但本文之所以「士大夫傳統」（而不用「儒家」）探究葉榮鐘的思想與實踐，乃在葉榮鐘並非是個思想型的學者，如好友徐復觀先生身為台灣「新儒家」的代表之一，以闡述、發揚儒學文化的現代化轉型為志業。同時，「士大夫傳統」還可以涵蓋葉榮鐘傳承的士人風骨對於民族文化的歷史構成，與中國人的主體性思考，不僅立足於「華夷之辨」的民族思想[43]，還立基於反壓迫、反霸權的合乎公理的、有道的世界秩序，也就是《禮記．禮運》大同章所述的經濟均平、政治平等的「天下為公」理想世界的追求，這也是葉榮鐘與渡海來台的徐復觀跨越戰前、戰後，跨越省籍，發

41 陳昭瑛，《台灣文學與本土化運動》，第二八五－二八八頁。

42 陳昭瑛，《台灣文學與本土化運動》，第二二四－二二九、二九四－三〇〇頁。

43 關於儒家史學傳統華夷之辨的民族思想，激發了台灣儒生武裝抗日，失敗後，又以漢書房和詩社維繫漢文化，「延斯文於一線」，同時也展現在受章太炎的「種性」、「排滿」、「光復」思想影響的連橫所著《台灣通史》中，陳昭瑛對連橫著作體現了歷史、風俗與語言的種性思想對帝國主義的反抗，也適用於葉榮鐘在《南音》上所提倡的以民族、歷史、風俗、山川、人情定義的「大眾文學」與「第三文學」的內涵。陳昭瑛，《台灣與傳統文化（增訂再版）》，第八八－九一、一一六－一二四頁。

展出相濡以沫、聲氣相應的同志情誼之思想共鳴處。最重要的是，本文以「士大夫傳統」定位葉榮鐘的實踐與追求，是為了闡明他以魯迅與五四新文化運動為中介，傳承了晚清以來「革命」與「改良」兩條路線兼具的文化復興運動。[44]就這點而言葉榮鐘與戰後台灣新儒家唐君毅、牟宗三或是美國漢學家余英時、杜維明標舉「文化中國」的新儒家並不相同，對於葉榮鐘而言，他對現實中國的認同還立基於他對中國近代革命改造社會與復興民族文化的理想追求，此一追求，與徐復觀的辯證的、實踐的、歷史的「解放儒學」[45]同聲相應，因而能跨越「一九四九年的藩籬」而建立深厚的情誼。

關於「士大夫傳統」，余英時在《士與中國文化》[46]一書考察士人階層上起春秋、戰國，下迄清代中期，儘管歷朝歷代有不同的精神風貌，卻有別於西方傳統文化將理論與實踐二分的思維。中國因為有源遠流長的二千多年的「士」的傳統，更集中地表現了中國文化的特性。而西方則直到十八世紀啟蒙運動之後才出現近代的知識分子階層，「他們所關懷的不但是如何『解釋世界』，而且更是如何『改變世界』。從伏爾泰到馬克思都是這一現代精神的體現」。[47]余英時

44 徐秀慧，〈魯迅與台灣文人葉榮鐘〉，《魯迅研究月刊》二〇一六年第十期，二〇一六年十月，第一四－二三頁。
45 陳昭瑛，《台灣文學與本土化運動》，第三四一、三四七頁。
46 初版一九八七年，本文引用余英時，《士與中國文化》（上海：上海人民出版社，二〇〇三）。
47 余英時，〈引言〉，《士與中國文化》，第五頁。

指出：「『士』志於道——這是孔子最早為『士』所立下的規定。用現代話說，『道』相當於一套價值系統。但這套價值系統是必須通過社會實踐以求其實現的；唯有如此，『天下無道』才有可能變為『天下有道』，這個要求是普遍的，並不限儒家。」[48]一九〇五年科舉制度的廢止，導致『士』的傳統雖然在現代結構中消失了，『士』的幽靈卻仍然以種種方式，或深或淺地纏繞在現代中國知識人的身上。『五四時代』知識人追求『民主』與『科學』，若從行為模式上做深入的觀察，仍不脫『士以天下為己任』的流風餘韻」。[49]余英時認為五四時代的現代知識人體現了士大夫傳統的遺緒，其對於士人傳統在現代社會結構中走向衰微不免感到悲觀。同時，筆者認為余英時對於中國士大夫傳統在現代社會的斷裂說，無法解釋受西方啟蒙運動影響的五四時代的知識人，如何參與「改變世界」的問題，也就是他並沒有進一步追問科舉制度廢止後產生的現代中國知識人如何參與中國社會的變革。

朱漢民除了延續余英時的論述，重申中國士大夫傳統的流變，但他也進一步強調了士大夫精神與現代社會革命的關係：

一百多年前，科舉制度廢除了，作為社會階層的士大夫不再存在。但是，士大夫精神還作

48 余英時，〈新版序〉，《士與中國文化》，第五頁。

49 余英時，〈新版序〉，《士與中國文化》，第六頁。

為一個文化現象而存在。近代以來很多社會政治運動，例如，不僅戊戌維新是士大夫群體領導的政治改良運動，就是清末新政以後的辛亥革命也是這樣。像孫中山、黃興、蔡鍔這樣一批近代著名政治人物，他們都是有很強的士大夫精神力量，其本質就是中國傳統士大夫精神的體現。有一個政治現象，我們發現中國近代的政治理念，和西方的那些資產階級政治理念，有很大區別，應該說，這些區別跟他們的士大夫身分有關係。近代出現的各種社會思潮、政治思潮，如戊戌維新、辛亥革命、新文化運動中的領袖們，均表現出對經濟均平、政治平等的「大同」理想，這種相同的思想推崇，和他們身上具有的士大夫傳統有關。[50]

台灣的抗日運動與晚清的政治社會運動一樣，都是一批具有士大夫傳統思想的志士所推動，他們所共同追求理想的就是實現源自《禮記．禮運》大同章的經濟均平、政治平等的「大同」理想。一九三〇年台灣文化抗日運動受挫之際，包括民眾黨在內的一切抗日團體皆被迫停止結社時，葉榮鐘以「大道之行也，天下為公」闡明地方自治與知識分子的任務，申明地方自

50 朱漢民，〈士大夫精神與中國文化〉《鳳凰湖南》，二〇一四年九月二十二日。網址：<http://hunan.ifeng.com/hunanspecial/yljt/detail_2014_09/22/2938677_0.shtml>（上網日期：二〇一八年九月一日）。

治聯盟的本質[51]，以此做為持續為民喉舌的行動策略。一九二〇在東京新民會出版的《中國新文學概觀》中，葉榮鐘提到：

> 清朝末葉，國勢阽危，當時有心於大局的人，莫不思以改之。於是康梁主張立憲，孫黃提倡革命，這兩派的主張固是完全相反，也曾激烈的互相論爭過。但在排擊專制、尊重民意這一點，兩派的思想卻是共通的。這民主主義傾向的思想又深得國內外青年的共鳴，內外響應，風縱揚厲遂成為思想界的本流。[52]

葉榮鐘對晚清的改良派與革命派並未採取二元對立的看法[53]，認為「**排擊專制、尊重民意**」的民主主義是他們共通的思想。林少陽也對歷來將晚清兩條社會改革路線二元對立的看法提出質疑，他重新梳理與孫文、黃興並列為「辛亥三杰」的章太炎思想，指出章太炎「復古」的新文化運動，實為兼具革命與改良兩者的晚清思想文化運動，也影響了五四新文化運動。林少陽同

51 葉榮鐘，《葉榮鐘全集．葉榮鐘早年文集》（台中：晨星，二〇〇二），第八七頁。

52 葉榮鐘，《葉榮鐘全集．葉榮鐘早年文集》，第二一五頁。

53 可參見徐秀慧，〈魯迅與台灣文人葉榮鐘〉，《魯迅研究月刊》二〇一六年第一期，第一四－二三頁。以及葉蔚南，〈葉榮鐘對「孫黃革命、康梁革新」的評價〉，《觀察》第四十六期，二〇一七年六月，第六六－六八頁。

時指出章太炎承續了顧炎武「亡天下」的危機意識，也就是世界秩序無道的憂患意識，而「亡天下」甚至比「亡國」具有更根本的意義，因此：

> 「光復」只是種族革命的問題，是為更深入的革命的準備，而這一革命更涉及如何重振「天下」的問題，也就是說是一個思想、文化的革命問題。[54]

晚清以思想、文化的革命重振天下的思考，同樣也是日據下台灣武裝抗日失敗後，士人致力於文化抗日以重建民族文化主體的志業。筆者在另一篇文章中，考察葉榮鐘自一九二七年台灣文化協會左右分裂，第二次赴日留學之際，即高度關注中國革命的發展，《中國新文學概觀》可視為他借鑑於中國新文化運動以謀求台灣文化之向上之作。同一時期他也以實際的行動批判「擊鉢吟」的詩風造就「墮落的詩人」、並以戲劇論爭積極介入台灣的新舊文化論爭。[55]一九三二年在〈關於魯迅的消息〉一文中又透過魯迅的「左傾」掌握國共分裂與中國革命的局勢，以及

54 林少陽，《鼎革以文：清季革命與章太炎「復古」的新文化運動》（上海：上海人民出版社，二〇一八），第一〇二頁。

55 徐秀慧，〈魯迅與台灣文人葉榮鐘〉，《魯迅研究月刊》二〇一六年第十期，第一七頁。

魯迅與日本反法西斯陣線的連結。[56]筆者因此認為：縱其一生，葉榮鐘的思想與志業傳承自晚清以來「康梁維新」與「孫黃革命」兩條社會改革路線的民主追求，在日本政府與國民黨政權的高壓統治下，始終對中國革命與社會的發展高度關注，並轉化為日據下社會文化運動的實踐，以及國府時期《台灣民族運動史》與《台灣人物群像》的台灣史／傳書寫。因此，可以說葉榮鐘一生的追求與實踐也是中國士大夫傳統在台灣的體現。

關於葉榮鐘之士大夫傳統與漢民族意識的養成，他在回憶文章自述他「思想的塑造時期」，主要是受到恩師施家本傳授的如「但使龍城飛將在，不教胡馬度陰山」、「王師北定中原山，家祭無忘告乃翁」，以至於「劉昆聞雞起舞」、「新亭止泣」等等有關民族精神的詩句和故事。[57]其中又以梁任公來台時的詩句特別激勵人心：

我們經由他（按：指施家本）得知灌園先生等中部的先輩捐貲興學的消息，梁任公在《新民叢報》的議論以及任公先生來台以後所做的詩詞，我們雖然只是一知半解，但均能朗朗上口。使我們最愜意和興奮的就是梁任公蒞台時在台北薈芳樓那四首七律，尤其是第一首最後兩句「萬死一詢諸父老，豈緣漢節始沾衣」。和第四首的第二聯「破碎河山誰料得，艱難

56 葉榮鐘，《葉榮鐘全集．葉榮鐘早年文集》，第二七三頁。

57 葉榮鐘，《台灣人物群像》（台北：帕米爾書店，一九八五），第二二七頁。

兄弟自相親」。[58]

筆者當時只是一個十二歲的無知小子，卻能把那四首詩，背得滾瓜爛熟，迄今還能朗朗上口，全體的意思雖然不大明白，但是一種異族的觀念和同類的感覺卻油然而生。這不是民族意識是甚麼？當時我的頭腦幼稚，完全白紙一張，對於日人並無成見，尚且會發生這樣的反應，那麼滿腹牢騷的遺老們所受的刺激，不是可想而知嗎？[59]

葉榮鐘在《台灣民族運動史》中將一九一一年梁任公來台對林獻堂和台灣知識分子的啟發影響視為民族運動的先聲，「顯示了他的歷史意識的獨到之處」。[60]此一歷史意識實根源於梁任公來台事件對「青年葉榮鐘」思想的啟發。

士大夫傳統關於個人的主體性的思考，是將自我與社會群體連結為一體，實踐「己立而立人」的精神，而不是追求個人的利益與權力。也因此葉榮鐘對魯迅的「立人」精神有高度的

58 葉榮鐘，《台灣人物群像》，第二二八頁。
59 葉榮鐘，《葉榮鐘全集．日據下台灣政治社會運動史（上）》，第三五頁。
60 陳昭瑛，〈誰召同胞未死魂：葉榮鐘《早年文集》的志業與思想〉，收錄於葉榮鐘，《葉榮鐘全集．葉榮鐘早年文集》，第四九頁。

共感。葉榮鐘在他二十一歲初試啼聲的文章〈求之於己〉中，就已經立定這樣的人生志向。文章開頭先反省自己和台灣青年一樣成天對政府發牢騷，接著批評部分同胞「討好官吏和有權力者」、「藉日本政府的勢力欺負**鄰國的同胞**」。文中並號召台灣青年以及三百五十萬同胞總動員，以改革家族制度的腐敗、衛生思想的低級、抽鴉片的惡習、信仰生活的墮落等等方法來「建立新的台灣」：

> 不管政府推行怎樣的政治，在物質上面是不得而知的，在精神方面，我認為終究在根本上是無法給予人民以甚麼影響的，能給予影響的還是人民自己。台灣仍然是我們的台灣，缺點還是我們的缺點。我們終究還是要做人類社會的一個人生存著，作為人類社會有權利平等地享受文明的恩惠，同時也應該負起貢獻世界的義務。……我們沒有閒暇對政府發牢騷，我們必須求諸己。而且以一部份人力是沒有把握的，非以三百五十萬同胞總動員不可……。[61]

從引文中，可以看出青年時期的葉榮鐘以〈求之於己〉一文，顯示其對主體性的思考連結

61 葉榮鐘，《葉榮鐘全集．葉榮鐘早年文集》，第六七－六八頁。

了自我個體與民族群體。作為人類社會的每個個體，**皆有權利平等地享受文明的恩惠，也應該負起貢獻世界的義務**，則迥異於自由主義的西方社會所追求的個人主義的自由、平等。陳昭瑛評價此文時指出在一九二〇年代的台灣，「世界」是一個和「中國」同等重要的概念，並認為葉榮鐘展現了對民族立場的堅持，以及啟蒙人物的關懷。[62]除此之外，筆者認為葉榮鐘所謂「**貢獻世界的義務**」的理念，還具有士大夫傳統「以天下為己任」與「天下興亡匹夫有責」的倫理追求。

本文的目的即立基於上述的問題意識，透過探討向來被忽視的《美國見聞錄》的語境，耙梳葉榮鐘發出台灣的未來只能「與八億之中國人民同其運命」的論斷，以闡明他如何超克台灣殖民地現代性的史觀，將傳統士大夫的理想與他對社會主義新中國的認同相聯繫。同時，也想以葉榮鐘為典型，說明在一八九五年「乙未割台」前後，既受過傳統漢文教育又透過日本教育接受新思潮的所謂「二世文人」[63]，他們對於文化主體的思考所體現士大夫傳統。

62 陳昭瑛「台灣仍然是我們的台灣」這話一方面是強調「台灣不是日本人的台灣」；另一方面是重申本土的立場。但「世界」的視野則賦予這種本土意識以一種向世界開放的性格。我們可以說二十一歲的葉榮鐘在這篇短文已充分顯示其作為啟蒙人物的視野，也已預示其後半生的志業。陳昭瑛，〈誰召同胞未死魂：葉榮鐘《早年文集》的志業與思想〉，第四九-五一頁。

63 特別是與葉榮鐘交往密切的包括：莊垂勝、洪炎秋、王詩琅等人的文化實踐都可視為本文所謂的士大夫傳統。有關二世文人的定義，可參見施懿琳，〈從《應社詩薈》看中晚期彰化詩人的時代關懷〉，《中國學術年刊》第十四卷一

三、《美國見聞錄》對二戰後世界秩序的反思與民族文化主體重建的思考

《美國見聞錄》的形式結構是葉榮鐘精心設計過的，全書分為「紀行」和「敘感」前後兩部分，「紀行」記錄了葉榮鐘美、加旅行見聞，後半部的「敘感」則展現了他對美國的文化評論，細論了美國的歷史與文化、民主制度、資本主義、個人主義、老人問題、兒童教育、宗教觀念、女性地位與資源浪費等等問題，是一本從各個面向整體性地考察美國文化的專著，絕對不只是一本「西遊記」的旅遊雜記而已。細心讀者將會從中體會，葉榮鐘對於美國資本主義體制、個人主義社會的諷喻，甚至是批判，經常是以一個秉承了士大夫傳統的讀書人的器度來觀看這個不到兩百年歷史的新興國家如何躍居世界強權的。葉榮鐘雖然高度推崇華盛頓、林肯與威爾遜總統對近代世界民主政治、民族自決的功績（如〈初遊華府〉、〈華盛頓故居〉、〈參觀威爾遜總統遺像〉），但在〈弗里爾美術館〉這篇文章中卻也洞見了這個標榜個人主義與自由主義的國家，是由資本家所構成的上流社會統治和壟斷的，跟葉榮鐘所嚮往的實現一個天下為公、正義公平的社會，差之遠矣！葉榮鐘藉由參觀華府的私人美術館收藏了中國的古物最多也最精，道出近代以來帝國主義如何趁庚子之亂，八國聯軍從中國拐騙、搶奪各式古文物而感到憤

期，一九九三年三月，第三六五－三九七頁。張靜茹，〈時代洪流中的自我發聲：從日記、書信看葉榮鐘文學觀與思想的演變軌跡〉，《靜宜人文社會學報》第十二卷二期，第七〇頁。

懣不已，並以中國的陶瓷器的多采多姿、想像力豐富為傲！[64]他對於美國的飲食文化（〈美國人的浪費〉）、大眾民生建設的停滯（〈美國的交通〉）感到不敢恭維！

葉榮鐘以《美國見聞錄》提出他對美國文化的反思，其中自然也有他欲借鑑美國以提升台灣文化之處。而葉榮鐘最想借鑑的並非被人高度讚揚的美國的民主、自由，而是美國紐約公共圖書館的社會教育。一九七四年十月底回到台灣後，葉榮鐘又陸續搜集相關的寫作資料，一九七六年八月十三日給貫兒的信中提到〈紐約公共圖書館〉部分資料取材翻譯自日文書籍。[65]這篇文章介紹紐約公共圖書館從無到有、從書籍的館內閱讀到外借的辦法，從一九一一年本館成立到增設了三個地區的分館，以及各項閱讀推廣活動等等過程皆巨細靡遺。台灣光復後，葉榮鐘於一九四六年曾短暫任職於台中圖書館編譯組長兼研究輔導部長，隔年卻因二二八事件而離職。讀這篇文章時，可以感受到葉榮鐘仍未忘情他日據時代以來從事文化運動、致力於群眾社會教育的未竟之志，寄託了他對文化啟蒙、社會教育事業的深情與對台灣公立圖書館的期許。

---

64 葉榮鐘：「我曾讀過美國人著的《誰統治美國？》，是一本研究美國所謂上流社會如何形成，如何控制美國的政治、經濟、金融、教育等各方面的手法的書。據說基金會也是他們的重要工具之一……簡單來講，基金會也就是美國統治階級培養接棒人的重要機構。」（參閱葉榮鐘著，〈弗里爾美術館〉，《葉榮鐘全集．半壁書齋隨筆（上）》，第二〇九－二一一頁。

65 參見本書第一〇五頁。

明瞭其苦心後，既令人感佩也為其未竟之志感到辛酸！

後半部「敘感」的部分，葉榮鐘對美國文化的評論展現了他對西方資本主義文明的反思，特別是他對美國種族問題的觀察，表達了他對二戰後世界秩序的省思與批判。〈美國的種族問題〉一文雖讚揚美國立國的民主精神，但同時也指出美國的種族歧視問題，一針見血地揭穿了美國民主社會的假像：

> 一般的印象，總以為美國是自由平等的國家，自由的尺度固然比較其他國家，相差甚遠，尤其是標榜自由民主的二次大戰後新成立的國家，除日本因為它的憲法是由美國人之手制定，含有濃厚的美國色彩，大都是懸羊頭賣狗肉的贋品，不能和美國相提並論。但是平等的問題，法律上的平等和社會上的平等似乎有很大的差距。
>
> 歐洲系的美國人不但歧視猶太系美國人，對其他有色人種也是有人種的差別的。至於所謂紅番的印地安人，在殖民地時代完全是同自然的一部分而成為開拓者征服的對象，現在也是退處山區，和美國人的社會接觸不多，不必提也罷。至於波多黎各人，在美國人心目中，和墨西哥人義大利人同樣只是遊手好閒，作奸犯科的不良分子。[66]

66 葉榮鐘，《葉榮鐘全集．半壁書齋隨筆（上）》，第三五〇頁。

葉榮鐘的時代雖然還沒有流行所謂的後殖民理論，但是出於日本殖民地台灣經驗感同身受的歷史經驗，葉榮鐘對於印地安人被當作自然的一部分受到歐洲白人征服的歷史，一句話就道盡了被以普世價值稱頌的美國的民主法治體制所遮蔽的歷史過程——正是歐洲白人開拓美洲、征服非洲與歐洲帝國主義殖民主義互相傾軋角力的結果。葉榮鐘說印地安人退處山區，「不必提也罷」，以嘲諷之筆發出他對印地安人被歐洲文明征服、滅族的哀鳴！

葉榮鐘除了指出占美國人口兩成的黑人問題，「是目前內政上一項最棘手的問題」。[67]對於美國的種族問題分析得最精闢的是二戰以後的猶太人問題：

現在美國的猶太系美國人有六百萬，恰為美國全人口總的三%，但是卻占全世界猶太人總數的五〇%，……這百分之三的猶太人在美國各方面都能夠出人頭地。[68]在美國的猶太人，其八〇%都是大學畢業的哈佛、耶魯、哥倫比亞等所謂長春藤系統的明星校，每年的入學人數，猶太系美國青年占三〇%。他們多數是念法律的，所以很多畢業後就成為國會議員的助理員或智囊團人物。猶太系美國人不但對政治經濟文化各方面擁有

67 葉榮鐘，《葉榮鐘全集．半壁書齋隨筆（上）》，第三四三頁。
68 葉榮鐘，《葉榮鐘全集．半壁書齋隨筆（上）》，第三四七頁。

支配的勢力，對於報紙、電視、廣播等大眾傳播事業也有絕大的影響力。[69]

葉榮鐘為了說明猶太系美國人在美國社會權力結構中的影響力，除了舉一九四八年以色列宣布建國，美國於宣布的十一分鐘後率先發表承認。又舉了一九七三年第四次中東戰爭時，上院議員百人之中，簽名支持以色列的竟達七十六人。[70]二戰後以色列復國造成中東地區矛盾衝突不斷，葉榮鐘以猶太系美國人在美國的影響力，簡單扼要地就讓讀者瞭解中東問題的根源即是猶太系的美國人統治了美國的上層社會，婉轉地表達了他對二戰後世界秩序的批判視角。

葉榮鐘深受日本殖民統治之苦，誠如呂正惠所言：「他痛恨的是一群人對另一群人所表現出來的那種非人道的行為，也就是我們現在說的種族歧視。」[71]王中忱在〈葉榮鐘與矢內原忠雄〉一文中也指出葉榮鐘雖授業於矢內原忠雄的無教會派的人道主義，但始終沒有如矢內原所期待的成為基督徒，「他以他自己的著作，與恩師矢內原進行了一場不無沉重的思想和歷史的

69 葉榮鐘，《葉榮鐘全集．半壁書齋隨筆（上）》，第三四八－三四九頁。

70 葉榮鐘，《葉榮鐘全集．半壁書齋隨筆（上）》，第三四八頁。

71 全句如下：「他〔葉榮鐘〕了解，日本殖民者對台灣人的歧視是整體性的，個別善良的現象終究不能改變大局，反過來說，那些特別凶惡的侮辱他的日本人，也不是他痛恨的對象，他痛恨的是一群人對另一群人所表現出來的那種非人道的行為，也就是我們現在說的種族歧視」。呂正惠，〈歷盡滄桑一文人〉，葉芸芸、呂正惠、黃琪椿編，《葉榮鐘選集．文學卷》，第一四頁。

對話」。[72]葉榮鐘的漢民族意識，雖然與晚清的排滿、光復等革命運動（如革命派章太炎的種族革命），以及孫文同盟會高舉朱元璋反元的口號「驅除韃虜，恢復中華」，都有訴諸種族、血緣的成分，但與種族主義卻有著天壤之別。章太炎的種族革命是「排強種」、「排王權」，是泛指推翻世界上所有的強權和統治階級，他並以「亞洲和親會」的實踐探討民族獨立與反帝反殖民的國際主義方式相結合。[73]陳昭瑛也指出，民族主義與種族主義的差別即在於：民族主義尊重各個民族文化的主體性，彼此是平等、沒有優劣之分的，並用以凝聚為反殖民、反侵略、反壓迫的解放力量，而種族主義則是帶有歧視、排他性，甚至以種族文化優越性對其他族（群）進行滅族或文化同化（如皇民化運動）的壓迫，帝國主義就是假藉民族主義為名行種族主義的壓迫之實。[74]殖民地切身的體驗無疑使葉榮鐘對於異族的生存權與文化的保存多了一分同理心和尊

72　葉榮鐘在〈矢內原先生與我〉一文中是這樣說的：「在狹義的所謂傳教的意義上說，矢師對我是失敗的，因為我不能成為一個他所期待的基督教信者。但在廣義的感化意義上來說，他是百分之一百成功的，因為通過他的存在，使我能意識到神的存在，不但如此，縱使我有朝一日會否定神的存在，也不能滅卻矢師給我的印象。」葉榮鐘，《台灣人物群像》，第七四頁。王中忱認為：矢內原為日本殖民者的統治失策而使台灣不能與日本融洽「結合」的焦慮溢於言表，卻鮮少見到他對因「與中國分離」而給台灣人們帶來的創痛表示關注和同情。矢內原當時對台灣「民族運動」的觀察顯然還頗為表面，他甚至未能充分體會到他的學生葉榮鐘內心深處的「被殖民創傷」。王中忱，〈葉榮鐘與矢內原忠雄：在殖民知識系譜上的考察〉，參見本書第三七一－三八七頁。

73　林少陽，《鼎革以文：清季革命與章太炎「復古」的新文化運動》，第四二四－四二五頁。

74　陳昭瑛，《台灣文學與本土化運動》，第一六－二一頁。

重，他關注美國的種族問題，與二戰後在冷戰結構下美國成為世界強權的權力結構，是與他期待一個公平、正義的世界秩序的理想相聯繫的。

葉芸芸在〈一九七四年的夏天：葉榮鐘．美國．日本〉一文中為我們提供了葉榮鐘「美國之行」的經歷與心境變化，其中特別提到葉榮鐘「閱讀禁書的快樂」與渴望瞭解大陸的心情與台灣前途的關係：

> 父親的閱讀焦點，顯然是在於瞭解一九四九年兩岸隔絕以後大陸的真相。其中一些重要文章父親做成筆記摘要，包括柯喬治《被出賣的台灣》、趙浩生《大陸訪問歸來答客難》、美國專欄作家艾爾索普《總結中國之行》、《今日中國》以及王浩考察大陸報導。父親把筆記摘要帶回台灣，因為擔心有所失誤，又讓我影印一份拷貝，挾在包裹中寄回台灣給他。父親渴望瞭解大陸的殷切心情，緣自對台灣未來前途問題的關切，也是他思考「台灣往何處去」的前提。[75]

葉芸芸這段回憶提供了葉榮鐘美國行正值「保釣」運動後期重新認識中國的氛圍中，從葉

75 葉芸芸，〈一九七四年的夏天：葉榮鐘．美國．日本〉，參見本書第三五二—三六五頁。

榮鐘家屬捐贈、新竹清華大學圖書館建置的「『葉榮鐘全集、文書及文庫』數位資料館」中查閱葉榮鐘筆記摘要的趙浩生《大陸訪問歸來答客難》（又名《中國歸來答客難》）、美國專欄作家艾爾索普《艾爾索普總結中國之行》[76]以及王浩〈中國之行的幾個觀點〉，這些旅美華人訪問新中國的見聞報導是葉榮鐘心安於他的祖國情懷的重要因素。[77]譬如，趙浩生[78]訪問中提到除了需要翻譯者在場外，他們可以自由行動，並肯定新中國社會建設的進步，茲摘錄葉榮鐘一九七四年七月《大陸訪問歸來答客難》的筆記摘要數則如下：

> 中國新生的力量是社會主義革命。這個革命在思想上，徹底推倒了壓在中國人民頭上的「三座大山」即帝國主義、官僚資本主義和封建主義。國民黨不能達成，其他思想的政府也

---

76 （美）約瑟夫·艾爾索普著，春雨譯，《艾爾索普總結中國之行》（香港：七十年代雜誌社，一九七二）。

77 葉榮鐘一九七四年七月五日日記：「抄錄王浩關於考察中國大陸文章之要點，又讀趙浩生〈大陸訪問歸來答客難〉這篇文章甚重要。抄錄要點好或是全文撕下寄給老冉〔注：洪炎秋〕頗堪考慮」。葉榮鐘，《葉榮鐘全集·葉榮鐘日記（下）》，第九二二頁。

78 趙浩生，息縣城關人，生於一九二〇年，一九四八年去日本。一九五二年到美國留學獲博士學位後受聘於耶魯大學。一九六〇年任該校東亞語言文學教授。一九六二年加入美國籍。任美國耶魯大學教授，一九七三年五月他第一次回祖國採訪，應邀為北京大學、復旦大學、山東大學、北京國際關係學院、鄭州大學、河南大學、信陽師院等高等院校作了多次講學和演講。

不能達成這樣的革命。

在我們第三者看來，由傅作義出面呼籲無條件和談，實在是給國民黨政權一個面子。

文化大革命對中國教育不是混亂而是新生，文革最大影響是教育宗旨變了，新的教育宗旨是根據毛主席的指示「教育與生產勞動相結合」。

在大陸五十二天總共只看到十八隻蒼蠅。

朱雙一研究「保釣」後大批旅美華人[79]訪華後的「新中國」認同熱潮，指出：

79 包括著名的歷史學家何炳棣，物理學家楊振寧，哲學和數理邏輯學專家王浩，物理學家朱兆祥，微波物理學家任之恭，數學家陳省身，血吸蟲病研究權威徐錫藩和李書穎，電子工程師胡廉，任職於美國紐約州教育廳的陳依范，任職於哈佛大學哈佛—燕京圖書館的薛蘭珍，耶魯大學中文系教授趙浩生，生物學家牛滿江，物理學家吳健雄和袁家騮，人文學教師曾仲魯，現代作曲家和亞洲音樂理論權威周文中，太空科學及應用物理學教授和氣象學專家張捷遷等。朱雙一，〈世界華文文學研究學科創立前史：「保釣」後旅美華人的「新中國」認同熱潮與文學交流〉，《世界華文文學論壇》二〇一七年第三期，二〇一七年九月，第一七頁。

大批旅美華人學者、作家訪華。他們在與舊中國的縱向對比上見出了新中國改天換地的巨大變化和成就，在與西方國家的橫向對比上見出了新中國社會制度和精神特質上的某種優越性，並通過幻燈片、電影和自己排演的戲劇歌舞等，將大量有關新中國的觀感和資訊帶回美國華人社群中廣為傳播，從而在旅美華人中掀起一股「新中國」認同熱潮。[80]

葉榮鐘訪美期間的日記可以映證朱雙一的論點。譬如一九七四年六月三十日的日記中即提到：

> 下午文典學友蘇、徐、張及三位女士來談，做幻燈片，獲悉有關問題的解釋頗多（一）中共知識青年下放含有都市人口疏散意味（二）香港逃亡青年大都係個人意識不夠進步（三）小型發電機窮鄉僻壤之需要（四）長江鐵橋江面一．六公里，全長七五公里，兩層橋墩有籃球場大小。[81]

80 朱雙一，〈世界華文文學研究學科創立前史：「保釣」後旅美華人的「新中國」認同熱潮與文學交流〉，《世界華文文學論壇》二〇一七年第三期，第一六頁。

81 葉榮鐘，《葉榮鐘全集．葉榮鐘日記（下）》，第九二二頁。

其中徐指的是徐松沅，是葉芸芸的先生陳文典東海大學的同學。[82] 葉榮鐘日記裡面多次提到徐君帶著他逛他們經營的書店，看幻燈片、看中共電影武術片及農村片，並提供如香港雜誌《文匯報》、《七十年代》與蔣氏王朝的章回小說《金陵春夢》等。[83]

經過仔細耙梳葉榮鐘的訪美日記、與友人林莊生的書信，回台後給兒女的書信，和寫作時代背景等諸多語境，筆者認為《美國見聞錄》可以說是葉榮鐘對自己一生的追求、奮鬥終於可以感到「心安理得」的遺作。在《美國見聞錄》的「代序」〈鬥癌記〉中，非常隱微地透露了這樣的心境。源於中央書局張耀錡經理覺得「美國見聞錄」這個書名太平凡，類似的書名太多，不夠「流行」，主張改一改。但是在〈鬥癌記〉中，葉榮鐘卻說時下有很多掛羊頭賣狗肉名實不符的書名，然後開始述說他當時發現食道癌的症候，以及歷經開刀的整個歷程，最後他說：

> 我對「死」的問題看得很淡……我這個人，生來就沒有大志氣，更沒有創造事業的野心，

---

82 關於徐松沅和陳文典，鄭鴻生指出葉芸芸先後辦《台灣雜誌》與《台灣與世界》兩份雜誌，「刊物經費最早台灣同鄉黃于燕、花俊雄等幾位已經就業的老保釣人士，隨著刊物發展，就有越來越多不分省籍包括港澳留學生加入支援行列」、「認股最多的是徐松沅、陳星吟、鄒寧遠/倪慧如夫婦，陳文典及綠島出來的老左翼胡鑫麟等人」鄭鴻生，〈解嚴之前的海外台灣左派初探〉，《人間思想》第一期，第三六頁。

83 葉榮鐘，《葉榮鐘全集．葉榮鐘日記（下）》，第九二一－九二五頁。

所以對事物沒有「執著」心。不過這樣的性格，也有其好處，不必奴顏卑膝去求人，也無需蠅營狗苟去鑽營，緣此萬事比較看得開。[84]

筆者閱讀時還覺得納悶，葉榮鐘為何沒有再回去交代改書名的後續？仔細一想，葉榮鐘以「不必奴顏卑膝去求人，也無需蠅營狗苟去鑽營」已經交代了《美國見聞錄》的書名終於未改。葉榮鐘一生行事但求俯仰無愧於心，而其堅持以「美國見聞錄」這個書名，其實還是跟他的美國行讓他終於得到「多年疑慮未決之問題獲得解答」的心境有關。如果能夠從這個心境出發去閱讀《美國見聞錄》，就可以讀出表面上寫的是美國社會文化，但看不見的內在視角，卻是秉承「士大夫傳統」的葉榮鐘所思考的「美國這樣的社會」將會是台灣的「美麗新世界」嗎？從上面所舉的美國的種族問題來看，答案顯然是否定的。

「多年疑慮未決之問題獲得解答」的心境，是葉榮鐘藉由致林莊生的書信表達的心情，我稱其為「解懸」（解救苦難）的心境。「解懸」一詞也是葉榮鐘的常用語，例如他為林獻堂參加同化會以「純係出自一種解懸拯溺的迫切心情」為其文過。[85]葉榮鐘疑慮的問題，不是為己，而是為台灣問題、為兩岸的中國人、甚至是世界和平的天下蒼生。葉榮鐘在一九七四年七月十七日

84　葉榮鐘，《葉榮鐘全集・半壁書齋隨筆（上）》，第三八六頁。

85　葉蔚南，〈葉榮鐘的史、傳書寫與祖國情懷〉，參見本書第三一九－三四〇頁。

致林莊生的書信中說：「因得略知大陸情形是此行最大的收穫，而多年疑慮未決之問題獲得解答」，接著說明：

所謂疑慮未決之問題即台灣將來之問題，換言之亦即目下甚囂塵上之所謂「台灣往何處去」之切身問題也，愚對於社會主義以至共產主義向無研究可謂一無所知，但對於貧富之懸隔與夫特權階級作威作福之可恨則慮之再三。因之此一問題若不解決，則世界永遠不得和平，社會永遠不得安寧可斷言也。是故此一問題亦即解決台灣問題之前提，無論採用何種方法，此一前提若不能解決，則台灣之議題只是空論而已。[86]

換言之，葉榮鐘認為**台灣問題的解決牽涉到的是世界和平**的問題，必須以解決「貧富之懸隔與夫特權階級作威作福」為前提，從上下文的邏輯，明顯是認可於社會主義的改造。

一九七四年六月二十一日至二十四日葉榮鐘由長子光南偕同，特地前去加拿大渥太華拜訪好友莊垂勝之子林莊生，這三天葉榮鐘與長年通信的忘年之交林莊生每天都聊到深夜。回到美國後，分別於一九七四年七月十七日發自波士頓（次女芸芸家），以及一九七四年八月十二日發

86 葉榮鐘，《葉榮鐘全集·葉榮鐘日記（下）》，第一二〇七頁。

自華盛頓（長子光南家）給林莊生兩封書信，第一封信葉榮鐘非常重視，特別在日記中記載他抄錄好，吃消夜時還與夫人、芸芸夫婦說明信件內容，道出了他對台灣未來出路的看法。他的論斷是：「就台灣來說，目前唯一急務是如何由國民黨統治解放，將來之問題只好與八億之中國人民同其運命」。[87]而葉榮鐘之所以認定台灣問題的解決關乎世界和平，就在於他認清了：

關於〔台灣由〕國際管理可能為日美所歡迎，但照目下之國際情勢似無可能，縱能實現亦必如周恩來所指摘，靠日本則受日本之控制靠美國則受美國之操縱，至於蘇聯則更不堪想像矣。……無論共管與獨立皆可信其無補於事，然則台灣之將來除向中共認同以外似已無路可走。[88]

他之所以否決國際託管、獨立兩條路而發出「台灣之將來除向中共認同似已無路可走」，並非徒託空言，而是信中所言，一則因為國際情勢：

然則獨立是否可能？因中共之強盛與中美之和解，獨立運動漸趨衰落乃有目共睹之事實，

87 參見本書第一五五頁。
88 參見本書第一五四頁。

> 不過國際關係時有變化，今日以為不可能者，依情勢之轉變明日難保不成為可能，所謂答案只對一半即指此而言也。[89]

但是他認為更重要的另一半原因則是呼應上文的「社會主義」而說的：

> 其另一半即台灣社會內在之缺陷，台灣人包括本人在內有種種不可救藥之弱點，無恥、白私、卑怯、嫉妒、軟弱等等，此種缺點與中國大陸解放前民眾所有之缺點完全相同，除經一番血之洗禮而外，在任何自由主義的政治暨社會體制都無法改變。尤有進者台灣人之劣根性更因五十年之奴化教育與國民黨二十八年之壓制奴役民族性之隨落（墮落）達於極點，以尋常之手段無法救藥。無論共管與獨立皆可信其無補於事，然則台灣之將來除向中共認同以外似已無路可走，不知　賢侄以為何如？[90]

葉榮鐘所發出要求台灣人「去殖民」與「去奴役化」的義正詞嚴的嚴肅之言，對照今日依舊幻想依附美、日的台獨言論，振聾發聵！但卻仍舊被廖振富解讀為：

89 參見本書第一五四頁。
90 參見本書第一五四頁。

一方面對獨立的可能性抱持悲觀看法，一方面又認為國際情勢瞬息萬變，未來如何發展尚難逆料。他在談到對海外台獨運動的失望之後，對中共統治雖尚有疑慮，卻對中國的急速蛻變頗有好感。[91]

廖振富文中指稱葉榮鐘對「中共的統治上有疑慮」，有意暗示著葉榮鐘質疑中共的統治，其實葉榮鐘七月十七日信件原文的脈絡卻是：

據來美後見聞所得，中共對於人民之缺點似乎已予克服，不過目前還有一點可疑慮者即中共現在大力提倡之「服務人民」，亦即天下為公之路線是否已經定型，是否生根而不因領導者交替而走樣。中共領導者為防其走樣乃大搞文化大革命以期發揮制衡作用，但是軍隊以絕對服從為其生命之集團，倘使軍中容許「造反有理」，那麼軍部之權威要如何維持？再說歷史上各朝代的政權達到穩定階段以後，便因統治階級之腐化而有下坡而至於瓦解，中共將如何克服歷史公例。此層又牽涉到唯心論、唯物論之問題。在中共來說，現在還在試驗階段，局外者實無法判斷。[92]

91 廖振富，《以文學發聲》，第三〇二頁。

92 參見本書第一五四－一五五頁。

學經濟學出身的葉榮鐘之所以對中共的崛起充滿著信心，在第二封信解釋道他是根據美國記者艾爾索普的《總結中國之行》所言：大陸的農業生產能力，不出一九八〇年即可趕上日本單位面積生產量。工業生產能力十年後即可獲得國際競爭能力。儘管有其過度樂觀處，但中國的GDP在二〇〇〇年後已超越了日本。[93]關於台灣的未來，從整個世界局勢，葉榮鐘於一九七四年八月十二日回覆林莊生的第二封信中，立場明確地說「對中共的認同問題，不管台灣的喜、惡，我想這是必然的趨勢」，以回應林莊生書信中所謂台灣近代以來「我的自覺」的「人民意志」、「人權思想」。[94]葉榮鐘唯一「危懼」的是：

（中共）目前傾全力在推進的「服務人民」的熱情，能持續到何時，人非機器，緊張有限度，熱情有冷去的時候，對其反動，我不免抱危懼感。

葉榮鐘的危懼感來自於他對文化大革命黑暗面的理解，他說：

中共也並非漂亮堂皇，也有其弱的暗的一面，目前我在讀《周恩來的時代》（日本駐北京記

93 呂正惠，〈歷盡滄桑一文人〉，葉芸芸、呂正惠、黃琪椿編，《葉榮鐘選集．文學卷》，第二六頁。
94 林莊生一九七四年七月二十八日致葉榮鐘書信，參見本書第二八二—二八六頁。

者柒日穗著）。然而建國僅二十年，要讓那個窮困污辱的中國更生，會有那種負面也不足為奇。[95]

葉榮鐘一九七四年八月十二日的日記也提到：「續讀《周恩來的時代》藉悉文革及紅衛兵發生之原因，中共仍有黑暗之一面」。[96]然而，葉榮鐘卻認為要讓窮困汙辱的中國更生，有此黑暗面，不足為奇，中國需要時間發展。葉榮鐘一生跨越日據、國府兩個高壓政權，那一代知識分子惶惶終日苦思的問題就是「台灣往何處去？」一如葉芸芸所言，當時正值台灣的國民黨政府退出聯合國，一九七二年尼克森（Richard Milhous Nixon）訪華，冷戰下的中、美關係開始解凍。「文化大革命的社會主義改造，在六〇年代全球進步左翼學生運動風潮中，曾經成為具有吸引力的理想社會藍圖」的語境下：

他對文化大革命上山下鄉社會改造所抱持的好感，雖然有明顯的時代印記，可以說是他在美國受到當時重新認識中國的熱潮的洗禮，但更根本的是，他對一個公平而且能夠伸張正義的社會的嚮往，熱切期待一個「服務人民」的政府與「天下為公」的社會。他確信，人類

95 參見本書第一五八頁。
96 葉榮鐘，《葉榮鐘全集・葉榮鐘日記（下）》，第九二九頁。

社會的改革首先必須解決貧富懸隔與特權階級的問題。[97]

誠哉斯言!「對一個公平而且能夠伸張正義的社會的嚮往,熱切期待一個『服務人民』的政府與『天下為公』的社會」,這不就是古來中國「士大夫傳統」所立定的志向?葉榮鐘以他在殖民地生活的經歷,抱持「民胞物與」、「天下為公」的理念而「心安」於他在美國印證了他對台灣出路所得到的「解答」。[98]

日據時期以來的知識分子,包含左、中、右路線各異的「祖國派」,在台灣光復後歷經一連串的二二八事件、土地改革、白色恐怖、朝鮮戰爭與冷戰結構的磨難,除了一些地下黨員或堅定的左派,那一代人鮮少有人能在戰後發出認同中共的言論,主要是因為在戒嚴反共體制根本沒有這樣的言論空間,其次一九四九年以後兩岸長期隔絕,就算想認識中共也沒有管道。葉榮鐘一輩子從事抗日運動,從一九二〇年在東京的學生時代開始參加社會運動,晚年把文化抗日的歷史寫成《台灣民族運動史》,在這個過程中卻受到台灣仕紳蔡培火等人漠視他的著作權,解嚴後因左翼思潮復甦,他的著作又被視為是右翼仕紳的論述而長期遭到忽視。葉榮鐘發出「同中共認同」說,遠遠超出了人們對於葉榮鐘的定位與刻板印象。因而無法理解葉榮鐘以中共大

97 葉芸芸,〈一九七四年的夏天:葉榮鐘.美國.日本〉,參見本書第三五九頁。

98 此一見解為論文寫作期間,向葉光南、葉芸芸請教葉榮鐘的美國行,由葉芸芸提點,特此感謝。

力提倡「服務人民」，亦即天下為公之路線而認同於社會主義的理念。此一現象說明葉榮鐘為突破一九四九年以後冷戰與內戰的雙重結構所思考的「台灣往何處去」的脈絡，至今尚未被理解，也沒有得到梳理。一九七四年八月十二日葉榮鐘致林莊生的書信說：

> 在波士頓寫的信，是我數十年來未曾吐露過的心情，雖不免稚嫩而有意氣用事之嫌。只是**永年鬱積胸中之物，得以吐出實在是個寶貴的經驗**。應感謝您的引力。[99]

葉榮鐘兩封書信一再強調關於台灣前途的思考是數十年疑慮獲得的解答，雖謙稱不免有意氣用事之嫌，但絕對是發自肺腑，他為「歸台之後就不能再寫這種信，感到不勝惆悵」。換言之，美國之行印證的是他**永年鬱積胸中之物**，而非只是一朝一夕的論斷。

四、中國民族性的文化改造工程：從儒學到社會主義的連結

關於葉榮鐘兩封書信「向中共認同」說的認知，牽涉到葉榮鐘對社會主義的認同，還需要

99 參見本書第一五六頁。

更細緻的耙梳。因一九七四年正值文革時期，前行研究如呂正惠、葉芸芸、楊儒賓認為此一認同主要歸諸於文革的印記。但筆者以為葉榮鐘說他最在意的是，**中共傾全力在推進的「服務人民」的熱情，能持續到何時？對其反動，他抱持危懼感**。中共領導者為防其走樣乃大搞文化大革命以期發揮制衡作用。**筆者認為葉榮鐘其實已經預見了文化大革命以政策性的強迫性手段傾全力推進「服務人民」的失敗，卻仍舊不改其「向中共認同」說**。葉榮鐘顯然認為「服務人民」的天下為公信念，如果只是訴諸於政策強加於民，而不是源自於構成社會群體的每個個體自發性地源自內心的信念，譬如根源於儒學倫理的日常生活實踐，終究會如葉榮鐘危懼、擔憂的終有彈性疲乏的時候。

從葉榮鐘信中的推論看來，「向中共認同」說除了基於中共生產力崛起後的國際情勢，以及不依附美日勢力解決台灣問題才能達到世界和平的目的，也是就是第一封信所謂的「唯物論」。而葉榮鐘更強調台灣必須「向中共認同」的原因，則是信中第二個原因，牽涉到的是台灣人之劣根性的民族文化改造工程，即所謂「唯心論」的問題，葉榮鐘認為：「**台灣人之劣根性與中國大陸解放前民眾所有之缺點完全相同，除經一番血之洗禮而外在任何自由主義的政治暨社會體制都無法改變**。」[100]這裡所謂「血之洗禮」，令人費解！他在第二封信中提到：

100 參見本書第一五四頁。

> 中共目前正在「虛心學習台灣人民的感情」大概如您所言。賢明的中共領導者以他們過去那種細心而柔軟的行事風格，看來對台灣問題的處理，我想不致於踏入遭受國際輿論非難的陷阱，更何況登上國際政治舞台，正在推進和解外交的現在。[101]

這段話明顯是葉榮鐘為解除林莊生擔憂中共以武力統一台灣的推論。所以所謂「血之洗禮」絕非葉榮鐘支持中共以武力的方式解決台灣問題，這也違背他以天下為公認同社會主義服務人民的理念。因此「血之洗禮」，只能以**中國大陸解放前民眾的劣根性，經過「血之洗禮」已然改觀，來理解葉榮鐘認為台灣人的劣根性必須經過類似中國的解放過程**。那麼，「血之洗禮」意指的應該是中國歷經抗日戰爭與解放戰爭（國共內戰），以及抗美援朝的朝鮮戰爭才能誕生一個天下為公、服務人民的社會主義的政府。筆者之所以如此判斷的根據則來自於一九七四年七月二六日葉榮鐘的日記中提到：「下午讀完洪若詩著《旅華十五年》頗受感動，**對新中國的思想及道德價值**稍有認識。」[102]洪若詩是英國的外科醫生，《旅華十五年》描述的是他在一九五四至一九六九年在新中國參與赤腳醫生如何動員群眾的力量以改善醫療的經歷。[103]葉榮鐘日記中記載

---

101 參見本書第一五六－一五七頁。

102 葉榮鐘，《葉榮鐘全集．葉榮鐘日記（下）》，第九二五－九二六頁。。

103 洪若詩一九六九年離開中國，一九七四年再度前往中國訪問，途經香港發表演說時曾被問到是否被蒙蔽沒有看到

了在美期間如饑似渴地大量閱讀有關台灣問題與中國共產黨領導的革命與建國的書籍。[104] 這些在台灣讀不到的禁書，讓他得以驗證戰後他透過任職於彰化銀行所訂閱的日文報紙與書籍對世界局勢與新中國發展的認識。

葉榮鐘擔憂新中國的思想與道德價值——「服務人民」，亦即天下為公的信念如何訴諸於日常生活的實踐的問題，是我們可以重新連結儒學倫理傳統與社會主義理想以維護世界和平的重要思想資產。關於這點，也是徐復觀先生念茲在茲的問題。一九六九年徐復觀去香港後，對中共發表了大量的批判文章，後集結為一九八〇年的《論中共》一書，以致一般人以為徐復觀是反中共的，事實上徐復觀批判的是中共的反傳統文化論。陳昭瑛的研究也指出徐復觀的思想

中國的全貌，才會認同毛澤東「為人民服務」的理念，他的回答是不可能十五年都被蒙蔽，該演講全文以〈我在新中國十五年〉為標題，刊於一九七四年十一月七日《大公報》第一版與第二版。

104 包括：《毛澤東選集》，還有他尊敬的魯迅，以及周作人、郭沫若等三〇年代作家的著作，美國記者斯諾的《我在舊中國十三年》，加拿大醫生白求恩的《白求恩之道路》，英國醫生洪若詩的《旅華十五年》，美國專欄作家艾爾索普的《總結中國之行》、《今日中國》，杜霍夫著、龔念年譯《誰統治美國？》，王浩《考察大陸報導》，趙浩生《大陸訪問歸來答客難》，其中也包括日本駐北京記者柴日穗對窮困中國之負面報導的《周恩來的時代》（日文），香港的《七十年代》月刊和《文匯報》、《大公報》、《明報》、《抖擻》等雜誌。另有關台灣問題的有王育德《台灣》、楊逸舟《蔣介石與台灣》、柯喬治《被出賣的台灣》（陳榮成譯）等。葉榮鐘，《葉榮鐘全集．葉榮鐘日記（下）》，第九一〇－九四九頁。詳細的閱讀日期和書目，參見葉芸芸的整理，〈一九七四年的夏天：葉榮鐘．美國．日本〉，見本書第三六三－三六五頁。

中可以看到儒學與社會主義的連結，早在一九六四年〈自由主義的變種〉一文中，徐復觀就指出《禮記．禮運》大同章已顯示出儒家和社會主義的財富觀的相通[105]，他甚至對香港大學學生的訪問中提到：

孔子的思想，在專制政治下不能實現，在資本主義也不能完全實現，可能要在社會主義之下才能實現。而且只有本著這種「主忠信」、「己欲立而立人，己欲達而達人」的人生態度的人，才能建立真正的社會主義——有人道有民主的社會主義。[106]

一九六七年徐復觀〈論中共的修正主義〉一文中，讚揚劉少奇〈論共產黨員的修養〉「吸收了孔孟思想」，「是在對日抗戰初期，由共產黨員的艱苦奮鬥中體會出來的」。[107]徐復觀臨終前接受香港《七十年代》雜誌的李怡採訪時，對鄧小平、胡耀邦的改革開放也寄予厚望。並感嘆知

105 陳昭瑛，《台灣文學與本土化運動》，第二九四－三〇〇頁；陳昭瑛，〈台灣儒者論儒學的普世價值——王敏川與徐復觀〉，《華東師範大學學報（哲學社會學版）》二〇一〇年第六期，第一－五頁。
106 徐復觀，《徐復觀雜文集（三）記所思》（台北：時報，一九八〇），第一〇〇頁。
107 徐復觀，《徐復觀雜文集（三）記所思》，第九頁。

識分子在長期科舉制度影響下，崇拜權勢，「以天下為己任」的基本價值觀念完全丟掉了。[108]正是士大夫傳統「以天下為己任」的胸懷，讓徐復觀和葉榮鐘兩人跨越了殖民地台灣與次殖民地祖國的歷史、文化、省籍等諸多隔膜而建立了深厚情誼。葉榮鐘有許多文章即發表在徐復觀在香港創辦的《民主評論》。兩人終其一生也都以士大夫傳統的胸懷介入於政治、社會運動的實踐，尋求實現民族獨立與民主社會的解放之道。他們關於儒學倫理與社會主義理想連結的思考，預見了二十一世紀以降以民眾為主導的國學熱，一場民間的、民眾的、草根性的儒學復興運動，這也是崛起後的當代中國極需要汲取的思想資源，我們不僅要去殖民、清理殖民地時期遺留下的歷史與民族心理的傷痕，更要警醒著中國如何避免走上帝國主義的道路、不步上二戰後美國成為世界霸權的後塵。下文將繼續申論葉、徐兩位先生的如何思考現代中國文化的更新與創造及民族國家主體性的問題。

五、「士大夫傳統」與現代中國文化與民族國家主體性的再思考

一九七二年尼克森訪問中國，確立了中、美關係正常化以後，台灣在國際地位上出現了危

108 徐復觀，《徐復觀最後雜文集》（台北：時報，一九八四），第五五－五八頁。

機。當時許多台灣人都想移民美國，葉榮鐘卻對中共的崛起充滿信心，並指出台灣除了認同中共沒有其他選擇。以葉榮鐘書寫歷史的遣詞用字、臧否人物之嚴謹，他發出認同中共說絕非輕率之舉。呂正惠曾在〈歷盡滄桑一文人〉中指出葉榮鐘寫見聞錄後記〈鬥癌記〉中「對『死』的問題看得很淡」的心境：

前半輩子生活在日本的殖民統治下，後半輩子生活在國民黨的高壓統治下，心境很難平和，因此他的好朋友莊遂性在十五年前就死於癌症。就在這十五年間，葉榮鐘把自己想寫的，差不多都寫了。還去了一趟美國，並認為自己看清了中國未來的發展。到了這地步實在沒有想再爭取的了。[109]

戰後長期受困於國民黨政府監視牢籠中的葉榮鐘，旅美之前，舊體詩中經常流露出「又見漫天柳絮飛，年年飄泊素心違。身輕無力謀歸宿，一任東風恣意吹」（一九七二年〈柳絮〉）[110]的悲歎，的確比較難得見到如〈鬥癌記〉這樣豁達心境。儘管如葉芸芸所言他還有許多「未完成的寫作計畫」。林莊生的父親莊垂勝，被葉榮鐘稱為「台灣的文化戰士」，是與葉榮鐘並肩作戰了

109 呂正惠，〈歷盡滄桑一文人〉，葉芸芸、呂正惠、黃琪椿編，《葉榮鐘選集．文學卷》，第二九頁。
110 葉榮鐘，《葉榮鐘全集．少奇吟草》，第二三九頁。

大半一輩子的同志，葉榮鐘曾經在悼念他的文章中說莊垂勝先生曾經有這樣的述懷：

我在國外和異民族相處時，我心安理得地當一個中國人。在國內和國人相處時，則我心安理得地當一個台灣人。並且以能心安理得地當一個堂堂正正的「中國的台灣人」而覺得驕傲。[111]

這段述懷也可以說是葉榮鐘先生一生面對異族與同族的高壓統治，卻始終懷抱天下為公的志向以安身立命的心境。[112]徐復觀先生在〈悼念葉榮鐘先生〉一文中除了詳述葉榮鐘一生從事文化抗日的事蹟與重要作品，並評價葉榮鐘的《台灣民族運動史》所敘述的乃繼第一階段武力抗日後的第二階段文化抗日運動：

111 葉榮鐘，《台灣人物群像》，第一五二頁。

112 可惜的是旅居加拿大的林莊生先生終究無法理解他父親的「心安理得地當一個堂堂正正的『中國的台灣人』」的驕傲！類似的世代認同差異，可以參看鄭鴻生〈台灣的認同與世代差異〉文中描述台灣歷史的幾次斷裂造成世代的認同錯位，收錄於鄭鴻生，《重認中國：台灣人身分問題的出路》（台北：人間，二〇一八），第三二一－三三六頁。

> 第二階段的特徵，實以祖國歷史文化為其動力，運用各種合法半合法的彈性方式，使日人的應付倍感困難。假使第一階段後的武力反抗，被日人完全撲滅後，沒有第二階段方式的出現，則台灣同胞的身體與靈魂，將完全被日本帝國主義者所征服，光復之初，豈能出現有如遊子歸宗的感情，及由這種感情而來的國家民族的自然團結。[113]

徐復觀先生這番肯定台灣同胞窮盡各種努力抗日的一席話，因當今少數親日台人的舉措，至今仍舊未進入祖國同胞的視野之中。一九八七年台灣解嚴以來兩岸的交流並未消除彼此的隔膜。徐復觀除了以「歷史良心」和「歷史智慧」評述葉榮鐘將梁任公遊台情況作為台灣民族運動的導引，他評價梁任公遊台在台北歡迎會上所賦的七言律詩四首，是繼黍離麥秀之歌後的具有「歷史感動力」和「民族感動力」的巨制，並且不無諷刺的說：「這和跑到台灣來高唱東方文化沒有靈性的先生們，令賢不肖，竟相去有這樣的遠。」[114]徐復觀對比台灣的祖國派與戰後來台崇洋媚外、數典忘祖的西化派的賢與不肖，說出了葉榮鐘那一代苦守民族文化傳統者的苦悶與疑惑。葉榮鐘在一九七一年出版的《台灣民族運動史》原序中也提到：

113　徐復觀，《徐復觀雜文集（四）憶往事》（台北：時報，一九八〇）年，第二〇四－二〇九頁。
114　徐復觀，《徐復觀雜文集（四）憶往事》，第二〇八頁。

在這悠悠半世紀之間，台灣同胞作為祖國替罪的羔羊，受盡異族的欺凌壓迫，殘暴蹂躪。但是台灣同胞處在水深火熱的環境下，不但未嘗一日忘懷祖國，且能以孤臣孽子之心情，苦心孤詣，維繫固有文化於不墜。緣此一旦光復，台胞纔能夠衣冠不改，語言如故，以漢民族本來之面目，投向祖國懷抱。[115]

今日重讀上引徐復觀與葉榮鐘兩人對台人抗日與台灣光復所流露的民族情感，對依舊處於「分斷體制」[116]的兩岸人民的隔膜，憶古思今，不免令人憮然！傳承新儒家知識系譜的徐復觀先生，**相較於葉榮鐘從帝國殖民與國際情勢的視角思考台灣的民族國家與文化的主體性問題，他主要是從文化內部的復興與再造思考現代中國人的文化主體性的問題**，他在〈西方文化沒有陰影〉一文中說：

我年來為中國文化講了不少話；乃是對既未曾研究中國文化，也未曾研究西方文化，而只是跟在洋人腳跟後面，以糟蹋中國文化的方法，滿足洋人的殖民心理，滿足自己的自卑心

115 葉榮鐘〈《台灣民族運動史》序〉《台灣民族運動史》（台北：自立晚報，一九七一），第一頁。
116 有關國共內戰與冷戰雙重結構所構成兩岸的「分斷體制」，請參考陳光興，〈陳映真的第三世界（上）〉，《台灣社會研究季刊》第一〇七期，二〇一七年八月，第一二九－一八四頁。

理；所以我便起而打抱不平。這種不平不僅站在中國人的立場當打，站在人類整個文化的立場也應當打。我覺得幾十年來的文化空白，主要是來自大家不好好地做本分內的研究工作，卻要爭一個東西長短，並先要拚個你死我活。於是阻礙吸收西方文化的，常常是自己飾封自己為「西化」的打手。阻礙吸收中國文化復興的，常常是在中國文化旗幟下，趁機混水摸魚的鄙夫。[117]

又說：

> 我們要學習西方的科學、技術等等，以圖自己國家的富強；並不是說我們即應當向美國人或日本人出賣自己的國格人格。……我們與美國人之間，與日本人之間，是要由「內不失己，外不失人」，「言忠信，行篤敬」的態度，和他們做朋友和他們合作，朋友也有勸善規過之義，說不上誰尊誰卑。一個堂堂正正地中國人，才有資格吸收西方文化，才有資格做堂堂正正地美國人、日本人的朋友。就我在東海大學的觀察；就我與日本朋友交往過的情形；我覺得絕對多數的美國人、日本人，並無意要成為我們的陰影。陰影的形成，乃出於

117 徐復觀，《徐復觀雜文集(三)記所思》，第六二一頁。

> 有些中國人的不自重、不自愛，無廉恥之心，無國格人格之念，在鑽洋門路中，在滿足自卑感中，才造成今日的陰影。「人必自侮，而後人侮之」，今日許多知識分子，許多工商界的大亨，正在為孟子的的名言作證。則台灣假定有朝一日淪為殖民地，其責任不在美國人日本人，而在中國的「大知識分子」（以官階言故稱之為大）及大工商業分子。至於並不研究西方文化，而只是成天地摩拳勒掌，要打中國文化的西化派，到頭只不過是在地下撿骨頭而已。但是想把台灣變成殖民地以便在殖民地下面撿便宜的任何人，都是枉費心機都是白白地出賣自己的靈魂。台灣只能走向民主之路，決不能走向殖民之路。[118]

徐復觀顯然認為學習西方文化的長處，並不需要因此屈膝卑躬喪失自己的主體性。引文很長，但對於今日依附美國、日本之力，行「去中國化」而把台灣「殖民地化」，將中國史納入東亞區域史的舉措，不啻是一記警鐘。

徐復觀評價葉榮鐘的散文，說葉榮鐘自謙自己的中文是「半路出家」，但徐復觀卻認為：

> 他用中文所寫散文不僅沒有夾雜著「日文臭」的不調和氣味，並且在簡樸中表現綿密，在

118 徐復觀，《徐復觀雜文集（三）記所思》，第六三頁。

平淡中表現生動，不裝腔作勢，不塗脂抹粉觀察入微，常能「小中見大」，這實際是一種大方而高雅的散文。[119]

徐復觀評價葉榮鐘的散文是「小中見大」，可以見微知著。魯迅在〈《准風月談》序〉也說：「我的雜文，所寫的常是一鼻、一嘴、一毛，但合起來，已幾乎是或一形象的全體」。[120]葉榮鐘先生的散文也經常是以小見大，跟魯迅先生一樣取材於社會現象的批判以求重振民族的文化精神。一九六五年三月十五日在給長子光南的書信中，葉榮鐘坦承自己的隨筆和漢詩具有魯迅的味道，信中說：

兒對《半路出家集》的批評均中肯棨，尤其說余處處想咬人一語，真能道出余之心病。這種傾向與其說受魯迅影響，毋寧說是在日據時期在日本帝國主義淫威下養成出來較近實情。當時余所做舊詩幾乎是這種味道，特別是〈索居漫興〉前後二十首尤為顯著。[121]

---

119 徐復觀，《徐復觀雜文（四）憶往事》，第二〇四－二〇九頁。

120 魯迅，〈《准風月談》後記〉，《魯迅全集五．准風月談》（北京：人民文學出版社，一九八一），第三八二頁。

121 參見本書第四四頁。

從這段書信文字，可以了解「魯迅」從沒有在葉榮鐘家庭教育中被當作「禁書」。[122]另外，徐復觀先生曾為葉榮鐘抱屈道：「台灣從事文藝工作的青年朋友談到前輩作家而不提及葉榮鐘，我感到有些意外。」又說：「我寫此文時，面對葉榮鐘由『鐵筆』所寫出來的散文，實有侷促不安之感。不過聊藉此以表達我在情感上對台中市的虧欠和悼念。」[123]徐復觀悼念文的結語，誠摯而謙卑，讀之令人動容。徐復觀又為何深感對台中市的虧欠和悼念？徐復觀曾經在〈一個偉大地中國地台灣人之死：悼念莊垂勝先生〉一文中，說莊垂勝幾度向他提議想在中央書局辦儒學講座或是出版徐復觀的著作以重振文化啟蒙的工作，徐復觀因現實考量而未能實行[124]，當他再度痛失第二故鄉台中的老友葉榮鐘時，為葉榮鐘至死都不被世人看到他「以天下為己任」所做的種種努力，出於自己為台中市的老友所做的不足，又代「跑到台灣來高唱東方文化沒有靈性的先生們」[125]，無視於台中市的台灣先賢如何堅守「士大夫傳統」以抵抗日本殖民的歷史因而感到愧歉，同時徐復觀對莊垂勝與葉榮鐘兩位先生在戰後高壓統治下對於重振文化

122 關於葉榮鐘在家庭教育中教育子女閱讀魯迅與中國新文學的經驗，參見葉蔚南，〈父親葉榮鐘的民族意識及其著作〉，《觀察》二十九期，二〇一六年一月，第六四－六七頁。

123 徐復觀，《徐復觀雜文集（四）憶往事》，第二〇九頁。

124 徐復觀，《徐復觀雜文集（四）憶往事》，第一四五－一五〇頁。

125 徐復觀，《徐復觀雜文集（四）憶往事》，第二〇八頁。

傳統之情懷絲毫沒有感到氣餒，徐復觀是以感到相較於走過日本殖民高壓統治的兩位台中老文化人而深感自嘆弗如。

葉榮鐘與徐復觀他們的思想底蘊中連結了儒學與社會主義服務人民的理想追求，他們生前即已預見了大陸改革開放後人民基於民族心理與信仰需求，從民間自發推動的「國學熱」，陳來稱之為「草根性儒學復興運動」。[126]張志強針對此一傳統復興現象指出，傳統能否面對現代性社會的各種挑戰，取決我們自覺於一種動態的歷史態度，不把中國視為一個自在的國家實體，而是一種文明與歷史博奕的結果，傳統也不是自在的存在，而是在與中國歷史博奕當中不斷形成的文明。因此近代儒教體制的崩解並不直接意味著傳統文明價值的瓦解，中國現代史因此也是在尋求新體制以及與之相匹配的新文化重建的歷史。[127]就此意義而言，今日重新梳理葉榮鐘與徐復觀他們對現代中國民族國家與文化主體的思考，他們所再現的「天下為公」為理念的士大夫傳統，總是以人民為本位，這也正是我們如何重新理解葉榮鐘發出「與八億之中國人民同其運命」的語境與思想脈絡的意義。

126 張志強，〈傳統與當代中國〉，《朱陸．孔佛．現代思想：佛學與晚明以來中國思想的現代轉換》，第二八七頁。

127 張志強，〈傳統與當代中國〉，《朱陸．孔佛．現代思想：佛學與晚明以來中國思想的現代轉換》，第二九七－二九八頁。

六、結語

台灣光復後，葉榮鐘一度跟隨林獻堂參與台灣政治運動。但是隨著國共內戰與冷戰雙重社會構造的形成，國民黨接收政府造成許多政治、經濟與文化的矛盾，一九四七年二月二十八日終於爆發了二二八事件，一九五〇年又因朝鮮戰爭爆發，國民黨政權依附在美國的亞洲政策下，在台灣實行長達三十八年的白色恐怖戒嚴體制，導致許多傳統台灣仕紳對「光復」失望，甚至葉榮鐘杖履追隨四十年的林獻堂也於一九四九年遠走日本避禍。島內於一九七九年發生美麗島事件，這些反國民黨高壓統治的情緒終於逐漸衍生為親美、親日的台灣獨立意識。然而，歷經光復後楊儒賓所謂「台中學人」的種種失意的葉榮鐘，與渡海來台的徐復觀情同手足的交誼，也使原有台灣儒學的脈絡接上了大陸儒學的因素。[128] 葉榮鐘終究不改其心懷祖國之志，以為天下蒼生謀福利的胸懷，而發出「與八億之中國人民同其運命」的述懷，正是他秉持了以天下為己任、民胞物與的「士大夫傳統」的理想追求，寄望以社會主義為主體的新中國能實現一個公平、正義的世界秩序。

《美國見聞錄》全書約七萬字，葉榮鐘歷時三年才完成這本生前出版的最後著作，其中有

128 楊儒賓，〈徐復觀與台中學人〉收錄於陳昭瑛編，《徐復觀的政治思想》（台北：台灣大學人社高研院東亞儒學研究中心，二〇一八），第五〇七頁。

半年的時間與食道癌搏鬥，但確實是與五十萬字的《台灣民族運動史》用了幾乎一樣的寫作時間。題名為「見聞」，其實是葉榮鐘的謙遜之詞，與其說是旅行的「見聞」，不如說是他對標榜「民主、自由」的美國文化與資本主義、個人主義、消費社會的深入考察與思索。他經常將美國文化與中國、日本進行文化比較的論述，除了作為尋求提升台灣文化的方法，更重要的是他對二戰後美國成為世界強權的權力結構的洞見與諷喻，聯繫著他對「台灣往何處去」的憂患意識，以及與此相關的現代民族國家與文化主體性的思考，與他一生投身於反帝反殖民的社會文化運動的實踐是一以貫之的。他認為台灣問題涉及一個公平正義的理想世界秩序的實現，這是從「青年葉榮鐘」時期即展開實踐的理想追求，他對如何重建民族國家與文化主體的思考與實踐，承續了晚清維新派與革命派對「亡國」與「亡天下」的憂思，可說是中國士大夫傳統在台灣的體現。

透過對於葉榮鐘致林莊生的兩封書信與遺作《美國見聞錄》的寫作動機與結構規劃的耙梳，可以發現一九七〇年代葉榮鐘基於經濟基礎、國際關係以及中華文化的改造與重振，其對台灣問題與未來出路的關懷，是他在日本殖民統治時代即以內在於晚清以來的近代中國革命發展的視角為基點的。當葉榮鐘意識到人不可能永遠長期處於一種體制性強迫的緊繃狀態而為「文革」的失敗感到危懼的憂患意識時，他認為這是唯物論所無法解決的，必須回歸到儒學的倫理，發自內心服務人民、以天下為公的道德實踐問題，也是以人民為主體的國民性的改造如何落實於日常生活的實踐問題。葉榮鐘思考的並不僅僅是台灣的出路問題，也是崛起後的中國如何維護世界和平的原則問題。如何連結社會主義與儒學倫理傳統則是當今中國具備和平崛起的實力與國力時所必須正視的問題。這是終生致力於反殖民、反壓迫志業的葉榮鐘先生其人其文，以一個殖民地台灣的抗日文人，留給兩岸中國人珍貴的思想遺產。

原載於《台灣社會研究季刊》第一一三期，二〇一九年八月

附錄三

傳承輯

葉芸芸繼承葉榮鐘志業，致力還原歷史真相

徐秀慧（福建師範大學閩台區域研究中心）

初見葉芸芸是在二〇〇〇年八月十六日－十八日在蘇州大學紅樓國際會議中心，召開的「台灣新文學思潮（一九四七－一九四九）研討會」會議上。那年我博二，跟隨博導呂正惠老師去發表論文。會議上發表文章的有從台灣去的陳映真、施淑、呂正惠、李瑞騰、曾健民、施善繼、藍博洲……等前輩，以及被提攜的博士生陳建忠學長和我。大陸學者有劉登翰、古繼堂、趙遐秋、黎湘萍、周良沛……等，日本學者則有山田敬三先生帶領博士生丸川哲史、上村優美與會發表，橫地剛先生雖然無法親臨但提交了關於黃榮燦的論文，由呂老師代為宣讀。更重要的是大會找來了當年參加一九四八年《台灣新生報》「橋」副刊論爭者的回顧與感想，計有：田野、方生、孫達人、朱實、謝旭、蕭荻、王業偉、周青等人。現在回想起來，當年陳映真主持的人間出版社，即煞費苦心地要揭開光復初期兩岸文化交流的「歷史迷霧」，讓那段長期被埋沒的歷史可以撥雲見日。因此我才能在這次會議的基礎上，日後又長期受葉芸芸（還有曾健民與橫地剛）的指導下，達成呂老師交付我的任務，寫作博士論文《戰後初期台灣的文化場域與文

學思潮（一九四五—一九四九）》[1]，因而得以突破狹隘的台灣意識，重新認識台灣問題就是近代中國遭受帝國主義侵略歷史的一環，而光復初期兩岸左翼文化的交流也開啟了我對中國民族與階級革命歷史的認識，其中葉芸芸一九八五年發表在《文季》的〈試論戰後初期的台灣知識分子及其文學活動〉[2]，她對二二八親歷者的口述歷史專書《證言二·二八》[3]以及與戴國煇合著的《愛憎二·二八》[4]，對我突破籠罩著悲情的二二八敘事有著重要的啟迪作用。

繼承父業，致力還原歷史的真相

從那次會議以後，葉芸芸每次從美國回來照顧高壽的媽媽時，總是會不經意地製造見面的機會，讓我得以不斷地詢問她關於我博士論文研究「光復初期」的諸多「歷史迷霧」。採訪過無數台灣歷史轉折期的重要人士的葉芸芸，從我敬慕、稚嫩的眼神當中，自然看出了一九七〇年

1 徐秀慧，《戰後初期台灣的文化場域與文學思潮（一九四五—一九四九）》。
2 葉芸芸，〈試論戰後初期的台灣智識分子及其文學活動〉，收入台灣文學研究會主編《先人之血、土地之花—台灣文學研究論文精選集》（台北：前衛，一九八九）。
3 葉芸芸編，《證言二·二八》（台北：人間出版社，一九九三）。
4 戴國煇、葉芸芸著，《愛憎二·二八》（台北：遠流出版社，一九九二）。

出生的我，在國民黨教育下成長的一代對台灣歷史的茫然與無知，以及經過解嚴前後的社會動盪衝擊所帶來疑惑。她總是不厭其煩地、慎重地回答我甚至是非常膚淺的問題。至今我仍記得交往一段時間後，有次我問她：「為什麼妳沒有像許多移民美國的台灣人，變成支持台獨『台美族』？」記得她沉思了一段時間後，給我的回答大意是：除非自欺欺人，否則在美國社會總是個「局外人」，無根的漂零感，讓我更加認識到台灣歷史的斷裂以及如何克服狹隘台灣意識的迫切性。

葉芸芸為了照顧媽媽而在台、美之間飛來飛去，記得那時候讓她繁忙的事物還有《葉榮鐘全集》的出版，雖然那一年晨星出版社已經開始陸續出版全集，但直到二〇〇二年出齊九卷十二冊以前，她才完全放下心中這塊大石頭。當年葉芸芸憑著一股傻勁，四處奔走經費，尋求人力協助編校、出版父親的全集，實肇因於葉榮鐘苦心獨立撰寫的《日據時期台灣政治社會運動史》，一九七〇年四月在《自立晚報》連載，一九七一年底改名為《台灣民族運動史》出版，但序言與版權頁的作者署名卻被迫由蔡培火、林柏壽、陳逢源、吳三連、葉榮鐘共同列名。到了我在大學時代買到的《台灣民族運動史》（民國七六年四月第五版）的封面，甚至只剩下「吳三連、蔡培火等著」。後來我才知道葉芸芸就是因為看到這本封面沒有葉榮鐘署名的《台灣民族運動史》，幾經聯繫、抗議無效後，才決定籌措經費出版《葉榮鐘全集》，並在其中附上了葉榮鐘生前未曾發表的〈原序〉與〈致蔡培火絕交書〉手稿。[5]

葉芸芸認為：出生於一九〇〇年的父親，前半生在日本殖民統治下，後半生在國民黨蔣介石政權的戒嚴統治下，終其一生未曾體驗過「言論自由」的滋味。早年鍾情於文學的父親出於使命感而參與政治、社會運動，晚年同樣也是出於「捨我其誰」的使命感，堅持為他那一代人留下歷史記錄，雖然無法暢所欲言，只完成了日據下及戰後初期（沒能完成國民黨統治下的二二八事件及其後的）。但至為重要的是，這是父親為他那一代台灣人書寫記錄的自己的歷史，不是統治者筆下的歷史。

葉榮鐘在《日據下台灣政治社會運動史》一書中的歷史敘述，超越了意識形態分歧，涵蓋日據下從地主、知識分子到農民、工人各階級所遭遇的迫害與反抗。可惜的是許多人總是限囿於葉榮鐘是林獻堂祕書的身分，習焉不察地忽略了葉榮鐘在戒嚴時期要寫一本台灣人的抗日史，又要暗渡陳倉許多左翼社會文化運動的苦心。特別是《台灣人物群像》中，葉榮鐘對台灣民族運動的鋪路人蔡惠如、民族詩人林幼春、革命家蔣渭水等先賢的春秋筆法，表達了他對抗日的民族革命蘊含了被統治與被壓迫階級的革命思想，至今也仍未被正視。葉芸芸克紹箕裘，創辦雜誌，採訪二二八以後赴大陸的台灣人，出版《葉榮鐘全集》，其目的正是致力於還原台灣

5 參見葉榮鐘，《葉榮鐘全集‧日據下台灣政治社會運動史（下）》，第六七三－六七九頁。

從日據時期到白色恐怖期間的歷史真相。

創辦雜誌，突破兩岸分斷的歷史

一九七三年被父親「放生」到美國的葉芸芸，回憶當時：在台灣養成的思維方式首先遭到衝擊。成長於白色恐怖的年代，受黨國封建八股、反共與唯美（美國）是從的教育。當時美國的反越戰及黑人民權運動完全顛覆了我原來對美國的認知，此時海外留學生保釣運動的遺緒也因為尼克森訪華而轉向認識新中國的階段，當時我有一種必須鞭策自己重新認識世界的緊迫感。[6]

出於與父親葉榮鐘同樣的使命感，以及一個潛在的心理：在白色恐怖年代長大的同時代人都深知的「我有話要說」是極為大膽的奢望，即便只是偷偷地用筆名寫文章。因緣際會，一九七六年葉芸芸與從綠島出獄後滯美的胡鑫麟醫師，因應陳明忠等幾位政治犯再度被台灣當局逮捕，而在耶魯大學辦了一個手抄刊物《動盪的台灣》。也因此而有了兩年後出刊的《台灣雜誌》，到一九八三年遂發展為公開發行的《台灣與世界》。三個刊物前後延續了十一年，是當時

6 見洪麗娟．徐秀慧採訪，洪麗娟謄稿、徐育嘉整理，〈身在局內的「局外人」：葉芸芸訪談錄〉，《兩岸犇報》第七二期。

對留學生進行左翼啟蒙與支援台灣民主運動的海外刊物，部分文章也與島內由蘇慶黎與陳映真主辦的《夏潮》雜誌互相轉載。雜誌涵蓋有關台灣的議題包括：鄉土文學論戰、黨外民主運動、環保問題、弱勢團體，刊物除了心懷台灣也關心大陸，並放眼整個世界的發展，尤其是第三世界的局勢。最重要的是投入很多心力在日據到一九五〇年代白色恐怖時期台灣左翼歷史的挖掘。一九八八年葉芸芸將其中重要的篇章編輯成《中共對台政策與台灣前途》[7]、《兩岸接觸與比較》[8]、《當代人物談台灣問題》[9]三本專書在人間出版社出版。三十年過去了，台灣曾經足以傲世的光環皆失的今日，回顧這些篇章，台灣人民是否還要繼續錯失和平統一的機遇呢？

經過一九三〇年代日本的大逮捕與一九五〇年代國民黨白色恐怖的徹底清洗，台灣的左翼歷史幾近蕩然無存。一九八一年開始，葉芸芸從美國到中國大陸，陸續採訪了蘇新、林田烈、李純青、蔡子民、陳逸松、葉紀東、吳克泰、周青、李紹東、古瑞雲、張克輝等二二八的親歷者，其中蘇新就在採訪後三個月即撒手人寰。一九八八年葉芸芸又帶著八十歲的母親施纖纖，在大半個中國留下足跡，訪問了五十多位的台灣同鄉。如若不是懷抱著搶救歷史的心情，尋訪這些歷經兩岸民族分裂歷史與種種政治運動的台灣人，這些親歷者的歷史也終將被歲月、被善

7 葉芸芸編，《中共對台政策與台灣前途》（台北：人間出版社，一九八八）。
8 葉芸芸編，《兩岸接觸與比較》（台北：人間出版社，一九八八）。
9 葉芸芸編，《當代人物談台灣問題》（台北：人間出版社，一九八八）。

忘的人們遺忘。葉芸芸不僅突破了當時兩岸分斷歷史的禁區，也為當今兩岸的人民民主政治如如何記取歷史教訓，不再走回頭路，留下了珍貴的史料與文化遺產，端看人民是否有足夠的智慧讓歷史不再重蹈覆轍。

原載於《觀察》雜誌，第五十四期，二〇一八年二月

二〇二〇年八月二十日修訂

編後記

著書留與後人看

葉芸芸

收在本書第一部分的，是父親晚年寫給晚輩——林莊生先生、哥哥光南與我——的書信，收信的晚輩都遠在異國，經歷二二八事件的鎮壓以及五十年代的白色恐怖之後，對國民黨政權不再抱有期望的父執輩，有時不免以一種「放生」的悲涼心情送晚輩出國遠行的。書寫這些信的時間從一九六二年開始，直到一九七八年父親辭世，也正是在他生命最後十多年的這段時間裡，父親完成了《彰化銀行六十年史》《近代台灣金融經濟發展史》以及《日據下台灣政治社會運動史》、《日據下台灣大事年表》、《台灣人物群像》等三部有關台灣受日本殖民統治的真相以及抵抗日本同化的歷史著述。早在一九四一年，父親在日記中就透露了「台灣歷史及台灣政治運動史皆是不可不寫的，這個使命我雖有捨我其誰的自負，但是不知何日方克專心從事這民族的事業」，然而前半生生活在日本殖民統治下，後半生生活在國民黨戒嚴體制下的父親，一直要等到臨老之年，從工作上退休之後，才終於能夠進行這個「捨我其誰」的志業。

〈自題半壁書齋〉原是父親早年（一九四〇年前後）的詩作，但此詩另有一未定稿，並未收入《少奇吟草》：

西風習習思漫漫，獨對青燈坐夜闌。
恥說年華強可待，劇憐意氣半摧殘。
人前作揖期能勉，窗下埋頭志未殫。
但使不為衣食累，著書留與後人看。

似乎更為貼近晚年的心境。給光南和芸芸的信總共有四百六十多封，選在這裡的有四十八封。給晚輩的書信透露了父親在那段努力「著書留與後人看」的歲月裡的生活日常與關心所在，雖然不免有些糢糊或是片段的，但多少能夠呈現寫作當時的背景脈絡，做為了解其著述的補注或參照。

莊生兄在一九六一年九月離開台灣到美國留學，隔年十月他的父親莊垂勝（遂性）先生辭世，這是莊生與父親長年通信的開始，父親寫給莊生的信共有二十七封。遂性伯辭世，父親追悼的輓聯：「義比嚴師，情同手足」、「生如璞玉，死若巨星」，上聯實為他們一生情誼的寫照，下聯乃遂性伯人格的象徵。九歲喪父的父親，在〈我的青少年生活〉文中回憶，影響他的思想塑造最深的是施家本先生。圍繞著施家本先生有一群苦於知識貧乏的鹿港學子，他們也是父親少年竹馬的一生知己，晚輩的我，比較熟悉的只有莊遂性、洪炎秋、丁瑞魚、施玉斗、林坤元等幾位。透過當時在霧峰林家主辦「台中中學」創立事務的施家本先生，這群力求上進的殖民地青年接觸到時代的潮流，呼吸外界新鮮的空氣，啟發他們強烈的求知欲望以及純樸的民族意識。也因為恩師施家本的引介，遂性伯和父親先後得到霧峯林家資助，在日本完成大學學業，並跟隨林獻堂積極投入政治社會運動，抵抗日本殖民同化，維繫民族精神與文化。年長父親三歲的遂性伯，出身書香世家，勤勉好學而博學多識，經常把他讀過的好書介紹給父親，對父親而言誠然亦師亦友。二次大戰中一九四三年二月，父親受日本軍部徵召，不得不赴前線馬尼拉，協助《大阪每日新聞》社創刊華僑日報漢文版，南洋之行險惡，生死難料，而遂性伯更是父親唯一能夠託付妻小的人。

本書第二部分是友人來信，收入林莊生和戴國煇、許介鱗給父親的信。我很高興能夠借此書出版的機會感謝郭孋容女士（林莊生先生夫人）爽朗的授權，父親與莊生兄的書信往來才能夠完整的呈現。誠如她在給我的信中所言：「……看到莊生致榮鐘叔在將近二十年間所有的書信，令人想見，當時的莊生是多麼幸運啊！能得到他所尊敬的榮鐘叔像父子、朋友般的疼愛、關懷，讓他過了一段那麼美好的人生。能將他所有的見識、見解、感想和建議等等，隨時隨地、豪無保留地傾吐。那談不完的政治、社會、人文、藝術……，讓我看了的確增進不少知識。同時，也分享了一些他們之間的樂趣。」莊生遠自異國的來信不僅為父親打開一扇遙望世界的窗口，他和莊生在歷史文化各層面的交流討論，想來也是父親渴望了解下一代人的一種嘗試與努力，包括對於台灣前途問題的認知與探討。

父親的著作《日據下台灣政治社會運動史》在《自立晚報》連載結束之後，一九七一年更名《台灣民族運動史》出版單行本，似乎在台灣史研究的學術界引起一點小小的注意，東京立教大學的戴國煇教授和台大的許介鱗教授是其中的兩位。一九七二年的夏天，留學日本十多年後首度返台的戴國煇，透過好友林曲園的父親林坤元安排和父親見面，父親在當天的日記中關於他們初次相遇的記錄是「大有一見如故之慨」。不久之後，楊貴（逵）陪著明治大學的周小姐來訪，研究中國近代史的周小姐，父親是台灣通霄人，母親是日本人。她在台灣停留了相當長的時間，記得她每週在YMCA開課教授日語，我也曾經去上過她的課。但是她給我留下的深刻印象，卻是她在父親書房裡專注工作的背影，一次又一次，她在父親的書桌上，把照相機固定在三角架上，把一卷又一卷的《台灣》、《台灣青年》、《台灣民報》拍攝成顯微膠卷。這些日據下抵抗運動的報章雜誌，還是前幾日父親專程搭公路局的班車去了一趟清水，從楊肇嘉先生的書房裡借回家來的。周小姐在工作的時候，父親多半只是安靜地守在書房一角，有時楊貴也從大度山上下來陪著，這種時候父親會先泡上一壺凍頂茶，然後，他們默默地抽著紙菸，喝著冒著熱氣的茶，看著周小姐工作，書房裡似乎縈繞著一股無法言說的嚴肅的氣氛。如今回想，這不就是歷史的傳承？

此後數年間，多位戴國煇的學生，也是他所主持的「台灣近現代史研究會」的成員，河原功、若林正丈、松永正義、宇野利玄夫婦等這些名字陸續在父親的日記裡出現。他們或是來討教歷史課題，尋找研究課題的資料與方向，他們也帶來新發表的研究論文或是其他書籍與資料。一九七四年的秋天，父親由美國返台途中在東京停留了三週，戴國煇特地安排召開「台灣近現代史研究會」，請父親出席參加討論。然而，那個秋天父親在東京的短暫停留，最大的收獲莫過於發現林獻堂生前最後八年（一九四八－一九五五）的日記，興奮之餘，常年被籠罩在戒嚴政治陰影下的父親，卻不敢冒然把這些日記帶回台灣。其後，戴國煇安排學生幾度為父親運送林獻堂日記的影印，而有在入境台灣時被海關沒收的事故，讓父親引以為憾。但是，無論如何，我相信，這些遠方來客還是帶來外面世界清新的空氣，給長年獨守書房寫作的父親些許安慰。

編後語

徐秀慧（福建師範大學閩台區域研究中心）

人間出版社策劃的《葉榮鐘選集》在二〇一五年已出版了文學卷、政經卷，為了更完整呈現葉榮鐘一生的追求，我們編選這本葉榮鐘晚年的書信卷。透過他給兒女與林莊生的書信，我們看到從彰化銀行退休後仍勤於筆耕的葉榮鐘，終於實現了一九三八年就發下的書寫殖民地台灣政治運動史的宏願。這個宏願根源於戰爭期間，葉榮鐘身為《台灣新民報》的主筆，卻無法暢所欲言的屈辱感。當年魯迅因為「幻燈片事件」而棄醫從文的動力，即根源於同樣的民族屈辱感。

葉榮鐘給兒女的書信中，特別是給長子光南（貫兒）的書信，雖然總是帶著慈父的叮嚀，但卻經常以平輩的口吻談論著時事，甚至以謙遜的語氣議論自己的文章。這種有別於傳統台灣社會的嚴父形象，令人印象深刻。

從林莊生對葉榮鐘的回憶，可以看見葉榮鐘與莊垂勝父子兩代人的情誼。林莊生曾說父親莊垂勝去世後，葉榮鐘一九六二年發表了〈台灣的文化戰士：莊遂性〉，帶給他很大的衝擊：

打破我一直認為天經地義的「知子莫若父，知父莫若子」的說法。我才發覺兒子知道的父親是家庭中的父親，家庭外的父親卻知道得很少。[1]

這讓我不禁聯想到鄭鴻生所說的從他祖父到他父親再到他，三個世代之間的語言與文化認知的鴻溝，兒子總是以自己的時代、經驗輕忽父親那一代人的語言與價值觀。[2]這無疑是台灣幾次斷裂的歷史所造成的世代隔膜。

編輯葉榮鐘晚年書信卷一開始的初衷，是為了呈現葉榮鐘晚年發憤著史的心境與關懷。為了讓讀者更好的理解這批書信的背景與意義，我們選了子女葉光南、葉芸芸與葉蔚南的回憶文章，甚至還商請幫忙校稿的孫女葉美岑代表青年世代寫了一篇讀後感。除此之外，還選了王中忱、張重崗兩位大陸學者及筆者的論文，也都是為了幫助讀者理解葉榮鐘的民族情懷與史傳書寫的意義。

從葉榮鐘與林莊生往返的書信中，可以看出他們兩代人，在思考身分認同與台灣何去何從時的差距，同時也可以看出戰後台灣意識分化的思想根源。對此，呂正惠教授為本書所寫的序

---

1 林莊生，《(新版)懷樹又懷人——我的父親莊垂勝、他的朋友及那個時代》(台南：真理大學台灣文學資料館，二〇一一)，第一八三頁。

2 鄭鴻生，《重認中國：台灣人身分問題的出路》，第三一一—三三六頁。

言中，已有深入的剖析，感謝呂教授。

我很榮幸有機會與葉芸芸女士一起編輯這本書信卷，她的編後記為我們提供了葉榮鐘晚年書寫台灣史的心境，以及《台灣民族運動史》單行本出版後，引發了戴國煇所主持的「台灣近現代史研究會」成員與葉榮鐘的交往。這也促使了葉芸芸與戴國煇共同合作展開二二八事件的調查研究與採訪的工作，繼承了父親的志業。但另一方面「台灣近現代史研究會」成員後來的台灣研究，也與島內台灣意識的分化互相呼應，分化為兩派，這當然是後話了。

本書得以面世，首先要感謝提供葉榮鐘致林莊生書信的前台灣文學館館長廖振富，以及林莊生夫人郭孋容女士的授權。在編輯的過程中，最困難的是日文書信的翻譯，其中葉榮鐘的日文書信幸得戴國煇夫人林彩美女士協助翻譯，林莊生的日文書信則有賴日語講師林娟芳博士的翻譯。日文的校訂與部分注釋，北京清華大學的蔡鈺淩、高維宏兩位博士，以及戴國煇女兒戴興夏女士都曾提供諸多協助。另外，華僑大學的黃琪椿老師與美編黃瑪琍女士都為此書信卷的出版，做了仔細的編輯與校訂工作，在此一併感謝。我相信大家跟我一樣都會被葉榮鐘費盡心思為台灣留下歷史見證的文字所感動，並衷心希望台灣的下一代不要繼續殘存著「歷史的孤兒」的意識。

葉榮鐘選集‧晚年書信卷

作者　葉榮鐘
主編　徐秀慧、葉芸芸
日文翻譯　林彩美、林娟芳
日文校訂　蔡鈺淩
執行編輯　黃琪椿
校對　徐秀慧、蔡鈺淩、黃琪椿、葉美岑
封面設計　黃瑪琍
內文版型設計　黃瑪琍
排版　顏麟驊
發行人　呂正惠
社長　陳麗娜
總編輯　林一明
出版　人間出版社
台北市長泰街五十九巷七號
電話　（02）23370566‧傳真（02）23377447
郵政劃撥　11746473‧人間出版社
電郵　renjianpublic@gmail.com
定價　五〇〇元
初版一刷　二〇二〇年十二月
ISBN　978-986-98721-3-3
總經銷　聯合發行股份有限公司
新北市新店區寶橋路二三五巷六弄六號二樓
電話　（02）29178022‧傳真（02）29156275

國家圖書館出版品預行編目資料
葉榮鐘選集．晚年書信卷，葉榮鐘著.— 初版. — 臺
北市：人間, 2020. 12
504面；14.8 x 21 公分
ISBN 978-986-98721-3-3（平裝）

863.56　　109018710